Lapidem Maleficus

Auch Amulette können beleidigt sein

Harper Johnson
Holly McLane
Allyson Snow

Bildmaterialien: Das Amulett wurde entworfen von ECHT Design, erhältlich bei
www.toms-silver.de
Cover created by © T.K.A-CoverDesign / t.k.alice@web.de
// http://tka-coverdesign.weebly.com/font-copyrights.html
Lektorat, Korrektorat: Juno Dean , Matthew Snow

Bibliografische Information der Deutschen Nationalbibliothek: Die Deutsche
Nationalbibliothek verzeichnet diese Publikation in der Deutschen
Nationalbibliografie; detaillierte bibliografische Daten sind im Internet über
dnb.dnb.de abrufbar.

In Gedenken an meinen Daddy,
der es leider nicht mehr erleben darf,
dass dieses Buch Wirklichkeit geworden ist.
- Harper Johnson -

Kapitel 1

Merke: Termin beim Chiropraktiker vereinbaren

»Ich werde dich lehren …«

Die Vampirin versetzte Scott einen kräftigen Stoß. Unfähig, den Schwung abzufedern, krachte er mit dem Gesicht voran gegen die Hausmauer. Scotts Knochen knirschten und der raue Stein scheuerte die Haut an seiner Wange auf.

»… Vampirkinder anzugreifen!«

Sie packte ihn am Arm, um ihn erneut gegen die Hauswand zu werfen. Warmes Blut rann über Scotts Kinn.

»Du Schande der Natur, Bastard, Gesindel …«

Mit jedem Wort donnerte sie seinen Kopf an den harten Stein. Stöhnend sackte Scott in sich zusammen. Seine Sicht verschleierte sich. Beim Anblick der stinkenden Gasse war das wahrlich ein Segen.

»Mörder!«

Er starrte auf den verzerrten Mund, der dieses Wort zischte. An seiner Jacke zog sie ihn auf die Füße. Kraftlos hingen seine Arme nur noch nach unten, anstatt die Faust der Blutsaugerin zu umklammern, bevor sie ihn ein weiteres Mal mit voller Wucht gegen die Hauswand schmetterte.

»Das war das letzte Mal, dass du ein Kind angreifst!«

War sie jetzt fertig mit ihrer Predigt? Jeder Knochen in seinem Leib schrie nach Gnade. Ein Wort, das ihm niemals über die Lippen kommen würde. Kieselsteine bohrten sich ihm in die Hände, als er taumelnd versuchte, wieder auf die Füße zu kommen. Ausgerechnet die Vampirin half ihm dabei. Sie packte ihn an der Kehle und riss ihn nach oben. Seine Bandscheibe stöhnte erleichtert, aber vielleicht war er das auch selbst. Ihre Augen glühten feuerrot. Sie war nicht so gnädig, ihn zu erwürgen oder ihm das Genick zu brechen. Das Biest wollte spielen und sie plante eindeutig, ihr Spielzeug in millimeterkleine Einzelteile zu zerlegen. Mütter waren doch in allen Rassen gleich. Niemand hatte Hand an ihren Nachwuchs zu legen. Sie stemmte ihn hoch und warf ihn quer über den Kiesweg. Der kurze Moment freien Fluges endete, begleitet von einem lautstarken Scheppern, an einer Mülltonne.

Scott ächzte. Jeder Knochen in seinem Körper heulte, sämtliche Muskeln schmerzten und sein Schädel dröhnte, als wäre darin ein Airbus gestartet.

Ein Mensch wäre nach einer solchen Behandlung längst tot. Aber er war kein Mensch. Er war ein Damnati.

Die Natur hatte sich etwas dabei gedacht, als sie die Rasse der Jäger erschuf. Äußerlich waren sie von den Menschen nicht zu unterscheiden. Doch sie waren wendiger, kräftiger und nicht so leicht zu Kleinholz zu verarbeiten.

Auch wenn das heftige Pochen im Rücken Scott spontan nach der Rente betteln ließ.

Es gab Tage, an denen sollte man besser im Bett bleiben. Und es gab Tage, da sollte man Vampirkinder laufen lassen, anstatt ihnen mit einer Armbrust einen Pfeil in die Schulter zu jagen. Man traf das Herz eben nicht immer gleich, wenn sie sich bewegten. Wen wunderte es also, dass die Mutter über das schmerzerfüllte Geheul ihrer Brut nicht amüsiert war?

Vielleicht behielt sie recht. Womöglich war es heute wirklich das letzte Mal, dass er sich mit einem Blutsauger anlegte.

Breitbeinig baute sich die Vampirin über ihm auf. Sie hatte schlanke Beine, wie eine Gazelle. Und sie trug unter ihrem Rock rosa Spitzenunterwäsche, wie er trotz der tanzenden, schwarzen Punkte vor seinen Augen bemerkte. Zu schade, dass sie ein Scheusal war, das es nicht verdient hatte, auf diesem Planeten zu wandeln.

»Du wirst nie wieder Vampirkinder angreifen. Hast du das kapiert, du hirnverbrannter Damnati?«, zischte sie voller Hass.

»Und was, wenn nicht?«

»Dann töte ich dich!«

Scott lachte. Eine schlechte Idee. Stechender Schmerz schoss durch seinen Brustkorb und er schmeckte sein eigenes Blut. Wer war hier hirnverbrannt? Wohl doch die Vampirin, die sich über einen Damnati beugte und offenbar glaubte, er würde seine grundsätzliche Einstellung gegenüber Vampiren, Werwölfen und sonstigem Ungeziefer ändern.

Dann würde er den Grund seiner Existenz verleugnen. Die Damnati stellten das Gegengewicht der Natur zur körperlichen Überlegenheit und dem unbezähmbaren Blutdurst der Vampire dar. Sie waren Jäger. Sie liefen nicht vor Werwölfen und spitzzähnigen Blutsaugern davon – sie töteten sie, auch die Kinder. Das war sicherer. Sonst zertrümmerten sie Damnati an Mülltonnen, wenn sie groß waren.

Scott verschränkte die Hände vor der Brust und starrte in den wolkenverhangenen Himmel. Dumpfer Schmerz hämmerte in seinem Schädel, in der Wirbelsäule, in den Schultern, sogar in der linken kleinen Zehe.

»Kann ich drüber nachdenken?«, fragte er.

»Ich gebe dir zehn Sekunden.« Sie setzte ihren Fuß auf Scotts Kehle. Er spürte das Pochen seiner eigenen Halsschlagader gegen die Schuhsohle.

»Eins …«, begann die Vampirin lauernd zu zählen. »Zwei …«

Doch der Damnati hörte kaum hin.

Was interessierte ihn das Geschwafel einer Ausgeburt des

Teufels? Wenn sie ihn nicht tötete, dann würde er sie umbringen. Es war schon immer so. Seit dem Tag, an dem Scott nicht nur seine Ausbildung beendet, sondern auch seine Fairness gegenüber den Wesen abgelegt hatte. Seit achtzehn Jahren, 6.570 Tagen oder 157.680 Stunden. Natürlich nicht auf die Sekunde genau, aber doch ungefähr. So lange kannte er keine Gnade mehr. Seit dem Tag, an dem seiner Schwester die Zukunft genommen worden war.

An diesem Tag hatte er Neila das letzte Mal lachen sehen. Sie war voller Lebenslust gewesen. Aber auch so jung und unbesorgt.

»... drei ...«

Er erinnerte sich an ihre lebhaften, blauen Augen, als hätte er sie erst gestern gesehen. Sie hatten ihn immer dann tadelnd gemustert, wenn er seiner kleinen Schwester vorgeschrieben hatte, nicht im Dunkeln allein hinauszugehen.

»... vier ...«

Was hatte sie ihre Stupsnase und die unzähligen Sommersprossen, die sich über ihre Nase und ihre Wangen ergossen, immer gehasst. Mehr als einmal hatte er das Make-up weggeworfen, mit dem sie die Punkte überdeckte.

»... fünf ...«

Der Druck auf Scotts Hals wurde stärker, aber das Bild in seinem Geist vervollständigte sich. Rote Haare wallten in langen Locken um ihren Kopf wie ein Feuerschein.

»... sechs ...«

Ein weiteres Detail fiel ihm ein. Die pinke Spange, die sich mit der Farbe ihrer Haare biss und die sie bei jeder sich bietenden Gelegenheit trug. Schmerz durchzuckte ihn, doch war es diesmal nicht die Pein, die in Scotts Gliedern tobte. Dieser Schmerz hier saß tief in seinem Herzen und verdunkelte seine Seele.

»... sieben ...«

Die Vampirin bewegte sich unruhig. Scott schluckte und sie trat ein wenig fester auf seine Kehle. Trotzdem war er nicht bereit, wieder in die Realität zurückzukehren. Die Erinnerung war noch lange nicht komplett.

Neila lag auf dem grauen Asphalt. Schmutziges Pfützenwasser färbte den Stoff ihrer hellen Jeanshose dunkel. Ihre Glieder waren verdreht und ein dünnes Rinnsal Blut sickerte unter ihrem Kopf hervor.

»... acht ...«

Ihr hübsches Gesicht verzerrte sich vor Angst. Ihr Blick strahlte nur noch Qualen aus. »Scott, hilf mir.« Ihre Stimme hallte in seinem Kopf, als würde sie direkt neben ihm stehen und es ihm ins Ohr brüllen.

»... neun ...«

Der Jäger schloss die Augen und atmete durch. Die Vampirin trat fester gegen seinen Hals, als sie das Gewicht verlagerte. Er gierte nach Rache. Für Neila, deren Schreie ihn seit vielen Jahren bis in die tiefsten Träume verfolgten.

»... zehn!«

Scott packte den Fuß der Vampirin und drehte ihn herum. Das Knacken ihres brechenden Knochens wurde nur von ihrem lauten Schrei übertönt. Mit einem Ruck brachte er sie zu Fall und sie schlug auf dem Boden auf.

Blindlings trat die Vampirin um sich. Sie traf seinen Oberschenkel und der Schmerz raubte ihm fast den Verstand. Aber es hinderte ihn nicht daran, den hölzernen Pflock aus der Gürtelschlaufe zu ziehen und das Holz in die Wade der Blutsaugerin zu rammen.

Ihr spitzer, schmerzerfüllter Schrei strapazierte sein

Trommelfell aufs Äußerste. Scott riss das Holz aus ihrem Bein und sprang nach vorn, direkt über sie. Erneut stach er zu. Das Geschrei wandelte sich in hustendes Gurgeln. Wieder zog er den Pfahl aus ihrem Körper. Blut schoss aus der Wunde an ihrem Bauch.

»Bitte nicht!« Schützend verschränkte sie die Hände über ihrem Herzen, aber das nützte ihr nichts. Scott rammte die Spitze durch den Handrücken in den Brustkorb. Das Holz prallte an den Rippen ab. Es juckte ihn nicht. Er riss den Pflock erneut nach oben und versenkte ihn abermals in ihrer Brust. Wie von Sinnen stach er immer wieder mit dem Pfahl auf sie ein. Wimmernd und mit letzter Kraft wand sich die Vampirin unter ihm, bis er ihr verfluchtes Herz endlich traf.

Sein eigenes schlug so laut, dass ihm der Puls in den Ohren dröhnte. Schwer atmend hielt er inne und starrte auf die tote Frau hinunter. Ihr Brustkorb war eine einzige große Wunde und der Pflock steckte mittendrin. Ihr Antlitz veränderte sich, als das untote Leben aus ihr wich. Ihr Gesicht, genauso wie ihr Körper vertrocknete. Adern traten unter der Haut hervor, die blasse Haut färbte sich grau und zurück blieb ein steifer Körper, einer Puppe gleich.

Er sollte zufrieden sein. Nur ein toter Vampir war ein guter Vampir. Ein Vampir, der nicht lebte, brauchte kein Blut und somit starben keine Menschen.

Aber die Euphorie blieb aus, wie meistens. Stattdessen dachte er erneut an seine Schwester. Neila hatte immer alles besser gewusst. Sie hatte behauptet, sie bräuchte seinen Schutz nicht und letztendlich hatte sie recht behalten.

Sein Schutz war nutzlos. Sie hätte jemanden gebraucht, der sie wirklich vor einem Vampir retten konnte. Er hatte versagt. Der einzige Trost war die Rache und die Hoffnung darauf, eine

Möglichkeit zu finden, das Schicksal zu betrügen.

Seither suchte er nach einem Weg zu heilen, was nicht mehr geheilt werden konnte. Die Welt war doch voller Magie. Er musste nur die richtige finden. Eine Kraft, die richtete, was er vor Jahren verbockt hatte.

Aber in Momenten wie diesen, wenn die Gier nach Rache wich, fühlte er sich seinem Ziel so fern wie nie.

Scott stemmte sich nach oben und wischte sich die Hände an der besudelten Hose ab. Zum Glück konnte man Leder abwaschen. Das größte Ärgernis im Job eines Damnati bestand nicht im permanenten Töten, sondern darin, sich ständig neue Klamotten kaufen zu müssen. Was würde er für ein paar ordentliche Zielfernrohre geben. Dann gäbe es keine zerfetzten Hemden und zertrümmerte Knochen, sondern eine Menge toter Wesen.

Scott taumelte zu seinem Rucksack. Alles in ihm ächzte unter der Bewegung, mit der er den Rucksack und die Armbrust aufhob, die während der Auseinandersetzung in einer übelriechenden Pfütze gelandet waren. Er wandte sich seinem Motorrad zu, da ließ ihn das Knirschen winziger Steine innehalten. Scott zog seine Pistole aus dem Rucksack und marschierte mit langen Schritten auf das Geräusch zu. Sein rechtes Bein knickte immer wieder weg, aber Schwäche konnte er sich nicht leisten. Mit einem unterdrückten Fluchen biss er die Zähne zusammen und humpelte weiter.

Hinter einem Stapel alter Holzkisten schien eine panische Meute Ratten zu hausen.

Mit dieser Einschätzung lag er völlig richtig. Eingekeilt zwischen zwei Kisten erspähte Scott das angstverzerrte Gesicht eines Jungen. Die Sommersprossen waren ebenso fahl wie die restliche Haut. Das Shirt war blutverschmiert und noch immer steckte Scotts Pfeil in seiner Schulter. Das Eisenkraut an dem Geschoss unterband die übermenschlichen Kräfte der missratenen Brut. Er war nicht stärker als ein normaler Junge, solange er sich nicht vom Blut eines Menschen nährte, das seine Selbstheilung aktivierte und dem Eisenkraut die Wirkung nahm.

»Komm her«, forderte Scott den Bengel auf, doch der schüttelte nur wimmernd den Kopf. Scott entsicherte seine Waffe und richtete sie auf den Burschen. »Willst du ein Loch in der Stirn?«

Zitternd schob sich der Junge näher an Scott heran. Große Tränen kullerten über sein Gesicht und ein ersticktes Schluchzen drang aus seiner Kehle, als ihn Scott an der unverletzten Schulter packte und aus dem Versteck zerrte.

»Gib mir das Medaillon.«

Der Junge öffnete seine Hand und hielt Scott ein kleines, bronzenes Medaillon hin. Seit Wochen suchte er nach dem Dieb, der dieses Schmuckstück aus dem Grab eines alten Mönches gestohlen hatte. Es hatte Scott nicht überrascht, dass er nicht der Einzige gewesen war, der den Geheimgang, verborgen in den Hügeln Glendaloughs, gefunden hatte. Aber die meisten neugierigen Schatzsucher schreckten davor zurück, die Steinblöcke zu öffnen, in denen die Knochen ihrer Vorfahren die letzte Ruhe gefunden hatten. Vampiren hingegen war nichts heilig. Auch nicht die Totenruhe eines Mönches. Da das letzte Hemd bereits verrottet gewesen war, hatte der Bengel das Medaillon mitgehen lassen. Sicher, um es zu verkaufen. Scott steckte es in seine Tasche. »Du hättest besser weglaufen sollen.«

Er spannte die Finger um den Abzug der Pistole. Der Junge kniff die Augen zusammen, ebenso wie Scott. Bevor er sich eine mentale Ohrfeige verabreichte. Mit geschlossenen Augen auf ein Kind schießen, er sollte für heute wirklich wieder ins Bett gehen. Machten Schlachter vor Lämmern halt? Mit jedem Jahr, das der Junge lebte, würde er zu viele Menschen töten. Unschuldige, die nur das Pech hatten, zur falschen Zeit am falschen Ort zu sein.

Dem Bengel in den Kopf zu schießen, wäre ein gnädiger Tod. Eine Kugel, ein zerfetztes Gehirn, das sich nicht schnell genug regenerierte, um den Jungen erleben zu lassen, wie ein Pflock ihm das untote Leben nahm.

Aber er konnte es nicht. Wenn er auf die Sommersprossen des Jungen blickte, erinnerte dieser ihn an seine Schwester, was den Hass auf Vampire nur noch heißer in ihm lodern ließ, denn diese Ungeheuer hatten ihm Neila genommen. Und nun hielten genau diese Male in seinem Gesicht Scott davon ab, dem Bengel eine Kugel in die Stirn zu jagen.

Vielleicht brauchte Scott Urlaub, er fühlte sich unendlich müde.

Er senkte die Waffe, bevor er sich zu dem Jungen herunterbeugte.

»Merk dir mein Gesicht. Wir werden uns wiedersehen und dann wird einer von uns sterben.« Scott versetzte dem Jungen einen harten Stoß, der ihn geradewegs nach vorne katapultierte. Weg von ihm und der Leiche seiner Mutter.

»Und jetzt geh, ehe ich es mir anders überlege.«

Er sah zu, wie sich der Junge apathisch in die angegebene Richtung bewegte, bevor er sich abwandte, um humpelnd zu seinem Motorrad zurückzukehren.

Er schwang sich auf den Sattel und zog das Medaillon hervor. Ein kleines Stück Metall und doch war es für ihn von unschätzbarem Wert. Scott zog seine Kette durch die geschmiedete Schlaufe und hängte sie sich um den Hals. Mit einem Tritt auf das Pedal erweckte er die Maschine unter sich zum Leben. Mit mehr Gas als nötig, brauste Scott die Straße entlang.

Das Treiben des Mönches war sicher nicht gottgefällig gewesen, aber er war der Einzige, der über die Suche nach *tipra sláine* geschrieben hatte. Und wenn man seinen Aufzeichnungen Glauben schenken durfte, dann war das Medaillon ein Hinweis auf die Lage der Quelle des Dian Cecht. Dian Cecht, mächtiger Gott der keltischen Mythologie, oberster Heiler der *Túatha Dé Danann* und Scotts letzte Hoffnung.

Kapitel 2

Immer diese Motorrad-Rowdys

Es war früher Nachmittag, als Emily auf ihrem Motorrad vor ihr heutiges Zielobjekt nicht unweit der North Road rollte. Ein Vampirhaus, das den Vampirjägern aufgefallen war. Eng drängten sich die kleinen Reihenhäuser aneinander und präsentierten stolz ihre winzigen Vorgärten. Bis auf jenes am Ende der Straße, dessen hellgrüne Fassade leuchtete wie das künstliche Gras in einem Osternest. Das Haus daneben war abgerissen worden und so stand dieses Abbild einer Geschmacksverirrung wie ein Außenseiter alleine da. Das passte. Es wurde ja auch von ungeliebten Wesen bewohnt.

Den Motor hatte sie ausgeschaltet und ihr Blick glitt wachsam über das Gebäude. Eine Gardine bewegte sich und hinter dem Vorhang erschien für einen Moment ein Gesicht. Zu dumm, die Bewohner waren zu Hause, aber leider musste das hier sein.

In zerlumpten Klamotten und mit einer abgegriffenen Mütze auf dem Kopf, wühlte einer ihrer Kollegen in einer Mülltonne. Seine Tarnung als Obdachloser war überzeugend, das musste sie zugeben.

Leider waren Verkleidungen und Karneval das Einzige, was die menschlichen Jäger beherrschten.

Um die Sprengsätze hatte sich Emily selbst gekümmert, bevor diese Schwachköpfe sich überflüssigerweise selbst in die Luft jagten.

Dynamit wie alten Käse schwitzend in einer Hinterhofgarage in Kisten zu lagern, war nicht nur lebensmüde, sondern schlichtweg gemeingefährlich.

Auch sonst ließ die Ausrüstung zu wünschen übrig. Keine Fernzünder, kein TNT, nur gewöhnliches Dynamit, was für den heutigen, modernen Standard eher hinterwäldlerisch war. Glücklicherweise improvisierte Emily für ihr Leben gern. Anstatt aus sicherer Entfernung eine Granate durch das Fenster zu werfen, hatte sie am Vortag kleine Bombenladungen an der Eingangstür, unter dem Dach und an diversen, strategisch wichtigen Stellen platziert, welche der Statik des Hauses zu schaffen machen würden. Die Lunten liefen neben den Mülltonnen zusammen und warteten nur darauf, endlich entzündet zu werden. Ein Hund hatte diese Stelle mit seinen Exkrementen veredelt. Brachte das Glück? Hoffentlich. Dieses Haus sollte einen irreparablen Schaden nehmen, die Bewohner jedoch verschont bleiben.

Es sei denn, diese stünden direkt neben den Sprengsätzen. Das wäre dann tatsächlich Pech.

So war zumindest ihr Plan. Es war schon schlimm genug, dass sie sich auf diese Art das Vertrauen der menschlichen Möchtegern-Jäger erschleichen musste. Auch wenn sie wusste, wie gefährlich es war, Vampiren die Tür aus dem Rahmen zu sprengen. Aber hey, sie verloren nur ihr Haus und nicht gleich ihre ganze Existenz.

Emily seufzte leise.

Nach einem Morgen voller Regen schien die Sonne strahlend vom Himmel und tauchte die Straße in ein helles, warmes Licht. Eigentlich ein zu schöner Herbsttag, um ein Inferno dieser Art zu entfesseln. Wer brauchte so etwas?

Sie klappte ein Benzinfeuerzeug auf und zündete die Flamme.

Kurz verfolgte sie, wie die Zündschnüre Feuer fingen und sich zügig zu den Sprengladungen durchfraßen, ehe sie den

Motor startete, das Visier runterklappte und Vollgas gab.

Ihre Reifen hinterließen einen schwarzen Abrieb auf dem Gehweg, als sie auf die Straße beschleunigte und einige Explosionen lautstark immer wieder die Erde erzittern ließen. Die Druckwellen spürte sie in ihrem Rücken. Sie bekam einen Schub nach vorne, während die Fensterscheiben in den umliegenden Häusern zerbarsten.

Sie keuchte leise. Das war nicht ohne, denn trotz Helm pfiff es in ihren Ohren.

Ob die Vampire *das* überlebt hatten? Möglicherweise hatte sie den Budenzauber ja etwas zu gut gemeint?

Hoffentlich waren die Vampire trotzdem entkommen, denn sie hielt es für Schwachfug, jemanden auszulöschen, nur weil gewisse Meinungen in die falsche Richtung gingen. Nachsehen wollte sie jedoch nicht. Da könnte sie sich auch gleich eine durchgeladene Knarre an die Schläfe halten und abdrücken.

Sie erreichte eine Abzweigung, bremste scharf ab und fädelte sich in den Verkehr der Schnellstraße ein, um dann erneut zu beschleunigen und sich mit knapper Distanz zwischen den anderen Verkehrsteilnehmern durchzuquetschen.

Sie musste schleunigst Abstand zwischen sich und die Blutsauger bringen. Ließ man Vampire überleben, musste man die Konsequenzen fürchten.

Je eher sie die Innenstadt erreichte, umso besser. Inmitten von Passanten, Touristen und dem Berufsverkehr, der immer um diese Zeit die Straßen Dublins verstopfte, konnten Vampire ihre übernatürliche Schnelligkeit und Kraft nicht an den Tag legen. Die Wesen hielten sich an den Kodex, dass Menschen nichts von ihrer Existenz erfahren durften. Nur das schützte sie vor einer unkontrollierten Massenhysterie und davor, dass die Menschheit versuchen würde, diese Art der Bedrohung auszurotten.

Eine Direktive, auf die Emily hoffte. Sie ließ den National Botanic Garden of Ireland links liegen, bevor die Besiedelung dichter wurde. Erleichtert pustete sie die Luft zwischen ihren Zähnen aus. Das sollte genügend Sicherheitsabstand sein.

Sie drehte sich um. Zwischen zwei Wagen schoss ein Vampir heraus und der sah nicht nur furchtbar angekokelt aus, sondern auch mächtig sauer. Da bekam der Ausdruck ›er qualmte vor Wut‹ gleich eine völlig neue Bedeutung. Zu früh gefreut. Augenblicklich blieb die Erleichterung aus, dass sie die Vampire nicht doch versehentlich in die Luft gesprengt hatte.

»Fuck …«, entfuhr es ihr nicht unbedingt damenhaft. Sie gab Vollgas und bog spontan, eine schwarze Spur auf der Straße hinterlassend, nach rechts ab. Für einen Moment geriet sie in den Gegenverkehr und schoss mit überhöhter Geschwindigkeit an der St. Michan's Church vorbei, in eine der Seitengassen. Doch da tauchte der Vampir vor ihr auf und stellte sich in den Weg. Das Adrenalin in ihrem Blut stieg sprunghaft an. Heiliges Kanonenrohr!

Emily reagierte nur noch und bog schlitternd nach rechts ab. Ihr Knie schliff dabei leicht über den Boden. Ihre Verfolger scherten sich, verdammt noch mal, einen Dreck darum, ob man es vielleicht seltsam finden könnte, dass sich ein vermeintlicher Mensch so dermaßen schnell bewegte.

»Das läuft gar nicht gut«, knurrte sie mit zusammengebissenen Zähnen in die Abgeschiedenheit ihres Helmes. Ein zweifelhafter Versuch, die aufkeimende Panik zu verdrängen.

Jetzt meldete sich auch ihr Puls, der ihr unwirsch in den Ohren dröhnte, aber sie musste ruhig bleiben, um eine Chance zu haben. Einfacher gesagt als getan. Es war ein Wunder, dass sie die hiesige Polizei noch nicht an den Hacken hatte. Wo blieb der sogenannte Freund und Helfer, wenn man ihn brauchte? Klar, die tauchten nur auf, wenn man falsch parkte. Wenn sie das hier überlebte, würde sie denen eine Beschwerde schreiben, die sich gewaschen hatte.

Der Fahrtwind schlug Scott ins Gesicht. Das war ihm nur recht. Es blies ihm den Kopf frei.

Scott hielt sich penibel an die Straßenverkehrsordnung, um nicht von einem Polizisten angehalten zu werden. Diese würden nur ungnädige Fragen zu seiner blutbefleckten Kleidung stellen. Die Armbrust in seinem Rucksack stellte auch nicht unbedingt ein Indiz für seine Harmlosigkeit dar. Nicht einmal sein Spezialausweis könnte das Misstrauen der Beamten beruhigen.

Im Augenwinkel nahm Scott einen Schatten wahr, der seiner Maschine gefährlich nahekam. Das Motorrad schlingerte, als Scott zurückzuckte.

Denn es war kein Streifenwagen, der plötzlich neben ihm auftauchte. Das war ein Vampir! Der wie ein Schornsteinfeger aussah? War der schwachsinnig? Der rannte auf offener Straße mit fünfzig Sachen. Da brauchte es nicht mehr die besondere Fähigkeit der Damnati, Wesen zu erkennen. Da erkannte doch selbst der dümmste Mensch, dass hier etwas nicht stimmte!

Verrückte Vampire waren keine Seltenheit, aber noch nie war er von einem verrußten Vampir im Dubliner Berufsverkehr auf der Straße überholt worden.

Scotts Kinnlade klappte nach unten. Doch als der Vampir hinter ihm auf das Motorrad sprang und die Hände um seinen

Hals legte, war er geistesgegenwärtig genug, ihm sofort den Ellenbogen in die Rippen zu rammen. Der Griff um seinen Hals lockerte sich. Der Vampir stöhnte, aber bevor Scott ihn vom Sitz stoßen konnte, krallte er sich an Scotts Jacke fest.

»Bist du des Wahnsinns?«, brüllte Scott.

»Ihr schickt Menschen vor, um unsere Häuser anzuzünden. Wie erbärmlich seid ihr?«, knurrte der Blutsauger.

Pah, Scott schickte bestimmt keine Brandstifter los. Vampire wollten immer nur Recht haben, aber nie diskutieren. Kräftig schlug er Scott in die Seite. Scotts Rippen jaulten, genauso wie der Jäger.

Er warf die Maschine herum und sie krachten auf den Boden. Seitlich schlitterten sie über die Straße, während das Metall seines Bocks auf dem Asphalt Funken schlug.

Nur seine Motorradbekleidung schützte ihn vor groben Abschürfungen, was man bei dem Vampir nicht behaupten konnte. Dieser kreischte schmerzerfüllt.

Scott riss aus dem Schaft seines Stiefels eine Pistole hervor und drückte ab. Er traf den Vampir nur im Bein, aber das Eisenkraut, mit dem die Kugel präpariert war, wirkte schnell. Wenn auch nicht schnell genug. Dem Vampir gelang es noch, sein unter der Maschine eingeklemmtes Bein mit einem Ruck zu befreien und die Flucht anzutreten.

Fluchend rappelte sich Scott auf und riss sein Motorrad in die Senkrechte, um sich auf den Sattel zu schwingen. Dieser Verrückte musste verfolgt werden! Doch da machte er einen anderen Vampir aus, der am Heck eines fremden Bikers hing und gerade versuchte, sich auf dessen Rücksitz zu schwingen und das war eindeutig nicht sein Kumpel.

Eine Vollbremsung des Bikers katapultierte den Blutsauger auf das Dach eines roten VW Polo, der ebenso versuchte, dem

Chaos auszuweichen. Der Motorradfahrer warf sich herum, um in einer Gasse zu verschwinden. Der Vampir kletterte vom Wagen und rannte hinterher.

Was zum Teufel war hier los? Seit wann lieferten sich Vampire am helllichten Tag eine öffentliche Jagd?

Scott drehte das Gas auf und folgte den beiden in die Seitenstraße. Vor ihm sprang der Vampir die Hauswand hinauf. Scott hob die Waffe, um erneut zu schießen. Aber nicht einmal ein Scharfschütze könnte diese rasend schnelle Bestie treffen, die sich die Mauer entlanghangelte. Scotts Kugeln prallten nutzlos an den Steinen ab.

Autofahrer hupten, als Scott hinter den beiden her über die Parallelstraße schoss, um in der nächsten Gasse zu verschwinden. Endlich erblickte Scott den anderen Motorradfahrer, der nur knapp den Fängen des Vampirs entging, indem er im letzten Moment in eine Querstraße raste.

Nicht nur der Vampir verfehlte fast die Kurve, auch Scott donnerte seitlich gegen die Hauswand und stöhnte. Das würde ihm der Kerl büßen!

Erneut legte Scott seine Pistole auf den Vampir an und drückte ab. Ein Hoch auf Waffen mit einem gut gefüllten Magazin. Nicht auszudenken, wie die Jäger in uralten Zeiten noch bei jedem Schuss nachladen mussten. Bei Scotts Automatik galt zum Glück: Zwölf Kugeln gleich zwölf tote Vampire. Naja, im Idealfall.

Diesmal traf er. Der Vampir krachte gegen eine Mülltonne und blieb betäubt liegen.

Schlitternd brachte Scott seine Maschine neben ihm zum Stehen. Es spielte keine Rolle, ob der Motorradfahrer diese Auseinandersetzung angezettelt hatte und die Vampire in dieser Hinsicht unschuldig waren. Für diesen Unfug durfte es keinerlei Gnade geben.

Rasende Blutsauger, die zu Fuß das schnellste Taxi überholten und das vor den Augen der Unwissenden. Allein die Verletzung der Geheimhaltung in diesem Maße rechtfertigte jeden toten Spitzzahn.

Wie sollten sie das den Menschen erklären? Er beneidete seinen Boss an solchen Tagen nicht um dessen Job. Dieser durfte sich auf stundenlange Beschwichtigungen der menschlichen Polizei einstellen.

Scott stieg von der Maschine, um einen Pflock aus dem Gürtel zu ziehen und sich über den bewusstlosen Vampir zu beugen. Ein gezielter Stoß und der Pflock glitt an den Rippen vorbei in das Herz des Vampirs, auf dass dieser von seinem verfluchten Dasein erlöst war. Und der Rest der Welt von ihm. An dieser Metamorphose konnte man sich kaum sattsehen.

Aber sie waren noch lange nicht fertig. Erst wollte Scott wissen, wer für diese Scharade verantwortlich war. Er schwang sich erneut auf sein Motorrad und jagte dem anderen Fahrer nach.

Emily brauste durch die feuchte Gasse. Sie traute sich nicht, langsamer zu werden, auch wenn sie die Kurven nur mit Mühe schaffte.

Kurz warf sie einen Blick nach hinten, um eventuelle Verfolger abzuchecken. Niemand war zu sehen. Als sie wieder nach vorne schaute, krachte sie fast mit einem Radfahrer zusammen, der gerade mit seinem Drahtesel aus einer Haustür marschierte.

Emily wich haarscharf aus und der ältere Mann fluchte

lautstark hinter ihr her, dass die Rowdys heutzutage immer schlimmer würden. Sorry, aber sie hatte augenblicklich andere Probleme. Sie hatte alle Hände voll zu tun abzuhauen, bevor sie von ein paar Untoten eingeholt wurde. Das Geballer, das hinter ihr durch die Straßenschluchten hallte, verhieß auch nichts Gutes.

Emily bog bei jeder sich bietenden Gelegenheit ab, folgte ihrer Intuition und schlug Haken wie ein Kaninchen. Vielleicht konnte sie ihre Verfolger so abschütteln. Auch wenn es ihr nicht gefiel, in eine verlassene Gegend der Stadt zu geraten.

Trotzdem bog sie schwungvoll in eine schmale Lücke zwischen zwei Häusern ein, die schätzungsweise gut eineinhalb Meter breit war. Emily griff unter ihrer Jacke nach einer Eisenkrautgranate, aktivierte diese und warf sie hinter sich. Jedes Mittel war ihr recht, um ein wenig mehr Vorsprung herauszuarbeiten.

Der laute Knall brachte die Wände der Häuserschlucht zum Zittern. Zerberstendes Glas regnete auf die Straße, aber besser zerschlagene Fenster, als ein Vampir auf ihrem Rücksitz.

Mit quietschenden Reifen schoss sie aus der Enge heraus, verfehlte nur um Haaresbreite einen Briefkasten und rutschte um die Ecke. Puh, nur um ein Stück weiter erneut in die Eisen gehen zu müssen, denn am Ende der Straße versperrte ihr jemand, mit einer ziemlich wütenden Mimik und den Händen in die Seiten gestemmt, den Weg. Schlitternd kam Emily zum Stehen, setzte einen Fuß auf dem Boden ab und fixierte die Vampirin, die sie am Ort ihres Verbrechens hinter der Gardine gesehen hatte. Sie sah etwas zerrupft aus und wo kam die jetzt bitte her?

Sie wusste nicht mal, ob sie die Vampire hinter sich erwischt oder abgehängt hatte. Emily hämmerte den ersten Gang rein, drehte das Gas auf und legte die Maschine seitlich, um die Kupplung kommen zu lassen. Die Maschine rutschte schlitternd um das Vorderrad herum. Die Richtung zu wechseln war wohl die beste Idee überhaupt.

Der Schotter unter ihrem Hinterrad wurde zu Geschossen und erst jetzt ließ sie die Vorderbremse los, um vorzuschnellen.

Jedoch war die Vampirin schneller. Diese warf sich mit Anlauf auf das sich beschleunigende Motorrad. Der Ruck brachte ihren Ofen aus dem Gleichgewicht und Emily stürzte mitsamt Maschine zu Boden. Der Motor heulte auf.

Verflucht! In der direkten Konfrontation hatte sie gegen Vampire kaum eine Chance.

Sie kämpfte sich auf die Beine. Vielleicht entwickelte die Vampirin ja eine spontane Demenz und vergaß, dass sie furchtbar sauer auf sie war? Eine verwegene Hoffnung.

Die Vampirin stürzte in einer Geschwindigkeit auf Emily zu, die sie blass werden und zurückstolpern ließ.

Es fühlte sich endgültig an, als sich ihre kalten Finger um ihren Hals legten und gnadenlos zudrückten. Emily klammerte sich an diesen brutalen, nicht zu lösenden Griff und versuchte, nach der Luft zu schnappen, die ihr flöten ging. Erfolglos. Die Todesangst kroch lähmend an ihr hoch, wie klebriger Honig. Sie sah der Frau in die Augen. Krass, wie rot Augen glühen konnten. Sie schien sonst tiefbraune, fast schwarze Augen zu haben und wirkte asiatisch. Mit dem Ruß im Gesicht wirkte sie zudem, als wäre sie beim Grillen mal kurz ins Lagerfeuer geraten. Verwunderlich, dass Emilys Gehirn für solche Details nicht zu überanstrengt war. Die Vampirin hatte vor lauter Hass wohl auch keinen Durst?

»Ich werde dir helfen, unser Heim abzufackeln«, knurrte diese wütend. Die Vampirin erwartete hoffentlich keine fundierte Antwort, denn Emily konnte ihr nur schmerzerfüllte Blicke durch den Helm zuwerfen. Der Augenblick, um mit seinem kümmerlichen Leben abzuschließen. Aber die Vampirin zögerte, ihren Griff zu verstärken. Vielleicht quälte sie ja gerne oder wollte es auskosten, denn es bräuchte nur ein Zucken ihres Daumens, um ihren Kehlkopf einzudrücken oder ihr das Genick zu brechen. Ein Moment, der sie doch an die Sünden ihres Lebens denken ließ. Sagte man nicht, dass sich im Angesicht des Todes das Leben vor einem abspulte?

Sie lebte ohnehin von geschenkter Zeit.

Ihre Gedanken verirrten sich etwa elf Jahre zurück. Zu Jason, der ihr damals geholfen hatte, als es ihr mehr als nur schlecht gegangen war. Sie sah ihn jetzt noch vor sich stehen, wie er sie musterte. Immer mit einem vergnügten Schmunzeln um die Lippen und einem Zwinkern in den Augen. Er beugte sich zu ihr herab, um das Bündel Elend aus der dreckigen Gasse aufzulesen. Er hatte ihr geholfen, als ihr Leben nur noch ein Trümmerhaufen gewesen war, mit dem man nicht mehr viel anstellen konnte. Höchstens Benzin drüber kippen und anzünden. Doch dank ihm hatte sie sich dazu aufgerafft, die Scherben zusammenzukehren und einen Neuanfang zu wagen. Ohne ihn wäre sie heute nicht hier.

Sie blinzelte und fand sich leider genau hier wieder. An der Schwelle ihres Erstickungstodes. Es war kaum ein Moment vergangen, denn die Vampirin schaute sie immer noch genauso wütend an, wie vor gefühlt hundert Jahren.

In letzter Verzweiflung griff Emily mit zitternden Fingern unter ihre Jacke und das erste, was sie zu fassen bekam, war der Elektroschocker.

Ihre Schusswaffe wäre ihr lieber gewesen. Löcher in dieses Gesicht zu schießen, klang sehr viel effektiver, als der klägliche

Versuch, sie zu grillen. Im Moment war sie jedoch alles andere als wählerisch.

Emily bohrte den Elektroschocker in den Leib ihrer Angreiferin und drückte ab. Eine Million Volt sollten selbst einem Vampir zu schaffen machen. Zumindest war es das, was die Werbung versprach. Ob sie ein kleines Atomkraftwerk da drin versteckten?

Zuckend ließ diese von ihr ab, sodass Emily hustend nach Luft schnappte und ihr gequetschter Hals Gelegenheit bekam, ihre zerknitterten Atemwege wieder zu entfalten. Gelinde gesagt, fiel selbst das schwer. Sie röchelte schlimmer als jemand, der permanent kubanische Zigarren auf Lunge rauchte und gleichzeitig zu drastischen Asthmaanfällen neigte. Emily ging unfreiwillig auf die Knie und sog angestrengt Luft in ihre Lunge. Nur erholte sich die Vampirin leider schneller von dem Elektroschocker, als sie sich von ihrer Atemnot.

Im nächsten Moment wurde sie am Handgelenk gepackt und dieses brutal verdreht. Mit viel zu viel Schwung schleuderte ihre Peinigerin Emily gegen die Steinmauer.

Das hässlich knackende Geräusch, das ihre Knochen (oder die Steine) von sich gaben, wurde nur noch vom Schmerz getoppt. Trotz Helm sorgte der Aufprall zuverlässig dafür, dass sie Sterne sah und ihr erneut die Luft wegblieb. Sie rutschte benommen an der Wand runter.

War es das jetzt gewesen? Gut gemacht, Emily. Suizid mal anders.

Sie tastete instinktiv mit ihrer rechten, nicht verdrehten Hand nach dem mit Eisenkraut präparierten Messer in ihrem linken Stiefel. Mochte es ihr noch so schwindeln, Aufgeben war keine Option.

Der Knall einer explodierenden Handgranate brachte Scott zum Schlingern und der Druck schleuderte ihn gegen ein parkendes Auto. Was war denn heute nur los?

Taumelnd stellte Scott seine Maschine wieder gerade und gab erneut Gas.

Diese dummen Menschen. Sie hatten zwar nette Erfindungen, mit denen man Vampire kurzzeitig abschüttelte (und gewisse Damnati dabei fast umbrachte), aber sie waren deswegen nicht stärker. Sie fühlten sich mit ihren kindischen Erfindungen nur so. Langsam verließ ihn die Lust, diesen Trottel vor den Vampiren zu schützen, aber welcher Job machte schon durchgängig Spaß?

Der Motorradfahrer hatte wirklich Talent, sich Freunde zu machen. Als dieser wieder in Scotts Sichtweite rückte, hatte der Typ bereits die nächste tödliche Gefahr, in Form einer Vampirin, am Hinterrad hängen.

Scott raste die Gasse entlang und bremste, als diese in einen Garagenhof mündete. Er rollte näher …

Er sah die Maschine auf dem Boden liegen und in jenem Moment schleuderte die Vampirin den Motorradfahrer bereits gegen eine Mauer. Aber was hieß hier Fahrer? Wenn dieser Mann nicht sehr klein und drahtig war, entsprach die Statur eher der einer Frau. Welches Frauenzimmer war so dusslig, sich mit Vampiren anzulegen? Ein sich selbstüberschätzender Macho … okay, aber eine Frau? Die waren meistens cleverer und hingen an ihrem Leben.

Schlitternd bremste Scott. Im gleichen Augenblick trat die Vampirin ihrem Opfer empfindlich in die Rippen.

Wer war denn auch so dämlich, davon auszugehen, dass sich Vampire einfach so das Haus unterm Hintern abfackeln ließen?

Ihn packte die Versuchung, die Vampirin gewähren zu lassen. Natürliche Auslese. Allerdings stand das im Widerspruch zweier seiner Grundsätze: Menschen waren zu schützen, gleichgültig wie dumm sie sich anstellten. Wesen galt es zu töten, egal wie berechtigt ihre Mordlust war. Also nichts mit natürlicher Auslese.

Allerdings wäre Scott ebenso sauer, wenn man versuchen würde *ihn* umzubringen. So wie jetzt. Denn die verfluchte Kreatur bewies höchste Dummheit. Sie wandte sich um, registrierte seine Gegenwart, aber sie flüchtete nicht. Nein, das Weibsstück lief geradewegs auf ihn zu. Und ganz sicher legte sie nicht solche Eile an den Tag, weil sie ihm ein Küsschen geben wollte.

Scott packte seine Armbrust und legte an. Die Vampirin zuckte zurück.

Die archaische Brutalität, die eine Armbrust ausstrahlte, sorgte regelmäßig für Zögern bei Scotts Gegnern und verschaffte dem Jäger damit die wertvollen Sekunden, die er zum Töten benötigte. Scott drückte ab und der Pfeil fand surrend sein Ziel.

Das Holz bohrte sich in das Herz der Vampirin und beförderte die Untote endgültig in die Hölle.

Kapitel 3

Berichte sind überbewertet

Pure Erleichterung ergriff sie, als die Vampirin von ihr abließ und sich entfernte. Ihre Rippen jaulten mit ihrem Arm um die Wette und sie bekam das verflixte Messer nicht aus dem Stiefel. Heute war definitiv nicht ihr Tag.

Ihr Blick fiel auf jemanden, der in dieser Szene eigentlich nichts zu suchen hatte. Ein athletischer, hoch gewachsener Mann, der ihr vorkam wie ein rettender Engel. Ein Engel, der eine eindrucksvolle Armbrust zückte. Ah ja. Wie hart war sie gegen die Steinwand gekracht? Vielleicht träumte sie das ja nur, dass er einen Pfeil in die Brust der Vampirin jagte, diese mit einem ungläubigen Blick in die Knie ging, um dann endgültig umzufallen. Deren Augen starrten gen Himmel und ein Röcheln ertönte, als sie ihren letzten Atem ausstieß. Das Leben verabschiedete sich endgültig aus ihrem Körper. Sie vertrocknete innerhalb weniger Sekunden zu einer Art Ramses für Arme, für den sich Wissenschaftler gegenseitig die Pflöcke in den Hintern treiben würden. Träumte sie?

Wohl kaum, denn dafür fühlte sich das hier zu echt an. Vor allem der pochende Schmerz in ihrem Arm und das Stechen im ganzen Körper aufgrund des Sauerstoffmangels. Emilys Brustkorb hob und senkte sich hektisch, während ihr Blick fasziniert auf dem Mann lag, der diese Situation rettete.

Wer war er? Ein menschlicher Jäger? Nein! Er wirkte so anders … härter, entschlossener, geübter. Dieser Mann lagerte sein Dynamit bestimmt nicht unsachgemäß. Dazu sah er aus, als wäre er gerade einem anderen Schlachtfeld entkommen. Sein Hemdkragen glänzte von getrocknetem Blut.

»Was ist mit den beiden anderen Vampiren?«, krächzte sie mühsam. Ihre Stimme war rau wie ein Reibeisen und es grenzte an ein Wunder, dass sie überhaupt einen Ton rausbekam. Emily schaute sich um, aber niemand war zu sehen. Anstatt ihr eine Antwort zu geben, zog sich ihr Gegenüber in aller Seelenruhe den Helm vom Kopf und griff nach seinem Handy, um zu telefonieren.

Wenn der jetzt eine Pizza orderte, wollte sie aber was davon abhaben. Sie verstand nicht, was er sagte, aber sie konnte ihn immerhin ungeniert anstarren.

Zwischen den dichten Augenbrauen bildete sich eine steile Falte. Dunkle Haare standen ihm vom Kopf ab. Sie schrien förmlich danach, durcheinandergebracht zu werden. Am besten bei wildem, schmutzigem Sex. Himmel, wurde man immer wuschig, wenn man etwas auf den Kopf bekam?

Er drehte sich um und sah sie an. Gute Güte. So blaue Augen hatte sie noch nie gesehen. Und er strahlte eine Autorität aus, die nicht von schlechten Eltern war.

Er beugte sich zu ihr.

»Betäubt und tot.«

»Hä?« Wovon redete er?

»Die Vampire.«

»Wer bist du? Rambo?«

»Rambo ist erst seit einem Jahr dabei.«

Verständnislos starrte sie ihn an. War er eine gottverdammte Ein-Mann-Armee? Wie konnte er mal eben mehrere Vampire ausschalten? Und was sagte er? Rambo war erst seit einem Jahr dabei?

Rambo war eine Filmfigur! Einer der toten Vampire musste ihm ordentlich eins auf die Nuss gegeben haben.

»Schickt dich Jordan?«, stellte sie eine ihr naheliegende

Frage, während sie noch versuchte, ihre Knochen zu sortieren. Uuuh, den Arm konnte sie schon mal nicht bewegen. Der Rest fühlte sich zwar zerschlagen, aber benutzbar an.

»Ich kenne keinen Jordan«, erwiderte ihr Retter. »Zumindest keinen menschlichen.«

Keinen menschlichen. Aha. Scheinbar einer der anderen Fraktion. Sie ließ sich nichts anmerken, es käme auch seltsam rüber, jetzt in begeisterte Hysterie zu verfallen, nur weil ein Damnati vor ihr kniete. Damnati mochten Menschen ohnehin nicht und sicherlich erst recht keine, die sie mit offenem Mund anstarrten. Oder sie bewundernd anhimmelten und scheu hauchten, dass ihnen die Größe ihrer Armbrust gefiel. Sie beschränkte sich darauf, ihn neugierig zu mustern.

Er öffnete den Verschluss ihres Helmes und zog ihr diesen behutsam vom Kopf. »Wie heißen Sie und welcher Tag ist heute?«

Ihr war klar, worauf seine Frage zielte. Er wollte wissen, ob sie noch ihre Vögelchen beisammen hatte. Sofern man aus seiner Sicht noch alle Latten am Zaun haben konnte, wenn man sich, als schwächlicher Mensch, mit Vampiren anlegte.

Sie musterte ihn herausfordernd, denn das kratzte doch an ihrem Stolz.

»Wer will das wissen? Und das heutige Datum sollten Sie kennen.«

Pah, sie und eine Gedächtnislücke. Sie wünschte, es wäre so. Dann würde sie vielleicht vergessen, warum sie jaulte, als er nach ihrem Arm griff. »Nicht anfassen!«

Stöhnend lehnte sie sich nach vorne und versuchte, den verdrehten Arm in eine Lage zu bringen, in die er eigentlich gehörte. Au, verflucht!

»Ein paar Straßen weiter gibt es ein Krankenhaus. Ich bringe

Sie hin.«

Sie nickte und biss die Zähne zusammen, als er sie vorsichtig auf seine Arme lud. Sie versuchte, den lädierten Bruch nicht zu bewegen, indem sie ihn mit ihrer anderen Hand stützte. Verdammt, tat das weh.

Emily lehnte den Kopf an seine Schulter. Das kühle Leder seiner Montur hatte etwas Beruhigendes an sich und diese Mühelosigkeit, mit der er sie aufhob, erinnerte sie an Jason. Er könnte mühelos einen gesamten Harem auf seinen Armen herumtragen.

Sie hatte also recht. Dieser Kerl war ein Damnati. Sie hob ein wenig den Kopf, um ihn näher zu betrachten.

Er machte den Eindruck, durch und durch konsequent zu sein, völlig egal, was er tat. Wie einer dieser Helden aus dem Wilden Westen. Als sei er einem unrealistischen Film entsprungen. Außerdem schien er ohne Gesichtsmuskeln auf die Welt gekommen zu sein. Nichts in seinem Gesicht rührte sich. Konnte er überhaupt blinzeln? Er sah so unbeteiligt aus, als wäre er in Gedanken sehr weit weg.

Es fehlte nur noch jemand, der passend den Song ›The Good, the Bad and the Ugly‹ einspielte. Unweigerlich musste sie darüber lächeln, denn das war komplett verrückt. Genau wie diese Situation.

Ebenso irritierend war, dass es sich in seiner Obhut erschreckend gut anfühlte, trotz der Schmerzen in ihrem gebrochenen Arm. Der würde wieder heilen, das war nicht das Problem, und dann auf ein Neues.

Sie schmachtete augenblicklich lieber ausgiebig die markanten, aber dennoch filigranen Gesichtszüge ihres Retters an. Sogar die Schrammen standen ihm. Wann bekam man auch mal ein solches Mannsbild dazu, still zu halten, wenn man es andächtig begaffen wollte? Sein mürrischer Blick, der wilde Entschlossenheit zeigte und ignorant an ihr vorbei nach vorne schaute, komplettierte dieses Bild. Dazu das helle Blau seiner Iris, das interessanterweise außen in ein dunkleres Blau überging, mit unheimlich dichten Wimpern, die man glattweg seinen Töchtern wünschte. Seine Augenbrauen verliehen ihm etwas Verwegenes. Ja, er war durch und durch attraktiv.

»Warum tun Sie das?«, fragte sie.

Bevor er ihr jedoch eine Antwort geben konnte, raste ein Krankenwagen in die Gasse und bremste abrupt. Ein Mann lehnte sich aus dem Fenster des Wagens.

»Mann, Mann, der Bericht wird bestimmt ein paar Seiten lang. Beneide dich nicht drum.«

Der Fahrer streckte den Arm aus und zeigte auf sie.

»Und dabei noch eine Süße abgeschleppt, das schaffst auch nur du.«

Emilys Augenbrauen verirrten sich amüsiert und mindestens genauso irritiert nach oben.

»Nimm die Motorräder mit«, erwiderte ihr Held. Er beugte sich mit ihr zu seinem Rucksack und angelte nach diesem. Emily riss beeindruckt die Augen auf, als es wackelig wurde und er sein Gepäck dennoch lässig über seine Schulter hängte. Gute Güte, der würde bestimmt auch einen halben Harem wegschleppen können, während ihn die Damen unanständig befummelten. Wer könnte es ihnen verübeln? Sie würde auch zu gern erkunden, ob er wirklich so muskulös war, wie die Ledermontur erahnen ließ.

Er drückte ihr seine Armbrust in die Hand und ihre Finger strichen bewundernd über das kühle Holz.

»Sie haben meine Frage nicht beantwortet«, erinnerte sie ihn.

»Je länger ich mit Ihnen herumtrödle, umso später muss ich

den Bericht schreiben.«

Ach, echt? In ihren Zügen zeigte sich Belustigung.

»Das alles, um einem Bericht zu entgehen?«

»Ja.«

Aha.

Er hatte wirklich alle Merkmale eines Antihelden. Gerüchten zufolge übertrieben es die Damnati gerne bei der Beseitigung von Wesen und das unter der edlen Prämisse, die Menschheit schützen zu wollen. Hatte sie zumindest gehört.

»Da frage ich mich, was wohl angenehmer ist«, merkte sie sinnierend an.

»Jemanden ins Krankenhaus zu bringen.«

Manche Berichte glichen einem wahren Kunstwerk, die der liebe Chef dennoch nur zu gerne zusammenbrüllte. Im Besonderen dann, wenn es nicht nach seinen Vorstellungen gelaufen war. Aber warum er nicht einfach einen echten Krankenwagen rief und sie an helfende Dritte übergab, das schien sein Geheimnis zu bleiben. Ständig Vampire zu töten war sicherlich anstrengend. Eventuell trug er auch einfach nur gerne hilfsbedürftige Frauen herum. Oder er hatte sich gerade unsterblich in sie verliebt, nur dass der Kniefall mit dem entsprechend romantischen Heiratsantrag ausblieb. Warum nur? War an ihr etwas auszusetzen?

Und warum standen sie immer noch hier wie bestellt und nicht abgeholt? Einer seiner Kollegen griff nach ihrer Maschine und hob sie hoch.

»Wo bringt ihr mein Motorrad hin?« Immerhin wollte sie es wiederhaben.

»Wenn Sie wieder fahren können, bekommen Sie es zurück.«

Klang ja fabelhaft! Trug er sie dann aus dem Krankenhaus nach Hause? Oder sollte sie zu Fuß gehen? Sie starrte noch ihrem Motorrad hinterher, als er sich in Bewegung setzte.

»Wie kommt man auf die Idee, ein Haus mit drei Vampiren anzuzünden und das auch noch allein?«

Emily musterte ihn überrascht. Aber nicht, weil er zur Abwechslung mal einen Satz von mehr als drei Worten zustande brachte. Woher wusste er von dem angezündeten Haus?

Hatten die Damnati etwa ein Frühwarn-System oder waren sie auch an diesen Vampiren dran gewesen? Obwohl … nein, das war eher unwahrscheinlich.

Aber verdammt, was sollte sie ihm antworten? Dass sie eine dumme, durchgeknallte Einzeltäterin war?

»Das Pack verdient es, von diesem Erdboden zu verschwinden. Sie töten willkürlich und selbstgerecht, wie es ihnen in den Kram passt. Sie spielen Gott und das ist etwas, dem man Einhalt gebieten muss«, platzte sie heraus. Eine glatte Lüge!

»Hat sich ja voll gelohnt«, spottete er. »Zwei, maximal drei tote Vampire, dafür ein gebrochener Arm und wenn ich nicht gewesen wäre, selbst tot. Sie sollten das Problem lieber den Profis überlassen.«

Toll! Da redete er in vollständigen Sätzen und nutzte diese Fähigkeit sofort, um ihr einen Vortrag zu halten, wie unglaublich dämlich sie war. Konnte sie ihren persönlichen Helden bitte umtauschen? Zugegeben, diese Aktion war nicht unbedingt eine ihrer Glanzleistungen und es ärgerte sie, seinem Spott ausgesetzt zu sein. Er verzog noch immer keine Miene. Wie Django auf einem Rachefeldzug. Es fehlte nur noch der Zigarettenstummel im Mundwinkel, auf dem er lässig herumkaute, und der Sarg, in dem er seine Schnellfeuerwaffe hinter sich herzog. Gut, er hatte eine ziemlich große Armbrust.

»Ihre Ansicht. Vielleicht hätten Sie es drauf ankommen lassen sollen«, erwiderte sie störrisch, denn das Ende war schließlich noch nicht entschieden gewesen.

»Dafür bin ich zu gut erzogen. Außerdem erkenne ich mittlerweile ganz gut, wann jemand einem Vampir unterlegen ist.«

»Gut erzogen?« Emily lachte leise. »Sie haben sich noch nicht einmal vorgestellt!«

»Ich bin gut genug erzogen, um Sie jetzt nicht einfach fallen zu lassen.«

Emily musterte ihn belustigt.

»Bleiben Sie auch dann noch so cool, wenn man Ihnen eine entsicherte Handgranate in die Hose steckt?«

Ha! Jetzt zuckte ein Muskel in seiner Wange!

»Versuchen Sie es und wir werden herausfinden, ob Sie mit meiner Granate klarkommen.«

Versuchte er, mit ihr zu flirten? Sie kam sich eher bedroht, als umgarnt vor.

»Ich kann mit allem umgehen. Auch mit verrückten Vampiren, die mich gegen Mauern werfen. Sie haben sich das Happy End selber versaut«, beharrte sie mit aller Selbstsicherheit, die sie aufbringen konnte. Wäre er nicht aufgetaucht, hätte sie diese Vampirin mit ihrem Eisenkrautmesser zu Döner am Spieß verarbeitet. Ganz genau!

»Das Ende wäre versaut gewesen, wenn die Vampirin Sie getötet hätte. So etwas zuzulassen, nur um zu beweisen, dass ich recht habe, gehört nicht zu meinem Job«, gab ihr Held ohne eine ersichtliche Veränderung seines Gefühlslebens zurück.

»Das heißt, Sie wollten das Ende einfach nicht abwarten, weil es Ihren Prinzipien nicht entspricht?«

Also rechthaberisch war er zumindest schon mal nicht.

»Ja.«

Was sollte man dazu noch sagen? Er schaffte es tatsächlich, das letzte Wort zu haben.

Ihre kleine Fragerunde überstand er damit mühelos. Wie ein echter Held eben. Nur dass er irgendwie doch mehr Text hinbekam. Die ganze Sache war eindeutig gegen sie gelaufen. Die Nummer ›Zündeln und Abhauen‹ war aus dem Ruder gelaufen. Aber warum sollte sie das zugeben? Damit er sich bestätigt fühlte? Nein, es hätte tatsächlich noch weiter gehen können, auch wenn diese augenblickliche Nähe einen tatsächlich auf die verwegensten Ideen bringen konnte.

Kapitel 4

Prämenstruelles Syndrom

Sie bekam den Gedanken nicht aus dem Kopf. Sie fragte sich, wie es wohl war, ihn zu küssen. Wusste der Geier, wieso.

Ob er ahnte, was sie sich vorstellte? Er bewegte kaum seinen Kopf und marschierte selbstbewusst über jede rote Ampel. Als ob ein LKW ohnehin nur von ihm abprallen würde. Zum Glück waren ihre Hormone damit beschäftigt, ihr Gehirn weiterhin auf Paarungsbereitschaft zu trimmen, anstatt sich Angstattacken hinzugeben, die darin gipfelten, dass sie heute zwar nicht durch die Hand einer Vampirin draufging, sondern unter den Wagen eines Gemüselieferanten geraten könnte. Genau! Nur deswegen hämmerte ihr Herz so heftig in ihrer Brust.

Sie erreichten das Krankenhaus und das helle Licht in diesen endlosen Gängen war ebenso abscheulich wie grell.

Doch etwas Gutes hatte die deprimierende Wirkung des Hospitals: Emily hörte endlich auf, die Lippen ihres Retters anzustarren.

Ihr Django marschierte zielgerichtet in die Notaufnahme und setzte sie wie eine Tasse Kaffee auf dem Tresen ab.

Zum Glück klirrte sie nicht und gab auch hoffentlich nicht den Löffel ab.

Mit Mühe verkniff sie sich ein Kichern. Waren solche Nebenwirkungen üblich? Entwickelte man jedes Mal, wenn man von einem Vampir wie ein Flummi gegen eine Wand geworfen wurde, das unstillbare Verlangen, den nächstbesten Kerl um den Verstand zu knutschen und wie ein Schulmädchen zu gackern? Ein wenig Überspanntheit konnte doch kaum so schädlich sein, oder?

Die Schwester schob die dicke Hornbrille nach oben und starrte sie missmutig an. »Was ist hier kaputt?«

»Arm gebrochen«, sagte der Damnati.

»Wie ist das passiert?«

»Motorradunfall.«

Einen Moment lang starrten die beiden sich düster an.

Hui, Django eins und Django zwei. Heute war wohl ihr Glückstag? Was musste sie wohl tun, um die beiden zu einem Duell anzustacheln?

Die Schwester griff nach ihrem Klemmbrett und schielte über den Rand ihrer Brille zu Emily.

»Sehen Sie unscharf, ist Ihnen schlecht und können Sie sich an den Unfall erinnern?«

»Mir ist es nie besser gegangen. Dieser flotte Kerl hier hat mich getragen«, kicherte Emily vergnügt. Ein gebrochener Arm war nun wirklich kein Grund zur Staatstrauer. Sie hatte mit ihrem Django Spaß.

»Wie heißen Sie? Können Sie mir Ihr Geburtsdatum nennen?«, hakte die Schwester unbeeindruckt nach.

»Rosalyn McKenzie. 05.01.1989.«

Diesen Namen hatte sie bereits so oft angegeben, dass er sich anfühlte, als wäre er tatsächlich ein Teil von ihr.

Emily rutschte auf dem Tresen herum und nur der mutige Zugriff ihres Retters bewahrte sie davor, vom Tisch zu fallen. Hey, hatte er etwa die Hand an ihrem Hintern?

»Wäre es möglich, dass ihr mir mein Motorrad hier vor die Tür stellt?«, fragte sie und zwinkerte ihm kokett zu.

»Nein.«

Hm, einfach nur Nein!

Die Schwester reichte Django das Klemmbrett. »Würden Sie

das bitte mit ihr ausfüllen? Und setzen Sie sie auf einen Stuhl im Wartebereich.«

Ihren Worten war ein tadelnder Ton zu entnehmen.

»Gut.«

Ihr Django klemmte sich den Fragebogen unter den Arm, um sie erneut wie ein Päckchen auf seine Arme zu laden und in den Wartebereich zu tragen. Das war nicht nur witzig, sondern allerliebst. An diesen Service könnte sie sich gewöhnen. Ob man ihn wohl mieten konnte?

Er setzte Emily auf einem der Stühle ab und platzierte sich auf dem benachbarten. Schweigend sah er auf den Fragebogen. Wollte er ihn auswendig lernen? Er war ihr noch ein paar aufregende Storys aus seinem Job schuldig.

Emily lehnte sich gegen seine Schulter.

Ein Hauch seines Duftes stieg ihr in die Nase. Verdammt, roch er gut.

»Erzählen Sie mir von Ihrem Job«, flüsterte sie ihm zu.

Der Lohn für ihre unverblümte Annäherung waren skeptisch hochgezogene Augenbrauen seinerseits. Emily lächelte frech. Sollte er ruhig denken, dass sie einen Dachschaden hatte. Es interessierte sie wirklich, wie Damnati vorgingen. Außerdem waren die Vampirjäger seiner Art ein Quell wertvoller Informationen. Eine solche Gelegenheit konnte sie sich unmöglich entgehen lassen.

»Da gibt es nicht viel zu erzählen. Wir töten Wesen, um Menschen zu schützen. Manchmal ist es leichter, manchmal schwerer.«

Wow, das waren mehr als fünf Worte gewesen. Und warum sah er sie nun so vieldeutig an?

»Wann ist es schwerer?«

»Wenn Menschen im Weg stehen«, erwiderte er. »Und wenn

die Wesen in der Überzahl sind.«

Also den Schuh zog sie sich sicher nicht an. Pfff, sie stand doch nicht im Weg.

Wie es wohl war, den lieben langen Tag Wesen zu jagen und ständig bedroht zu sein? Gut, bedroht waren Menschen immerzu und das nicht nur von blutrünstigen Vampiren oder außer Kontrolle geratenen Wölfen, sondern auch von ihrer eigenen Art. Verkehrsunfälle, Krankheiten und Kriminelle. Terroristen, die sich einer höheren Sache verschrieben hatten und mal kurzerhand sich und ein ganzes Gebäude mit einem enthusiastischen ›Allahu Akbar‹ in die Luft sprengten.

Scott stupste sie an und riss sie damit aus ihren Gedanken.

»Haben Sie gerade Ihre Menstruation?«

»*Bitte was*?«

»Ob Sie Ihre Tage haben«, wiederholte er geduldig. Sein Blick klebte an dem Papier auf seinem Schoß. Ach ja, der Fragebogen. Ob er immer noch froh darüber war, eine Frau ins Krankenhaus zu bringen, anstatt einen Bericht zu schreiben?

»Das steht da bestimmt nicht.«

»Doch«, widersprach er und kreuzte beherzt das ›Ja‹ auf der Liste an. Vielleicht hatte nicht sie, sondern *er* den schweren Schlag auf den Kopf bekommen. Noch nie war ihr in einer Notaufnahme diese Frage gestellt worden. Seit wann war es relevant, ob eine Frau menstruierte?

Emily schaute ihm belustigt dabei zu, wie er nun den Fragebogen in Eigenregie ausfüllte und ihre Größe nicht mal falsch einschätzte. Emily konnte nicht den Blick von ihm abwenden. Wie bei einem Unfall, bei dem man hinsehen musste, bevor einem was entging. Als er sich jedoch selbstmörderisch an ihrem Gewicht versuchte, fragte sie sich ernsthaft, wie er es mit ihr auf den Händen bis ins

Krankenhaus geschafft hatte. Er hätte auf halbem Wege zusammenbrechen und schnaufend sterben müssen.

»Ich sehe schon, Sie halten mich wohl für einen Elefanten«, maulte sie. Hey, sie hatte offiziell ihre Periode. Da durfte sie zickig sein.

»65 Kilo auf über 1,70 m entspricht Normalgewicht.«

Er ließ sich nicht im Geringsten aus der Ruhe bringen, denn sein Stift wanderte zum nächsten Punkt. »Haben Sie irgendwelche Krankheiten, wie Diabetes?«

»Ich wette, das können Sie mir sicher auch von der Nasenspitze ablesen«, stichelte sie.

»Dazu müsste ich Ihnen Blut abnehmen.«

Sie deutete auf eine Frage, die er mit ›Nein‹ beantwortet hatte. »Wie kommen Sie zu der Annahme, ich wäre *nicht* schwanger?«

»Weil Sie Ihre Tage haben.«

Fiel ihr die Kinnlade aus dem Gesicht? Er hatte gewonnen. Dazu fiel ihr nichts mehr ein. Er antwortete ihr so ernsthaft darauf, dass man den Eindruck bekam, er mache das mit voller Absicht.

Ob der Arzt vorsichtiger mit ihr umging, wenn er glaubte, sie hätte ihre Regel? Damit er nicht Gefahr lief, kurzerhand von ihr mit dem Stethoskop erwürgt zu werden?

Prustend brach sie über diese Absurdität in Gelächter aus. Ihr Lachen ließ sogar die Schwester draußen einen strengen Blick über ihre Brille werfen. Erst als sie mit dem Arm gegen die Lehne des Stuhls stieß, stöhnte sie leise auf.

»Was war denn Ihre größte Übermacht, der Sie je gegenübergestanden haben?«, lenkte sie das Thema lieber wieder auf seinen Job.

»Fünf Vampire gegen zwei von uns.«

Emily musterte ihn fasziniert, denn das klang nach einem echten Ernstfall. Einer war schließlich schon brutal gefährlich. »Was ist passiert?«

»Ich war mit einem Partner auf Streife. Die Vampire mussten sich vorneweg von Betrunkenen genährt haben, denn sie waren alle leicht angeschickert, was sie übermütig werden ließ. Letzten Endes starben ein Damnati und zwei der Vampire. Die anderen Vampire flüchteten, wurden später aber gefunden und getötet.«

»Das klingt hart«, gab sie zu. Der liebe Alkohol. Man brauchte sich nur zu vorgerückter Stunde ins Kneipenviertel verirren. Irgendwo gab es immer eine Schlägerei.

»Wie oft wird es so brenzlig in Ihrem Job?«

»Auf den normalen Streifen vielleicht einmal in der Woche. Und nicht wirklich brenzlig, aber doch so, dass man sich seiner Haut erwehren muss. Kommt auch darauf an, wie man den Wesen begegnet«, erklärte er.

»Wie begegnen Sie den Wesen denn?«

»Nicht sonderlich freundlich.«

Ja, das hatte sie gesehen, als er seine Armbrust ohne zu zögern gegen die Vampirin eingesetzt hatte.

»Zünden Sie öfter Vampirhäuser an oder war es Ihr erstes Mal?«, drehte er nun kurzerhand den Spieß um.

»Das war mein erstes Mal.«

Es war nicht einmal gelogen. Es war tatsächlich das erste Mal, dass sie ein Vampirhaus sprengte und in Brand setzte. Aber er durfte nicht wissen, mit wem er es wirklich zu tun hatte, auch wenn es einem Teil in ihr fast leidtat. Sie mochte ihn und ihr Bauchgefühl stand absolut auf diesen ungewöhnlichen Mann. Emily rieb versonnen das Schmuckstück unter ihrem Shirt.

»Wer hat Ihnen von den Wesen erzählt?«

Es lag ihr fern, ihn mit der Wahrheit zu erfreuen, denn das käme doch reichlich seltsam, nun aus einer Zeit zu erzählen, die sie deutlich geprägt hatte. Auch dass es ein Wesen selbst gewesen war, das ihr dieses Wissen aufgezeigt hatte … Jason, der ›böse‹ Vampir. Dafür hätte ein Jäger sicherlich wenig Verständnis. Nachdem ihre Pflegeeltern einem schlichten Raubüberfall zum Opfer gefallen waren, hatte sie weder ihr Leben noch ihre Ausbildung auf die Reihe bekommen. Sie hatte die Wohnung nicht halten können und mit ihren knapp siebzehn Jahren keinesfalls zurück in ein Heim gewollt. Sie war vor dem Jugendamt abgehauen, um bei Bekannten und mehr oder weniger auf der Straße zu leben. Letztendlich war sie in einem Strudel aus Drogen und Verdrängung gelandet. Naja, bis sie auf Jason getroffen war.

»Meine Eltern wurden vor ein paar Jahren von einem Vampir angegriffen. Niemand fand es verdächtig, dass ihre Körper blutleer in einer Gasse gefunden wurden. Es hieß, sie wären einem Tier zum Opfer gefallen. Da habe ich angefangen, Fragen zu stellen und der Sache nachzugehen. Es war ein Polizist, der mich mit kryptischen Warnungen bedachte und mich so auf die richtige Spur geführt hat«, dachte sie sich unbeirrt eine zugegeben verdrehte Geschichte aus.

»Sie sollten trotzdem zukünftig die Arbeit den Profis überlassen«, stellte der Damnati fest.

Offensichtlich glaubte er ihr das. Sicher, weil sie genau den richtigen Grad Betroffenheit und genug Starrsinn zeigte, sich nicht von einem Polizisten abwimmeln zu lassen. Das war erleichternd, auch wenn sich das schlechte Gewissen bei ihr meldete. Er kümmerte sich vorbildlich um sie und was machte sie? Sie tischte ihm eine Lüge nach der nächsten auf. Aber was blieb ihr übrig?

»Vielleicht haben Sie recht«, machte sie ihm immerhin ein Zugeständnis. Der Jägertrupp, dem sie zugeteilt war, war für seine waghalsigen Unternehmungen bekannt. Vernunft an den Tag zu legen, stand bei den Kerlen nicht ganz oben auf der Liste. Aber das würde sie bestimmt nicht von weiteren Aktionen abhalten. Sie musste dieses Spiel mitspielen, aber das würde sie Scott nicht sagen. Egal, wie gerne sie das wollte. Mann, war das verzwickt, außerdem machten sie die Schmerzen langsam kirre. Ein Wunder, dass sie sich noch nicht um Kopf und Kragen geredet hatte.

Sie war heilfroh, als sich in dem Moment eine Schwester in den Wartebereich schob und Rosalyn McKenzie aufrief.

»Das bin wohl ich.«

Emily stand auf und wankte deutlich. Ihr Kreislauf war wohl der Meinung, jetzt in Urlaub zu wollen. Gestrichen!

Ihr Arm schmerzte bei jeder Bewegung. Sie stützte diesen mit ihrer gesunden Hand, um die Erschütterungen so gering wie nur möglich zu halten.

Verdammt, es war doch nur ein Bruch. Dank ihrer Schutzkleidung hatte sie sonst keine Schramme abbekommen. Wenn man mal davon absah, dass ihr Arm gebrochen war und … Okay, ihre Rippen quietschten auch ein wenig. Bevor sie jedoch aufgrund dieser Fehleinschätzung nähere Bekanntschaft mit dem Boden machte, griff ihr fürsorglicher Django ein.

Er legte den Arm stützend um ihre Taille, sodass sie ohne weitere Unfälle das Behandlungszimmer erreichten. Er setzte sie behutsam auf der Liege ab und reichte den Fragebogen an den Arzt, der seinen Blick prüfend zuerst auf diesen legte und dann auf Emily.

»Motorradunfall. Dann wollen wir mal sehen.«

Er hielt ihr eine kleine Diagnostikleuchte vor beide Augen und riskierte einen tiefen Blick. Emily blinzelte misstrauisch.

»Ihre Frau hat mit großer Sicherheit eine Gehirnerschütterung. Wir müssen ein Röntgenbild machen.«

Emily stöhnte leise, als die Schwester sie aus der Lederjacke pellte. Ihr Arm schillerte bereits in prächtigen Farben und die Haltung machte ihr Sorgen. Diese Ecke in ihrem Unterarm war von der Natur sicher nicht so vorgesehen.

Jede Bewegung ließ die Knochen aneinander reiben. Emily biss die Zähne zusammen. Vorsichtig wurde sie wieder auf der Liege gelagert, während die Schwester ihren Blutdruck maß.

»Mein Kopf tut mir nicht mal weh«, steuerte sie widerspenstig bei. Gehirnerschütterung. Pah!

Der Arzt hob streng den Finger. »Überlassen Sie das mir. Ich bin der Fachmann. Sie haben einen Schock und ich kann es nicht verantworten, dass Sie mir umkippen, nur weil Sie unvernünftig sind.«

Emily schaute ihn unzufrieden an. Er schien es ernst zu meinen. Sie wollte sich nicht vorstellen, was gewesen wäre, hätte sie keinen Helm getragen. Der Aufprall war hart gewesen und sie hatte dem in der Tat nicht viel entgegenzusetzen gehabt. Sich mit Vampiren anzulegen, war kein Spaziergang, wenn diese mächtig sauer auf einen losgingen. Aber ihr ging es gut. Bis auf diesen blöden Arm.

Die Arme vor der Brust verschränkt, stand der Damnati wie eine Festung im Zimmer und beobachtete das Tun des Arztes.

»Wie schwer?«, fragte er hörbar schlecht gelaunt.

Der Arzt drehte sich in seine Richtung. »Schwer genug, dass man sie die nächsten achtundvierzig Stunden nicht alleine lassen darf. Sie könnte ein Blutgerinnsel entwickeln und dadurch plötzlich umkippen. Wir werden ihr etwas geben, damit das Blut dünn bleibt, und ein Schmerzmittel.«

BÄM … der war ja eine Nummer. Emily verdrehte die Augen. Aber ihr war alles recht, solange er sie nicht über Nacht hierbehalten wollte. Sie mochte Krankenhäuser nicht sonderlich. Das galt übrigens auch für Friedhöfe.

War dieser Arzt mit der humorlosen Schwester verwandt, die draußen mit strengem Blick die Neuankömmlinge koordinierte? Widerspruch zwecklos, zumal sie nun in einen Nebenraum gebracht wurde, um das Röntgenbild zu machen. Wenige Augenblicke und zahlreiche Flüche später, die selbst einen Araber hätten erröten lassen, war sie wieder im Behandlungsraum. Die Schwester drückte dem Arzt eine aufgezogene Spritze in die Hand, die er Emily in die Armbeuge injizierte. Zuvor hatte die Schwester ihm das Röntgenbild angereicht, der dieses vor eine Lampe hängte und murmelnd studierte. Emily schaute seufzend das Pflaster mitsamt dem Wattebausch an, den ihr die Schwester an den Arm klebte. Was zur Hölle benutzte sie da? Gaffa-Tape?

»Zum Glück nicht gesplittert. Auch wenn der Knochen etwas zu sehr in Bewegung gewesen ist. Ist ein wenig verdreht. Wir müssen das richten und dann bekommen Sie einen hübschen Gips, auf dem Ihre Freunde nette Bildchen verewigen können. Die Rippen sind nicht gebrochen, sondern nur geprellt«, verkündete der Arzt nun seine Interpretation ihrer Befunde.

Ganz toll. Emily schaute ihn seufzend an, während das Schmerzmittel zum Glück anfing, Wirkung zu zeigen. Watteartige Wärme kroch in ihrem Körper hoch und ihr wurde leicht schummerig im Kopf. Oh ja, das erinnerte sie an gewisse Rauschzustände. Schwankte sie oder bewegte sich der Raum? Herrlich, wenn der Schmerz nachließ. Bis dieser Schlächter von

Arzt an ihr zog. Emily stöhnte lauthals auf.

»Autsch! Sie elender Quacksalber, Kurpfuscher, Halsabschneider ... das tut weh!«

Sie sah tatsächlich schon wieder Sterne vor ihren Augen tanzen.

»Das Schlimmste haben Sie überstanden. Jetzt muss es nur noch heilen. Schonen Sie sich und genießen Sie die freie Zeit«, verkündete der Arzt lächelnd. In dem steckte glatt ein verkappter Sadist. Wo hatte der sein verdammtes Stethoskop, an dem man ihn aufknüpfen konnte?

Die Schwester gipste ihren Arm ein und bettete diesen in einen Gurt, der ihren Arm stützte und mit Klettverschluss auf ihrem Rücken fixiert wurde. Der Doc wandte sich inzwischen dem Jäger zu und hielt ihm ein Blatt Papier unter die Nase.

»Unterschreiben Sie mir hier, dass Sie Ihre Frau mindestens zwei Tage nicht aus den Augen lassen. Ich schreibe ihr ein Schmerzmittel auf. Bringen Sie sie in einer Woche wieder zur Kontrolle.«

Emily verfolgte diese Unterhaltung mit einem zunehmend verklärten Blick.

»Bevor ich das unterschreibe, muss ich mit ihr reden«, sagte ihr Beschützer und mit einem Rucken seines Kopfes deutete er in ihre Richtung. Der Arzt hob überrascht seine Augenbrauen. Emily übrigens auch, doch Djangos Mimik und der missmutige Ausdruck in seinen Augen luden nicht zu einer Diskussion ein. Oder gar zum Nachfragen.

»Ich wollte mir ohnehin einen Kaffee holen«, beteuerte der Arzt und winkte der Schwester, die sich ebenfalls erhob, um das Zimmer zu verlassen.

Mit einem verträumten Blick schaute Emily zu ihrem Retter auf, um noch mal *was* zu tun?

»Haben Sie jemanden, der die nächsten zwei Tage ein Auge auf Sie haben kann?«, richtete ihr vermeintlicher Mann nun eine Frage an sie und gab ihr damit den Faden zurück, den sie glatt verloren hatte. Jetzt wusste sie wieder, was sie machen wollte: Aufpassen, dass sie sich nicht versehentlich auch noch in die Luft sprengte und dabei ihren Gips kaputt machte.

»Nein. Haben Sie keine Zeit?«

Endlich zeigte Django mal so etwas wie Emotionen. Er seufzte und rieb sich die Nasenwurzel. Komisch ... warum sah er auf einmal so gestresst aus? Er tötete Vampire, er trug sie in ein Krankenhaus, er ertrug sogar die Warterei mit einer menstruierenden Frau und nun schwächelte er?

Ihr ging es im Übrigen hervorragend. Gepriesen seien die legalen Drogen, die sie umwebten. Das Blau seiner Augen war ihr noch nie so intensiv vorgekommen, wie in diesem Moment. Warum tanzte ihm eigentlich eine weiße Maus über die Nase? Das war lustig. Er musste unbedingt bei ihr bleiben. Sie brauchte ihn doch. Er musste aufpassen, dass sie nicht in ihrem Bett starb und er sollte hübsch stillhalten, wenn sie ihm ein paar Informationen aus der Nase zog.

»Bitte«, bettelte sie und riss die Augen auf. Sie klimperte mit den Wimpern und brachte sich damit selbst zum Niesen.

Er rieb noch immer seine Stirn. Er sollte sich nicht so anstellen. War doch nicht so schwer, auf eine Frau aufzupassen, oder? Im Übrigen war er ihr immer noch die Antwort darauf schuldig, ob er nun Zeit hatte. Er schwieg sich aus, dafür kehrte der Arzt zurück. In der Hand hielt er eine dampfende Tasse Kaffee. »Und, alles geklärt?«

»Ja«, brummte ihr Held und unterschrieb endlich den Wisch, der den Damnati für die nächsten zwei Tage an sie kettete. Oh, sie würde die Zeit zu nutzen wissen. Zugedröhnt schlafen klang verführerisch, wenn ein heißer Feger wie er über einen wachte. Und vielleicht weckte er sie dann auf besondere Art?

Aber, hach verdammt … jetzt kam ihr in den Sinn, dass er vielleicht ein anderes Weibchen zu Hause hatte, die ihm die Hölle heiß machte, wenn sie ihn davon abhielt, nach Hause zu kommen. Das Bild einer lächelnden Frau in rosa Schürze, dazu drei Kinder, die sich an ihrem Rockzipfel festhielten, schob sich in Emilys Vorstellung. Bevor sie ihm das dampfende Irish Stew über den Kopf schüttete, weil er sich um lächerliche achtundvierzig Stunden verspätete.

Er war sicher ein schicker Ehemann, der genauso akribisch, wie er sich um sie kümmerte, den Müll raustrug und seine Frau auf Händen. Toll, Emily … du machst soeben eine Ehe kaputt.

Bevor sie es sich versah, hatte er wieder seinen Arm um ihre Taille geschlungen und führte sie vorsichtig Richtung Tür.

Auf dem Weg nach draußen drückte ihm die Schwester eine Packung Tabletten und mehrere Zettel in die Hand. »Die Rechnung und die Rezepte für weitere Schmerzmittel.«

Emily tippte ihrem Django gegen die Wange.

»Tut mir leid, dass Sie Ihre Frau versetzen müssen. Sie hatten heute bestimmt etwas Nettes für sie geplant«, sie lächelte ihn versonnen an.

Das brachte sie gleich auf den nächsten Gedanken. Was trieben Djangos, äh, Damnatis nach Feierabend mit ihren Ehefrauen? Ein gemütliches Dinner, danach erlegten sie ein paar Wölfe und auf den Kadavern sitzend sahen sie in die Sterne und stießen mit einem Glas Wein an?

Seufzend lehnte sie sich noch ein wenig mehr an ihn. Das klang wirklich romantisch. Ob er Interesse an einer Zweitfrau hatte?

Kapitel 5

Gestatten, Django, die neue Krankenschwester

Das hatte er ja wundervoll hinbekommen. Da ließ man sich *einmal* zu einer guten Tat hinreißen und schon hatte er dieses Weibsbild für die nächsten zwei Tage an der Backe.

Sie und Einzelkämpferin. Pah, das konnte sie ihrer Großmutter erzählen. Er war ein Jäger. Er roch es sieben Meilen gegen den Wind, wenn man ihn belog. Selbst wenn er von Knoblauchsäcken umgeben wäre.

Aber es wunderte ihn nicht, dass sie bis auf ihre dussligen Jägerkollegen weder Freunde noch Familie besaß. Vermutlich hatte sie all ihre Freunde mit ihrem Gefasel über bösartige Vampire in die Flucht geschlagen. Der Rest ihrer Bekannten bestand dann aus Vampirjägern, denen jegliches Verantwortungsbewusstsein mit der letzten Gehirnzelle bei einem heftigen Furz entfleucht war.

Hoffentlich hatte sie ein weiches Sofa, sonst würde *er* in ihrem Bett schlafen und sie auf dem unbehaglichen Ding. Wer sich selbst umbringen wollte, konnte auch mit Rückenschmerzen aufwachen.

Warum tat er sich das an? Ach ja, weil er eine völlig durchgeknallte Frau vor Vampiren beschützte und dann, aus einem Anflug des Wahnsinns heraus, sich bereit erklärt hatte, sie ins Krankenhaus zu bringen.

Und das nur, weil er wieder einmal seine Neugier nicht bezähmen konnte. Scott wollte herausfinden, wer so behämmert war, ein Haus mit Vampiren anzuzünden und das nicht etwa mit einem fernzündenden Sprengsatz. Eine solche Ausgeburt der Idiotie traf man selten und noch seltener war sie so hübsch wie diese Frau.

Der Wind wehte ihr die dunkelbraunen, seidigen Haare ins Gesicht. Sie war nicht klassisch schön, aber die dunklen Wimpern, die ihre grünen Augen umrahmten, und die vollen geschwungenen Augenbrauen verliehen ihrem Gesicht einen unnahbaren, geheimnisvollen Ausdruck.

Auch wenn sie sich ausgesprochen anhänglich gab, verbarg sie doch etwas vor ihm. Dass sie eine Einzelkämpferin war, war nicht die einzige Lüge, die sie ihm auftischte.

Er konnte es spüren. Sie sagte ihm nicht die Wahrheit. Scott hatte nur noch nicht herausgefunden, was sie vor ihm verheimlichte.

Scott führte Rosalyn nach draußen, wo eine Reihe Taxis wartete. Er öffnete die Tür eines Wagens und ließ Rosalyn auf den Sitz plumpsen. Er beneidete sie um ihr drogenvernebeltes Grinsen. Wenigstens eine, die keine Sorgen hatte.

Er gab dem Taxifahrer die Adresse, die ihm Rosalyn beim Ausfüllen des Fragebogens genannt hatte und nahm ebenfalls auf der Rückbank des Wagens Platz. Undefinierbare Geräusche ließen ihn zu Rosalyn sehen. Summte sie?

Tatsächlich, mit einem gutgelaunten Lächeln auf den Lippen sah sie nach draußen und summte eine Melodie.

Der Taxifahrer lachte. »Ist immer wieder gut, was die einem da verabreichen.«

Vielleicht hätte sich Scott auch eine Dröhnung verpassen lassen sollen. Das würde wenigstens erklären, warum er für zwei Tage freiwillig Babysitter spielen wollte.

Um bei ihr zu landen? Definitiv nicht. Er hielt sich nicht mit Affären auf, die ihm mehr Zeit stahlen, als sie ihm Vergnügen brachten.

Vielleicht hatte er heute nur zu oft eins auf den Kopf

bekommen? Dann war es ja ausgezeichnet, dass ausgerechnet er auf eine Frau mit einer Gehirnerschütterung aufpasste.

Das Taxi folgte der Straße aus der Stadt hinaus. Die Wohnblöcke wichen zunehmend Siedlungen mit Einfamilienhäusern, nur hin und wieder unterbrochen von mehrgeschossigen Altbauten.

Vor einem solchen hielt das Taxi und der Fahrer lehnte sich nach hinten. »Wir sind da.«

Sollte Scott ihn dafür jetzt auch noch loben?

Der Jäger reichte dem Fahrer das Geld auf den Cent genau. Damit gewann Scott zwar keinen neuen Fan, aber wenn er schon Zeit für diese Frau verschwendete, würde er ihr nicht auch noch sein Geld hinterherwerfen.

Er zog Emily aus dem Wagen und führte sie zur Eingangstür. Verständnislos starrte sie auf das Holz.

»Sie brauchen Ihren Schlüssel«, sagte Scott.

Jetzt stierte sie ihn an. »Was?«

»Den Schlüssel!« Ach, Herrgott, warum hielt er sich mit Reden auf? Scott griff nach ihrer Handtasche, aber sie war schneller. Sie grinste ihn an und wedelte mit dem Schlüssel vor seiner Nase, bevor sie die Lippen schürzte.

»Wie heißen Sie eigentlich?«

Ach, wurde ihr erst jetzt bewusst, dass sie mit einem Fremden in ihre Wohnung ging?

»Scott Stone.«

»Freut mich, Scott Stone. Sie dürfen mich Rosalyn nennen.«

Sollte er sich jetzt geadelt fühlen? Lieber nahm er ihr den Schlüssel ab. So wie sie das Metallstück anstarrte, schien ihr die Funktionsweise nicht klar zu sein.

Er probierte, welcher Schlüssel in das Schloss passte und öffnete schließlich die Tür. An ihn gelehnt, ließ sie sich die

Treppen hinaufführen. Zum Glück waren die Klingelschilder beschriftet. Er könnte schwören, sie war auf dem Weg von der ersten in die zweite Etage kurz eingenickt. Aber er fand auch ohne sie die richtige Tür und den zugehörigen Schlüssel.

Rosalyn schreckte hoch, als sie die Wohnung betraten.

»Ich glaube, mein BH liegt noch auf dem Stuhl.«

»Solange kein Lover aus Ihrem Schrank springt.«

Wurde sie ein wenig rot? Über dem Stuhl hing im Übrigen lediglich eine Bluse. Auf dem Tisch lag die aufgeschlagene Times und er konnte keine losen Stücke ihrer Unterwäsche entdecken.

Ihre Wohnung war nicht sonderlich groß. Im Wesentlichen bestand sie aus einer Wohnküche mit einem schmalen Tisch. Die zwei Türen führten sicherlich ins Schlafzimmer und ins Bad.

Okay, hier gab es keine Couch, nur einen Sessel. Es gab nicht einmal einen Balkon. Wenn sie jetzt ein Bett besaß, das nur für eine Person gedacht war, konnte er höchstens auf eine Badewanne hoffen.

Scott schob Rosalyn zu der Tür, hinter der er das Schlafzimmer vermutete und … Glück für sie beide: Das Bett war so breit wie der Raum und bot somit Platz für mindestens drei genervte Damnati.

»Ich habe Hunger«, teilte ihm Rosalyn mit einem entrückten Gesichtsausdruck mit.

»Das trifft sich gut. Ich auch«, erwiderte Scott spöttisch und setzte Rosalyn auf die Kante ihres Bettes. »Ich wecke Sie zum Essen.«

Seufzend ließ sich das verrückte Frauenzimmer nach hinten fallen. »Das ist toll.«

Natürlich war das toll. Jeder Frau gefiel es, behütet zu

werden. Es lag in ihrer Natur. Auch wenn sie heute so unglaublich taff und selbstbewusst taten, wurden sie doch gern bemuttert. Vor allem, wenn es ihnen schlecht ging.

Warum er nun allerdings zugelassen hatte, dass er zu ihrem persönlichen Krankenpfleger avancierte, wusste Scott immer noch nicht so recht. Der Plan, sie nur ins Krankenhaus zu schaffen, hatte sich verselbstständigt und nun war er hier und pellte sie aus ihrer Hose.

Es war gut, dass sie nicht unter schamhaften Anfällen zu leiden begann. Denn diese waren unnötig.

Zugegeben, Scott konnte nicht verhindern, dass er einen Blick auf ihren Slip erhaschte, allerdings versteckte dieser auch alles Pikante gut. Und weder fing er an, rot zu werden noch gierig zu blinzeln, oder gar mehr zu fummeln als angebracht war. Auch wenn der Anblick gewiss nicht zu verachten war.

Rosalyn war keine Frau, die sich wegen ihres Aussehens schämen musste. Auch wenn sie zu schnarchen begann wie ein zugedröhntes Nashorn.

Er schälte sie aus ihrem Shirt und die feine Kette um ihren Hals klimperte leise. Scott deckte sie zu und ging zurück in die Küche, um seinen Chef anzurufen und um zwei Tage Urlaub zu bitten. Es waren die ersten freien Tage seit drei Jahren. Wozu sparte er sich Urlaub auf, wenn er ihn dann ohnehin nicht an einem Strand in der Karibik verbrachte?

Vielleicht, weil er seit achtzehn Jahren keinen Urlaub mehr eingelegt hatte. Seine freie Zeit verbrachte er mit Recherchen und so gedachte er auch die nächsten Tage zu gestalten.

Da Rosalyn vermutlich den Großteil der beiden Tage verschlief, würde Scott genügend Zeit bleiben, das Medaillon näher zu betrachten.

Doch erst einmal wollte sich Scott um etwas zu essen

kümmern. Denn auch sein Magen verlangte nach Nahrung. Er hatte zuletzt zum Frühstück etwas gegessen und das war eindeutig zu wenig.

Ein Blick in Rosalyns Kühlschrank zeigte einen erstaunlich gut bestückten Vorrat. Eine Packung Hähnchenfleisch fiel dem Jäger in die Hände und landete auf der Theke. Ebenso wie eine Packung Bandnudeln. Ein schnelles, aber gutes Essen. Er fand ein Brett und ein Messer und begann, das Fleisch zu zerschneiden, als ein Klingelton ihn innehalten ließ. Das war nicht sein Handy. Es musste das von Rosalyn sein.

Scott wühlte in ihrer Tasche nach dem Telefon. Er hatte noch nie etwas von Privatsphäre gehalten. Vielleicht war es jemand, der den Krankendienst übernahm.

»Ja?«, meldete sich der Jäger.

»Wer sind Sie?«, fragte ihn nach einer kurzen Pause eine männliche Stimme, die ungewöhnlich nervös klang.

»Rosalyns Anrufbeantworter. Und Sie?«

Als Antwort bekam er klackernde Geräusche zu hören. Was sollte das werden? Morsezeichen?

»Ich bin Jordan. Wo ist Rosalyn?«

»Im Bett.«

Eine herrliche Stille setzte am anderen Ende der Leitung ein. »Und da telefonieren Sie?«

»Sie schläft, du Idiot!«

»Geht es ihr gut?«, fragte der Anrufer.

Gut? Gut war eine Sache der Definition. Rosalyn könnte es in Anbetracht der Umstände wesentlich schlechter gehen. Allerdings war ein Knochenbruch nichts Gutes, weswegen Scott sich jede Wertung verkniff und lediglich die Tatsachen aufzählte: »Sie hat sich den Arm gebrochen und eine Gehirnerschütterung.«

»Und Sie sind Ihr Mann?«

»Nein, ich bin ein Vergewaltiger, der in ihre Wohnung eingebrochen ist und zwischendurch Zeit für ein Telefonat hat«, spottete Scott.

»Kein Grund, unhöflich zu werden. Sie sollte sich bei mir melden!«, echauffierte sich der Wicht.

»Wenn ich nicht gewesen wäre, hätte sie sich überhaupt nicht mehr melden können. Sind Sie etwa der Idiot, der auf die Idee kam, eine Frau ein Haus mit Vampiren anzünden zu lassen?«

»Was erlauben Sie sich? Sie hat geradezu darum gebettelt. Immerhin hat sie genug Mut bewiesen. Zu wem gehören Sie?«

Pah, also hatte er recht. Ein Haufen Dilettanten und Rosalyn mittendrin.

»Zu den Profis«, gab Scott trocken zurück.

»Die da wären?«

»Schneewittchen und die sieben Zwerge.«

Die Stille am anderen Ende der Leitung wurde ihm deutlich zu blöd.

»Nicht nur dilettantisch, sondern auch zu dumm, selbst darauf zu kommen?«

»Sie sind ein Damnati? Was haben Sie mit Rosalyn zu schaffen?«, kreischte es ihm entgegen. Gute Güte, der Kerl klang ja hysterisch.

»Ich töte die Vampire und Werwölfe, die durch Idioten wie euch aufgeschreckt werden und die drohen, die Geheimhaltung zu verletzen.«

»Eigentlich ziehen wir doch an einem Strang. Die Interessen sind die gleichen und ihr könnt nicht überall sein. Ihr solltet froh sein, wenn ihr Unterstützung bekommt. Die Wesen nehmen langsam überhand. Ein Zeichen, dass ihr nicht mehr ausreicht.«

Wie süß. Dieser Kerl schien wirklich zu glauben, er könnte etwas auf dieser Welt bewegen. Es war nicht zu leugnen, dass es brauchbare menschliche Jägergruppen gab. Aber die waren so selten wie Geranien in der Wüste.

»Wenn ihr euch umbringen wollt, dann kauft euch ein Seil. Wir haben schon genug zu tun, ohne euch Vollpfosten vor den Konsequenzen eures Handelns zu bewahren. Das macht vierzig Prozent unserer Arbeit aus. Zeit, die wir für wirklich sinnvolle Unternehmungen verwenden könnten. In der Mehrzahl seid ihr unfähige Idioten, die mehr Arbeit als Nutzen bringen«, bellte Scott.

»Sie unterschätzen uns. Richten Sie Rosalyn bitte aus, sie soll sich bei mir melden, wenn sie wieder fit ist. Gut, dass ihr nichts passiert ist. Hier ein offizieller Dank an Sie.«

Der Typ hatte sie wohl nicht mehr alle?

»Irrtum, Sie überschätzen sich«, korrigierte Scott liebenswürdig. »Und Sie werden sich von Rosalyn fernhalten. In jeglicher Hinsicht. Sollte ich erfahren, dass Sie noch einmal mit ihr Kontakt hatten oder sie gar zu weiteren blödsinnigen Ideen anstiften, werde ich mit meinen Prinzipien brechen und statt Wesen ein paar Menschen töten.«

»Sie ist erwachsen und sollte selber entscheiden. Sie hat sehr gute Referenzen und wir wollen ungern auf sie verzichten«, kam es nicht minder scharf vom anderen Ende der Leitung zurück. »Wenn Sie es ihr nicht ausrichten wollen, werde ich sie wieder anrufen.«

»Und wenn Sie nicht sofort ein wenig Intelligenz beweisen, bin ich in fünfzehn Minuten bei Ihnen und ziehe Ihnen Ihr nutzloses Gehirn durch die Nase heraus.«

Die Adresse herauszufinden, wäre seine leichteste Übung. Genauso wie ein völlig unbenutztes Gehirn aus einem unfähigen Schädel zu ziehen. Das würde ganz sicher nicht Rosalyns Zustimmung finden, aber mit der hatte er noch ein anderes Huhn zu rupfen.

Wie konnte man so hübsch und gleichzeitig so dumm sein? Und warum interessierte er sich überhaupt dafür? Ach ja, er war Damnati und es war seine verdammte Pflicht, Menschen vor Wesen zu schützen und manchmal auch vor sich selbst. Die einzige Antwort bestand aus einem Schnauben, bevor dieser Wicht auflegte. Scott löschte die Nummer aus den Kontakten und dem Anrufprotokoll.

Dann wandte er sich wieder den Nudeln und dem Hähnchen zu, kochte eine hervorragende Sauce zusammen (manchmal musste man sich eben selbst loben) und richtete beides auf Tellern an. Der Jäger marschierte in das Schlafzimmer und sah auf Rosalyn herab. Himmel noch eins. Sie war wirklich hübsch. Aber entweder völlig verblendet oder es fehlten ihr wichtige Synapsen.

Emily schlief den Schlaf der Gerechten. Zumindest bis ein sachtes Rütteln an ihrer Schulter dafür sorgte, dass sie verschlafen die Augen öffnete. Er schaute sie gewohnt mürrisch an. Obwohl, nein. Fast schon sauer. Was war los? Hatte ihre Küche versucht, ihn anzufallen? Seine strahlend blauen Augen verschwanden beinahe vollständig unter den zusammengezogenen Augenbrauen. Django war wirklich ein hübscher Kerl, selbst wenn er so dreinschaute wie im Augenblick. Moment! Er hatte sich ihr vorgestellt. Scott … Ja, Scott hieß er. Scott Stone.

Genüsslich streckte sie sich, bevor sie sich mühselig

aufsetzte und feststellte, dass sie bis auf ihren BH und Slip völlig nackt war. Oh man, war ihr etwas entgangen? Drogen waren echt kacke. Da er aber angezogen war, hielt sich die Wahrscheinlichkeit, dass sie irgendwelche Annäherungen seinerseits verpasst hatte, wohl eher in Grenzen.

Ein köstlicher Duft umwehte ihre Nase und lenkte sie damit von diesem abstrusen Gedanken ab.

»Oh Himmel, das riecht gut«, lobte sie ihn. Ihr Magen röhrte zustimmend.

Als er sie fast nackt hochheben wollte, schaute sie ihn kopfschüttelnd an und zeigte auf den Stuhl neben dem Bett, auf dem ihr Shirt lag.

»Ich verstehe ja, dass Sie auf eine Peepshow hoffen, aber ich hätte lieber mein Shirt, bevor Sie mich auch noch pflegen müssen, weil ich mit einem Schnupfen darnieder liege.«

Mit einem Brummen half ihr Scott in besagtes Kleidungsstück. Na, was denn? Noch immer schlechte Laune?

Scott hob sie hoch und setzte sie in der Küche an den Tisch. Ein Teller mit dampfendem Inhalt stand vor ihr. Das sah so lecker aus. Seine Frau war ein echter Glückspilz.

Er setzte sich auf den Platz gegenüber, verschränkte die Arme vor der Brust und starrte sie so finster an, als hätte sie nach Salz zum Nachwürzen gefragt. Oder war er sauer, weil er nun nichts zu gucken hatte?

»Jordan hat angerufen. Er gratuliert zu Ihrem unerwarteten Überleben.«

Ups, daher wehte also der Wind. Würde nun eines der berüchtigten Damnati-Verhöre folgen?

»Hat er das gesagt?«, fragte Emily scheinheilig.

»Ja.«

Ob er ihr den Teller wegnahm, wenn sie jetzt kein

umfangreiches Geständnis ablegte? Hoffentlich nicht. Ihr Magen knurrte so erbärmlich, dass der allein schon alles gestehen würde. Außerdem klang die Aussage von Jordan völlig untypisch. Das war selbst ihr klar, auch wenn ihr Gehirn noch immer von flauschiger Watte umweht war.

Scott traute sie durchaus zu, dass er etwas zu ihm gesagt hatte, was ihre Ziele torpedierte. Er hatte ja schon deutlich gemacht, dass man die Vampirjagd besser den Profis überlassen sollte. Also ihm.

Sie musste besonnen bleiben. Ihn über die Arbeit der Damnati auszuhorchen, wäre nützlich. Aber er durfte ihr nicht ihre Mission versauen.

Emily griff nach der Gabel und spießte ein Stück Fleisch auf. Genüsslich schob sie es sich in den Mund und kaute. Das war der geeignete Moment, verzückt die Augen zu verdrehen und in Ohnmacht zu fallen. Dann wäre es sinnlos, ihr Fragen zu stellen und sie anzustarren, als ginge er die Möglichkeiten durch, wie er etwas aus ihr herausschütteln könnte.

»Was hat er noch gesagt?«, fragte sie beiläufig.

Im Gegensatz zu ihr rührte er sein Essen nicht an, sondern versuchte sich darin, sie in Grund und Boden zu starren.

»Man bittet Sie, sich als Nächstes um eine Schule zu kümmern. Vampirkinder sind zwar selten, aber es gibt sie. Und nicht selten gehen sie normal zur Schule, wie ihre menschlichen Altersgenossen. Die zwei Vampirkinder heißen Luisa und Janice McOwen und sind zwölf Jahre alt. Die Fotos wird man Ihnen in den Briefkasten stecken, damit Sie sie erkennen können.«

Emily hielt kurz mit dem Kauen inne. Echt jetzt? Er war ein schlechter Lügner. Jordan würde niemandem, den er nicht kannte, einen solchen Auftrag telefonisch mitteilen. Scott wollte scheinbar Spielchen spielen. Nun, die konnte er haben.

Emily kaute weiter. Vielleicht waren es die Schmerzmittel in ihrem Blut, dass sie sich nicht aus der Ruhe bringen ließ oder gerade diese ließen sie leichtfertig werden. Es lag schließlich nur an ihr, was sie ihm von sich preisgab. Kinder zu töten gehörte nicht dazu.

»Das würde ich ablehnen. Kinder sind unschuldig.« Fest sah sie ihm in die Augen. »Würden Sie es tun?«

»Vampirkinder trinken genauso Blut wie ihre Eltern. Sie töten willkürlich Menschen, um nicht zu verhungern. Es gibt keinen Unterschied zwischen Vampirkindern und erwachsenen Vampiren. Warum noch sechs Jahre warten, in denen diese zwei Kinder pro Woche mindestens einen Menschen töten müssen, um zu überleben. Genauso gut kann man dem Ganzen jetzt ein Ende setzen.«

Emily schaute ihn einen Moment sinnierend an.

»Ja, es gibt auch Menschen, die ihre eigenen Eltern fressen und dazu ist nicht mal Vampirismus nötig. Kinder suchen sich das nicht aus.«

Was erwartete er bitte? Dass sie Babys killte? Und warum hatte sie den unbändigen Drang, ihm widersprechen zu müssen? Das war völlig idiotisch. Sie sollte ihm zustimmen und ihrer Tarnung folgen.

»Diese Menschen werden für ihre Tötungsdelikte bestraft. Ebenso wie Vampire. Die meisten gewandelten Vampire suchen sich ihr neues Dasein als Mörder auch nicht aus. Und gewandelte Vampire ab achtzehn ebenso wenig wie die unter achtzehn. Also entweder tötet man alle oder keine. Alles andere ist inkonsequent. Wenn man diese zwei Vampirkinder tötet, rettet man über sechshundert Menschen.«

Emily musterte ihn widerspenstig. Wer tötete schon

gefühllos Kinder? Die nicht mal eine Wahl gehabt hatten. Weder geboren noch gewandelt. Sicherlich gab es auch hier Gut und Böse zu unterscheiden. Es gab auch keine Polizisten, die Menschen ermordend herumliefen, nur weil ein jeder Mensch das Potenzial hatte zu töten. Das bedeutete schließlich nicht, dass sie das auch taten. Ja, auch sie hatte den Film ›Minority Report‹ gesehen, wo man bereits verurteilt wurde, bevor man das Verbrechen überhaupt begangen hatte. Das Thema Nahrungskette wollte sie gar nicht erst aufbringen. Das würde zu weit führen. Sie aßen hier soeben ein unschuldiges Huhn. Was hatte es getan, so gerichtet zu werden? Nein! Sicher war es unschön, wenn jemand einen Menschen ›trank‹, weil er eben in besagter Kette über demjenigen stand. Vielleicht würde auch ihr dies eines Tages passieren, jedoch verurteilte sie so etwas nicht grundsätzlich. Aber sie würde deutlich sauer reagieren, würde jemand ihr Lieblingshuhn abknallen. Scott bestätigte jedes grausame Gerücht über Damnati, die willkürlich töteten. Pah! Kinder genossen Welpenschutz. Auch das hatte die Natur so vorgesehen. An den Gerüchten, dass Damnati erst schossen und dann nachschauten, wen sie da gekillt hatten, schien durchaus etwas dran zu sein. Hauptsache, es waren Blutsauger und Wölfe. Das glich einer blinden Hetzjagd. Etwas, das sie nicht gutheißen konnte. Sie schaute ihn stur an.

»Dann würde ich dafür plädieren, keinen zu töten. Im Zweifel für den Angeklagten.«

Fiel sie aus ihrer Rolle? Absolut, aber so was zu hören, war grausam.

»Auch wenn sicher einige Wesen den Tod verdienen«, schob sie schnell hinterher. Sie würde es hassen, wenn selbst er auch nur einen Moment denken könnte, dass sie Vampire alle über einen Kamm scherte. Sie würde Jason niemals etwas antun. Er hatte sie niemals auch nur einen Moment lang als Nahrung angesehen. Für ihn würde sie sich in die Schusslinie stellen, sollte ihm Gefahr drohen.

Natürlich war es furchtbar, wenn Menschen sterben mussten, aber sie starben ohnehin eines Tages. Sie sagte auch gar nicht, dass alle Vampire gut waren und nur das nahmen, was sie brauchten. Jedoch hatte sich niemand seine Natur ausgesucht. Scott sich seine sicherlich auch nicht.

»Kommen alle Damnati mit so einem Mordtrieb auf die Welt?«

»Nein.«

Wie war dieser Mann so alt geworden, ohne dass man ihm eine Handgranate in den Hintern gesteckt hatte? Seine betonte Gelassenheit ließ Emilys Puls bis an die Decke springen.

Ob er mit einer Gabel im Gesicht immer noch so ruhig wäre?

»Dann wird es Ihnen nur entgegenkommen, dass sich Jordan nicht mehr bei Ihnen melden wird. Und auch kein anderer seiner Idiotenversammlung. Sie sind raus aus der Nummer«, erklärte Scott. Kein Muskel in seinem Gesicht regte sich.

Verdammt. Was hatte er getan? Ihr alles versaut? Emily warf ihm einen bitterbösen Blick zu. Damnati sollten für das Gleichgewicht sorgen und sich nicht in Dinge einmischen, die sie, gelinde gesagt, nicht das Geringste angingen.

Er griff endlich zu seiner Gabel, um höchst selbstzufrieden mit dem Essen zu beginnen. War das zu fassen? Emily warf die Gabel auf den Tisch.

»Sie wissen gar nichts, Scott Stone!«, rief sie verärgert aus, um nach ihrem Handy zu greifen. Sie scrollte durch ihre Kontakte. Natürlich, er hatte Jordans Nummer gelöscht. Sie warf ihm erneut einen vernichtenden Blick zu. Leider erstickte er nicht an dem Bündel Nudeln, das er sich in den Mund stopfte. Emily stemmte sich nach oben und schwankte unsicher zum Küchenschrank, wo sie Jordans Karte aus der Schublade kramte, vor sich legte und wählte. Nur kam sie nicht weit. Scott stand plötzlich neben ihr und riss ihr das Telefon aus den Fingern, bevor sie auch nur ansatzweise auf den grünen Hörer drücken konnte. Er grapschte außerdem die Karte von der Ablage und steckte sie in seine Hosentasche.

»Ich werde nicht zwei Tage meiner Zeit für Sie verschwenden, nur damit Sie in einer Woche bei der nächsten Aktion draufgehen. Hätten Sie nicht enormes Glück gehabt, hätten Sie nicht einmal diese überlebt. Sie sind für solche Menschen nicht einmal so viel wert wie der Dreck unter ihren Fingernägeln. Schlimmer als das. Sie sind Kanonenfutter, dessen Leben man für nichts und wieder nichts verschwenden würde. Und egal, was Sie tun, Sie werden für die niemals etwas anderes sein. Sobald Sie wieder nach einem Auftrag fragen, wird man Ihnen einen zuteilen, der gleichermaßen wenig erfolgversprechend ist wie der heutige. Egal, ob Ihr Arm wieder einsatzfähig ist oder nicht. Ist schließlich auch egal, es interessiert niemanden, ob Sie überleben.«

Scott musste nicht brüllen. Er sprach leise und ruhig und ganz ehrlich … genau das verlangte ihr einen Heidenrespekt ab. In jedem anderen Leben, an jedem anderen Ort, würde sie ihm die Hand schütteln und zu seiner Weisheit gratulieren. Aber das ging nicht. Sie musste die menschlichen Jäger von ihrer Vertrauenswürdigkeit überzeugen. Auch wenn deren Tun ihrem eigenen Ethos widersprach. Aber die Katze war bereits zu weit aus dem Sack und sie hätte das Vampirhaus so in Schutt und Asche legen können, dass nicht ein einziger Vampir entkommen wäre. Aber das war nicht ihr Ziel gewesen. Auch wenn er das großzügig übersah. Zum Glück.

Und diese verdammten Schmerzmittel ließen sie unvorsichtig werden. Zumindest nahm sie an, dass es an diesen lag. Sie dachte augenblicklich nicht rational, sondern folgte einem Bauchgefühl. Das war nicht sie.

Sie hatte keine Ahnung, was er zu Jordan gesagt haben könnte, aber an seinen Worten gab es nichts misszuverstehen. Scott hatte alles geregelt und mischte sich ungehemmt in ihr Leben ein. Wäre Emily richtig bei sich, wäre sie nie auf die Idee gekommen, in seinem Beisein Jordan zu kontaktieren. Wusste der Teufel wer oder was sie soeben ritt. Was *ihn* ritt, war eine ganz andere Frage. Ein Damnati, der dem übereifrigen Drang folgte, einer Frau wie ihr den Kopf zu waschen. Aber das alles führte zu nichts.

»Kann ich bitte mein Handy wiederhaben?«, versuchte zumindest *sie* sich zu beherrschen.

»Wenn Sie es dazu benutzen, einen von diesen Vollpfosten anzurufen, werfe ich es auf die Straße. Bis Sie unten sind, sind genügend Autos drübergefahren.«

»Sie sind nicht mein Vater«, zischte sie erneut aufgebracht.

»Welch Glück für mich. Das würde bedeuten, dass ich in der Erziehung versagt hätte!«

Emily schnaubte verächtlich. »Welche Art von Erziehung ist es, Vampirkinder zu töten?«

»Die einzige.«

Emily bohrte ihm ihren Finger in die Brust.

»Falsch! Die absolut beschissenste. Sie Hornochse würden glatt ihr eigenes Kind abknallen, wenn es gewandelt würde.«

»Das wäre besser für das Kind!«

»Setzen Sie eigentlich auch mal Ihr Hirn ein?«

»Im Gegensatz zu Ihnen scheinbar schon.«

Emily lachte spöttisch auf.

»Sie labern Bullshit!«

Dieser ungeheuerliche Kerl brachte sie echt auf die Palme.

»Wenn Sie nicht erkennen können, dass es für diese Welt besser ist, von diesen elenden Kreaturen befreit zu werden, kann ich Ihnen auch nicht helfen«, erwiderte er beharrlich.

»So ein Unfug!« Emily biss wütend die Zähne aufeinander. Am liebsten würde sie ihn zu seiner eigenen Läuterung mit dem Kopf voran in ein Fass Wasser stecken. So lange, bis er einsah, dass sie recht hatte.

»Sie sind nichts weiter als ein unsensibler Killer! Der nichts anderes im Sinn hat, als seiner Mordlust zu folgen. Vampire sind nicht alle schlecht!«, warf sie ihm wütend entgegen, um kurz zu stutzen. Damn, sie redete sich um Kopf und Kragen. Genauso musterte er sie im Moment und er sagte auch nichts mehr.

Kontenance, Emily! Sie klammerte sich an der Küchentheke fest. Der Anflug der archaischen Wut über Scotts Eigenmächtigkeit und Weltanschauung verflog und sie fühlte sich nur noch unendlich schwach, müde und zerschlagen.

Sie senkte den Blick.

»Ich verspreche für heute Abend keine Anrufe mehr, es sei denn, das Haus brennt und wir benötigen die Feuerwehr«, gelobte sie und setzte sich wieder hin. Sollte er ihr Handy doch behalten. Kurz schloss sie die Augen und atmete tief durch.

»Wie beruhigend«, seine Worte trieften vor Sarkasmus.

Der Jäger wandte sich erneut dem Essen zu, das beleidigt über die Ignoranz inzwischen lauwarm geworden war.

Gut, dass Blicke nicht töten konnten, sonst würde er jetzt unter ihren Tisch rutschen und einen grausamen Tod erleiden.

»Wo haben Sie das Schmerzmittel hingetan?«

Er erhob sich, ging zu seinem Rucksack, aus dem er die kleine Schachtel mit den Schmerztabletten holte, eine aus der Packung drückte und ihr reichte. Emily schluckte diese ohne zu zögern, und trank einen Schluck Wasser nach.

»Können wir morgen weiterreden? Ich bin müde.«

Scott nickte.

»Ja.«

Emily stand auf und begab sich ins Schlafzimmer, bevor sie ihren ›liebsten Freund‹ mit dem Gesicht zuerst begrüßte: Das Kissen ihres Bettes. Sie war froh, den kleinen Umweg über das Badezimmer ohne einen Kreislaufkollaps überlebt zu haben, bevor sie aufs Bett sank. Sie verzog schmerzerfüllt das Gesicht, als sie ihre geschundenen Knochen bettete. Oh Gott … liegen war ein Traum.

Kapitel 6

Fragwürdige Expertise

Sie schlief wie ein Baby. Aber wen wunderte es? Wer kam schon in den Genuss, von so einem grimmig dreinschauenden Killer und gleichzeitig so fürsorglichen Mann beschützt zu werden? Besonders mit der Ausrüstung, die er bei sich trug. Armbrust, entschlossene Miene und eine Zahnbürste.

Haare kitzelten sie in der Nase und sie schnaufte leise. Nur langsam bemühte sich ihr Geist in die Realität zurück. Ihr Kopf schmerzte ein wenig, aber ein männlicher Duft stieg ihr in die Nase. Mhm ... das roch gut, aber wer war das? Hatte sie gestern eine Kneipentour gemacht und konnte sich nicht mehr erinnern? Sie öffnete vorsichtig ein Auge und weil sie so außer ihren eigenen Haaren nichts erkennen konnte, auch das andere.

Das war Scott! Ihr Gesicht lehnte an seinem Hals. Ups, damit hatte sie nun tatsächlich nicht gerechnet. Mit aufgerissenen Augen sondierte sie die Lage. Ihr Blick fiel auf eine dünne, silberne Kette, die um seinen Hals lag. An dieser wiederum hing ein kleines, schmutziges Medaillon.

Unweigerlich tastete sie nach ihrem eigenen Amulett. Sie war also nicht die Einzige, die sich nicht einmal in der Nacht von einem Schmuckstück trennen wollte.

Sie beugte sich ein Stück vor und betrachtete seinen Anhänger neugierig. Feine Linien zogen sich über das braune Metall und bildeten eine Triskele, drei Spiralen, die sich in der Mitte verbanden. Das war ein typisch keltisches Symbol.

Nichts Ungewöhnliches, aber das Metall war angelaufen. Es schien sehr alt zu sein und wenn es angelaufen war, hatte es lange Zeit niemand getragen.

Vorsichtig strich sie über sein Medaillon und ihr eigenes silbernes Schmuckstück. Es antwortete mit einem Prickeln darauf. Wärme, die sich in ihrer Brust breitmachte. Sie würde gern mehr über ihr Schmuckstück erfahren. Aber könnte er ihre Fragen beantworten?

Sein Arm lag um ihre Hüfte, während ihre Beine ineinander verschlungen waren. Definitiv viel zu gemütlich. Ihr Arm, der übrigens endlich mal das schmerzhafte Pochen eingestellt hatte, ruhte in dem Gurt dazwischen. Sie konnte nicht verleugnen, dass sich das viel zu gut anfühlte.

Aber was hatte sie verpasst? Er schmuste nachts mit einer anderen, würde das seine Frau nicht zur Weißglut treiben? Hach ja, seine Frau.

Nur die Decke bewegte sich unter seinen gleichmäßigen Atemzügen. Er schlief. Ihr Blick glitt über seine entspannten Gesichtszüge. Er wirkte so friedlich und überhaupt nicht grimmig. Er war ein echt bildhübscher Kerl, der etwas Markantes an sich hatte und auch wenn sie sich das augenblicklich nicht eingestehen wollte: er gefiel ihr. Auch wenn ihr der Streit wieder einfiel, den sie am Vorabend gehabt hatten. Nutzte jedoch nichts, wenn man sich nun daran festbiss. Leute hatten doch ständig Meinungsverschiedenheiten und gingen trotzdem noch miteinander ein Bier schlürfen.

Sie schlüpfte vorsichtig aus seiner Umarmung, bemüht, ihn nicht zu wecken, um das Badezimmer aufzusuchen. Auf dem Weg zurück, fiel ihr Blick auf die Zeichnungen, die er wohl am Vorabend studiert hatte und die noch auf dem Küchentisch lagen. Das weckte ihre Neugierde. Emily lauschte kurz ins Schlafzimmer und schloss leise die Tür, um das Licht in der Küche gefahrlos anschalten zu können.

Die Blätter waren sehr detailliert und liebevoll gezeichnet.

Sachte glitt sie mit dem Finger darüber. Das waren Runen. Schade, dass sie sich niemals die Mühe gemacht hatte, sich damit zu beschäftigen oder sie gar zu lernen. Sie konnte nichts entziffern. Aber die Zeichnungen zeigten nicht nur Schriftzeichen. Auch eine Wandzeichnung war detailgetreu auf das Papier gebracht worden, man sah den Aufbau des Altars direkt daneben dargestellt. Mit Bedacht strich sie über ein Symbol, das ihr bekannt vorkam. Angestrengt dachte sie nach. Warum konnte sie sich nicht erinnern? Déjà-vus waren echter Mist!

War das sein Hobby? Oder war er der Indiana Jones der Damnati? Schatzräuber, Hobbyarchäologe und Weiberheld? Na, das konnte ja heiter werden. Dass sich ihr ›Gast‹ nun auch rührte, war nicht zu überhören. Sie wandte sich von den Zeichnungen ab und der Kaffeemaschine zu, während er mit einem brummigen »Morgen« ins Bad schlurfte, um nach einem Moment wieder herauszukommen.

Er blieb vor ihr stehen und starrte ihr unbewegt in die Augen. Nur der Teufel wusste, was in seinem Kopf vor sich ging. Nein, sie hing nicht verschwörerisch flüsternd an ihrem Handy, aber der Versuch, sie vor Jägeraktivitäten abzuschrecken, war sicher noch nicht beendet. Gebrochene Knochen, Schusswunden, Schrammen oder gar blaue Flecken hatten sie noch nie von etwas abgehalten.

Wenn er sie jedoch von ihrem Vorhaben ablenken wollte, indem er ihre Hormone aufkreischen ließ, dann war er auf einem verdammt guten Weg. Denn … er trug kein Hemd. Die Arme in die Hüften gestemmt, präsentierte er ihr schamlos den prachtvollen Anblick seines trainierten Oberkörpers. Vampiretöten hielt unleugbar fit. Kein Wunder, dass sie sich in der Nacht an ihn herangemacht hatte. Warum zum Teufel war er überhaupt in ihrem Bett gewesen? Aber wollte sie ihn fragen? Nein, definitiv nicht!

»Morgen«, erwiderte sie, ihre Spucke zusammensuchend. »Gut geschlafen?«

»Ja.« Scott griff nach seinem verstaubten und mit Blutflecken übersähten Hemd, das über der Stuhllehne hing.

»Wie geht es Ihrem Arm?«

»Besser. Solange ich ihn nicht bewege.«

Emily beschaute sich die Staubwolken, mit denen Scott ihre Küche vernebelte, als er das Hemd über seine Schultern zog.

»Ihre Sachen könnten sicher eine Wäsche vertragen. Ich habe einen Trockner. Wird nicht lange dauern, auch wenn ich für die Blutflecken keine Garantie gebe, dass die raus gehen«, schlug sie vor. Natürlich völlig ohne jeglichen Hintergedanken.

»Danke.«

Scott steuerte ihr Bad an und streifte bereits auf dem Weg das Hemd wieder ab. Wie paralysiert folgte sie ihm. Er steckte das Hemd in ihre Waschmaschine, wie auch den restlichen Inhalt ihres Wäschekorbes. Heilige Scheiße. Er wühlte in ihrer Spitzenunterwäsche herum. Emily verdrehte die Augen, als er einen ihrer Spitzenbodys hervorzog. Ob er sich schon ausrechnete, wie nahe sie sich in der nächsten Nacht kommen würden? Erst kuscheln, dann ihre Unterwäsche durchsuchen … was kam wohl danach?

»Ihre Hose ist ebenfalls dreckig. Ich kann Ihnen einen Morgenmantel leihen«, platzte sie heraus. Ups. Himmel, wo konnte man ihr wuschiges Gehirn ausschalten? Das gab es doch nicht. Wieso sah er sie so schief an? Hey, sie war nur um sein Wohl besorgt. Wenn er seinen Dreck hier weiter verteilte, würde sie ihn noch zum Staubwischen verdonnern. Nackt natürlich. Sie wollte schließlich auch was davon haben.

72

Er schloss die Klappe der Waschmaschine, und zwar, *ohne* seine Hose hineingelegt zu haben.

»Meine Frau will auch noch etwas zu tun haben.«

Autsch! Emily blickte in sein Django-Gesicht, in dem kein Muskel zuckte.

Na, auf die Frau war sie gespannt. Einen Ring trug er ja. Einen breiten, silbernen Reif, an seinem linken Ringfinger.

Aber welcher Ehemann erklärte sich bereit, mal eben für zwei Tage eine Fremde zu bemuttern? Und legte sich dann auch noch in ihr Bett!

»Wenn Sie lieber bis morgen in der dreckigen Hose stecken wollen …«

Emily zuckte mit den Schultern. Heidenei, eine sehr schlechte Idee. Ihr Arm quietschte anerkennend und sie merkte, dass der liebe Gott die kleinen Sünden sofort bestrafte.

Der Damnati folgte ihr zurück in die Küche, griff unbeeindruckt nach der Tüte mit dem Toast und steckte zwei Scheiben davon in den Toaster.

»Wollen Sie Eier?« Er meinte sicher nicht seine.

»Ja, gern«, räusperte sich Emily und griff, nachdem sie zwei Gläser herausgestellt hatte, nach dem Orangensaft im Kühlschrank. Die Flasche mit einer Hand aufzukriegen, war ein Ding der Unmöglichkeit. Die Flasche schüttelnd, trat sie zu ihm.

»Wären Sie so freundlich?«

Emily hielt ihm die Flasche hin und brachte sogar ein Lächeln zustande. Wer hatte schon eine so sexy Krankenschwester? Positiv denken! Verstohlen glitt ihr Blick über seine ansehnlichen Muskeln, die sich bei jeder Bewegung entsprechend präsentierten. Ohne ihn wäre der Orangensaft garantiert gestrichen. Kommentarlos schraubte Scott den

Verschluss der Flasche ab und wandte sich dem Kühlschrank zu, um dort die Eier herauszuholen.

Das Frühstück nahm Formen an. Der Tisch war gedeckt. Kaffee, Orangensaft, eine gewisse Auswahl an Marmeladen und Aufschnitt. Selbst Eierbecher hatten ihren Weg auf den Tisch gefunden, sodass nur eines fehlte: Die Morgenzeitung. Emily ging zum Briefkasten und es war ihr egal, ob sie einem Nachbarn im Morgenmantel begegnen würde. Der musste das dann verkraften. Sie deutete unschuldig auf Scotts Zeichnungen, als sie erneut die Küche betrat.

»Was ist das? Schaut hübsch aus.«

»Inschriften aus einer alten Druidenhöhle«, erwiderte der Jäger. Er setzte sich.

»Druidenhöhle?«

Emily legte die Times und ihre Post beiseite, um sich zu ihm an den Tisch zu setzen.

»Die Druiden damals errichteten an Orten, die sie für mystisch und besonders hielten, Stätten für ihre Rituale, Treffen, Forschungen und die Anbetung der Götter. Meistens wurde um gute Ernten, gesundes Vieh und Frieden oder auch Kriegsglück gebeten. In diesem Fall ist es eine Höhle, die wohl zu Ehren des Gottes Dian Cecht eingerichtet wurde. Jedenfalls deuten die Zeichnungen darauf hin. Wenn man sich die Geschichte der Umgebung genauer ansieht, kann man vielleicht Rückschlüsse darauf ziehen, warum sie diese Höhle ausgerechnet Dian Cecht weihten.«

Emily schaute ihn beeindruckt an. Er erzählte mit deutlichem Herzblut. Genauso enthusiastisch, als würde es um das Töten von Wesen gehen. Das war völlig verrückt! Auch dass ihr Django zunehmend zu echten Reden fähig war. Dieser Cecht schien nicht zu den bekannteren Göttern zu gehören.

War er überhaupt ein Gott?

»Das klingt spannend. Ist Ihr Interesse daran eher beruflicher Natur oder Ihre persönliche Passion?«

Emily nahm die Zeichnungen in die Hand und betrachtete sie.

»Sowohl als auch«, erwiderte er, und schenkte ihr und sich etwas Kaffee ein. »Ich habe während meiner Ausbildung zum Jäger Geschichte, insbesondere die der Kelten, studiert.«

»Danke.«

Scott stellte den Kaffee zurück auf die Warmhalteplatte.

»Das ist also ein Altar, um diesen Gott anzubeten? Und den haben Sie gezeichnet?«

Emily lächelte. Das war faszinierend. Er konnte großartig zeichnen. Was konnte er noch alles? Er stellte sich in der Küche wie ein Gourmetkoch an, er zeichnete Bilder, dass man glaubte, man stünde praktisch davor und er wusste, wie man eine Waschmaschine bediente. Das nannte man wohl ein brauchbares Mannsbild.

Er warf selbst einen Blick auf die Zeichnungen.

»Das ist nur einer der Begleitsteine.«

»Oh.«

Scott zog andere Zeichnungen aus dem Stapel hervor.

»Diese gehören zum eigentlichen Altar. In der Höhle wurde ein Steinkreis errichtet und die Blöcke kunstvoll verziert. Sehr viel Mühe für einen nicht sonderlich bekannten Gott, aber vielleicht hoffte man auf seine heilerischen Fähigkeiten, weil eine Seuche im Umlauf war. Oder es stand Krieg bevor und sie erhofften von Dian Cecht, dass er die Verwundeten heilen und ihre Gefallenen wieder ins Leben holen würde. Nur wer enthauptet wurde, dem konnte nicht geholfen werden. Darauf deuten diese Zeichnungen hin. Sie zeugen vom Kopfkult der

Kelten. Sie sammelten die Köpfe ihrer Feinde. Sie stellten Trophäen dar und waren das Zeichen für den endgültigen Tod des Feindes«, dozierte Scott, wobei es vermutlich keinen Unterschied machte, ob er diesen Vortrag nur ihr hielt oder sich plötzlich ein paar Dutzend Studenten einfinden würden. Er war also tatsächlich nicht nur ein Jäger der Wesen, sondern auch der Mystiken und der vergangenen Zeit.

»Klingt als würden Sie Ihren Traum leben.«

Emily lächelte leise. Ihr Blick glitt über die Zeichnung, die eine Steinformation zeigte. In der Mitte ein flacher Stein, dessen Funktion sich einem quasi aufdrängte.

»Sieht aus wie ein Opferstein.« Sie bestaunte die detailreichen Steinmetzarbeiten.

»Er konnte heilen und Tote zum Leben erwecken? Was meinen Sie? Ist das nur ein Glaube oder ist wirklich etwas dran? Vielleicht war er ja ein Hexer.«

Es gab viele Mystiken, die nur dem Aberglauben entsprangen. Auch wer um die Wesen wusste, versuchte dennoch, eine logische Erklärung zu finden.

Ein Flackern zeigte sich in seinen Augen. Sie konnte wahrlich nicht deuten, welchen Nerv sie in ihm mit dieser Frage getroffen hatte.

»Das ist allgemein schwer zu sagen«, gab Scott zu. »Es gibt viele Mythen, die sich um Gegenstände und Personen ranken, die auf einem wahren Kern beruhen. Es kann durchaus sein, dass Dian Cecht einmal gelebt und Verwundete geheilt hat, vielleicht auch die ein oder andere Wunderheilung von jemandem, der seine Verletzung nicht hätte überleben dürfen, aber es kann auch sein, dass es lediglich Wunschdenken war.«

Ja, so war das mit dem Glauben. Glauben war nicht Wissen und Zeitzeugen, die die Wahrheit enthüllen könnten, waren rar gesät. Die Wesen, die nicht alterten, teilten ihr Wissen sicher nicht mit Jägern, die ihnen nach dem Leben trachteten.

»Viel Wissen, das die Zeit mit sich genommen hat.«

Emily biss in ihren Toast und schaute ihn kauend an.

Vor ihr inneres Auge schob sich das Bild, wie er verstaubt durch eine Höhle robbte, über Schlangengruben sprang und mit Leichtigkeit messerscharfen Fallen auswich, auf der Suche nach neuen Erkenntnissen. Den Hut tief in die Stirn gezogen, die Armbrust über der Schulter, während ihn bösartige Gerippe ansprangen, um sich seines Lebens zu bemächtigen. Er verarbeitete natürlich völlig unbeeindruckt alles, was sich ihm in den Weg stellte, zu Kleinholz, um dann mit einem triumphierenden Ausruf goldglänzende Schätze in die Luft zu halten.

Ähm ja, sie sollte weniger Abenteuerfilme schauen.

»Erzählen Sie mir, was Sie gefunden haben«, bat sie ihn.

»Brisingamen ist eine Halskette, die früher Freya trug. Sie bekam sie von vier Zwergen, im Gegenzug verbrachte sie laut den Legenden jeweils eine Nacht mit ihnen. Die Kette verstärkte ihre magischen Fähigkeiten, stand später für Fruchtbarkeit und verbarg vor allem ihr Wesen als Göttin vor anderen. So konnte sie sich zahlreiche Liebhaber nehmen, ohne fürchten zu müssen, man könnte erkennen, wer oder was sie war. Angeblich wurde ihr die Kette gestohlen und an zwei Brüder weitergegeben, die dafür wiederum von ihrem eigenen Onkel getötet wurden. Diese Brüder gab es tatsächlich, aber es war nicht deren Onkel, der sie tötete, sondern weibliche Nachkommen Freyas. Ihr Geschlecht besteht noch bis heute und die Kette wurde von Generation zu Generation weitergegeben.«

Das klang tatsächlich mystisch und Scott lief wohl gerade

warm.

»Jedenfalls folgten sie immer dem Beispiel ihrer Vorfahrin. Sie heirateten nicht, schliefen mit vielen Männern, waren Hexen und von unseliger Schönheit.«

»Haben Sie die Nachfahren gefunden?«

Emily mühte sich, ihr Frühstücksei zu köpfen. Mit dem Messer schlug sie gegen die Schale. Aber zu schnell und zu hart. Die Kuppe landete in ihrem Kaffee. Scott nahm eine Serviette und wischte ihr die Spritzer aus dem Gesicht. Herrje, das fühlte sich gut an.

»Früher hieß es, dass die Kette aus durchbohrten Gelenkknochen bestand. Aber das ist Schwachsinn. Zwerge lieben Metall und die Kunst, daraus schöne Dinge herzustellen. Es war eine schwere Halskette aus purem Gold, mit unzähligen kleinen Anhängern. Von Bedeutung war aber nur ein bestimmter Teil der Kette. Der dritte Anhänger von links. Er trug die Rune Futhark, die des Lichts, der Leidenschaft und der Liebe. Vermutlich hat sie bis heute nicht gemerkt, dass er fehlt.«

»Hat sie ihn verloren?«

»Nein, ich habe ihn gestohlen. Sie hat damit sowieso nur Unsinn angestellt.«

Geklaut! Sollte ihr das eine Warnung sein?

»Sie haben sie beklaut. Ist ja nicht die feine Art. Was hat sie denn damit anstellen können?«

Sie schaffte es endlich, sich etwas Ei in den Mund zu schieben. Na also, ging doch, aber es fehlte Salz. Emily sah jedoch lieber davon ab, sich nun auch noch den Salzstreuer in den Mund zu kippen.

»Diese Nachfahrin der Liebesgöttin hat mit Vorliebe Liebeszauber produziert, wenn sie nicht bekam, wen sie wollte.

Vor allem dann, wenn die Männer nach einer Nacht beglückt abzogen und nicht mehr anriefen. Dann machte Aignéis diese mit Freude von sich abhängig, behielt die Männer solange sie mochte und stieß sie von sich, wenn sie ihrer überdrüssig war. Der Anhänger hat ihre Kräfte so verstärkt, dass die Zauber nicht an Wirkung verloren, sondern beständig blieben. Und aus Genusssucht nahm sie selten einen Zauber zurück. Das Ende vom Lied war meist, dass sich der Betroffene das Leben nahm, sofern er nicht Glück hatte und ihm eine andere Hexe half. Es war also reiner Selbstschutz, Aignéis das Ding wegzunehmen.«

Shit! Er hatte diesen Anhänger der Lady unterm Hintern weggevögelt. Also *das* sollte ihr definitiv eine Warnung sein!

»Sie haben wohl in dem Fall eine Menge Glück gehabt.«

Scott zuckte mit den Schultern. »Wer über viel Macht verfügt, bekommt meistens früher oder später einen Knacks.«

Das stimmte. Er setzte mit diesem Diebstahl eine Taktik ein, die man sonst eher Frauen nachsagte. Er schien ein echtes Schlitzohr zu sein und mit Sicherheit war diese Aktion vor seiner Ehe passiert. Aber vielleicht übertrieb er ja doch nur. Das schafften Männer mit Leichtigkeit.

»Ist das Medaillon, das Sie tragen, Ihr aktuelles Projekt? Es sieht sehr alt aus.«

»Ja, aber da stehe ich noch am Anfang«, erwiderte er.

Emily nickte.

»Diese Studien sind jedenfalls besser als suspendiert zu werden, weil meine Einstellung zu Wesen nicht mit der meines Anführers konform ist.« Emily schaute ihn über sein Geständnis überrascht an. Er wechselte das Thema? Das war neu.

»Worin unterscheiden sich denn Ihre und seine Ansichten?«

Führte sie das zurück zu seiner Metapher der beiden

Vampirkinder? Oh, bitte nicht. Das gestern war etwas verschwommen, da hatte sie eindeutig zu viel Vernebelung im Kopf gehabt.

»Er vertritt die Meinung, dass Vampire und Werwölfe ebenso ein Recht auf Leben haben wie alle anderen auch. Solange sie im Falle der Werwölfe darauf achten, geheim zu bleiben und den Menschen nicht schaden, und im Falle der Vampire, dass sie nicht mehr Menschen töten als notwendig ist, um zu überleben.«

Emily musterte ihn einen Moment lang versonnen. Sein Chef wurde ihr deutlich sympathisch und was wurde das? Ein Zugeständnis, weil sie am Vorabend gestritten hatten?

»Soweit ich gehört habe, ist diese Ansicht die offizielle. Ihr sorgt für das Gleichgewicht zwischen den Wesen, schützt die Menschen und achtet darauf, dass dies ein Geheimnis bleibt.«

Emily leerte den Orangensaft und musterte seine Züge. Er hatte vielleicht eine schräge Einstellung zu Wesen, aber was die alten Dinge anging, schien er besonders bewandert zu sein. Ob er ihr etwas zu ihrem eigenen Schmuckstück sagen konnte? Sie hatte mehrfach versucht, Informationen von den sogenannten Sachverständigen zu erhalten. Jedoch hatten die nichts Brauchbares liefern können, außer dass es eine besonders detailgetreue, lebensechte und ungewöhnliche Arbeit war, was es wohl wertvoll machte.

Ein Damnati mit Spezialgebiet Keltologie war noch nicht dabei gewesen. Misstrauen war zwar zweckmäßig, wenn man etwas verbergen musste, aber nicht hilfreich, wenn man etwas erfahren wollte.

»Sagen Sie … wissen Sie etwas über ein bestimmtes Symbol? Zwei Drachen, die ineinander verschlungen sind?«

Angespannt beugte sie sich ein wenig nach vorn.

»Zwei Drachen sind kein seltenes Symbol. Ich müsste sie sehen. Von der Art, wie sie dargestellt sind, kann ich ableiten, aus welchem Kulturkreis sie stammen und vielleicht auch ihre Bedeutung. Aber im Allgemeinen gibt es zu viele Möglichkeiten. Drachen waren im Orient, in Griechenland, im Römischen Reich, in der christlichen Mythologie, in China, sogar in Südamerika vertreten.«

»Und was sagen Ihre Kelten dazu?«, hakte Emily nach.

»Wikinger waren weniger Barbaren und Eroberer als vielmehr Entdecker. Es gab Stämme, die sich dem Reisen widmeten, während andere eher dem Handel, dem Schiffbau oder der Jagd und dem Fischfang zugetan waren. Dann gab es wiederum sehr spirituelle Stämme, denen man das Symbol eines Drachens zuordnen könnte. Es stellt ihr mystisches Wesen noch einmal hervor. In einigen Quellen wird davon gesprochen, dass sie besonders kriegerisch waren und den Brauch der Menschenopfer zelebrierten. Vor Beginn einer Reise schnitten sie einem Menschen das Herz aus der Brust. Aus dem noch zuckenden Organ wurden dann bestimmte Vorhersagen abgelesen. Oder man stieß jemanden in Felsspalten, um über seine Seele in Kontakt mit den Göttern zu treten. Auffällig in den Funden zu diesem Stamm ist auch, dass sie die Walküren mehr verehrten als andere. Starb ein Krieger und wurde beigesetzt, musste eine seiner Sklavinnen mit ihm gehen, damit sie an der Tafel in Walhalla seinen Status hebt und ihm zur Verfügung stehen kann, wenn sich die Walküren ihm doch nicht zugeneigt zeigen sollten. Mehr fällt mir dazu nicht ein, zumindest nicht im Moment. Aber ich habe Bücher, in denen man sicher noch mehr finden kann.«

Wow, das waren jede Menge Informationen. Emily schaute ihn nachdenklich an.

»Sie haben nicht zufällig auch auf Götterentscheidungen gesetzt, indem sie ihre Kinder auf dem Meer ausgesetzt haben?«, kam ihr ein Gedanke, der ganz hervorragend in etwas hineinpasste, das sie selbst betraf. Erschreckend war nur, dass dieses Ereignis nicht so weit in der Vergangenheit lag. 28 Jahre war für solchen Aberglauben ein viel zu kurzer Zeitraum.

»Wie kommen Sie darauf?«, fragte er erstaunt nach. »Das Aussetzen von kranken und behinderten Kindern gehört mehr in die griechische und römische Antike. Von den Wikingern ist nichts dergleichen überliefert. Sie bestatteten ihre Toten, indem sie sie mit einem Boot aufs freie Meer hinaustreiben ließen.«

Na, tot war sie nicht gewesen und behindert hoffentlich auch nicht.

»Vielleicht erzählen Sie mir einfach, was dieses Symbol mit Ihnen zu tun hat, bevor ich Ihnen jede Information umständlich aus der Nase ziehe«, forderte Scott sie auf.

Emily seufzte leise. Das hieß, schon wieder lügen.

»Bei diesem Symbol handelt es sich um ein Familienerbstück und leider ist niemand mehr am Leben, der mir dazu mehr sagen kann. Ich habe das Amulett im Nachlass meiner Mutter gefunden. Es gehörte meiner Großmutter und in ihrem Tagebuch stand, dass man Granny als Baby in einem Rettungsboot an der Küste Englands gefunden hat, eingewickelt in eine warme Decke und mit diesem Anhänger um den Hals, der Hinweise auf ihre Herkunft geben könnte.«

»Dann wird es wohl kein altertümliches Fundstück sein«, vermutete Scott nun. Emily schaute ihn enttäuscht an.

»Vielleicht stammt Ihre Großmutter von den Wikingern ab oder Ihre Eltern glaubten es zumindest.«

Wollte er sie nun trösten? Schien es sich doch um eine Sackgasse zu handeln. Vielleicht hatte auch irgendwer nur einen deutlichen Hang zur Dramatik oder einen echt kranken Sinn für Humor gehabt. Eine verzweifelte Frau vielleicht, die ein Fan der alten Weisen war und sie ausgesetzt hatte, um eine ungewollte Schwangerschaft zu vertuschen. Hoffnung starb jedoch bekanntlich zuletzt.

Emily wischte sich ihre Finger an ihrer Serviette ab.

»Ich habe ein Foto davon. Hilft das?«

Sie griff nach ihrem Telefon und suchte ein entsprechendes Bild heraus.

Er nahm das Handy entgegen und zoomte das Bild heran. Minutenlang starrte Scott auf das Foto. Es war schwer, in seinem Gesicht zu lesen, was er dachte. Interessierte ihn überhaupt, was er sah? Oder war es für ihn nur ein unspektakuläres Stück Metall?

Das Amulett stellte lediglich zwei Drachen dar, die sich um einen roten Granat wanden, aber Emily hatte in der Art, wie die beiden Wesen sich umeinanderwanden, immer ein wenig mehr interpretiert. Für sie waren die beiden das Sinnbild der Liebe. Sie drückten ihre schuppigen Leiber aneinander, verschränkten die Schwänze und die Köpfe mit den geschlossenen Augen hielten sie dem jeweils anderen zugeneigt. Es schien, als würden sie schlafen. Schlafen und warten. Aber worauf?

»Es sieht nicht alt aus. Aber das genaue Datum kann ich nur bestimmen, wenn ich es in den Händen halte.«

Emily versteifte sich. Warum wollten es alle in den Händen halten? Reichte denn kein Foto? Aber sie wollte auch Antworten. Verdammt!

»Das Symbol an sich stammt aus der Wikingerzeit. Es war dort recht beliebt für Amulette, die Wikinger waren bereits damals ausgezeichnete Schmiede und Handwerker. Wenn ich mich recht entsinne, gab es auch einen Stamm, der dieses Symbol wie ein Wappen führte. Bereits damals grenzten sich Stämme voneinander ab und zeigten ihre Zugehörigkeit anhand bestimmter Symbole. Gibt es irgendwelche Besonderheiten auf der Rückseite?«

Jetzt war sie baff. Er war der Erste, der nach der Rückseite fragte.

»Ja, da ist ein Name eingraviert«, gab sie widerwillig zu. Wieso hatte sie plötzlich das Gefühl, sich vor ihm in Acht nehmen zu müssen? Hatte sie plötzlich die Hosen voll, weil er ihr vielleicht doch Antworten liefern konnte? Gleichzeitig hoffte sie inständig, dass sie sich ihm anvertrauen könnte. Wie ambivalent war das denn?

»Wie lautet der Name?«, fragte er eher beiläufig und reichte ihr das Handy zurück.

Damit brachte er sie in eine echte Zwickmühle, die Hosen runter zu lassen. Wenn sie ihm den Namen, der auf der Rückseite des Anhängers stand, sagte, könnte sie ihm genauso gut gleich ihren echten Ausweis vorlegen. Sie war hin und her gerissen, denn würde sie ihm jetzt einen falschen nennen, bekam sie vielleicht gar nichts heraus. Gott, wie hing das nur zusammen? Konnte er Rückschlüsse auf ihre Person ziehen?

»Der eingravierte Name ist Emily Charleton.«

Puh, hatte gar nicht wehgetan, die Wahrheit zu sagen. Außerdem könnte das sonst wer sein. Prüfend fühlte sie seinen Blick auf sich.

»Wenn Sie mir das Amulett für zwei, drei Tage überlassen, kann ich sein Alter datieren. Bisher habe ich Frauen nur beklaut, während ich mit ihnen geschlafen habe.«

Na toll, war das etwa Humor? Unfassbar, ihr Django wollte witzig sein.

»Das sollte wohl ein Grund sein, Ihnen niemals zu nahe zu kommen«, lächelte Emily schief. »Und ich befürchte, das geht nicht.«

»Wieso nicht?«

»Ich weiß nicht. Ich kann mich einfach nicht davon trennen.«

Nein, nur über ihre verrottende Leiche.

»Und was passiert, wenn Sie Ihr Amulett abnehmen? Fühlen Sie sich krank? Wird Ihnen schlecht?«

Ja, momentan wurde ihr wirklich schlecht. Emily seufzte nachdrücklich. Sie hatte dieses Schmuckstück nur selten abgelegt. Jeder Versuch, es nicht bei sich zu haben, weil es vielleicht nicht zu ihrem Outfit passte, hatte ihr nicht gut getan. Deshalb hatte sie auch nicht vor, heute damit anzufangen oder es erneut auszuprobieren.

»Zeigen Sie es mir, dann kann ich Ihnen sagen, ob es magisch ist«, forderte Scott.

Aufkeimende Panik war nie etwas Gutes. Ihr Puls vibrierte lauter werdend in ihren Ohren. Sie versuchte sich zu konzentrieren, um sich nicht davon beherrschen zu lassen.

»Nein, nicht krank … es fühlt sich an, als wären wir verbunden. Mich befällt Unruhe, wenn ich es ablege.«

Sie wusste, dass ihr Amulett dafür verantwortlich war. War Scott jemand, den sie fürchten sollte? Warnte es sie unmissverständlich? Emilys Hand glitt über den Stoff ihres Ausschnitts und fest umschloss sie ihr Schmuckstück. Alles in ihr sträubte sich beharrlich dagegen, es hervorzuziehen. Der Impuls, die Flucht zu ergreifen, war stark, aber sie brauchte diese Chance. Sie brauchte endlich Antworten. Sie widersetzte sich diesem unaufhörlichen Drang, bevor sie es hervorzog und Scott in die Augen schaute.

Kapitel 7

Amulette sind dufte Gesprächspartner

Scott erhob sich von seinem Platz, umrundete den Tisch, um sich über Rosalyn zu beugen.

Kaum berührte er das Amulett, begannen seine Fingerspitzen zu kribbeln. Ein Kitzeln, das immer stärker wurde, bis es in ein schmerzhaftes Stechen überging, als würde ihn jemand mit einer glühenden Nähnadel traktieren.

»Ist ja gut«, murmelte Scott. Das Amulett schien über den unerwarteten Besuch nicht sonderlich erfreut, aber es verzichtete darauf, ihm die Hand abfaulen zu lassen.

»Hat es sonst in irgendeiner Form Einfluss auf Ihr Leben? Irgendwelche unerklärlichen Vorkommnisse?«, fragte Scott.

Rosalyns Finger verkrampften sich um die Tischplatte und sie sog scharf die Luft ein. Sie senkte die Lider, während sie zittrig ein- und wieder ausatmete.

»Mein ganzes Leben ist eine Aneinanderreihung an Vorkommnissen. Ich habe Sie angelogen. Das ist nicht der Name meiner Großmutter, der dort eingraviert ist. Es ist meiner.«

Scott drehte das Amulett in seinen Fingern. Es spiegelte das Licht der Deckenleuchte wider. Die Drachen waren so filigran, dass man fast glaubte, eine winzige Berührung könnte sie beschädigen. Aber die Rückseite war glatt. Lediglich der Name ›Emily Charleton‹ war eingraviert. Prüfend strich Scott mit dem Daumen darüber.

Sofort verstärkte sich das Kribbeln in seinen Fingern.

War es von den Gefühlen seiner Trägerin abhängig oder besaß es ein eigenes Bewusstsein? Wenn ja, dann konnte es ihn eindeutig nicht leiden. Es fühlte sich an, als würde es ununterbrochen Stromstöße in seine Finger jagen.

»Manche Zauber sind personengebunden. Diese Bindung erfolgte durch die Eingravierung Ihres Namens. Vielleicht findet man sogar noch winzige Spuren von Ihrem Blut darauf, der diesen Zauber besiegelt, aber vermutlich eher nicht. Sie werden es wohl auch zum Duschen nicht abgenommen haben«, murmelte Scott, bevor sich sein Blick in den von Rosalyn, Verzeihung, Emily bohrte.

»Ich werde Sie später fragen, warum Sie mich angelogen haben und auch, was die Vorkommnisse betrifft. Aber erst möchte ich etwas ausprobieren. Keine Sorge, ich werde Ihnen die Kette ersetzen.«

Emilys Augen weiteten sich entsetzt.

»Nein, tun Sie das nicht!«

Was auch immer dieses Amulett darstellte, Scott wollte mehr darüber herausfinden. Es reagierte auf Berührungen. Wozu war es noch in der Lage?

Scott zerrte an dem Amulett, sodass die feinen Glieder der Kette in Emilys Nacken rissen. Rasch trat der Damnati ein paar Schritte zurück.

Das Amulett wollte nicht von Fremden berührt werden, so viel stand fest, aber wie konnte es sich wehren, wenn man es mit Gewalt nahm? Nun, die Erkenntnis war, dass Emily Tränen in die Augen schossen, während das Amulett wütend in seiner Hand pulsierte. Sein Arm fühlte sich zunehmend taub an. Als würde ihm jemand das Blut abschnüren. Ein Gefühl, das unaufhaltsam nach oben wanderte. Bis zu seinem Hals. Das Dröhnen war nicht nur in der Wohnung, es war auch in seinen Ohren. So fühlte er sich sonst nur im Klammergriff eines Vampirs.

Die Gardinen an den Fenstern bauschten sich, ohne dass eines offen stand, und der Inhalt der Küchenschränke klirrte und schepperte.

Scott taumelte gegen die Küchentheke und keuchte. Vergeblich versuchte er, Luft zu holen. Er musste seinen Puls ruhig halten. Vier Minuten ohne Luft konnte er theoretisch überleben. In dieser Zeit musste es ihm gelingen, Emily das Amulett wieder umzulegen, damit er nicht erstickte.

Schwarze Streifen flirrten vor seinen Augen. Verflucht. Die vier Minuten waren doch noch lange nicht um!

Scott wankte einen Schritt nach vorn, doch Emily war schneller. Sie warf sich in seine Arme, klammerte sich an ihn und plötzlich bekam er wieder Luft. Scott sackte ein wenig in die Knie und rang röchelnd nach Luft. Seine Kehle brannte und noch immer hatte er das Gefühl, jemand legte ihm die Hände um den Hals, bereit, erneut zuzudrücken.

Er lehnte sich gegen die Schränke hinter ihm, während er noch immer Emily im Arm hielt. Er presste sie viel zu fest an sich, aber erwürgt zu werden, sorgte immer für eine gewisse Muskelanspannung. Immerhin zitterten seine Finger dank der jahrelangen Übung nicht ganz so sehr. So blieb ihm wenigstens in dieser Hinsicht seine Würde erhalten. Er legte die Kette um Emilys Hals und verknotete die gerissenen Enden. Dafür bekam er einen letzten Stromstoß versetzt, als sein Finger zufällig den Anhänger streifte.

»Das hat es nicht gewollt. Es ist nicht böse«, stammelte Emily, deren Herzschlag er förmlich gegen seine Brust hämmern spürte.

Er griff sich an den Hals. Er wollte eine Antwort geben, doch seine Stimmbänder waren gequetscht. Er räusperte sich mehrmals, bevor er zu einer Antwort ansetzte: »Es ist gefährlich.«

Emilys Gesicht wurde aschfahl. »Sie sind verrückt.«

Ihr Kopf kippte nach hinten und sie erschlaffte in seinen Armen. Ohnmächtig! Verblüfft sah Scott auf die bewusstlose Emily in seinem Arm.

Echt jetzt? Sie prügelte sich mit Vampiren, zündete deren Häuser an und umklammerte ihn des Nachts wie eine Würgeschlange, aber jetzt fiel sie einfach um?

Scott griff nach dem Amulett, was ihm erneut ein schmerzhaftes Stechen in der Hand einbrachte. Es hing also nicht vom Bewusstsein seiner Trägerin ab.

Er schnaubte abfällig. Es hatte das nicht gewollt? Ja, klar! Dieses Amulett war gefährlich. Es war bereit, aus nichtigen Gründen anderen Schaden zuzufügen.

»Wäre *ich* nicht gewesen, gäbe es Emily überhaupt nicht mehr«, informierte Scott das Amulett.

Das war kindisch, aber Damnati hatten ihren Stolz. Erneut griff er nach dem Amulett. Es pochte gegen seine Berührung an, aber das war ihm völlig egal. Er nahm es fest in die Hand. Man sollte niemals die Kraft des Willens unterschätzen. Scott konzentrierte sich auf die Macht, die er in der Hand hielt. Die Spitzen der Drachenschwänze drückten ihm in die Haut und er könnte schwören, dass dieses leblose Stück Metall Wellen der misstrauischen Begutachtung ausstrahlte.

Behutsam versuchte Scott, seinen Geist zu öffnen. Sich unbekannten Mächten zu öffnen, war immer ein Risiko. Es gab Amulette, die Besitz über schwache und unvorsichtige Charaktere erlangen konnten. Das Pulsieren in seiner Hand wurde stärker und erneut ging ein Beben durch die Wohnung.

Schmerz bohrte sich in seine Hand und fluchend ließ Scott das Amulett los. Das Metall glühte feuerrot. In seiner

Handfläche prangte der kreisrunde Abdruck. Hässliche Brandblasen warfen sich an der Stelle auf.

Fluchend wollte Scott nach dem Amulett greifen. Emily hatte vieles verdient, aber keine Verbrennungen auf der Haut, weil er so dumm war, das verdammte Ding zu provozieren. Aber Emilys Haut war unversehrt.

Unschuldig hing das Amulett an der Kette, doch es hatte sich verändert. Neben Emilys Namen leuchteten winzige Schriftzeichen auf – Runen.

Scott zog Emily näher, jedoch ohne dieses biestige kleine Miststück (Er meinte natürlich das Amulett.) zu berühren.

›Die Macht obliegt allein nur einer.‹

Na toll. Die Macht oblag nur einer. Wem? Emily? Dann gute Nacht. Sie würde die Welt ins Chaos stürzen. Schlimmer noch, sie würde sie anzünden und sich dann wundern, warum sie von Vampiren verfolgt wurde.

»Das ist eine ziemlich beschissene Idee«, erwiderte Scott, aber er hielt inne. Die Schriftzeichen begannen sich zu verändern.

›Sie allein ist würdig.‹

»Du solltest bessere Mitarbeiter casten. Sie hat sich gestern fast umgebracht.«

›Fast.‹

»Das war allerdings nicht ihr Verdienst.«

Gott bewahre, er redete tatsächlich mit diesem verfluchten Amulett. Und Gott bewahre erst recht – das verdammte Ding antwortete!

›Wer die Hand erhebe gegen die Hüterin der Macht, soll dahinsiechen im Feuer der Rache.‹

»Pah«, schnaubte Scott. »Als ob ich dafür nur einen Finger rühren müsste. Ich warte einfach ab, bis sie sich selbst umbringt.«

Dafür brauchte er keine Übersetzung. Wer Emily anrührte, bekam den Hintern angezündet. Eine derart geschwollene Drohung hatte er noch nie gelesen, aber was das Mistding vermochte, hatte er erlebt.

›Idiot.‹

Fassungslos starrte er die Zeichen an. Er musste sich irren. Aber nein. Die Runen standen beharrlich dort wie von Zauberhand eingraviert. Eine bodenlose Frechheit. Eine Beleidigung, von der er nicht einmal gewusst hatte, dass das Wort in der Zeit, in die er das Amulett einordnete, überhaupt existiert hatte.

»Kaugummiautomaten-Schmuckstück«, gab Scott zurück.

Wie viele Diskussionen Emily bereits auf diese Art geführt hatte? Aber warum fragte sie ihn, wenn dieses blöde Ding ihr doch die Antwort selbst geben konnte? Scott warf keinen weiteren Blick auf das freche Metallstück. Stattdessen hob er das bewusstlose Fräulein hoch und marschierte mit ihr ins Schlafzimmer, um sie dort auf dem Bett abzulegen und ihr ein Kissen unter die Beine zu schieben. Er kehrte noch einmal in die Küche zurück, um Wasser und Tabletten zu holen, bevor er sich auf die andere Seite des Bettes legte.

Die Hände im Nacken verschränkt, dachte Scott über das Amulett nach. Wer wusste schon, was dahintersteckte? Er warf erneut einen Blick auf den Anhänger, aber die Schriftzeichen waren verblasst. Lediglich Emilys Name stand dort nach wie vor eingraviert.

Er gab es nicht gerne zu, aber die lebendige Art des Amuletts machte ihm Sorgen. Man traue niemals einem Gegenstand, der selbstständig denken und handeln konnte. War die Absicht eine gute oder hatte das Ding ein Ziel vor

Augen, das niemandem zugutekam, sondern Schaden verursachte?

Scott kam zu keinem Ergebnis, aber dafür fasste er einen Entschluss. Er war nicht nur Damnati, er war auch Experte für magische Artefakte. Er würde erst wieder von Emilys Seite weichen, wenn er mehr darüber wusste. Emily schuldete ihm noch eine Menge Antworten, daher traf es sich gut, dass sie in diesem Moment begann sich zu regen.

»Scott?«, murmelte sie beunruhigt.

»Hier.«

Sie kämpfte sich stöhnend ein Stück das Kissen hinauf.

»Geht es Ihnen gut?«

»Ja. Keine Sorge, ich habe schon ganz andere Dinge erlebt.« Sie sah ihn so besorgt an, dass er das einfach hinzufügen musste.

Scott schob seinen Arm stützend um Emilys Rücken und zog sie mit sachtem Druck in die sitzende Position. Dann reichte er ihr eine Tablette und schraubte ihr die Wasserflasche auf.

Emily schob sich die Tablette zwischen die Lippen und spülte sie mit einem Schluck Wasser runter.

»Was denken Sie darüber, Scott?«

»Ein Gegenstand mit eigenem Willen ist nie ein Grund zur Freude. Warum haben Sie mir einen falschen Namen gesagt?«

»Sie sind nicht der Einzige, dem ich einen falschen Namen genannt habe. Versprechen Sie mir, dass Sie das für sich behalten.«

Emily schaute ihn eindringlich an.

»Bitte … das ist wichtig.«

»Ich verspreche es Ihnen.« Wem sollte er das denn auch erzählen? Dem vertrockneten Kaktus auf ihrer Fensterbank?

»Warum brandschatzen Sie unter falschem Namen?«

»Belassen wir es lieber dabei, Scott. Bitte vertrauen Sie mir in der Hinsicht, okay?«

»Ich denke nicht daran«, erwiderte Scott kühl. »Und bevor ich Ihnen Ihr nächstes Getränk mit etwas versetze, wodurch Sie mir mit Freuden alles über Ihre Vergangenheit und Zukunft erzählen werden, sollten Sie es lieber freiwillig tun.«

Emily kniff misstrauisch die Augenbrauen zusammen.

»Ein Wahrheitsserum? Verstehen Sie mich doch. Ich kann nicht! Wenn Sie etwas weitererzählen …«

Pah, sie konnte nicht. Aber *er* sollte ihr vertrauen? Warum eigentlich? Das erschloss sich ihm nicht. Ebenso wenig wie sich ihm erschloss, warum er nicht die Schultern zuckte und ihr die Geheimniskrämerei ließ. Ihre Gründe waren für das Rätsel des Amuletts nebensächlich.

»Ich wüsste nicht, warum ich etwas weitererzählen sollte«, erwiderte Scott streng. »Sie können bei mir genauso gut die Beichte ablegen, wie bei einem Priester.«

»Ich fürchte, ich muss es darauf ankommen lassen«, seufzte Emily.

Oh, eine ganz Mutige.

»Beschweren Sie sich nicht, wenn ich am Ende Ihre kleinste Jugendsünde kenne«, warnte Scott. Vielleicht ließ er ja die Dosierung versehentlich höher ausfallen.

»Oder beten Sie, dass Ihr Amulett mich erwürgt, bevor ich das Serum aus meinem Rucksack geholt habe.«

»Was denken Sie? Dass ich das Zeug freiwillig trinke? Vielleicht komme ich meinem Amulett auch zuvor und drehe Ihnen genüsslich den Hals herum«, drohte sie ihm unverblümt.

»Ich kenne mich aus, wie ich jemanden zum Reden bringe.«

Es war ein erfrischendes, kleines Wortgefecht. Emily kroch

mit dem Enthusiasmus einer vollgefressenen Schildkröte vom Bett, wankte zur Kommode und kramte eine Knarre hervor. Wie wahnsinnig überraschend.

Sie entsicherte die Waffe und richtete sie auf ihn, auch wenn sie zunächst knapp vorbei zielte. Sie berichtigte ihre Ungenauigkeit. Allein die Kommode verhinderte, dass sie umkippte, aber wem die Argumente ausgingen, der musste ja gleich brachial werden.

»Denken Sie nicht mal dran«, fauchte sie.

Der Damnati verschränkte die Arme in seinem Nacken und lehnte unverschämt entspannt in den Kissen.

»Was wollen Sie tun? Mich erschießen? Wer wird Ihnen dann die Saftflaschen öffnen?«

Genau darauf hatte sie keine Erwiderung. Sie zielte auf ihn, aber eine Antwort gab sie nicht.

Scott schob sich vom Bett und Emily wankte bedrohlich, als sie vor ihm zurückwich. Die Waffe nahm Scott aus ihren zitternden Händen und legte sie in die Kommode zurück.

Er hob sie hoch und trug das unvernünftige Frauenzimmer wieder zum Bett. Finster starrte sie ihn an. Er warf die Decke über sie, bevor sie ihn tatsächlich noch mit ihren Blicken erdolchte.

»Schlafen Sie. Wenn Sie wieder wach sind, können wir weiter streiten. In der Zwischenzeit kann ich Ihre Getränke versetzen«, höhnte Scott, bevor er sich abwandte. Die Tür zum Schlafzimmer schloss er hinter sich.

Starrsinn war ein nicht unwesentlicher Charakterzug seines Wesens und wenn er ein Rätsel ergründete, dann wollte er verdammt noch mal alles wissen. Natürlich war nur das der Grund. Welche Gründe sollte es noch geben? Das Amulett war ein Rätsel. Sie war ein Rätsel. Und Rätsel zu ergründen war seine Passion. Er würde erst wieder gehen, wenn er die Wahrheit herausgefunden hatte.

Kapitel 8

Verhör mich, Babe

Scott beugte sich über das Tablet, mit dem er Zugriff auf die meisten Bücher seiner Bibliothek hatte.

Die Digitalisierung war schlimmer als jede Strafarbeit gewesen, doch der praktische Nutzen sprach für sich. Der Damnati beschäftigte sich wieder mit den Zeichnungen aus der Höhle, suchte nach Gemeinsamkeiten, weiteren Legenden, bis Emily nach einer Weile ins Bad schlurfte, dort geräuschvoll die Toilette benutzte und schließlich die Dusche aufdrehte.

Plötzlich fiel ihm ein, was er bereits seit einigen Stunden vermisste: sein Hemd.

Irgendwie hatte er über das Gespräch, das Amulett, die Streiterei und seine Zeichnungen aus den Augen verloren, dass er immer noch halb nackt war. Die Waschmaschine rüttelte nicht mehr, also war der Waschgang durch.

Im nächsten Moment fesselte ihn allerdings eine Zeichnung aus einem seiner Bücher.

Dort hielt Brigit, die Mutter der damaligen Götter, eine Kette in der Hand, deren Anhänger fast so aussah wie das Medaillon von dem Mönch. Zwar nur fast, aber vielleicht war das ja ein Hinweis? Scott zog sich soeben das Medaillon vom Hals, als Emily in die Küche schlurfte.

»Hey«, sagte sie.

»Sie haben nicht zufällig daran gedacht, den Trockner anzustellen?« Ein nasses Hemd zu tragen, lag auch nicht unbedingt in seinem Sinn.

Sie schüttelte den Kopf und schlurfte erneut aus dem Raum. Nur eine Minute später hörte er das Rumpeln des Trockners.

Seufzend ließ sie sich auf den Stuhl fallen. »Schon neue Erkenntnisse über das Medaillon?«

»Keine brauchbaren«, gab der Damnati nach einem Moment des Schweigens zu, bevor sich sein Blick wieder auf das Tablet richtete und er mit den Wischen seines Fingers weiterblätterte. »Im Übrigen ist mir unser Gespräch von vorhin keineswegs entfallen. Sie hatten nun genügend Zeit, sich zu entscheiden, welche Tour Sie bevorzugen.«

»Ich bin dafür, wir kümmern uns erst mal ums Essen«, wich sie ihm aus und deutete auf den alten Scotch, der auf der Küchenablage, direkt neben dem kalt gepressten Olivenöl stand. »Wollen Sie einen?«

»Ja.«

Dass sie aufgrund der Medikamente ohnehin keinen Alkohol trinken durfte, hieß ja nicht, dass er genauso leiden musste. Zwei Tage mit diesem Weib unter einem Dach mochte man wohl nur mit Alkohol überstehen. Das Fleisch, welches er aus dem Kühlschrank holte und bearbeitete, konnte schließlich auch nichts dafür, trotzdem musste es stellvertretend als Prügelknabe herhalten. Er ölte es ein, nachdem er es unsanft auf das Holzbrett gedonnert hatte und stellte Salz und die Pfeffermühle bereit. Im Ofen ›brannte‹ das Kräuterbrot, welches Emily hineingelegt hatte.

Alkohol schien ihm hilfreich, wenn er vermeiden wollte, der Versuchung zu widerstehen, sie doch noch übers Knie zu legen.

Er holte eine Pfanne für die Steaks heraus und stellte sie auf den Herd. Emily reichte ihm das Glas mit der hellbraunen Flüssigkeit. Ihr Blick blieb an seinem Ring hängen.

»Was sagt Ihre Frau dazu, dass Sie mit einer anderen abhängen?«

»Nichts«, erwiderte Scott ruhig. Eine nicht vorhandene Ehefrau konnte auch kaum etwas sagen, oder?

»Das heißt, ihr ist es egal?«

Ob er ihr mitteilen sollte, dass der Ring lediglich ein Erbstück war? Aber nein, er durchschaute das durchtriebene Weibsbild! Sie wollte vom Thema ablenken. Aus unerfindlichen Gründen rückte sie immer näher und schaute ihm tief in die Augen. Was wollte sie tun? Ihn verführen, damit er keine Fragen mehr stellte? Er würde sich nicht mit Sex ablenken lassen. Sie konnte sich einen anderen suchen, mit dem sie diese Spielchen spielte. Wie auch immer sie auf die fixe Idee gekommen war, er wäre verheiratet, diese Ausrede kam ihm gerade recht.

»Ich denke nicht, dass es ihr egal ist. Aber es soll auch Frauen geben, die wissen, welche Diskussionen vergebens sind«, teilte Scott Emily knapp und präzise mit und erwiderte ihren forschenden Blick ungerührt. Hm, sie hatte wirklich eine interessante Augenfarbe.

»Das halte ich für ein Gerücht. An ihrer Stelle würde es mich massiv stören.«

»Sie sind aber nicht mit mir verheiratet und damit bereits zwangsläufig Kummer gewohnt.«

»Kummer kenne ich zur Genüge. Nur tun sich damit Ehefrauen eher schwer.«

»Sie hat Nerven aus Granit«, behauptete Scott und hob die Augenbrauen. »Solche Spielchen werden mich im Übrigen nicht von unserem Streitthema abbringen. Sparen Sie sich das besser für jemand Leichtgläubigen wie Jordan auf.«

Geheimnisse okay, aber verarschen ließ er sich noch lange nicht. Und mehr schien diese fadenscheinige Aktion hier nicht zu sein. Scott gab die Steaks in die heiße Pfanne und stellte die

Platte etwas runter.

Emily senkte den Blick und rückte weg. »Ihre Frau ist zu beneiden.«

»Ich werde es ihr ausrichten.«

Wenn er eine Frau hätte, dann wüsste diese das bestimmt. Genauso wie er wüsste, was er an ihr hätte. Warum hatte er nie geheiratet? Dann könnte er ihr jetzt schreiben und sich mit ihr über den überflüssigen Versuch der geheimnistuerischen Chaosqueen auslassen.

Ach, verflucht! Warum ärgerte er sich überhaupt dermaßen über ihren plumpen Ablenkungsversuch? War doch egal, ob sie ihn für so bescheuert hielt, dass sie glaubte, er würde darauf reinfallen. Der kurze Moment, in dem er sich beim Blick in ihre schönen Augen pudelwohl gefühlt hatte, verärgerte ihn mehr, als dass er ihn erfreute. Diese Frau entwickelte sich zu einem Pestfurunkel. Je eher er wieder die emotionslose Ebene erreichte, umso besser war es. Scott wendete das Bratgut und wandte sich nun Emily zu.

»Wann wollten Sie mir von den sich ändernden Zeichen auf Ihrem Amulett erzählen?«

Verdutzt hielt Emily in ihrer Bewegung inne. »Sich ändernde Zeichen?«

»Ihr Amulett ist zur Kommunikation fähig.« Noch immer schien Emily verblüfft. Wusste sie nichts davon? Legte ihr Amulett etwa keinen Wert darauf, sich mit seiner Hüterin zu verständigen? Er trat auf Emily zu. Sie zuckte zurück, aber sie hielt still, als Scott nach der Kette griff und das Amulett aus dem Tal zwischen ihren Brüsten hervorzog. Er drehte es herum, sodass sie die Rückseite sehen konnte.

»Da steht nur mein Name«, stellte Emily fest.

Scott schloss erneut die Faust darum und konzentrierte sich

auf das vermaledeite Ding. Wieder schoss der Schmerz in seine Hand und wieder verbrannte ihm das Metall die Haut.

Es glühte ein weiteres Mal und Emily drehte es prüfend zwischen den Fingern. »Wie haben Sie das gemacht?«

Runen leuchteten nacheinander rund um Emilys Namen auf. ›Du stehst auf Schmerzen, kann das sein?‹, sah Scott dort eingraviert, als hätte nie etwas anderes dort gestanden.

»Nur, wenn ich beweisen muss, dass ich recht habe«, brummte Scott. Emily hob den Kopf und sah ihn fragend an.

»Sehen Sie hier Runen?«, fragte Scott und deutete auf das Amulett.

Emily hob ihr Schmuckstück direkt vor ihre Nase.

»Wo?«

Scott konnte es nicht fassen. Die Zeichen leuchteten ihr praktisch entgegen und sie sah nichts?

»Wie kann das sein?«, fragte Scott das Amulett. Er rechnete nicht mit einer Antwort, umso überraschter war er, als die Runen dunkler wurden, sich veränderten und schließlich wieder heller leuchteten. »Dem Unwürdigen wird mitunter die größte Ehre zuteil.«

»Miststück«, knurrte Scott.

»Was?«, protestierte Emily empört.

»Sie doch nicht.«

»Was hat das zu bedeuten?«

Scott wandte sich schweigend seiner Aufgabe zu, Emily etwas zu essen zu machen. Prüfend drückte er mit einer Gabel auf die Steaks und testete, ob sie bereits Medium durchgebraten waren. Das Brot holte er aus dem Ofen und drehte diesen ab. Emilys Frage beantwortete er nur mit einem Kopfschütteln. Wie sollte er etwas erklären, worauf er selbst keine Antwort hatte? Das Amulett konnte kommunizieren, aber entweder wollte oder konnte es das ausgerechnet nicht mit seiner Trägerin.

Klar, warum auch mit einer Frau reden, wenn man diese doch beeinflussen konnte? Frustriert zerschnitt er das Brot und richtete das Essen auf Tellern an. Noch bevor er saß, griff er aber schon wieder nach seinen Zeichnungen und vertiefte sich in seine Überlegungen.

Er hörte Emily etwas sagen, aber die Worte kamen nicht bei ihm an. Er sah sie kauen, als er kurz aufschaute. Es war aber etwas anderes, das seine Aufmerksamkeit fesselte. Das Medaillon des Mönches besaß keine Inschriften, es besaß allerdings mehr als ein Symbol. Die Enden der Spiralen der Triskele umschlossen jeweils eine winzige Gravur.

Drei Runen. Er drehte das Schmuckstück. Sie waren nur schwer zu erkennen, es war aber jedes Mal die gleiche. Ein Kreuz, ähnlich dem christlichen, nur etwas schiefer. Die Rune Nauthiz. Sie besaß eine stärkende Kraft, sollte Krankheiten abwenden und damit wohl Dian Cecht die Arbeit abnehmen. Doch war es nur der Schutz vor Krankheiten, den sich dieser Mönch mit der Hilfe einer unchristlichen Religion sichern wollte? Oder war es mehr? Denn die Rune stand auch für …

Scott blätterte durch die Zettel, bis er auf Wassersymbole stieß. Hm, leider kein Hinweis auf genauere Koordinaten, um den Suchradius einzugrenzen. Aber es wurde ein Tal mit drei Seen erwähnt, was vielleicht einen Hinweis sein könnte …

Verflucht, wo war denn nur der Zettel mit dem Teil der Zeichnung hin? Er ignorierte Emilys Versuche, eine Konversation anzuzetteln. Es war wesentlich schöner, seine eigene wohlige Gedankenwelt zu sortieren. Wenn man sie ignorierte, war selbst diese Frau zu ertragen.

Scott durchwühlte seine Papiere. Das Tal mit den drei Seen

und Nauthiz. War das der entscheidende Hinweis, um den einen Ort zu finden, wo er den Kessel vermutete?

Er griff nach seinem Tablet, als eine Hand auf seiner Wange landete und die klatschende Ohrfeige ein brennendes Gefühl hinterließ.

»Himmel noch eins«, brüllte Scott. Hatte das Weib jetzt völlig den Verstand verloren?

»Was war das jetzt?«, setzte sie ihm zu. »Hast du Visionen? Es wäre nett zu wissen, wenn du plötzlich abdrehst und mich ignorierst!«

Ach, waren sie nun plötzlich beim du? Scheinbar löste das diese Irre nicht durch einen gemeinsamen Brüderschafts-Drink mit einem Knutscher, sondern indem sie um sich schlug. Hervorragend!

»Mach das noch mal und du kannst froh sein, wenn du nur die Ohrfeige eins zu eins zurückbekommst«, drohte er ihr unverblümt. Kindermörder schlugen auch Frauen. Vor allem, wenn man es unter Notwehr deklarieren konnte!

»Zum Donnerwetter noch mal«, bekräftigte Scott erneut seine schlechte Laune und erhob sich, um den Scotch nachzufüllen. Vielleicht sollte er ihr den Gefallen tun und sich betrinken. Seine Rache würde nicht lange auf sich warten lassen.

Er würde ihr bald mit einem tiefen Gefühl der Befriedigung eine Spritze in den Hintern jagen.

Im Moment juckte es ihm erbärmlich in den Fingern. Vor allem, weil ihm vor Schreck über die Ohrfeige der Geistesblitz entglitten war und sich nun hämisch versteckte. Visionen. Die Frau hatte sie doch nicht mehr alle.

»Ist meine Frau also nun nicht mehr ganz so zu beneiden?«, fragte er grantig.

»Ich bin mir noch nicht ganz schlüssig. Jedoch ist anzunehmen, dass sie mit deinen Marotten bekannt sein dürfte und sie sich darauf einstellen kann. Außerdem hat sie doch Nerven aus Granit, oder? Danke also für die Vorwarnung. Ich konnte ja nicht ahnen, dass du plötzlich so durchdrehst, auf nichts reagierst und das scheinbar auch noch normal für dich ist«, antwortete sie ihm ruhig, aber dennoch recht spitz.

»Ich wage zu bezweifeln, dass ich derjenige bin, der durchdreht«, knurrte der Damnati in Emilys Richtung.

»Was weiß denn ich? Du siehst ja auch plötzlich Dinge, die ich nicht sehen kann«, fauchte Emily zurück.

»Entschuldige bitte, dass ich meine werte Aufmerksamkeit einen Moment von dir abgewandt habe, um einer Tätigkeit nachzugehen, für die ich rein zufällig bezahlt werde. Denn für selbstmordgefährdete Irre die Krankenschwester spielen, kann ich nur in meiner Freizeit!«

Emily schnaubte abfällig.

Himmel, was würde er nun für eine Ehefrau geben, die einigermaßen in das Schema passte, das er Emily beschrieb. Das Leben wäre so viel einfacher! Vielleicht sollte er seine Einstellung zur Ehe doch ändern und sich eine anständige Damnati-Dame suchen. Gab schließlich genug. Die meisten davon hatten berufsbedingt Nerven aus Stahl. Konnte doch nicht so schwer sein. Nicht nur, dass er sich nun mit einer durchgeknallten Furie auseinandersetzen musste (ihm konnte keiner einreden, dass das Nebenwirkungen der Tabletten waren), ihm war auch noch entfallen, auf welchen Hinweis er eben gestoßen war. Er würde dieses Weib umbringen.

»Wenn du mich das nächste Mal aus meinen Gedanken reißt, die wirklich gut waren, um endlich einen Fortschritt zu erzielen, werde ich nicht zögern, dich gefesselt einer ausgehungerten

Bande Werwolfsjungen zu übergeben«, drohte Scott.

»Bist du jetzt fertig?«, fragte sie mit einem müden Blick und inzwischen deutlich genervt. »Die Ohrfeige war nur zu deinem Besten.«

Energisch schob sie den Teller von sich und wankte ins Schlafzimmer.

Welcher Teufel ritt ihn hierzubleiben? Scheiß auf die Rätsel. Rätsel waren nicht alles im Leben.

Die Ausrede, er würde nur einer englischen Lady in Not helfen, galt nur bedingt. Leider reichte diese höchstens bis zum Krankenhaus. Den Rest musste man wohl eher unter ›eiskalt erwischt und nicht schnell genug weg gewesen‹ verbuchen. Dass ihm seine Eingebung ein zweites Mal kommen würde, bezweifelte er nicht im Geringsten. Aber das war, verflucht noch mal, keine Entschuldigung, ihm eine zu feuern! Zu seinem Besten? Pah! Es hätte gereicht, mit den Fingern vor seinen Augen zu schnippen. Oder ihm die Zettel wegzunehmen. Oder ihm ein Glas Scotch unter die Nase zu halten. Aber nein, diese Möglichkeiten waren allesamt längst nicht so unterhaltsam, wie einem abgelenkten Mann eine zu klatschen.

Er hörte, wie sich Emily im Bett wälzte und warf einen Blick auf die Uhr. Ein paar Stunden, dann würde sie tief und fest schlafen und die schlimmste Wirkung der Tabletten wäre vorbei, sodass diese ihr Gehirn nicht behindern konnten. Die Zwischenzeit vertrieb sich Scott mit seinen Zeichnungen. Und Tatsache, er konnte sich letztlich doch daran erinnern, welchen Hinweis er gefunden hatte.

Die Rune stand für Samhain. In Amerika und Europa feierte man an diesem Tag Halloween, in Irland Samhain. Es war die Nacht, in der die Grenzen zwischen der hiesigen und der

Anderswelt verwischten.

Auf der Insel gab es mehrere Orte, die als Übergänge in die Anderswelt galten. Vielleicht war einer davon ein Wegweiser.

Der Jäger zeichnete gewissenhaft seine Gedanken auf und verstaute schließlich seine Zettelwirtschaft im Rucksack. Nach längerem Kramen stießen seine Finger gegen ein Behältnis, welches mehrere kleine Ampullen, Spritzen und sterile Kanülen enthielt. Im Schein der Küchenbeleuchtung zog Scott eine Spritze auf und verstaute den Rest wieder gewissenhaft in einer der zahlreichen Innentaschen seines Rucksacks.

Scott löschte das Licht in der Küche und schlich auf leisen Sohlen ins Schlafzimmer. Emilys ruhige Atemzüge verrieten ihre Position. Seine Augen gewöhnten sich schnell an die Dunkelheit und er konnte Emilys Umrisse erkennen.

Zum Henker noch mal, war das wirklich das Richtige?

Er verstand immer noch nicht, warum ihm das Schicksal dieser Frau nicht völlig gleichgültig war. Ebenso wie die Geheimnisse. Er litt weder unter dem Drang zu stalken noch unter Kontrollzwang. Aber er wollte endlich wissen, was es mit dieser Frau auf sich hatte. Vielleicht war sie dann weniger geheimnisvoll und anziehend.

Glücklicherweise war er es gewohnt, sein grüblerisches Gewissen ignorant in die allerletzte Ecke seiner Seele zu verbannen. So kam es, dass Scott nur kurz zögerte, bevor er Emilys gesunden Arm umfasste und ihr das Serum injizierte.

Er legte die Spritze beiseite und rüttelte schließlich an Emilys Schulter.

Sie murmelte schlaftrunken, bevor sie aufschreckte. Sie stützte sich auf ihren Gips und kippte stöhnend wieder zurück in die Kissen.

»Wer ist da?«, murmelte Emily gequält.

»Jemand, der Ihren Job übernehmen soll. Sie sollen mich über alles Relevante in Kenntnis setzen. Sagen Sie mir, was Sie in Dublin zu tun haben. Welche Rolle spielt Jordan und warum wollen Sie sich bei den menschlichen Jägern einschmeicheln?«, log Scott.

Jetzt schlug sie die Augen auf und stieß beinahe mit ihrem Kopf gegen seinen, als sie versuchte, sich aufzusetzen.

»Du elender Mistkerl. Wie kannst du das tun?«, fuhr sie ihn an.

Überrascht zog er die Augenbrauen nach oben. Hatte er ihr überlagertes Serum gespritzt und es entfaltete keine Wirkung?

»Was willst du von mir? Die Wahrheit? Die Wahrheit ist, dass du der hinterhältigste Kerl aller Zeiten bist. Auch wenn du wundervoll kochen kannst und dein Dackelblick selbst einen Stein zum Schmelzen bringt«, fauchte die kleine Amazone.

Hart strich sich der Damnati mit den Fingern über die Stirn. Er durfte jetzt nicht mürbe werden. Dann wäre alles umsonst. Himmel, er würde ihr kein einziges Haar krümmen. Er hinterging sie lediglich. Für solche Sachen bekam er sein Geld.

»Du weißt, welche Wahrheit ich will. Was willst du von den Jägern?«

»Was ich von den Jägern will? Ist doch klar. Ihr Vertrauen, damit ich …« Jetzt biss sie sich auf die Lippe und der Versuch, sich weiter aufzurichten, entlockte ihr ein Keuchen.

»Du hast keine Frau. Dein Boss hat recht. Seine Einstellung ist die richtige und …«

Wenn sie ihn mit Beleidigungen ablenken wollte, dann war sie auf einem guten Weg. Er wusste nicht, ob er ihr hochhelfen oder sie wieder zurück auf die Kissen pressen sollte. Sie schnappte nach Luft und rutschte von ihm weg. »… und du bist der bösartigste und bescheuertste Typ, mit dem ich je gekuschelt habe und das ist die Wahrheit.«

Die hektische Bewegung tat nicht gut. Sie stöhnte auf.

»Bleib liegen«, mahnte er, ohne im Geringsten auf ihre Worte einzugehen. »Es hat keinen Zweck.«

Sie tat sich damit nur selbst weh. Er würde sie nicht hier rauslassen. Nicht so und erst recht nicht würde er zulassen, dass sie sich wieder eine Knarre krallte.

Aber eines interessierte ihn durchaus.

»Hast du gerne mit mir gekuschelt?« Im nächsten Moment wollte er sich selbst eine Ohrfeige geben. Solche Fragen waren erbärmlich, aber er konnte der Versuchung einfach nicht widerstehen.

»Hat dir der stundenlange Anblick meines Oberkörpers gefallen?« War er fies? Aber natürlich.

»Oder willst du mir lieber sagen, warum du das Vertrauen der menschlichen Jäger haben willst?«

»Ich erzähle dir lieber etwas zu deinem Ego als zu meinen Geheimnissen«, zischte sie. Mit einem kleinen Stöhnen und einem entschlossenen Ruck befreite sie sich aus seinem Griff.

Wäre auch seltsam gewesen, wenn diese Frau einmal Verstand beweisen würde. Anstatt liegenzubleiben, robbte sie mit ihrem gebrochenen Arm munter durchs Bett. Selbst Wesen, die zusammengeschlagen, gefoltert und unter Drogen gesetzt worden waren (nicht unbedingt in dieser Reihenfolge), bewiesen immer noch mehr Würde als Emily. Immerhin war sie noch in der Lage, über das Bett hinweg mörderische Blicke in seine Richtung zu schießen.

»Bleib liegen. Sei einmal die kluge Frau, die ich in dir vermute. Ich bitte dich.«

Er beugte sich über sie und legte eine Hand auf ihren Oberarm, während seine andere Hand ein Stück unter dem gebrochenen Arm auf ihrer Hüfte verweilte.

Sie war selbstmordgefährdet, verrückt und völlig unberechenbar. Aber sie war nicht dumm. Wirklich nicht. Und sie war hübsch. Und sexy. Ihrem Anblick konnte er sich nicht entziehen. Er drückte sie auf die Matratze, bevor sie sich beim nächsten Sturz von dem Möbelstück auch noch den anderen Arm brach. Fasziniert sah er ihr in die Augen, die ihn so unschuldig wie ein frisch geborenes Rehkitz anstarrten. Ja, ja, jetzt, wo einen der böse Jäger eingefangen hatte, verlegte sie sich aufs Liebgucken. All das nur, um ihn vom Thema und seinem eigentlichen Ziel abzulenken. Aber störte ihn das? Erstaunlicherweise weniger, als es müsste. Mit einem kleinen Stöhnen und einem entschlossenen Ruck kam sie näher, hielt sich an seinem Nacken fest und ... küsste ihn.

Okay, er hatte jetzt eher mit einer weiteren Ohrfeige gerechnet oder einem schlecht gezielten Schlag in sein Allerheiligstes, aber würde er sich beschweren? Bestimmt nicht. Dazu fühlten sich ihre Lippen viel zu gut an. Wer würde da nicht reagieren? Ein verheirateter Mann.

Zum Glück war er aber nicht verheiratet und so hielt ihn nichts davon ab, diesen Kuss auf die gleiche Weise zu beantworten. Sanft, aber mit einer ordentlichen Prise Begierde und Leidenschaft.

»Gut, du hast gewonnen. Ich bin nicht verheiratet, zufrieden?«, fragte Scott.

Das kullernde Ding, das unbenutzt über seinen Rücken herabrollte und aufs Bett fiel, entging ihm jedoch nicht. Verwundert schob er das Ding, das verdächtige Ähnlichkeit mit der ihm bekannten Art von Betäubungsphiolen aufwies, aus dem Bett, bevor er sie erneut küsste.

»Die Frau hätte ich auch gerne kennengelernt, die es mit dir aushält«, gestand sie ihm ehrlich und legte erneut ihre Lippen sanft auf seine.

»Wenn ich eine gefunden habe, stelle ich sie dir vor«, gab der Jäger trocken zurück. Um Antworten war er sicher nicht verlegen, um Fragen eigentlich auch nicht, doch im Moment war es sehr viel schöner, Emilys Küsse zu erwidern.

Er streichelte ihre nackte Haut, wanderte sachte über ihren Arm, bevor sich seine Hand auf ihren Oberschenkel verirrte.

Ihre Küsse weckten nicht nur seinen kleinen Freund, sie weckten auch herrliche Gefühle in Scott. Wohligkeit, ein fast schon nervöses Kribbeln und Vorfreude auf das, was sich da anbahnte. Ihre Finger, die über seine Haut tasteten, bescherten ihm behagliche Schauer, gepaart mit einer Gänsehaut, die jeden noch so kleinen Reiz an sein Gehirn weiterleiteten. Sachte löste er sich von ihrem Mund, um sich behutsam ihren Hals hinunter zu küssen.

Emily seufzte sehnsüchtig.

Er schob ihr Shirt nach oben, damit seine Lippen ungehinderten Zugang zu ihrem Körper bekamen. Sanft liebkoste er ihre Haut, strich mit seinen Lippen über ihre Brustwarzen, glitt ihren Bauch entlang, bevor er seinen Daumen auf den Stoff ihres Höschens und damit auf eine besonders empfindliche Stelle legte und sie dort liebkoste.

»Für welche Art Gesetzeshüter arbeitest du?«, fragte Scott mit rauer Stimme, während er sanft eine ihrer Brustwarzen zwischen die Lippen nahm, daran saugte und sein Daumen immer wieder über ihr Heiligtum strich. Mal ehrlich, Schusswaffen in der Kommode, Vertrauen erschleichen, schnell verwendbare Betäubungsphiolen unter dem Kopfkissen, deren Inhalt vermutlich nicht nur Wesen flachlegen konnte, sondern auch Damnati. Sollte sie eine Kriminelle sein, wäre sie tatsächlich eine verdammt gute Schauspielerin, aber er glaubte nicht daran.

»Das ist jetzt nicht dein Ernst, oder?«, keuchte Emily. »Für einen, von dem du besser nichts weißt.«

»Und wie heißt er?«, fragte Scott unbeirrt weiter und seine Finger ließen von ihrem Höschen ab, um über ihre Seite zu streicheln. »MI6?«

Emily brummte frustriert.

»Ja und jetzt halt die Klappe.«

»Ich denke nicht daran. Was wollen du und der MI6 von den menschlichen Jägern?«, fragte Scott unbeirrt, während er ihr Höschen nach unten zog.

»Oh, verdammt«, stöhnte sie hitzig und biss sich fast die Lippe blutig.

Sanft streichelte er über ihre freigelegte Mitte, neckte sie dort, aber immer, wenn ihr Keuchen stärker und begehrlicher wurde, küsste er unschuldig ihren Oberschenkel.

»Man vermutet ein Netzwerk hinter den Aktionen der menschlichen Jäger, die immer ausschweifender und bösartiger zuschlagen. Ich soll herausfinden, wie sie aufgestellt sind, sie infiltrieren und dann berichten«, ächzte Emily.

»Natürlich gibt es Netzwerke.« Für diese Erkenntnis warfen die Steuergelder hinaus? Das beantwortete doch schon die Logik. »Es kann euch doch egal sein, was sie tun. Sie töten Vampire und Werwölfe. Wenn jemand seine Zeit zum Ausspionieren dieser Dilettanten vergeuden wollen würde, dann wären es die Wesen und Damnati. Immerhin werden die von diesen Idioten ins Visier genommen und sind direkt betroffen. Was interessiert es euch?«

Emily versuchte, von ihm wegzurobben, aber er schob behutsam einen seiner Finger in sie hinein, während er mit dem

Daumen ihre Perle umspielte.

»Sie gefährden mit ihren Aktionen immer mehr Menschen«, erwiderte Emily rau.

»Ihr könntet auch *uns* fragen, anstatt wie kleine Kinder Zeit und Ressourcen bei Versuch und Irrtum zu vergeuden. Je nach Jägeranführer und Thema könnte es sogar sein, dass ihr eine Antwort bekommt. Vor allem, wenn dadurch vermieden wird, dass ihr uns im Weg steht.« Wieder stoppte Scott seine Liebkosungen.

Emily knurrte verärgert.

»Ach, ja? Wurde alles bereits versucht, aber die Damnati sind zu versnobt, um irgendwelche Auskünfte an die ach so dummen Menschen zu geben.«

»Vielleicht habt ihr nur nicht richtig gefragt?« Geheimdienste taten ja immer so wahnsinnig geheimnisvoll und auf Drama. Kein Wunder, dass die Diven beleidigt waren, wenn ein Damnati freundlich mit einem ›Was zum Teufel geht dich das an?‹ antwortete.

»Glaub mir, dass es an mehreren Stellen versucht wurde«, gab sie störrisch zurück. »Es bleibt nur, es selbst herauszufinden.«

»Ihr habt zu viel Geld und zu viele Leute.«

Sie stöhnte unter seinem Tun erneut auf.

Ihre Reaktionen waren herrlich, sinnlich und berauschend. Sie weckte in ihm die Lust nach mehr. Sie stöhnte ihre Begeisterung so frei und ungeniert heraus, wie er es noch nie erlebt hatte. Welcher Mann genoss solche Komplimente nicht?

»Musst du so dämlich grinsen?«, beschwerte sie sich.

»Ja.«

Sie jetzt zu vögeln könnte man fast als haarscharfe Vergewaltigung werten, aber es gab noch eine andere

Möglichkeit, ihr Erleichterung zu verschaffen und dabei ihren Zustand nicht völlig auszunutzen. Damit sie endlich von seinem Grinsen erlöst wurde, steckte der Jäger sein Gesicht zwischen ihre Beine. Saugend, leckend, knabbernd liebkoste er sie mit Inbrunst, ignorierte sein eigenes Verlangen und führte sie stattdessen in prickelnde Höhen, die Momente der Glückseligkeit versprachen.

Sie nach dem erfolgreichen Ende des Verhörs im Regen stehen zu lassen, wäre gemein. Er war zu weit gegangen. Er konnte nur dafür sorgen, dass sie zu ihren Glückshormonen kam, und sich selbst zurückhalten, die Situation nicht zu seinem eigenen Vergnügen auszunutzen. Sobald sie wieder klar denken konnte, würde sie ihn ohnehin hassen. Außerdem gehörten Kondome im Gegensatz zum Wahrheitsserum nicht zu seiner Standardausrüstung.

Ihr Keuchen, Stöhnen und Beben stimmte ihn zufrieden und so rutschte er wieder nach oben. Sanft küsste er sie auf die Stirn. Emily schnappte noch nach Luft und schaute ihn völlig entrückt an.

»Schlaf jetzt, umso weniger Kopfschmerzen hast du morgen.«

Es war ohnehin erstaunlich, dass sie derart vollgepumpt mit Wahrheitsserum und den zusätzlichen Schmerzmitteln im Blut nicht mittendrin eingeschlafen war. Fürsorglich deckte er sie zu.

»Was willst du mit deinem Wissen anfangen?«, fragte sie besorgt nach.

Scott machte es sich neben ihr bequem und schob einen Arm unter seinen Kopf, um sie anzusehen.

»Ich sagte doch, es gibt niemanden, dem ich solche Dinge erzähle. Den Damnati ist völlig gleich, was ihr tut, solange ihr euch nicht in unsere Angelegenheiten einmischt. Und du bist ohnehin aus der Nummer raus.«

»Wieso sagst du das ständig?«

»Weil es so ist«, erwiderte der Damnati.

Ihm war klar, dass sie mit diesen Vollpfosten von menschlichen Jägern Kontakt aufnehmen würde, sobald er zur Tür hinaus war.

Aber immerhin hielt sie nun den Mund und es dauerte keine zwei Minuten, da hörte Scott ihre regelmäßigen Atemzüge.

Scott streckte die Hand aus und drehte ihr Amulett so, dass er die Rückseite im Schein der Straßenlaterne erkennen konnte.

Wieder leuchteten dort Runen. ›Dein Glück, dass sie in letzter Zeit zu wenig Sex hatte!‹

Wenn das keine Warnung war. Das Amulett schien ihn mit missbilligenden Schwingungen zu traktieren. So fühlte es sich zumindest an. Ein Gefühl, das durch seine Finger floss und ihn in die Zeit zurückversetzte, als ihn seine Mutter tadelte, wenn er als kleiner Junge von einer Prügelei nach Hause gekommen war.

Scott ließ das Amulett los. »Gute Nacht!«, sagte er viel zu laut. Emily murrte und drehte sich auf die andere Seite. War das ihre unbewusste Entscheidung gewesen oder die des Amuletts?

Scott fand nur schwer in den Schlaf. Der Gedanke, dieses Amulett könnte Emily regelrecht besitzen, machte ihn krank. Aber was sollte er tun? Wenn er Emily das Amulett wegnahm, brachte ihn das verfluchte Ding um.

Es würde aber mit Sicherheit auch nicht zulassen, dass sie es freiwillig ablegte. Sie hatte selbst gesagt, dass sie sich dann unruhig fühlte.

Es beeinflusste sie also auch, wenn es nicht an ihrem Hals hing. Es gab keine Möglichkeit, zumindest fiel ihm keine ein.

Aber es musste eine geben, es gab immer eine.

Kapitel 9

Ups

Emily kam langsam wieder zu sich. Ooooouuuuuh, gar nicht gut. Welcher Laster, D-Zug oder Flugzeugträger hatte sie erwischt, und zwar voll auf die Zwölf? Ihr Oberstübchen fühlte sich an, als hätte sie einen Boxkampf der Schwergewichte über zwölf Runden verloren. Konnte sie nicht einfach draufgehen? Sie legte eine Hand beschwichtigend auf ihre pochende Stirn. Probehalber wackelte sie mit den Zehen. Okay, die funktionierten. Die Decke raschelte leise dabei. Sie war in ihrem eigenen Bett, wie sie gequält mit einem Auge feststellte. Das war beruhigend und … unangenehm hell. Was hatte sie noch gleich den letzten Abend angestellt? Ihr Blick fiel auf den Gips. Ähm, Moment mal. Vampire, Unfall, Krankenhaus, Scott!

Emilys Haupt zuckte nach links.

Unweigerlich machte sich die leere Stelle im Bett neben ihr bemerkbar. War er gegangen? Enttäuschung durchfuhr sie und die Bewegung ihres Kopfes forderte seinen Tribut, ihr Schädel hämmerte fürchterlich. Was fühlte sie sich elend und was genau war eigentlich passiert?

Mühselig richtete sich Emily auf. Keine gute Idee. Oh Gott, war ihr übel. Einen Moment horchte sie in sich hinein. Sie spürte die Hitze aufsteigen, die wie Wellen durch ihren Körper fuhr. Dazu bemerkte sie zunehmend einen Speichelfluss, der eindeutig ankündigte, dass sich etwas von ihr verabschieden wollte.

Sie schlug die Decke beiseite, um sich zügig ins Badezimmer vorzuarbeiten. Würgend stolperte sie durch die Küche, bereit, selbst Chuck Norris plattzumachen, sollte der sich ihr in den Weg stellen. Sie galoppierte an Scott vorbei, der das Bad besetzte. Oh, er war also noch da und hatte zum Glück nicht abgeschlossen, sodass sie nicht an der verschlossenen Tür zerschellte. Man möge ihr verzeihen, dass sie nicht anklopfte und den morgendlichen Gruß verpasste. Er war zum Glück mal nicht nackt und knöpfte sich gerade das Hemd zu.

Apropos nackt. Irgendwas wollte sich ihr mitteilen. Auch, wenn sich ungestümerweise das Essen des Vorabends in den Mittelpunkt stellen bzw. aus ihr hinausdrängen wollte. Emily schnappte nach der ersten Attacke des Würgereizes nach Luft und leider lösten sich auch ein paar bruchstückhafte Erinnerungen. Sie klammerte sich entkräftet an den Toilettenrand.

Diese Auseinandersetzungen des Vorabends und seine Drohung, auch wenn es ab da verwaschen wurde. Er hatte es wirklich getan? Wahrheitsserum. Dieser elende Mistkerl.

Oh, Himmel, und da war noch etwas. Hatte er sie wirklich zum Stöhnen gebracht? Ihr so dermaßen den Schneid abgekauft, dass sie sich zukünftig nur noch mit einer Papiertüte über dem Kopf bewegen sollte? Nur zur Sicherheit!

Emily musterte einen Moment lang fahrig die Kacheln, die friedfertig hinter dem Klo an der Wand hingen und keiner Menschenseele etwas zuleide taten. Oh Gott, er hatte ihr rausgeleiert, dass sie eine Agentin war und was sie mit den Jägern zu tun hatte.

Spontan ereilte sie erneut Brechreiz, als ihr Innerstes rebellierte. Sie spuckte zum Glück ihren Magen nicht gleich mit aus. Schwer atmend hing sie über dem Klo. Es wurde nicht besser.

Verflucht! Sie hätte die Phiole einsetzen sollen, wie sie es ursprünglich vorgehabt hatte. Warum küsste er auch so verdammt gut? Viel besser, als sie sich das in ihren kühnsten Träumen ausgemalt hatte. Damnatis durfte man nicht trauen.

Emily schnappte nach Luft und wischte sich den Mund mit Klopapier ab. Die Beweise ließ sie in den Tiefen der Keramik verschwinden, bevor sie sich wackelig über das Waschbecken beugte und sich den Mund ausspülte. Oh Mann, ging es ihr dreckig und was war das eigentlich für ein Unsinn, dass er irgendwelche Zeichen sehen konnte? Sie hatte nicht das Geringste gesehen und sie hatte ziemlich genau hingeschaut.

Sie richtete sich auf und sah sich selbst im Spiegel. Und Scott hinter sich, der sich dieses Szenario entspannt anschaute … Ein Moment, in dem einem alle Sünden wieder einfielen. Wollte sie nicht am liebsten augenblicklich im Erdboden versinken? Die Antwort war einfach. Eindeutig ›Ja‹!

Zudem sie nur im Shirt und ohne Unterwäsche vor ihm stand. Ähm … was sollte sie sagen?

»Ich glaube, ich leg mich wieder hin«, murmelte sie völlig fertig.

»Das wäre besser«, meinte Scott. »Brauchst du was?«

Emily war unfähig, eine Entscheidung zu treffen. Sie musste sich am Waschbecken festhalten, um nicht einen unfreiwilligen Kniefall hinzulegen. Den hatte er nämlich nicht die Bohne verdient!

»Ich mach dir einen Tee«, schlug er vor und kam ihrer nicht vorhandenen Antwort damit zuvor. Tee? Klang tatsächlich gut. Sie nickte sachte. Das vertrug ein eingeschnappter Magen sicher besser als Wasser. Sie zwang sich zu einem Lächeln, auch wenn sie ihn am liebsten abknallen würde.

Scott wandte sich ab, um das Wasser in der Küche aufzusetzen, und Emily sah ihm nach. Sie konnte es nicht fassen. Und das passierte ihr! Sie kämpfte Zeit ihres Lebens erfolgreich gegen die unmöglichsten Schurken und er kam einfach so daherspaziert, belog sie, hinterging sie und zwang ihre Geheimnisse raus. Aber das war noch nicht alles.

Da fand man einmal im Leben einen Mann zum Anbeißen, so ging das sofort nach hinten los. Ja, sie konnte langsam diese Filme verstehen, in denen Frauen auf Heiratsschwindler und anderes Gesindel hereinfielen. Ob man die auch unter Drogen gesetzt hatte? Alleine das war schon ein Vertrauensbruch ohnegleichen. Mistkerl!

Emily hangelte sich, um Gleichgewicht bemüht, an den Möbelstücken entlang, in Richtung ihres Schlafzimmers. Sie musste sich zusammenreißen. Hart rieb sie sich durchs Gesicht, das nicht zu ihr gehören wollte.

Sie erspähte ihr Handy, das auf dem Tisch lag, und nahm es im Vorbeigehen an sich. Da war doch noch was.

Endlich erreichte sie das Bett. Sie hatte ja schon viel Mist erlebt, aber das hier toppte das locker.

Emily streckte sich auf dem Bett aus und, oh, sie fand auch ihren Schlüpfer wieder.

Geistesgegenwärtig kletterte sie hinein, um sich nicht ganz so nackt zu fühlen, und legte ihr schmerzendes Haupt auf dem Kissen ab. Nur ein paar Mal tief durchatmen. Ja, liegen war eindeutig besser. Das Unangenehmste erledigte man bekanntlich am besten zuerst. Wenn Scott jetzt hereingestürmt käme, um ihr wieder das Handy aus den Fingern zu reißen, dann würde sie ihm die andere Ampulle, die noch immer unter ihrem Kopfkissen lag, ohne zu zögern reinrammen. Sie wählte die Nummer ihres Chefs, an die sie sich glücklicherweise erinnern konnte und ihr Boss meldete sich gewohnt schnell. Hatte der überhaupt ein Privatleben?

»Em«, kam knapp von ihm. »Was gibt es?«

Emily riss das letzte Bisschen Konzentration zusammen.

»Mission läuft gut, ich hatte nur einen kleinen Unfall. Ein gebrochener Arm, der mich eine Weile außer Gefecht setzt. Ein Austausch ist unnötig.«

Nein, sie würde ihm nicht erzählen, dass ein Irrer sie mit Wahrheitsserum und einer Spezialbehandlung zum Quatschen gebracht hatte.

»Verstehe. Ruhen Sie sich aus. Ich schicke Ihnen ein paar leichtere Aufgaben vor Ort, bis Sie wieder voll einsatzfähig sind. Lassen Sie den Kontakt zu den Jägern nicht abbrechen, Emily. Die Jäger werden ähnliche Probleme haben.« Sie war schon froh, dass er sie nicht gleich zurück nach England beorderte.

»In Ordnung. Ich denke, ein paar Tage reichen. Den Bericht schicke ich Ihnen dann zu«, erwiderte sie und wollte schon auflegen, als seine Stimme erneut ertönte.

»Nehmen Sie sich ein paar Tage mehr und passen Sie auf sich auf. Vampire sind keine Wesen, die man auf gewohnte Art verprügeln kann.«

Oh Himmel, fing er nun auch damit an? Aber die Sorge in seiner Stimme ließ sie friedfertig reagieren.

»Ja, ich weiß. Ich werde schon wieder. Bis dann.«

Emily legte auf, löschte die Nummer aus dem Verlauf und schloss erschöpft die Augen, während sie ihr Handy neben sich aufs Bett fallen ließ.

Ja, das war wie erwartet. Ein gebrochener Arm bedeutete mindestens sechs Wochen Zwangspause und dann musste sie erst wieder trainieren, um Kraft darin zu haben. Ergo konnte sie noch mal vier Wochen drauflegen. Das war eine biblisch lange Zeit, bis sie wieder voll einsatzbereit wäre, aber das war wohl nicht zu ändern. Immerhin hatte ihr Chef noch andere Aufträge für sie. Trotz des gebrochenen Arms.

Aber darüber konnte sie sich Gedanken machen, wenn ihr Kopf sie nicht mehr umbrachte. Die Augen eine Weile geschlossen zu halten, tat gut. Sie hörte Scott in der Küche rumoren und genau das gab ihr ein heimeliges Gefühl, wie es selten war. Gut aufgehoben zu sein und dass sich jemand um sie kümmerte, auch wenn er sie letzte Nacht in die Mangel genommen hatte. Es dauerte nicht lange, bis er mit einer dampfenden Tasse Tee zu ihr kam. Ja, trotz allem wirkte er im Augenblick wie eine Art (wenn auch trügerischer) Engel auf sie. Er kümmerte sich vorbildlich um sie und dafür hasste sie ihn. Er hatte sie hintergangen, aber genau das konnte sie ihm nicht übelnehmen. Ehrlich gesagt, hätte sie an seiner Stelle nicht anders gehandelt.

Emily richtete sich vorsichtig auf und musterte ihn, als er den Tee auf dem Nachtisch abstellte.

»Ich bin vorerst von dem Fall abgezogen«, verkündete sie nicht gerade glücklich.

Hoffentlich fing er nicht von den Aktivitäten der letzten Nacht an. Das war ihr bereits peinlich genug. Immerhin hatte er versprochen, niemandem ihre Identität zu verraten. Daran erinnerte sie sich deutlich. Er schaute sie wie gewohnt mit einer unbewegten Miene an. Ihr Django, der ihr Tee kochte.

»Kehrst du nach England zurück?«

Das war alles, was er wissen wollte? Kein schadenfrohes Grinsen, so wie letzte Nacht?

»Nein … Ich bleibe erst mal hier.« Sie griff nach dem Tee. Der kochte quasi noch, verströmte aber einen angenehmen Duft.

Auch, wenn Scott sie anschaute, dass man sich fragte, was er eigentlich wollte. Er saß wie bestellt und nicht abgeholt auf der Kante ihres Bettes. Was denn? Kam nun etwa eine Entschuldigung für sein Verhalten?

»Ich denke, du solltest dein Amulett einer Hexe zeigen.«

Zu früh gefreut. Emily musterte ihn fast enttäuscht.

»Eine Hexe«, wiederholte sie leise.

»Ja, für die magische Komponente ist eine Hexe der beste Ansprechpartner.«

Hm, was, wenn ihr Amulett die Hexe auch anfiel?

»Ich weiß nicht, ob das so gut ist«, erwiderte Emily und pustete nachdenklich in ihre Tasse, um dann einen Schluck zu versuchen. Verdammt, jetzt hatte sie sich doch die Zunge verbrüht. Emily verzog das Gesicht.

»Du solltest es aber tun, wenn du etwas herausfinden willst.«

Sollte sie? Möglicherweise hatte er auch noch recht damit. Es war eine Chance. Eine, die man nicht an sich vorbeiziehen lassen sollte. Ihr Magen befand das für weniger gut, denn er meldete sich mit unguten Gefühlen. Als hätte sie nicht schon genug mit ihren entrüsteten Schleimhäuten zu tun.

»Wann willst du denn zu der Hexe?«

»Wann du willst«, gab Scott zurück.

Irgendwas in ihr sträubte sich dagegen. Was sollte ihr eine Kräuterhexe schon sagen können? Ihr Amulett war eine ganz eigene Geschichte.

»Ich überlege es mir. Gibst du mir bitte noch eine Tablette?«

Hoffentlich blieb die dann drin. Sie konnte wahrlich etwas gegen diesen brüllenden Kopfschmerz gebrauchen.

Schlafen war die beste Option. Er nickte und brachte ihr eine. Emily spülte sie mit dem Tee hinunter und rutschte in die Kissen.

Erst gegen Abend wurde sie wieder wach. Es ging ihr

deutlich besser und kaum war sie aufgestanden, sagte sie ihm, dass er gehen solle. Die achtundvierzig Stunden waren um. Zwar protestierte er, aber zum Henker noch mal, sie wollte keine weitere Nacht mit ihm verbringen. Der Gedanke war viel zu verführerisch und doch gleichermaßen erschreckend. Setzte er sie dann wieder unter Drogen? Oder kamen sie sich noch näher? Dieser Mann war nicht gut für ihr Seelenheil. Erst, als sie versprach, dass sie übermorgen zusammen zu der Hexe gingen, gab er nach. Emily brachte ihn zur Tür und schloss sie hinter ihm. Im ersten Moment empfand sie deutliche Erleichterung, jedoch änderte sich das zunehmend.

Ihre Wohnung kam ihr plötzlich unnatürlich leer vor. Das war noch verrückter als die letzten zwei Tage an sich.

Sie blieb zurück, mit einem Zettel in der Hand, auf dem seine Telefonnummer vermerkt war und dem Hinweis, dass sie ihn anrufen solle, wenn sie ihn brauchte. Dazu würde er sie übermorgen gegen Mittag abholen. Vielleicht stand sie ja immer noch zu sehr unter Schmerzmitteln (oder Drogen), denn das alles kam ihr unwirklich vor. Wäre da nicht der Gips in der Schlinge, der ihr bezeugte, dass es wirklich passiert war.

Emily setzte sich an den Küchentisch, den Zettel mit seiner Telefonnummer steckte sie zwischen die Finger ihres verletzten Armes. Nein, sie wusste nicht, wie sie damit klarkommen sollte. Was passierte mit ihr? So tickte sie doch gar nicht. Sie war kein verklärter Romantiker. Das war wie in einer dieser Schnulzen, in denen die weibliche Hauptfigur plötzlich nicht mehr ohne den anderen leben wollte.

War da in dem Schrank neben dem Kühlschrank nicht noch eine angefangene Flasche Rotwein?

Emily lümmelte sich kurz darauf im Schneidersitz im Sessel. Bewaffnet mit besagter Flasche Wein und einem gefüllten Glas.

Sie schaltete den Fernseher ein. Sie brauchte dringend Ablenkung und wie ging das besser, als sich berieseln zu lassen? Auf den Kanälen jagte eine Schnulze die nächste.

›Nachricht von Sam‹ war der Anfang, dann ›Frühstück bei Tiffany‹, gefolgt von ›Rendezvous mit Joe Black‹. Gott!

Emily exte das erste Glas und schüttete nach. Das durfte doch alles nicht wahr sein. Konnte man sich von Schnulzen verfolgt fühlen? Überall schmachtende Menschen, die nichts anderes im Kopf hatten, als sich zu verlieben. Resigniert blieb sie bei ›Legenden der Leidenschaft‹ hängen.

Oh ja, es hatte sie tatsächlich schlimmer erwischt als erwartet, denn sie zog sich nun tatsächlich diesen Film rein. Sie hielt tapfer durch, genauso wie die zweite Flasche Rotwein, die sich nicht wehren konnte, als Emily sie umständlich öffnete. Der Film wurde immer trauriger. Alle starben nach und nach, und wieso musste sie eigentlich ständig an Scott denken?

Die Erinnerung an seine Nähe zog sie noch immer in den Bann und erneut musste sie an etwas denken, das sie den ganzen Tag lang verdrängt hatte. Wie er roch und wie er sich anfühlte. Vermisste sie ihn? Ja, das tat sie, auch wenn sie das nicht mal unter Folter zugegeben hätte. Okay, eine Art der Folter kannte sie, die ihr das entlocken würde … seine.

Ihr wurde heiß und kalt, wenn sie nur daran dachte. Das konnte doch jemandem wie ihr nicht passieren? Oder doch? Zu allem Übel fing es nun auch noch an, aus vollen Rohren zu regnen. Das Wasser prasselte beharrlich gegen ihre Fensterscheibe. Jetzt war sie vollends deprimiert, obwohl dieses Wetter zu Irland gehörte, wie das Knurren zu dessen Einwohnern.

Ihr Blick fiel auf den Zettel mit Scotts Telefonnummer, den sie immer noch zwischen den Fingern eingeklemmt vorfand.

Ähm … Sie stieß die Luft aus, die sie momentan in der Lunge hatte und schüttelte den Kopf.

Niemals! Eine solche Blöße gaben sich doch nur Vollidioten!

Ehe sie es sich versah, hatte sie jedoch seine Nummer gewählt. Ups … Es dauerte nicht lange, bis sich eine doch viel zu bekannte Stimme mit einem ›Ja‹ meldete.

Hach, da war er ja wieder, ihr Django, auch wenn sie Schwierigkeiten hatte, den Hörer festzuhalten.

»Dasch hascht du mit Absicht gemacht«, eröffnete sie ihm nun völlig überzeugt ihre neueste Erkenntnis.

»Bist du betrunken?«

»Nein!«

»Du bist betrunken.«

»Isch hab nur ein Gläschen Wein getrunken, weil isch so traurisch war.« Jawohl! Sie und betrunken … pffff.

»Nur eins?«, fragte er zweifelnd. »Was ist passiert?« Sein Tonfall wurde strenger.

Emily holte einmal tief Luft und legte los.

»Dasch isch ne laaange Geschichte. Alscho, da war diese hübsche Frau, die sisch in den jüngschten und eeeecht knuffelischen Bruder von dreien verliebt hat. Der kommt im Bürgerkrieg um, weil sein mittlerer Bruder ihn nisch retten konnte und dasch isch echt ein Haudegen. So ähnlisch wie du, und in den verliebt schie sisch uuunschterblisch. Nur der hatte mit sich schelber Probleme und ging ein paar Jahre weg. So hat schie dann den älteren Bruder geheiratetetet, aaaber mit dem war schie dann sooo furschtbar unglücklisch, auch wenn der wiiirklisch alles getan hat, um schie glücklisch zu machen. Der mittlere Bruder ischt dann zurückgekommen und da schie nisch mehr da war, hat er eine andere genommen und mit der hat er schwei Kinder bekommen und diese arme, arme, aaarme

Frau hat sisch dann umgebracht. Huuu … da musste ich furchtbar weinen … Verstehscht du?«

Emily nickte mit Nachdruck und klemmte ihr Handy zwischen Schulter und Ohr ein, um den Rest der zweiten Flasche in ihr Glas zu schütten. Enttäuscht schaute sie das Leergut an. Die hatte echt die Frechheit, auch leer zu sein? Verflucht, und warum sagte er eigentlich nichts mehr? Mehrere Momente lang herrschte Schweigen auf seiner Seite, sodass Emily in ihrem Tun erstarrte und gebannt auf eine Reaktion wartete.

»Du hast betrunken eine Liebesschnulze angesehen …«, stellte ihr Django irgendwann gnadenlos fest.

»Nein … Ja … Alscho isch meine, isch war nischt betrunken, als isch angefangen hab.« Emily hickste zur Bekräftigung ihrer Worte.

Sie hörte ihn ein- und wieder ausatmen.

»Dir ist klar, dass man mit einer Gehirnerschütterung und Medikamenten keinen Alkohol trinken sollte? Wie viel hast du getrunken?«

Emily schaute etwas ertappt auf und verkniff ihr Gesicht. Ja, verdammt, das stimmte. Überlegend blies sie die Luft blubbernd zwischen ihren Lippen aus. Er klang schon wieder so furchtbar autoritär. Aber man sollte einer Frau, die an so etwas litt, auch kein Wahrheitsserum unterjubeln!

»Puuuh … daaaann wohl zu viel«, gab sie eine gewohnt eindeutig ungenaue Antwort. Und ja, sie klang zerknirscht. Ihr Blick fiel grübelnd auf die zwei leeren Flaschen, die neben dem Sessel standen. Eine war ja nicht ganz voll gewesen und Scott klang fast wie ein Spielverderber.

»Bist du wahnsinnig? Wenn man dir eine Möglichkeit nimmt, dich umzubringen, dann startest du gleich den nächsten

Versuch?«

Scheinbar. Emily zog eine Schnute. Selbstmord ging doch anders. Nicht mal so was traute er ihr richtig zu. Schaffte sie doch mit links, würde sie es darauf anlegen.

»Mir gehtsch doch prima. Na ja, auscher dasch du misch traurig machscht«, maulte sie.

»Wieso mache ich dich traurig?«

»Dasch isch ja dasch Schlimme. Isch weisch esch nisch«, seufzte Emily inbrünstig.

Vielleicht wusste er ja eine Antwort auf ihr Dilemma?

»Wie kommst du dann darauf, dass es an *mir* liegt?«

Also *das* war wirklich eine gute Frage. Emily verfiel inbrünstig einatmend in den Nachdenkmodus und riskierte einen tiefen Blick in ihr Glas, das sie immer noch mit der Hand balancierte.

»Weil isch schtändisch an disch denken musch.«

Ha! Das war die ultimative Lösung. Natürlich, so einfach! Sie stieß sich mit dem Glas an die Stirn. Ups. Autsch.

»Und das macht dich traurig?«, wollte Scott wissen.

»Iiirgendwie schon.«

»Vielleicht wegen gestern Nacht?«

»Uuuuh … letschte Nacht. Wie kann man gleischzeitisch scho schüß und schooo gemein sein?«

Gedankenverloren nahm sie einen Schluck Wein, bevor ihr einfiel, dass sie ja gar nicht mehr trinken sollte.

Wieder schwieg er, während Emily förmlich in den Hörer hineinkroch. Gut, dass man da nicht drin verloren gehen konnte.

»Wieso süß?«, wolle er genauer wissen. Ähm, hatte *sie* die Drogen intus gehabt oder *er*? Jetzt hörte man sie abgrundtief seufzen.

»Weil dasch schüß war«, beharrte sie auf ihrer Aussage.

»Was genau?«, fragte er hörbar verwirrt. Er schien es wirklich nicht zu wissen. Okay, die Nacht war schon ein wenig verwaschen, aber das war selbst ihr glasklar.

»Na, duuu warscht schüß.«

»Du findest es süß, wenn man dich unter Drogen setzt?« Emily zuckte zurück. Ähm, nein? Wer stand denn auf so was?

»Nein. Dasch war gemein.«

»Und was genau war dann bitte süß?«, hakte Scott nach.

War eigentlich nur sie dabei gewesen?

»Disch schu küschen«, erwiderte sie so selbstbewusst wie nur möglich.

Emily streckte sich genüsslich im Sessel aus, rutschte fast über die Lehne und musste dennoch bei dem Gedanken lächeln. Sie war wohl wirklich betrunken. Bevor ihr etwas bewusst wurde. Ups … Sie redete sich gerade völlig um Kopf und Kragen.

»Also möchtest du mich wieder küssen?«

»Jipp!«

Oh Shit, Shit, Shit … So was gab man doch nicht zu. Erneut verdrehte sie die Augen über sich selber.

»Und du denkst nicht, dass sich deine Meinung ändert, sobald du wieder nüchtern bist?«

Er klang amüsiert. Machte er sich etwa über sie lustig?

»Lachscht du misch ausch?«

Misstrauisch lauschte sie in den Hörer und wäre erneut fast von der Lehne gekippt.

»Nein, ich lache dich nicht aus. Geh jetzt ins Bett, Emily«, sagte er sanft. »Und melde dich morgen, ob alles in Ordnung ist.«

Sie seufzte erneut, keinen Deut schlauer. Bett klang wirklich gut und morgen melden? Check!

»Okay … schlaf guuut«, meinte sie und richtete sich auf.

»Du auch.«

Ein Klicken zeigte, dass er aufgelegt hatte. Wieso fühlte sich das jetzt schräg an? Ach, das würde sie schon noch rausfinden, auch wenn sie jetzt erstmal in den Sessel zurückrutschte und sich die Stirn rieb. Nein, es wurde nicht besser.

Emily schaltete den Fernseher aus und verschwand im Bad. Huuu, war der Boden schon immer so schief gewesen? Emily krallte sich am Waschbecken fest und betrachtete sich versonnen im Spiegel. Was für ein Seegang heute. Angestrengt fokussierte sie sich selber und grinste verunglückt. Schien irgendwie zu funktionieren.

»Du hascht schon besser auschgeschehen«, erklärte sie ihrem Spiegelbild überzeugt, um mit der Zahnbürste zustimmend vor ihrem Gesicht herumzufuchteln und sich damit die Augenbrauen in Form zu ziehen. Oh ja, so war es besser. Beherzt schaffte sie es, ein wenig Zahnpasta auf die Bürste zu bekommen, schnappte nach Luft und schrubbte wie eine besonders erfahrene und berufene Zahnersatzbeauftragte ihre Beißerchen. Gut, dass sie kein Vampir war. Blieb man da nicht ständig an den Eckzähnen hängen? Emily spülte mit Wasser nach und seufzte, als sie das Waschbecken ein wenig verfehlte und teilweise den Spiegel traf. Puh, besser schnell ins Bett. Emily torkelte in die Richtung. Alles drehte sich und sie? Sie wusste nicht recht, was sie an diesem Abend angestellt hatte. Nicht minder windschief kam sie auf dem Bett zum Liegen. Alkohol war ein wundervoller Verbündeter, wenn es darum ging, einen in Morpheus' Arme zu treiben. Sie schlief ein, bevor sie noch mehr verbocken konnte.

Kapitel 10

Filmrisse und hysterische Hexen

Emily drehte sich quer durchs Bett und brummte leise ins Kopfkissen. Gott, war schon Morgen? Wie war sie ins Bett gekommen? Zu ihrem Glück blieb diesmal so ein brutaler Brummschädel wie am Vortag aus, auch wenn sie sich dennoch fühlte, als wäre sie unter einen Laster gekommen. Woher kannte sie das noch mal? Ach ja, die gute alte Zeit, als sie in den Drogen ihre Bestimmung gefunden hatte. Okay, nein, gut war daran nicht viel gewesen. Besonders, da sie sich an gewisse Zeitabschnitte nur vage erinnerte, was wohl das Ziel ihrer damaligen Aktionen gewesen war. Verdrängung hatte eben auch Vorteile. Sie war jedoch selten in einem solch weichen Bett aufgewacht wie heute. In diese selbstzerstörerische Zeit und an den Punkt in ihrem Leben, wo sie sämtliche Hoffnung im Klo runtergespült hatte, wollte sie bestimmt nicht zurück, aber unleugbar hatte sie sich gestern Abend abgeschossen.

Verflucht, der viele Wein. Sie streckte sich vorsichtig aus, wie eine Katze, und stutzte.

Sie hatte Scott angerufen, sturzbetrunken und völlig wahnsinnig.

»Oh Gott … was habe ich getan?«, fragte sie ihr Kissen inbrünstig, bevor sie ihr Gesicht darin versenkte. Natürlich antwortete es nicht.

Das Gespräch zu rekonstruieren war wie ein Zwang. Sie hatte ihm von dem Film erzählt. Ja genau, und sie hatte …

Oh Himmel, hatte sie das wirklich? Ihm gesagt, dass sie ihn küssen wollte und dass sie ihn süß fand? Ob das noch eine Nachwirkung der Drogen war, oder reichte inzwischen nur

Alkohol aus, um sie völlig irrezumachen? Die einzige rationale Erklärung, die ihr einfiel, war, dass sie ein hilfloses Opfer ihrer Hormone war. Vielleicht brütete sie ja auch einen Gehirntumor aus und hatte Halluzinationen? Gehirnerschütterungen und Knochenbrüche sollten nicht unterschätzt werden. Warum fand sie ihn auch nur so wahnsinnig sexy und anziehend? Obwohl er sie so schändlich ausgetrickst hatte.

Und oh jemine ... sie hatte versprochen, sich zu melden.

Oh, Emily, was hast du wieder für einen Mist verbockt? Warum konnte sie nicht einfach, wie andere auch, einen normalen Filmriss haben? Sich nicht zu erinnern, machte es zwar nicht besser, würde ihr jetzt aber Erleichterung verschaffen.

Zwei Kaffee, einen Orangensaft und eine Aspirin später griff sie entschlossen zum Telefon. Man konnte ihr Vieles nachsagen, aber nicht, dass sie feige wäre.

Das hatte sie sich selber eingebrockt, also hieß es jetzt: ab an die Front. Wenn sie ihn verschreckt hatte, brauchte er schließlich nicht ans Telefon zu gehen. Immerhin hatte sie ihm ja keinen Heiratsantrag gemacht - hoffte sie zumindest. Emily wählte seine Nummer.

»Ja?«

Holy Shit! Er hatte abgehoben! Warum musste er auch jeden verdammten Anruf annehmen? Hatte er nicht wichtigere Sachen zu tun?

»Hey ...«, kam etwas gequält von ihr. Wie sollte sie nur anfangen? Was dachte er überhaupt von ihr?

»Geht es dir gut?«, fragte er besorgt und kam damit möglichem Gestammel von ihrer Seite zuvor.

»Ich lebe noch ... irgendwie. Habe ich das tatsächlich gestern alles zu dir gesagt, was ich da so in Erinnerung habe?«

Oh, bitte. Sag mir einfach, dass ich unter schweren Halluzinationen leide! Emily verkniff die Luft anhaltend das Gesicht, als könnte sie ein scharfer Schmerz erwischen, wenn sie eine Antwort bekam.

»Wenn du das mit der Frau meinst, die sich in den jüngeren Bruder verliebt und doch den anderen heiratet, dann ja.«

Jetzt sollte sie wohl erleichtert sein, aber dennoch schämte sie sich. Sie atmete weiter.

»Heiliger Strohsack. Du hättest hier sein sollen und mir das Telefon wegnehmen.«

»So schlimm war es nicht. Auch wenn ich den Film nicht kenne. Oder hast du im Suff etwa noch einen dieser Jäger angerufen?«

Die Jäger? Oh nein. Für die hatte sie augenblicklich gar keinen Kopf. Vorsichtshalber stellte sie auf Lautsprecher und checkte ihr Handy.

»Meine Anrufliste zeigt nur den Anruf zu dir.«

Jetzt schickte sie tatsächlich einige Stoßgebete still zum Himmel. Puh, nicht auszudenken, sie hätte diese Chaoten auch noch vollgelabert. Kamikaze-Emily auf direktem Crashkurs? Nein, danke.

»Dann ist gut. Und bist du nüchtern immer noch der gleichen Meinung wie gestern?«

Emily schluckte und schwieg einen Moment nachdenklich. Herrje, was sollte sie ihm bloß antworten? Zurücknehmen ging ja bekanntlich nicht.

»Ich denke … ich war Opfer von abstrusen Wechselwirkungen, die zu viel Alkohol, Schmerzmittel und Drogen hervorgerufen haben«, versuchte sie ihm ernsthaft zu verkaufen, auch wenn jeder Vollidiot wusste, dass es anders war. Selbst sie!

»Es hätte mich nicht überrascht, wäre es anders gewesen. Bleibt es bei morgen?«

Jetzt war Emily baff.

»Aus meiner Sicht schon?«

»Gut, ich hol dich um elf Uhr ab.«

Gut? Das war alles, was er dazu zu sagen hatte? Es war gut? Nichts war gut! Es war gequirlte Kacke. Er sollte ihr gefälligst gestehen, dass er jetzt enttäuscht war und ein gebrochener Mann mit einem zersplitterten Herzen!

»In Ordnung. Dann bis morgen«, antwortete sie mechanisch.

»Bis morgen.«

Emily war keinen Deut schlauer und dazu noch seltsam enttäuscht. Ob es half, sich selber mal eine kräftige Ohrfeige zu verpassen? Nur, um damit sicherzustellen, dass sie zukünftig solche bescheuerten Aktionen sein ließ?

Und ja, sie war feige. Sich hinter Alkohol zu verstecken war erbärmlich. Noch viel mehr irritierte es sie, dass es Scott so rein gar nichts auszumachen schien. Er hätte zumindest mal anstandshalber einen Anflug von Enttäuschung durchklingen lassen können. Aber was erwartete sie eigentlich von einem Django. Dass er das Ritzen anfing, weil sie völlig irre unterwegs war? Die Gefahr bestand wohl kaum. Der ritzte höchstens andere.

Innerlich schwor sie inbrünstig jeglichem Mittel ab, das auch nur ansatzweise die Gehirnleistung beeinträchtigte.

Alkohol war zukünftig gestrichen. Keine Cocktails mehr oder Whiskeys oder etwa Longdrinks. Genau! Kurz seufzte sie. Na gut, vielleicht mal ein Glas Rotwein zum Essen. Aber Schmerzmittel oder sonstige Dröhnungen, die Ärzte so aus ihren Medikamentenkoffern zauberten, konnten die sich bitte dahinstecken, wo die Sonne nie hinschien. Dazu sollte man

Abstand von Kerlen halten, die mit Wahrheitsseren herumhantierten. Das klang nach einem Plan!

Emily konzentrierte sich darauf, ihren Kater zu überstehen, und nutzte die Zeit, um sich etwas Gutes zu tun. Sie hatte es satt, sich das Hirn über Scott zu zermartern. Er brachte sie nur dazu, völlig irrational aus dem Ruder zu laufen. Es grenzte an ein Wunder, dass sich die Verliebten dieser Welt nicht in größeren Zahlen von den hiesigen Brücken warfen. Herrje! Hatte sie jetzt verliebt gedacht? Pfff … nein, eine Ohrfeige reichte beileibe nicht aus.

Emily ließ sich ein Bad ein und verpackte ihren Gipsarm in eine Marks&Spencer-Plastiktüte. Eine Überdosis (Warum konnte sie das eigentlich nicht lassen?) Badesalz später stieg sie mit einer aufgelegten Gesichtsmaske, die selbst Shrek vor Neid hätte erblassen lassen, in die Wanne. Oh ja, das war herrlich. Viel besser, als sich mit einem Mannsbild herumzuschlagen, das nichts Besseres zu tun hatte, als sie ständig nur zu frustrieren. Herrgott noch mal, sie wollte doch nicht über ihn nachdenken!

Der nächste Morgen war ein deutlicher Unterschied zu den vorhergehenden. Selbst ihr Arm gab zur Abwechslung mal Ruhe. Auch wenn sich das innerlich anders anfühlte, so war ihr Nervenkostüm zumindest äußerlich wieder etwas besser in Betrieb und drohte nicht ständig abzustürzen. Sie sah Bombe aus, wenn man ihrem Spiegelbild trauen konnte, und sie war hin und her gerissen, ob sie sich nicht doch zum absoluten Affen gemacht hatte. Hatte sie!

Jedoch lag das Kind bereits im Brunnen, also galt es, das Beste daraus zu machen. Vor allem versuchte sie, sich auf ihr Amulett zu konzentrieren, in der Hoffnung, eine Hexe könnte ihr tatsächlich mehr dazu sagen. Das war ein Ziel und das galt es heute zu erledigen. Alles andere verdrängte sie höchst erfolgreich in den tiefsten Winkel ihres Seins. Ja, so machten das Agenten nun mal. Emily hatte sich ein nettes Kleid angezogen und die schulterlangen, braunen Haare locker hochgesteckt. Das Amulett hing an einer neuen und etwas stabileren Kette um ihren Hals. Konnte doch nichts mehr schief gehen, oder? Als es an der Tür läutete, verschwand diese Fassade mal eben ins Nichts. Oh Mann ... das war Scott. Nervosität konnte einen echt umbringen, aber sie schaffte es, nicht schlotternd in der Tür zu erscheinen. Da stand er ... Leibhaftig und in Farbe. ›Emily, hör auf, ihn anzustarren.‹

Sie räusperte sich. »Hey.«

»Hi«, sagte Scott. »Bist du so weit?«

Wie konnte er nur so cool sein? Ach ja, er war Django und zum Glück suchte sie vergeblich nach Belustigung bei ihm. Emily nickte auf seine Frage. »Ja, ich bin fertig.«

Schweigend begleitete Scott sie nach unten und hielt ihr die Tür zu seinem Wagen auf. Sie setzte sich auf den Beifahrersitz und warf ihm nur einen kurzen Blick zu, als er den Wagen startete. Das Telefongespräch hing irgendwie in der Luft. Wie hatte sie das nur tun können? Sie beide schienen dieses Thema lieber zu verdrängen. Einen Django zu mögen, hatte auch seine Vorteile, denn seine Wortkargheit kam ihr nur entgegen. Nein, sie wollte nicht darüber sprechen.

Sie sollte sich auf das fokussieren, was vor ihnen lag. Sie hatte keine Vorstellung, wohin er nun fahren würde, jedoch vertraute sie ihm in der Hinsicht. Eine Hexe zu besuchen, weil ihr Amulett eine magische Komponente hatte und dazu neigte, Jäger vollzuquasseln. Das klang vernünftig, auch wenn sie ein unheilvolles Gefühl beschlich, als sie vor einem Haus hielten. Ihr Magen drehte förmlich um, so als ob dieser sie warnen wollte.

»Ist es hier?«, fragte sie und schaute sich um. Ihr prangte ein Schild entgegen, das auf esoterische Dienste hinwies. Naturmagie, mystische Pflanzenkunde, Schamanen und Hexenwissen wurden angepriesen. Scott nickte.

Emily stieg aus und hängte sich ihre Tasche über den gesunden Arm. Sie musterte diesen Ort argwöhnisch, genau wie sie die beiden Passanten beäugte, die mit ihren zwei Hunden an ihnen vorbeigingen und darüber philosophierten, welches Hundeshampoo besser roch.

Am liebsten würde sie genau jetzt umdrehen und ihres Weges gehen. Was zur Hölle war das für ein beschissenes Gefühl? Hatten ihr die letzten beiden Tage so dermaßen zugesetzt, dass sie neuerdings zur Hysterie neigte? Sie spürte den Puls in ihrem Hals klopfen und kalte Schauer fuhren wie Wellen durch ihren Körper.

Scott stieg ebenfalls aus dem Wagen und schloss ab, bevor er neben Emily auf den Gehweg trat. Sie schaute Scott unsicher an.

»Kennst du diese Hexe persönlich?«

»Persönlich nur flüchtig. Aber sie arbeitet fast ausschließlich für die Damnati. Und für Menschen.«

Was wohl hieß, dass sie keinerlei Vampire und Werwölfe zu bedienen pflegte. Neigten auch Hexen zu Rassismus? Emilys Blick glitt über das eher unscheinbar wirkende Haus. Ein typisches Reihenhaus, das von den angrenzenden Hausbauten optisch fast zerdrückt wurde. Der Vorgarten wurde mit deutlicher Liebe gehegt und gepflegt. Akribisch waren farblich verschiedene Pfingstrosen und Hortensien aufgereiht.

»Sie lebt hier mit ihrer Familie«, fügte Scott hinzu und schob das Gartentor auf, um den kleinen Weg bis zum Haus zu gehen. Er drückte die Klingel, bevor Emily dem eindringlichen Gedanken folgen konnte, lieber die Beine in die Hand zu nehmen. Sie musste sich förmlich zwingen, zu Scott aufzuschließen. Ihre Hände wurden feucht und diese Unruhe ließ sie frösteln. Hatte sie inzwischen jegliche Fähigkeit verloren, besonnen zu bleiben? Was stimmte nicht mit ihr?

Nur die Hoffnung, die tief in ihr schwelte, vielleicht doch noch lebende Verwandte zu haben oder zumindest etwas über ihre Herkunft zu erfahren, hielt sie an Ort und Stelle. Das war wohl in jedem Waisenkind verankert. Der Drang, die eigenen Wurzeln zu kennen. ›Emily, jetzt reiß dich endlich zusammen‹, schalt sie sich innerlich.

Dummerweise nahm dieses beklemmende Gefühl zu, je näher sie ihrem Ziel kamen. Sie konnte es nicht verhindern, dass auch ihre Knie zu zittern anfingen und es sich anfühlte, als würde alles Blut in ihren Füßen Schutz suchen. Den Schritten, die sich der Tür von innen näherten, folgte ein Öffnen der Tür. Eine dunkelhaarige, junge Frau erschien und sie lächelte freundlich.

»Guten Morgen.«

Für eine Hexe sah das Mädchen erschütternd normal aus. Emily schätzte sie auf siebzehn Jahre und ihre Mutter schien nicht sonderlich streng zu sein. Hatte die keine Angst, dass ihre Tochter mal an einer Magnetwand hängenblieb? An den Ohren des Mädchens hingen Unmengen Metall, die Nase zierte ein Ring, der selbst einen spanischen Bullen neidisch werden ließ. Die Kleidung erinnerte eher an einen Obdachlosen, oder die Waschmaschine war kaputt. Anders konnte sich Emily die zerrissene Kleidung nicht erklären. Gut, was hatte sie erwartet? Ganz sicher keine bucklige Alte mit wirren Haaren, einer Warze auf der Nase und einer Katze auf der Schulter. Jedoch auch keine gewöhnliche Teenagerin.

»Sie wollen sicher zu Melina.«

»Ja«, sagte Scott.

»Kommen Sie rein.«

»Danke«, murmelte Emily und trat zögerlich ein. Scott folgte ihr.

Die Kleine führte sie in einen Raum, der unbarmherzig an ein Wartezimmer erinnerte, nur dass dieser typischer im erwarteten Hexenstil war. Räucherkerzen verströmten einen undefinierbaren und gleichzeitig penetranten Duft, der den Atem raubte. Die Einrichtung konnte man getrost als exotisch beschreiben. Bunte Batiktücher hingen an den Wänden, direkt neben einem riesigen aufgemalten Pentagramm. Unzählige Kerzen, Vitrinen mit verschiedenen Utensilien und geschwungene Baststühle dominierten den Raum.

»Ich sage meiner Mutter Bescheid.«

Mit diesen Worten verschwand der Teenager hinter einer Tür, während Emily sich auf einer der Sitzgelegenheiten niederließ, die dabei leise knarrte. Nervös nestelte sie an ihrer Tasche herum und schaute sich weiter um. Unwillkürlich ging ihr Griff an das Amulett, um es sachte zwischen den Fingern zu reiben.

»Ich weiß nicht warum, aber ich bin nervös«, gab sie zu, in der Hoffnung, dass es mit ihrem Geständnis besser werden würde.

»Im schlimmsten Falle weiß sie nichts darüber«, erwiderte Scott ohne sichtliche Erregung. Seine stoische Ruhe war ansteckend. Er stand fest wie ein hoch aufragender Fels in der Brandung im Raum und hatte die Arme vor der Brust verschränkt. Die Armbrust auf seinem Rücken trug dazu bei, sich ein Stück sicherer zu fühlen. Er schien diese Hexe zu kennen und wenn sie ihn nicht beunruhigte, reagierte sie wohl über. Es war schrecklich, an seinen Instinkten zu zweifeln. Sie warteten, bis eine Frau in den Raum trat, die man als Mensch eher dem Klientel ›durchgeknallte Wahrsagerin‹ zuordnete. Wirres Haar lockte sich über ihre Schultern. Sie trug weite, bunte Gewänder, enorm viel Schmuck klapperte an ihren Handgelenken, Hals und Ohren. Ah, der Apfel fiel tatsächlich nicht weit vom Stamm, wenn man ihre Tochter betrachtete.

Emily hörte auf, ihre Handtasche zu zerlegen.

»Guten Morgen. Ich bin Melina. Sie wünschen meine Dienste? Um was genau geht es? Eine Wahrsagung vielleicht?«, richtete sie ihre Frage freundlich an Emily und musterte sie so eindringlich, als würde sie alle Antworten bereits kennen. Emily brauchte einen Moment, um sich aus diesem Blick zu lösen, denn diese Frau hatte eine unglaublich dominante Ausstrahlung.

Sie räusperte sich. »Nein ... Ich würde gerne mehr über ein magisches Schmuckstück erfahren.«

»Magie liegt mir im Blut. Ich denke, Sie sind an der richtigen Adresse. Bitte folgen Sie mir.«

Magie im Blut? Etwas, das Emily nun nicht unbedingt von sich behaupten konnte. Es sei denn, man bezeichnete es als Hexerei, wenn sie mal wieder vergaß, den Kuchen rechtzeitig aus dem Ofen zu nehmen und dieser sich auf ›mystische Art‹ in Farbe und Konsistenz vertat.

»Okay, gut«, antwortete sie und erhob sich, um der Hexe zu folgen. Sie wandte sich zu Scott um.

»Kommst du mit?«

Die Hexe winkte jedoch ab. »Ich denke, wir brauchen ihn dafür nicht.«

Scott war tatsächlich schon dabei gewesen, ihr zu folgen,

allerdings erhob die Hexe rechtzeitig Einspruch und sorgte so dafür, dass sich Scotts Blick skeptisch, finster und mit einer deutlichen Warnung auf die Hexe legte.

»Ich bin hier«, sagte Scott zu Emily und blieb zurück.

Das gefiel ihr nicht. Vertrauen von ihrer Seite war ohnehin rar gesät. Ihr Bauch warnte sie einträchtig, sie fühlte sich an diesem Ort nicht sonderlich wohl. Beklemmungen dieser Art hatte sie sonst nur, wenn sie zum Zahnarzt musste. Dann hatte eine solche Anspannung aber einen Grund, denn Dentisten konnte sie grundsätzlich nicht ausstehen. Wer ließ sich schon gerne an den Zähnen herumwerkeln und auf den Nerv fühlen? Aber offensichtlich sah sie nur Gespenster. Sie riss sich zusammen und atmete tief durch.

Melina führte Emily in ihr Zimmer, das im Übrigen ebenso mit Räucherstäbchen ausgeräuchert war, wie das Wartezimmer, wenn nicht sogar noch schlimmer. Ob die mit der Zeit so etwas wie Hornhaut gegen solche Gerüche entwickelten?

»Setzen Sie sich bitte«, sagte die Hexe freundlich und deutete auf eine kleine Sitzecke. Melina nahm in einem Sessel ihr gegenüber Platz und musterte Emily so eindringlich, dass man versucht war zu glauben, sie hätte den ganzen Tag nur auf sie gewartet. Gehörte sicher zu ihrem Marketingplan, jedem Besucher das Gefühl zu geben, man würde einzigartig sein.

»Bitte zeigen Sie mir Ihr Schmuckstück, dann kann ich Ihnen vielleicht etwas darüber sagen«, bat Melina und streckte auffordernd die Hand aus. Emilys Blick fiel auf diese Geste. Sie biss angespannt die Zähne aufeinander. Gerade in diesem Moment konnte Emily Jasons Aversionen gegen Hexen verstehen.

War es Einbildung, dass ihre Finger wie Klauen wirkten? Sich die Kette um ihren Hals enger anfühlte, als es sein sollte?

Sie fröstelte und das Gefühl, das in ihr hochstieg, erinnerte an einen Morgen vor einer aussichtslosen Schlacht, die vermutlich in Gemetzel endete.

Nein, das musste die Aufregung sein. Sie waren doch alle rational denkende Geschöpfe. Diese Ängste konnten nur unsinnig sein. Das war doch nur eine popelige Hexe. Jedoch zeigte sich auch hier ihre deutliche Abneigung, ihr Amulett zu offenbaren. Genauso so, wie sie dies auch schon bei Scott verspürt hatte. Nur dass es diesmal sehr viel eindringlicher war.

»Ich fürchte, es ist nicht so einfach. Ich kann es Ihnen zeigen, aber keinesfalls geben.«

Nein, noch mal riss ihr das niemand vom Hals.

»Nun, dann lassen Sie mich sehen, Liebes«, erwiderte die Hexe noch immer freundlich.

Es kostete sie einige Überwindung, es aus ihrem Ausschnitt hervorzuziehen. Emily musste förmlich gegen sich selber kämpfen, aber sie schaffte es. Sie ließ ihr Gegenüber dabei keine Sekunde aus den Augen.

Melina beugte sich nach vorn. Sie kam Emily so nahe, dass ihre Haare sie streiften, was Emily an sich schon als unangenehm empfand.

Ihre langen Finger umschlossen das Amulett und kleine blaue Funken waren die Reaktion darauf. Wie ein elektrisches Knistern. Aber es glühte auch nicht, wie es bei Scott der Fall gewesen war.

Mehrfach zuckte die Hexe zurück, verzog angestrengt das Gesicht, aber sie ließ es nicht los. Gebannt starrte sie darauf.

»Lapidem Maleficus«, flüsterte sie andächtig und gleichermaßen ehrfürchtig. Prüfend drehte sie es zwischen den Fingern und wechselte dabei immer wieder die Hand. Emily wusste nicht recht, was das zu bedeuten hatte.

140

»Emily Charleton, ist das Ihr Name?«, wollte die Hexe wissen und ihre Frage hallte innerlich nach. Diese Situation hatte etwas unnatürlich Bedrohliches an sich, während die verdammte Räucherware sich zunehmend in ihre Augen zu brennen schien. Warum verpestete man sich den Sauerstoff mit solch beißenden Gerüchen? Sie könnte nicht mal genau bestimmen, ob diese Mischung aus Vanille, Patschuli, Moschus oder gar Veilchen zu einem höheren Zweck bestimmt war. Sollte das entspannend wirken? Ihr kam es eher vor, als sollte es Besucher verwirren oder gar handlungsunfähig machen. Blinde und nach Luft röchelnde Menschen konnten schließlich nichts anstellen.

Die Luft begann leicht zu flirren. Emily spürte die Eindringlichkeit, als würde die Hexe sie zwingen wollen, eine Antwort zu geben. Aber wie? Sie hatte kein Wahrheitsserum intus. Konnten Hexen nur durch eine Berührung den Willen eines Menschen beeinflussen?

Aber diese Macht verlor sich, glitt an ihr vorbei. Es zeigte keine Wirkung, außer dass sie nur noch nervöser wurde.

Emily schaute der Hexe in die Augen. Niemand hatte ihr erklärt, was das alles zu bedeuten hatte. Keiner, der sie vorgewarnt oder ihr gesagt hatte, was zu tun war. Eine Erkenntnis drängte sich in ihr Bewusstsein. Die Hexe würde ihr sicher nicht helfen, dieses Manko wettzumachen.

»Lapidem Maleficus? Was bedeutet das?«, umging Emily kurzerhand die Frage. Der Blick der Hexe machte ihr Angst.

Ein Blick, der Gier zeigte. Sie drehte es erneut in ihren Fingern und betrachtete die Gravur.

»Das ist sein Name, mit dem die Hexen dieses Schmuckstück seither bezeichnen. Zumindest, wenn ich richtig liege.«

141

Emily zog das Amulett zurück.

»Sagen Sie mir, was Sie darüber wissen.«

»Schätzchen, ich kann dir das Blaue vom Himmel erzählen und dann ist es Blödsinn, weil es doch nicht das Amulett ist, an das ich denke. Lapidem Maleficus ist ein seelengebundenes, magisches Amulett. Es wird von Generation zu Generation weitergegeben. Dabei ändert sich der Name, der für den Hüter des Amuletts steht. Ist es also Ihr Name? Es gibt noch andere Amulette, die ähnlich sind, jedoch ganz andere Fähigkeiten besitzen. Sie müssen mir schon helfen, wenn ich Ihnen helfen soll«, erwiderte die Hexe geduldig und lächelte Emily an.

Ein zu falsches Lächeln für ihren Geschmack. Schätzchen? Damit war sie bei ihr an der falschen Adresse. Alles in ihr warnte sie. Warum hörte sie nicht darauf und ging wieder? Die Antwort war einfach: Sie brauchte mehr Informationen.

»Mal angenommen, das ist mein Name und angenommen, es ist mit mir verbunden, was würde das bedeuten?«

Emily musterte sie herausfordernd, das Amulett fest umschlossen in der Hand haltend, bereit, es mit ihrem Leben zu schützen.

»Dann wäre endlich zurückgekehrt, was wir so lange gesucht haben«, erwiderte die Hexe sinnierend.

»Es ist sehr alt, sehr mächtig und hat nichts in den Händen eines gewöhnlichen Menschen zu suchen. Oder um seinen Hals«, fügte sie leise hinzu. »Es tut mir leid, aber das kann ich nicht zulassen.«

Emily schaute sie ungläubig an. Nein, der tat gar nichts leid. Aber wenn sie es nicht zulassen konnte, das Amulett in ihrer Obhut zu lassen, dann musste sie erst mal an ihr vorbei.

»Das liegt wohl kaum in Ihrer Entscheidung. Schätzchen!«, erwiderte Emily. Sie wollte aufstehen, als sich die Hexe murmelnd zu ihr beugte und an der Stirn berührte. Sie spürte vibrierende Mächte strömen. Die Luft schien hitzig zu flimmern, als wäre sie in einer Wüste, wo fünfzig Grad schon fast Normalität bedeuteten, dabei war es hier eher kühl. Das war viel stärker als der vorangegangene Versuch, sich ihres Geistes zu bemächtigen. Sie spürte den Versuch, sie zu verwirren, ihr den eigenen Willen zu nehmen. Aber das konnte sie vergessen. Was auch immer Melina da tat, es wirkte nicht bei ihr. Sie war schließlich nicht Scott, der sie mit seinen Aktionen auf ganz spezielle Art zwang, ihre Geheimnisse preiszugeben.

Jeder Hexe sagte man eine besondere Kraft nach. Melina schien die Manipulation und Gedankenbeeinflussung für sich zu beanspruchen. Nutzte ihr nur nichts, denn nein, es war *nicht* besser, besagtes Schmuckstück Melina zu überlassen.

Emilys Blick verengte sich.

»Fassen Sie mich nicht an! SCOTT!«, knallte sie ihr entgegen, bevor sie ausholte und ihr einen Kinnhaken verpasste. Das Vibrieren in der Luft brach ab. Die Hexe krachte hart gegen das Sideboard neben sich und rutschte bewusstlos zu Boden.

Emily sprang auf und betrachtete sie einen Moment irritiert. Was sollte das? Ihr das Amulett wegnehmen, war keine akzeptable Option und was hatte sie da alles gesagt?

Die rückwärtige Tür klappte auf und ein hochgewachsener Mann betrat den Raum. Noch ein Hexer?

»Was haben Sie getan?«, knurrte er bösartig. Sein Blick hob sich finster von der bewusstlosen Hexe auf dem Boden zu Emily. Er streckte die Hände aus und begann, unverständliche Beschwörungen zu murmeln. Emily wich zurück.

Sie spürte diese Schwingungen in der Luft, die an ihr

zerrten, aber sie kaum berührten.

Was auch immer er da tat, auch das wirkte nicht bei ihr. Oder waren Hexer nur Blender? Nein, sonst hätte Jason nicht einen solchen Respekt vor ihnen. Emily und der Hexer starrten sich einen Moment fassungslos an. Er sie, weil sein Zauber keinen Erfolg zeigte, und Emily ihn, weil das alles nicht wahr sein konnte.

Die Tür hinter ihr wurde geräuschvoll aufgerissen und im nächsten Moment fühlte sie sich am Arm aus dem Raum gezerrt. Strauchelnd prallte sie gegen Scott. Er verhinderte, dass sie im nächsten Blumentopf landete, zog sie fest an sich und knallte die Tür bereits wieder zu. Sie schaute ihn mit einem entsetzten Ausdruck in den Augen an.

»Wir müssen hier raus«, brachte sie die wohl offensichtlichste Erkenntnis aller Zeiten an, die Scott auf seine Art kommentierte: »Nein, wirklich?«

Emily schaute ihn einen Moment lang mit gekräuselter Nase an und drehte sich dann Richtung Ausgang. Dieser wurde ihnen jedoch von der Jugendlichen verstellt, die vorhin die Haustür geöffnet hatte. Wo kam die so plötzlich her? Waren diese Hexen auch noch hellsichtig? Kameras hatte sie zumindest keine ausmachen können, allerdings sprach der Tumult schon für sich.

Sie murmelte düstere Worte, die etwas Nachhallendes an sich hatten. Och, nicht schon wieder.

Die Luft flirrte erneut. Nur dass diesmal Scott ächzte und sich schmerzerfüllt an die Schläfen fasste. Er krümmte sich vor Schmerzen. Emily schaute ihn erst verwundert, dann entsetzt an. Sie spürte … nichts.

»Lass ihn in Ruhe!«, fuhr sie diese Ausgeburt der Hölle an und reagierte nur noch. Sie warf ihr zielgerichtet und zugegeben leicht panisch ihre schwere Handtasche mit der Knarre an den Kopf. Die junge Hexe krachte mit einem Aufschrei gegen den Tisch. Volltreffer und wohl die gelungenste Art, sich selber zu entwaffnen. Emily hörte, wie sich jemand vom Hauseingang näherte, also war Rückzug angesagt.

»Komm mit!«

Sie zerrte Scott mit sich und nahm die Tür, die nach hinten raus in den Garten führte.

»Geht es wieder?«, erkundigte sie sich, bevor die Erde zu beben begann und Scott sie grob zur Seite stieß. Absolut rechtzeitig, denn es öffnete sich ein Schlund vor ihnen, der selbst dem Leibhaftigen gerecht werden würde. Der Abgrund schien bodenlos zu sein. Fehlten eigentlich nur noch züngelnde Flammen, die sich nach ihnen verzehrten. Die blieben aber zum Glück aus. Scott taumelte und verlor den Halt, rutschte ab und klammerte sich mit beiden Händen an den Rand.

»Verdammt!«

Emily robbte instinktiv auf dem Bauch zu dem immer mehr aufbrechenden Abgrund und bekam Scott am Arm zu fassen. Sie drehte den Kopf zum Haus herum.

Sie sah dort einen jungen Mann stehen, der mit einem konzentrierten Blick fremdartige Laute formulierte. Er war eindeutig für diesen Schlamassel in dem englisch getrimmten Rasen verantwortlich. Dahinter erschien Melina, die wohl wieder zu Bewusstsein gekommen war.

»Lasst sie nicht gehen. Sie hat die *eine* Macht!«

Emilys Sorge lag jedoch auf Scott, den sie nicht halten konnte. Er rutschte erneut ab.

»So ein verfluchter Mist«, kommentierte er die Lage und versuchte, sich wieder über den Rand zu hieven. Doch der

Hexer war nicht dumm. Er ließ die Erde unter Scotts Fingern immer wieder abbrechen, sodass er stets aufs Neue den Halt verlor, abzustürzen drohte und weiter nach unten rutschte. So konnte Emily ihm nicht helfen. Sie robbte näher an den Abgrund heran, während die Hexen inzwischen zu viert ihre Beschwörungen murmelten.

»Sie reagiert auf nichts«, hörte sie den älteren Hexer keuchen. Der ging wohl sein gesamtes Repertoire durch, wenn sie sein wechselndes Murmeln richtig deutete.

»Ich habe ihr sogar, neben den lähmenden Zaubern, meine spezielle Schuppenflechte an den Hals gewünscht. Fehlanzeige. Nichts funktioniert.«

Hatten diese Hexen eigentlich keine anderen Sorgen? Eine Schuppenflechte? Das fehlte ihr noch.

»Streng dich mehr an, alter Mann«, bekam er von seinem Jüngsten zu hören. Dieser arbeitete noch immer an der Erdspalte und daran, Scott unvermeidlich abstürzen zu lassen, dennoch hatte er Zeit, den alten Hexer zu verspotten.

Emily angelte nach Scott und bekam ihn endlich am Hemdkragen zu fassen.

»Das muss das Amulett sein. Es greift ein und schützt sie. Dass es noch da ist … unglaublich«, hörte man Melinas Stimme.

»Nimm meine Hand!«, verlangte sie von Scott, der eher Gefahr lief, dass sie ihm sein Hemd auszog (schon wieder?), als ihm nach oben helfen zu können. Er packte zu und Emily zog ihn angestrengt, aber entschlossen heran.

Ihr Blick fiel auf seine Armbrust. Nur noch ein kleines Stückchen.

»Halt dich an mir fest«, forderte sie, als er ihr Bein erreichte, das sie über dem Abgrund baumeln ließ, um ihn zu sichern.

Kaum hatte er Halt, griff sie nach seiner Armbrust und entsicherte die geladene Waffe. Der Mechanismus war schnell verstanden. Emily drückte sie mit ihrem gesunden Arm fest gegen ihre Schulter, zielte und löste den Schuss aus. In Richtung des jungen Hexers, der ihnen gegenwärtig den Boden wegzauberte. Surrend traf der Pfeil ins Ziel. Verdammt, war die Waffe wuchtig. Das Beben erstarb, genauso wie weitere Zauber, denn die Familie schaute geschockt zu ihrem Jüngsten, der hart gegen die Rückwand ihres Heimes krachte und offensichtlich sterbend an dem wettergegerbten Holz runterrutschte. Emily ließ die Armbrust neben sich fallen, griff endgültig nach Scott und zog ihn mit aller Kraft zu sich.

»Guter Schuss«, lobte Scott, als er mit ihrer Hilfe wieder auf halbwegs festem Boden kniete. Er verlor keine Zeit, packte die Armbrust und Emily und zog beide mit sich. Gerade rechtzeitig, denn es tauchten noch mehr von denen auf.

Kapitel 11

Lasst den Drachen los!

Seit wann hatten sie ein solches Pech? Von Vampiren und bissigen Werwölfen verfolgt zu werden – okay, damit konnte ein Damnati umgehen. Aber doch nicht, wenn einem eine ganze Horde wütender Hexer hinterherrannte, die jetzt noch Verstärkung bekamen. Hatten die noch nie etwas von fairer Kräfteverteilung gehört? Wo kämen wir hin, wenn Hexen plötzlich Damnati und völlig verkorkste Frauen überfielen?

Scott hielt Emily an ihrem gesunden Arm und zog sie eilig hinter sich her. Seine Rippen stachen und seine Lunge brannte. Hätte er nur mehr Ausdauertraining gemacht.

Ab morgen würde er aufhören zu essen und die schwere Armbrust gegen eine Stecknadel eintauschen. Auch Emily keuchte und hielt ihren gebrochenen Arm an die Brust gedrückt.

Sie drängelten sich an hupenden Autos und fluchenden Fahrern vorbei. Emily stöhnte, als Scott sie mit einem Ruck zur Seite riss. Der Fahrradfahrer, der mit entsetztem Blick auf sie zuraste, rauschte an ihnen vorbei und dem Scheppern nach zu urteilen, knallte er gegen ein Straßenschild.

Scott warf einen Blick zurück und steckte die Armbrust wieder in seine Halterung. Ein halbes Dutzend Hexer und Hexen rannte hinter ihnen her. Zum Teufel. Wenn ihm seine Augen keinen Streich spielten, zog sogar einer der Hexer einen Drachen hinter sich her.

Nein, keinen harmlosen Papierdrachen. Einen großen, echten. Eine dieser riesigen Echsen mit Glubschaugen, zu vielen Zähnen, einem brodelnden Atem, zu viel Hunger und zu wenig Humor.

Immerhin versteckten sie ihre Zauber, sonst würden sie sich schon längst in einem Mob schreiender Menschen befinden. Stattdessen dröhnten ihnen die Hupen in den Ohren und nur mit Mühe wichen sie den cholerischen Dubliner Fahrern aus.

»Wir müssen uns trennen«, japste Emily.

Was? Nein! Man musste nur einen Horrorfilm gesehen haben, um zu wissen, dass das nie gut ausging. Hollywood sagte hier zur Abwechslung die Wahrheit. Doch bevor Scott ihr sagen konnte, was er davon hielt, nämlich herzlich wenig, donnerte bereits ein sturer Ire mit seinem Mercedes auf sie zu.

Emily riss sich los und sprang zur Seite, während Scott mit der Faust auf die Motorhaube des bremsenden Wagens schlug und dem Fahrer inbrünstig ein Verhältnis mit einer Kuh an den Hals wünschte.

Der Drache versengte die Straßenbäume, die sich in lodernde Büschel verwandelten. Echtes Feuer, das die Menschen überrascht aufschreien ließ. Er ahnte es. Morgen würden Schlagzeilen über spontane Selbstentzündungen in der Calderwood Road die Zeitungen der Menschen füllen. Wer könnte es ihnen verdenken? Sie sahen schließlich die Ursache für die Feuer nicht. Sie sahen nur einen Typ mit einer Armbrust auf dem Rücken, der entweder eine experimentelle Form von Yoga machte oder akute Rückenprobleme hatte. Vielleicht dachten die auch, er wäre sternhagelvoll, als er sich unter dem für ihn ziemlich echten Feueratem des Drachen hinweg duckte.

Die riesige Echse polterte über die Autos hinweg. Ihr Schwanz entwurzelte einen Baum und schleuderte diesen auf einen silbernen Kombi.

Scott entging nur knapp dem gleichen Schicksal, das eine

Mülltonne ereilte, die unter der riesigen Tatze des Scheusals zermalmt wurde.

Die Kreatur stampfte an ihm vorbei, riss einen Briefkasten um und hielt inne. Ihre Nüstern blähten sich und sie wandte den schuppigen Kopf in seine Richtung. Große, gelbe Augen starrten ihn voller Mordlust an.

Verflucht noch eins. In keiner Damnati-Schule wurde gelehrt, wie man gegen magische Drachen ankam.

Den verantwortlichen Hexer niedermachen war eine Option. Jedoch hechtete zu viel von dem magischen Gesindel über die Straße.

Die Erde bebte, als sich der Koloss auf ihn zubewegte. Scott duckte sich unter einem weiteren Feuerstrahl und stieß mit einer kreischenden Frau zusammen, die sich vor einem spontan in Flammen aufgehenden Polo erschreckte.

Scott hob sie hoch und warf sie über die halbhohe Mauer in einen Vorgarten. Sollte sie abhauen, für sie interessierte sich das Vieh nicht.

Apropos, wo war Emily? Er konnte sie nicht sehen und er kam auch an dem Drachen nicht vorbei. Immer weiter wich Scott vor dem Tier zurück. Immer wieder schleuderte ihm das Geschöpf Feuer entgegen und die kleinen Mauern der Vorgärten boten nur spärlichen Schutz.

Nichts konnte diesen unsichtbaren Berg aufhalten. Konnte man einen magischen Drachen eigentlich töten?

Er war kein Siegfried und kein Drachentöter. In diesem Kampf konnte er nur verlieren. Der Damnati wandte sich um und nahm die Beine in die Hand. Er brauchte nicht nach hinten sehen, er hörte das Untier ganz genau. Bei jedem stampfenden Schritt erzitterte die Erde und je mehr sie bebte, umso schneller rannte Scott.

Er wich Fahrzeugen aus und raste in ein Parkhaus. Er sprang über die Motorhaube eines Wagens, der nach draußen fahren wollte und verlor sich in der Weite der Parkplätze.

Doch Knirschen und Krachen hinter seinem Rücken veranlasste ihn, zurückzusehen. Das Reptil walzte die Schranken nieder, riss die Höhenbeschränkung ab und quetschte sich den Eingang des Parkhauses hinein.

Mist, Mist, Mist.

Scott legte einen Pfeil in seine Armbrust und zielte. Der Pfeil fand sein Ziel, aber er prallte an den Schuppen der Echse einfach ab. Och nööö! Der Hexer dachte aber auch an alles!

Das Tier brüllte, bis Scott glaubte, seine Ohren bluteten und wankend versuchte er, Abstand zu der Kreatur zu gewinnen.

Doch die quetschte sich, einer unaufhaltsamen Feuerwalze gleich, über die Fahrzeuge hinweg. Metall knirschte, Reifen platzten unter dem brutalen Gewicht.

Während er rannte, legte Scott einen weiteren Pfeil in seine Armbrust. Er hechtete die Rampe hinauf, welche zur nächsten Etage führte und verbarg sich hinter der Biegung.

Er hörte den Drachen wittern und schnauben. Stück für Stück schob sich das Biest in seine Richtung.

Es fauchte und er könnte schwören, das verfluchte Vieh holte Luft, um mit seinem feurigen Atem den Damnati wie einen Marshmallow am Spieß zu rösten. Doch Scott war schneller. Er zielte und jagte sein Geschoss in das linke Auge des Drachen.

Voller Schmerz und Wut brüllte das Ungeheuer und warf sich herum. Sein schuppiger Kopf schlug eine Betonabtrennung nieder und riss eine Säule ein. Steine und Betonbrocken regneten auf Scott nieder.

Von Sinnen raste das Monstrum auf ihn zu. Scott hetzte

zwischen den Autos entlang, bis ihn ein unmenschlicher Schmerz durchzuckte. Die Zähne der Echse bohrten sich in sein Bein und seine Hüfte. Er fühlte sich in luftige Höhen gerissen. Instinktiv griff Scott nach einem weiteren Pfeil.

Mit aller Kraft, zu der er noch fähig war, rammte er die Spitze des Holzes in das unversehrte Auge des Drachen.

Das Untier tobte, es schüttelte den Kopf, riss an Scotts Wunden und schleuderte ihn schließlich zur Seite.

Blind und vom Schmerz verwirrt wankte der Drache über die Etage und schlug eine Schneise der Vernichtung in die Fahrzeuge.

Scott kämpfte sich taumelnd auf die Beine. Das Blut des Scheusals klebte an seiner Hand und sein eigenes an seiner Kleidung.

Aber seine Pistole hatte er nicht verloren. »Hey, du Miststück«, rief er der Echse hinterher. Das Tier wandte sich um, schleuderte ihm einen Feuerball entgegen. Aber blind zielte es schlecht.

Scott legte an und schoss das gesamte Magazin leer. Jede Kugel fand ihren Weg in die blinden Augen des Tieres und damit in seinen Kopf. Der Drache bebte, brüllte und schlug schlussendlich donnernd auf dem Beton auf.

Eine Stichflamme verließ seinen Rachen, bevor sich der riesige Körper in kleine Lichtpunkte zersetzte und schließlich auflöste.

Rasselnd holte Scott Luft. Herr im Himmel, das war ihm noch nie passiert. Der Jäger hängte sich seine Armbrust über. Allein die Götter wussten, was Emily in der Zwischenzeit erlebt hatte. Er musste sie finden!

Emily rannte, so schnell sie konnte. Nur weg. Sie hatten sicherlich größere Chancen zu entwischen, wenn sich diese völlig wahnsinnige Meute ebenso trennen müsste. Hoffentlich entkam Scott, sie hatte den Schutz des Amuletts, er nicht. Emily folgte endlich dem überbordenden Fluchtdrang, der sie beherrschte. Das Chaos auf der Straße entging ihr nicht, aber es war dazu gemacht, zu entkommen. Sie wählte willkürlich eines der Häuser, um sich dort zu verstecken. Als sie das Schloss knacken wollte, stutzte sie. Es war offen? Sie schob die Tür auf und trat zögerlich ein. Das Holz fiel von sich aus krachend hinter ihr zurück in den Rahmen und klickte ins Schloss.

Was nun folgte, ließ einem das Blut in den Adern gefrieren. Es wurde auf einen Schlag dunkel und still. Wie eine unheilverkündende Grabesruhe. Ihr Puls hämmerte dafür umso lauter. Das schwache Licht schimmerte bläulich und Emily blinzelte angestrengt. Tropfte da ein Wasserhahn? Nein, es hörte sich an, als würde sie in einer Höhle stehen, wo Wasser von den Stalaktiten tropfte und ein hallendes Geräusch verursachte. Feuchte Wände offenbarten sich, als ihre Augen an die Dunkelheit gewöhnt waren, aber das konnte kaum real sein. Emily tastete sich vor und rempelte gegen etwas, das sie als Stuhl identifizierte. Ein Stuhl in einer Höhle. Klar!

»Emily, komm näher und sieh …«, säuselte eine verlockende Stimme durch die Dunkelheit. Lichteinfall blendete sie, als sich ein Ausgang offenbarte. Misstrauisch schaute Emily um die Ecke. Dort saß eine Frau mit einem Baby, eingewickelt in schmutzige Tücher. Sie zitterte und hatte offensichtlich furchtbare Angst. Wasser brandete gegen zerklüftete Felsen. Es war fremd und zugleich seltsam vertraut.

»Wer bist du?«, rief Emily in diese Absurdität und starrte das Bild ungläubig an. Dann sah sie es. Ihr Amulett! Diese Frau legte es gerade um den Hals ihres Babys.

»Ich bin Aignéis. Erkennst du sie?«, drängte sich eine helle Stimme in ihr Bewusstsein.

Emily blieb die Spucke weg. Die Erkenntnis traf sie wie ein Schlag. Das war ihre Mutter und sie selbst.

»Ja«, erwiderte Emily mit rauer Stimme und wollte zu ihr gehen. Sie ansehen, sie berühren. Aber in ihr zerrte etwas anderes. Als würde eine verzweifelte Stimme sie davon abhalten wollen. Sie warnen. Jedoch überwog der Drang, zu verweilen.

»Sie hat dich sehr geliebt«, säuselte erneut diese zarte Stimme. Aignéis? Moment mal. Scott hatte diesen Namen erwähnt. Das war die Kuh mit dem Anhänger. Was zur Hölle wollte sie von ihr?

Emily trat näher und betrachte bestürzt dieses real wirkende Bild. Ihre Mutter wiegte sie und sang eine Melodie, welche ihr bekannt vorkam. Ein walisisches Wiegenlied. Konnte es sein? War sie es wirklich? Emily konnte den kühlen Wind förmlich auf ihrer Haut spüren, das Salz in der Luft schmecken. Die tiefe Liebe, die ihr entgegen wog, jedoch …

»Das ist nicht real … «, murmelte Emily und diese Erkenntnis war schmerzhaft, denn alles in ihr wünschte sich das Gegenteil. Eine Träne rann ihr übers Gesicht.

»Komm näher«, versuchte die Stimme sie zu verführen.

»Das ist eine Lüge!«, schrie Emily wütend auf und wich langsam zurück. Sie stieß gegen eine Felswand und als sie diese berührte, zeigte sich, was sie wirklich war. Eine ziemlich hässliche Tapete, die wohl noch aus den Siebzigerjahren stammte.

»Nein, keine Lüge. Bleib bei ihr. Lerne sie kennen. Hol die Zeit nach, die euch genommen wurde.«

Emily riss sich von diesem Bild los. Sie wollten sie hier festhalten, sie beeinflussen und dann sah sie es. Den sich drehenden Strudel, der näher kam, sich mit einer Wucht drehte, der ihr Angst machte. Was war das? Ein Tor zu einer anderen Welt? Sah so ein Wurmloch aus? Emily kämpfte sich zurück. Das Bild brach zusammen, als sie sich vortastete. Da war ein Flur, ein Fenster und hinter dem Glas ein Garten. Sie musste hier verschwinden. Emily wollte soeben das Fenster öffnen, als Schritte sie herumfahren ließen. Es war ein Hexer, der hinter ihr im Gang auftauchte und mit einer Schaufel ausholte. Sie duckte sich und rammte dem Typen ihren Gipsarm ins Gesicht. Au verflucht, der Schmerz schnitt hart durch ihre Nervenbahnen, als der Ruck die Bruchstelle ihres Knochens erschütterte und den bisherigen Heilungsprozess zunichtemachte. Emily stöhnte gequält auf und drückte den Arm an sich.

»Geh mir aus dem Weg, sonst wird es dir leidtun!«, drohte sie mit zusammengebissenen Zähnen dem Typen, der sich nun ebenso jammernd die Nase hielt. Emily trat in einen der Räume zurück. Ihr schwindelte, aber aufgeben war eben keine Option.

Ein weiterer Hexer tauchte auf. Emily sah ihn im Augenwinkel. Er beschwor feste Seile, die sich nach ihr wanden. Versuchten, nach ihr zu greifen. Emilys Blick legte sich wütend auf den Urheber dieses Angriffs. Es reichte! Und wenn sie bei diesem Mist drauf ging. Sie schlug eines der Seile weg und nahm geduckt Anlauf. Sie hatte jahrelang trainiert, den Schmerz zu ignorieren. Sie sprang den Hexer an und umschlang seinen Hals mit ihren Beinen, um den Schwung auszunutzen, und riss ihn aus dem Gleichgewicht. Sein Halswirbel gab krachend nach. Emily donnerte keuchend gegen die Wand und sie beide auf den Boden, genau wie die Seile, die sich anschließend auflösten. Ihr wurde kurz schwarz vor Augen und ihre Kraft ließ deutlich nach, als die Pein ein Level erreichte, das einem nur noch Tränen in die Augen treiben wollte. Das durfte doch nicht wahr sein. Emily schnappte nach Luft und rappelte sich ächzend auf. Verdammte Hölle, das tat nicht gut. Sie griff mit zitternder Hand nach der Schaufel, die auf dem Boden lag und schlug sie, so hart sie konnte, dem im Weg stehenden Hexer über den Kopf, der sich blind von Tränen die gebrochene, blutige Nase hielt. Sie schubste diesen zur Seite und nahm die Tür, die in den Garten führte. Na, der würde sicher mehr als nur Kopfschmerzen haben.

Scott rannte aus dem Parkhaus und sah sich suchend um. Verflucht, wo war Emily hin? Ein Hexer rannte an ihm vorbei. Scott riss seine Armbrust herum, doch der Kerl beachtete ihn nicht mal. Ach, jetzt wo er den verflixten Drachen besiegt hatte, war er nicht mehr würdig, als Feind anerkannt und vernichtet zu werden?

Eine andere Hexe rauschte an ihm vorbei, die ihn ebenso wenig auch nur eines einzigen Blickes würdigte. Verdammt noch eins, wo war sie?

Auf der Kreuzung herrschte Chaos. Autos standen kreuz und quer verkeilt ineinander.

Scott schob sich zwischen den Autos durch und kletterte über eine Motorhaube, die ungesund qualmend in einer anderen steckte.

Zum Teufel!

Die Hexe verschwand in der Eingangstür eines Einfamilienhauses und Scott beeilte sich, ihr zu folgen.

Hoffentlich riefen die Nachbarn beim Anblick eines Irren, der mit einer Armbrust im Anschlag in ein Haus eindrang, endlich die Polizei. Seit wann interessierte sich keiner mehr für die Axtmörder, die in dieser Gegend herumschlichen?

Im Flur stolperte er über die erste Leiche, einen Hexer mit verdrehtem Genick. Daneben lag ebenso reglos ein weiterer, mit einer großzügig blutenden Kopfwunde. Das sachte Glimmen des verlöschenden Lebens und des aufkeimenden Todesfluches leuchtete in seiner Mundhöhle, wohl unschlüssig, ob der Fluch den Körper verlassen oder noch ein wenig bleiben sollte.

Hatte Emily sie getötet? Wenn ja, dann müsste sie unter den Todesflüchen der getöteten Hexer längst zusammengebrochen sein und er hätte schon wieder versagt, jemanden zu schützen. Fassungslos dachte er darüber nach, bevor ihn Schreie, Krachen und unmenschliches Getöse aus dem Garten erreichten.

Schritt für Schritt wagte sich Scott zur Hintertür des Hauses. In dem winzigen Garten standen sechs Hexer, die wie erstarrt die Hände Richtung Himmel hielten. Wusste der Geier, ob sich noch mehr von denen hier herumtrieben. Im ersten Moment glaubte Scott, Emily würde sie mit einer Waffe bedrohen. Doch von einer Waffe sah er keine Spur. Stattdessen entwickelte einer der Rosenbüsche ein ungesundes Eigenleben. Die dornigen Ranken verdickten sich zu Ästen mit massiven Stacheln. Der größte Blütenkopf erreichte die Größe einer Abrissbirne.

Fassungslos starrte Scott den Koloss an. Mit einem

schweren Krachen sauste der Blütenkopf auf den mannshohen Holzzaun nieder, der den Garten vom Nachbargrundstück trennte. Das Holz splitterte, der Blütenkopf zersprang und Scott taumelte, als eines der Blütenblätter seine Stirn traf.

Verdammt, tat das weh. Gärtner lebten gefährlich. Blut lief über seine Nase und ihm wurde für einen Moment schwarz vor Augen, doch im letzten Augenblick erhaschte er einen Blick auf Emilys Hintern, der sich über den Zaun auf dem Nachbargrundstück schob.

Warum nahm das idiotische Frauenzimmer eigentlich den schwersten Weg? Scott wandte sich um und rannte wieder zurück auf die Straße, zu dem Haus, in dessen Garten sich Emily befand. Vorne war der Zaun wesentlich niedriger, also sprang er problemlos darüber hinweg. Er trampelte die Gemüsebeete nieder und stoppte, als ein Mann in sein Blickfeld rückte. Der kauzige Kerl richtete gerade seine Schrotflinte auf Emily.

Oh, der würde bestimmt nicht begeistert sein, dass seine Bohnen an Scotts Stiefeln klebten.

»Kriegen Sie nicht mit, dass das Problem da hinten liegt?«, fragte Emily den Kerl sichtlich schockiert.

»Das sind diese aufsässigen Nachbarsjungen«, donnerte der alte Mann zurück. Scott riskierte einen Blick aus seiner Deckung in Richtung des Rosenstrauchs. Bei dem hatte dann wohl nur jemand den Dünger verschüttet. Scott trat hinter der Häuserecke hervor, hinter der er sich verborgen hatte.

»Polizei, nehmen Sie die Waffe runter«, schnarrte Scott, senkte seine Armbrust und zog eine Marke hervor, wie sie sonst die Polizei mit sich herumtrug.

Als der alte Mann sich umdrehte, griff Emily nach der Schrotflinte und entriss sie ihm. Sie wirbelte herum, um das verfluchte Ding auf einen Hexer zu richten. War sie wahnsinnig? Hatte sie noch nicht genügend Hexer umgebracht? Er hatte keine Lust, einen verdammten Todesfluch abzukriegen. Und das nicht nur, weil man dann auf Familienfotos scheiße aussah.

Scott sprang vor und entriss ihr das Ding, bevor sie sich selbst noch damit wehtat.

»Lass den Mist«, donnerte er und packte sie, um sie mit sich zu ziehen.

Eine riesige Welle aus Blütenblättern brach über sie herein wie eine Lawine zu groß geratener Hagelkörner. Emily stöhnte und auch Scott taumelte, aber unbeirrt zog er sie mit sich. Sie mussten hier weg.

Um den alten Mann kümmerte er sich wenig. Wer seine Gäste mit einer Schrotflinte empfing, der konnte sein Leben auch durch magische Hand aushauchen. Das Leben war nun mal unfair.

Er zerrte Emily hinter sich her zurück ins Haus, das bereits bedrohlich wackelte, aber selbst das scherte ihn nicht. Einfach mitten durch, zur Vordertür. Er riss einem Mann, der gerade aus seinem Wagen stieg, den Schlüssel aus der Hand und schubste ihn entschlossen aus dem Weg.

»Steig ein«, wies er Emily barsch an und setzte sich hinter das Steuer. Zu seinem eigenen Wagen zurückzukehren, war zu riskant. Er gab Gas und das Ding flutschte aus der Parklücke.

Im Rückspiegel sah er, wie zwei der Hexer in einen roten Audi sprangen und mit durchdrehenden Reifen die Verfolgung aufnahmen.

Scott lenkte seinen neuen SUV durch den Verkehr und machte sich bei den anderen Fahrern so einige Feinde. Bei einem rasierte er den Spiegel ab, einen anderen zwang er zur

Vollbremsung.

»Verflucht, wir brauchen ein schnelleres Auto«, seufzte Emily, die über den Sitz nach hinten schaute.

»Ich lass dich an der nächsten Kreuzung raus, dann kannst du dir eins kaufen.«

»Hast du einen Knall?«

Er spürte ihre Hand über seinen Oberschenkel streichen. Was wurde das denn jetzt? Sex im Auto? Hatten sie nicht andere Probleme?

»Du bist verletzt«, stellte sie fest und nestelte an seiner Lederhose herum.

»Ach, das sind nur ein paar Kratzer.«

»Kratzer? Da sind Löcher in deiner Hose, so groß wie Tellerminen!«

»Du übertreibst.«

Er hörte, wie Emily Stoff zerriss. Sie drückte ihn gegen seine Wunden und Scott zuckte zusammen. Zur Hölle, er musste fahren! Konnte sie nicht ein anderes Mal Krankenschwester spielen? Wenn sie dann Strapse unter der Uniform trug, würde er auch ein braver Patient sein.

Er bremste abrupt, als er eine rote Ampel überfuhr und vor ihnen hupend ein Lastwagen auftauchte. Er riss das Lenkrad herum. Der Wagen rutschte zur Seite und krachte seitlich gegen die Ladefläche des LKWs. Mit durchdrehenden Reifen powerte Scott den Wagen wieder hoch und fuhr in die andere Richtung weiter.

»Du solltest dir überlegen, ob das Amulett tatsächlich den ganzen Ärger wert ist. Es wäre nicht das erste Artefakt, das die Damnati zum Schutz aller Beteiligten lieber unter Verschluss halten. Wir sammeln schon seit geraumer Zeit Dinge ein, die besser vor der Welt versteckt werden, um genau diese vor den möglichen Auswirkungen zu beschützen.«

»Nein! Auf gar keinen Fall«, wehrte Emily ab.

»Wäre aber besser.« Erneut riss Scott das Steuer herum. »Dabei rede ich nicht nur von dir, sondern von der Gefahr, die das Amulett für die Weltgeschichte darstellt. Du kannst nicht ewig wegrennen.«

»Du weißt praktisch nichts darüber, aber maßt dir an zu wissen, was das Beste ist? Sorry, das ist stümperhaft. Es hat nichts getan, was diese Sorge rechtfertigt. Die Hexe sagte, dass es alt und mächtig ist. Sein Name ist Lapidem Maleficus und die Hexen haben lange danach gesucht. Es ist seelengebunden und gehört damit zu mir.«

»Überlass das Denken lieber denen, die es können, du hast damit sowieso kein Glück«, erwiderte Scott grantig, bevor er die Augen verdrehte. Himmel, wann immer diese Frau den Mund aufmachte, kam nichts als Unsinn heraus.

»Wenn Hexen wild auf ein Artefakt sind, dann weil es ihnen zu Macht oder anderen Vorteilen verhelfen kann, und das ist dann eindeutig ein Risiko für die Weltgeschichte. Ein Risiko, das du unbesonnen durch die Botanik trägst und das dich irgendwann umbringen wird.«

Es war völlig egal, was das Artefakt tat. Es war relevant, was andere damit taten. Irgendwann würden die Hexen sie in die Finger bekommen und dann war sie Geschichte. Im schlimmsten Fall er genauso. Und vor allem war dann das Amulett in Händen, in die es nicht gehörte. Es gab genügend Artefakte, die in den falschen Händen genau solche verheerenden Wirkungen entfalten konnten. Besser, man hielt solche akribisch unter Verschluss. Und ihr Bauchgefühl war nun wirklich kein kompetenter Ansprechpartner. Aber auf die Idee kam sie ja gar nicht erst. Vielleicht war die Strategie des

Amuletts, sich bei einer dummen Nuss einzunisten, die zu trottelig war, es zu missbrauchen.

Es wäre interessant zu wissen, wie viel von ihren Fähigkeiten zu kämpfen und zu überleben übrigblieb, wenn das Amulett nicht bei ihr war.

Scott bretterte durch eine Fußgängerzone, über eine Brücke und schließlich ein paar Treppen hinunter, was ein wenig schaukelte, aber er hatte schon schlimmere Straßen befahren. Dann landeten sie wieder auf einer Hauptstraße.

»Das ändert nichts daran, dass ich es schützen werde. Es wird nicht in die Hände der Hexen kommen. Nur über meine Leiche«, beharrte Emily.

»Das ist es ja, was ich befürchte!«

Frustriert trat er noch ein wenig mehr aufs Gaspedal. Doch bis auf den Hass der anderen Verkehrsteilnehmer verfolgte sie niemand mehr. Sie hatten sie abgeschüttelt. Kein Drache tauchte am Horizont auf und Scott bremste die Geschwindigkeit herunter.

Emily starrte stur aus dem Fenster. Sie hing ihren eigenen Gedanken nach und er konnte es ihr wahrlich nicht verdenken. Aber was zum Kuckuck war daran so schwer zu verstehen, dass er sie nicht tot im Abwasserkanal der Stadt finden wollte. Gefoltert und getötet von Hexen. Er hatte schon einmal tatenlos zusehen müssen. Gott bewahre ihn davor, erneut zu versagen.

Kapitel 12

Ein geheimnisvoller Schuft

Scott setzte sie an ihrer Wohnung ab. Emily drehte sich auf dem Weg zu ihrer Tür noch einmal um, bevor sie hineinging. Dieser ganze Wirrwarr war doch nicht mehr normal. Und besonders dieser Damnati war unglaublich. Was glaubte er eigentlich? Dass sie ihm ihr Amulett überreicht und ihm dann einen schönen Tag wünschte? Niemals würde sie ihr Amulett weggeben und schon gar nicht in die Hände der Jäger. Wie konnte er das auch nur einen Moment in Betracht ziehen?

Der Himmel würde ihnen schon nicht auf den Kopf fallen. Zumindest nicht, solange sie das verhindern konnte.

Wie konnte man gleichermaßen so anziehend und so stur sein? Seine Worte waren deutlich, er traute ihr nicht mal zu, dass sie auch nur ansatzweise das Richtige tun könnte. Lag es an der Arroganz der Damnati? Oder einfach nur an ihm?

Sie hörte Scott den Wagen starten, als die Tür hinter ihr ins Schloss fiel. Sie setzte einen Fuß auf die erste Stufe und doch zögerte sie. Was war er nur für ein Mann? Attraktiv, dunkel, geheimnisvoll und höchst eigensinnig. Erst umsorgte er sie wie ein Verrückter und hatte dann nicht die Spur eines schlechten Gewissens, ihr Wahrheitsserum unterzujubeln. Er war da, wenn es brenzlig wurde, aber meinte einfach alles besser zu wissen. Sie spürte, dass er ihr etwas verheimlichte.

»Was mache ich hier eigentlich?«, seufzte sie inbrünstig. Okay, der Briefkasten würde ihr das sicher nicht verraten. Scott wusste viel mehr über sie, als sie über ihn. Kein akzeptabler Zustand und völlig egal, wie viel sie ihm aus der Nase zog, er würde ihr doch nicht alles sagen.

»Schlimmer kann es wohl kaum noch werden«, murmelte sie entschlossen und drehte sich auf dem Absatz herum. Sie sah Scott durch das Fenster neben der Tür losfahren und hechtete auf die Straße. Sie sah seinen Wagen, der den Weg in die City einschlug.

Herrgott, warum hatte sie ihr Motorrad noch nicht zurückgefordert? Sie rannte los, und zwar zu dem Taxistand um die Ecke. Dort wartete zum Glück gerade eins.

Dem Fahrer fiel vor Schreck der Kaffee aus der Hand, als sie die Tür aufriss. Er stöhnte, als sich die dampfende Flüssigkeit über seine Hose verteilte.

»Ich gebe Ihnen einen Fünfziger extra, wenn sie sofort losfahren. Es ist ein Notfall!« Emily warf sich auf den Beifahrersitz, während der Fahrer sich noch hektisch über die Hose wischte.

»Notfall?«, ächzte er und bedachte sie mit einem vorwurfsvollen Blick.

»Ja, verdammt. Tut mir wirklich leid um Ihre Hose.«

Herrje, was war der wehleidig. Scott hatte riesige Löcher in seinem Bein und der jammerte über ein wenig Kaffee.

»Fahren Sie endlich und zwar Richtung Innenstadt.«

Ihr indischer Fahrer, der laut dem Schild am Armaturenbrett Ramu Prasad hieß, startete den Wagen und fuhr entspannt in die angegebene Richtung. Jeder Rollator wäre schneller.

»Was ist das für ein Notfall?«, lächelte er freundlich.

Emily würde ihn am liebsten am Kragen auf den Rücksitz zerren und selber weiterfahren. Nichts Persönliches. Mit Gips jedoch eine echte Herausforderung.

»Ein dringender«, erwiderte sie und seufzte entnervt.

»Wenn Sie nicht sofort Ihre Geschwindigkeit auf mindestens achtzig Kilometer die Stunde erhöhen, werde ich Ihnen nicht nur das Fahrgeld schuldig bleiben.«

Als Ramu sie anschaute, blickte er auf den Wagenheber, den sie bedrohlich auf ihn gerichtet hatte. Selber schuld, wenn er den direkt unter dem Beifahrersitz aufbewahrte.

Er trat das Gaspedal durch.

»Bitte töten Sie mich nicht«, flehte er, während Emily nach vorne schaute. Wo zur Hölle war Scott?

»Nein, nein, ich will nur, dass Sie schneller fahren«, erwiderte sie die Gegend absuchend.

Ramu rauschte die Straße mit überhöhter Geschwindigkeit entlang. Der Junge hatte Talent, wie Emily feststellte. Allerdings rauschte er direkt an Scott vorbei, der gerade nach rechts abbog. Echt jetzt? Typisch Taxifahrer.

»Biegen Sie die Nächste rechts ab, dann wieder rechts und gleich wieder links«, forderte Emily nun. Er tat ihr liebenswürdigerweise den Gefallen.

»Ich habe Familie. Und fünf kleine Kinder«, flehte er erneut. Emily musterte ihn kurz. Was hatte er bloß? Sie hatte den Wagenheber doch gar nicht mehr auf ihn gerichtet.

»Das klingt wirklich schön. Sehen Sie den dunklen Wagen vor uns auf der rechten Spur? An den hängen Sie sich nun unauffällig.«

Ramu nickte und Emily entspannte sich ein wenig.

»Wie heißen Ihre Kinder?«

»Asha, Harinder, Madhu, Sheela, Sri und sie brauchen ihren Vater.« Emily lächelte.

»Das sind hübsche Namen.«

»Wirklich?«

»Ja.«

Oh Gott, färbte Scott jetzt etwa schon auf sie ab?

»Bleiben Sie locker. Das ist weder ein Überfall noch ein

Anschlag. Ich bin nur ein Fahrgast und Sie machen das toll.«

»So toll, dass Sie mich leben lassen?« Irgendwie war dieser Typ witzig.

»Ja. Was soll diese Welt auch ohne einen solch fähigen Taxifahrer tun?«

Zugegeben, das war eher eine rhetorische Frage, aber Ramu antwortete.

»Einen anderen nehmen?«

Jetzt lachte Emily schallend los.

Ramu beruhigte sich und sie landeten in angemessenem Abstand an einem Ort, mit dem sie eher weniger gerechnet hatte. Eine Klinik, welche ihre Theorie mit dem Notfall aber runder machte. Wer verfolgte schon einen anderen zu einem Krankenhaus?

»Halten Sie hier und grüßen Sie bitte Ihre Kinder von mir«, sagte Emily nun, fummelte in ihrem BH herum und reichte ihm die versprochenen fünfzig Euro obendrauf.

»Also jetzt ist es mir fast eine Ehre.«

»Nur fast?« Emily schmunzelte und stieg aus.

Sie sah Scott im Gebäude verschwinden. Das Sankt Vincent war bekanntermaßen eine Palliativstation mit neurologischer Pflegeeinrichtung. Wen besuchte er hier?

Er musste diese Frau unbedingt aus seinem Gehirn streichen. Emily war eine spannende Episode. Mehr nicht. Er konnte ihr nicht erlauben, ihn in den Wahnsinn zu treiben, nur weil sie zu verbohrt war einzusehen, dass sie das Amulett besser nicht mehr mit sich herumtrug.

Er hatte keine Zeit für sie. Seine Schwester war wichtiger. Er hatte schon zu viel Zeit mit Emily vertrödelt.

Es versetzte ihm immer wieder aufs Neue einen Stich, wenn er um die Ecke der Merrion Road bog und sich die hohe Fassade des St. Vincent's Hospitals vor ihm erhob. Glas und Beton, grau, wuchtig und abweisend. Als würden sie verkünden, dass es für die Patienten hier keine Hoffnung mehr gab. Dass man sich an Gott halten sollte.

Als ob Gott sich um einzelne Schicksale scherte. Würde er das, wäre es Scott, der die Hirnschäden hätte, nicht seine Schwester.

Scott parkte den Wagen auf dem Schotterplatz vor dem Eingang des Krankenhauses. Er stieg aus und folgte einer gebeugten Frau, die einen Blumenstrauß und Tränen in den Augen vor sich hertrug. Scott griff ihr unter den Arm, als sie sich die Stufen hinaufmühte und leiser Dank war der Lohn dafür.

Sie schob eine graue Locke hinter das Ohr. »Wen besuchen Sie?«.

»Meine Schwester.«

Ein mitleidiges Lächeln zeigte sich auf ihrem Gesicht. »Das tut mir leid. Ich besuche meinen Mann. Er hatte achtzig gute Jahre, jetzt prüft ihn Gott ein letztes Mal. Ich wünsche Ihnen alles Gute. Möge der Herr mit Ihnen sein.«

Das wäre zwar das Mindeste, aber Gott war eine dermaßen unzuverlässige höhere Macht, dass er sich lieber andere Mittel und Wege suchte.

Scott folgte den tristen Gängen. Abgeschabte Tapete, in fröhlichem Pissgelb gehalten und ein glänzender, grauer PVC-Boden. Wer auch immer das eingerichtet hatte, hatte sicher nicht auf der Sonnenseite des Lebens gestanden.

Wollten sie ihre Patienten zu mehr Selbstmorden verleiten?

Als ob seine Schwester dazu noch in der Lage wäre.

Scott fuhr mit dem Fahrstuhl in die zweite Etage und marschierte zu Zimmer 209. Er könnte es im Schlaf finden. Unzählige Male hatte er diesen Weg schon beschritten und auch dieses Mal konnte er sich kaum überwinden, das Zimmer zu betreten.

Seit Jahren veränderte sich hier nichts. Der Schrank enthielt die Kleidung, die seiner Schwester schon lange zu groß war.

Auf einer kleinen Anrichte lagen Tabletten und Infusionsbesteck in einem durchsichtigen Behältnis.

Steif und kraftlos lag Neila im Krankenbett. Ihre blasse Haut hob sich kaum von dem weißen Laken unter ihr ab. Einzig und allein ihre langen roten Haare bildeten einen scharfen Kontrast zur trostlosen Umgebung.

Scott hatte dem Pflegepersonal herausgezogene Nieren und gebrochene Rückgrate angedroht, wenn sie es wagen sollten, die hüftlangen Haare seiner Schwester zu schneiden. Er hatte die anderen Patienten gesehen. Fast kahlgeschoren, damit niemand Arbeit damit hatte. Aber seine Schwester sollte nicht auch noch den letzten Rest ihrer Würde verlieren und das, was sie immer geliebt hatte – ihre fröhlich leuchtenden, roten Locken. Jetzt sahen sie stumpf und abgebrochen aus. Kraftlos lagen sie auf dem Bett, wie auch seine Schwester. Ihr Blick ging ins Leere, wie jedes Mal. Und doch hoffte Scott immer wieder, in ihrem Blick würde sich etwas regen, wenn er ihre Schulter berührte und sanft ihren Namen nannte. Doch nichts. Sie zwinkerte nicht einmal. Sie könnte genauso gut tot sein.

Wäre sie nur damals mit siebzehn Jahren gestorben. Es wäre gnädiger als jeden einzelnen Tag nur noch vor sich hinzuvegetieren.

Sachte hob Scott ihre zierliche, abgemagerte Gestalt an und

setzte sie in den Rollstuhl, der immer neben ihrem Bett stand.

»Ah, wie schön. Sie sind wieder da. Das wird Ihre Schwester freuen«, erklang hinter ihm eine gütige Stimme. Die Pflegerin trug die grauen Haare in einem streng frisierten Dutt. Eine Armada Krähenfüße betonte die freundlichen Augen in Schwester Evas rundem, warmherzigem Gesicht, als sie lächelte.

Scott war nicht nach Lächeln zumute. Als ob seine Schwester sich noch freuen konnte.

Die Krankenschwester drückte seinen Arm. »Bei solchen Fällen weiß man nie, was sie mitbekommen. Mitunter sehr viel mehr als man meint. Lassen Sie den Kopf nicht hängen. Ihre Schwester ist stark.«

Schwester Eva nickte noch einmal gewichtig, bevor sie wieder aus dem Zimmer watschelte. Scott legte eine Decke über seine Schwester. Die Räder quietschten auf dem Boden, als er den Rollstuhl anschob.

Neila rührte sich nicht und sie sagte auch nichts, wie immer. Die Ärzte meinten, ihr Gehirn wüsste nicht mehr, wie man Worte formte. Sie konnte ihre Arme, Beine, nicht einmal mehr ihre Augenbrauen selbstständig bewegen. Sie war gefangen in einem Körper, den sie nicht mehr kontrollieren konnte. Was sie noch wahrnahm, vermochte ihm kein Arzt zu sagen.

Scott schluckte schwer und schob seine Schwester über den Gang bis zum Fahrstuhl. Er betätigte den Drücker und die Türen öffneten sich vor ihnen. Seine Schwester kippte ein wenig nach vorn, als sie über die Schwelle rumpelten. Behutsam drückte er sie zurück und den Knopf für das Erdgeschoss.

Niemand begegnete ihnen auf dem Weg in den Garten. Der Himmel färbte sich bereits glühend rot, als Scott an einer Bank stoppte. Hier hatten sie einen guten Blick auf die Dächer Dublins. Neila hatte den Anblick der Stadt schon immer lieber gemocht, als den einer Wiese oder eines Waldes.

Es war das lebendige Leben und Treiben, die Geschäftigkeit der Menschen, das sie fasziniert hatte. Für sie bedeuteten viele Menschen ein Abenteuer. Tausende Eindrücke, die sie in sich einsog und von denen sie hoffentlich jetzt noch zehrte. Scott hockte sich vor sie nieder.

Wenn sich die Decke nicht sachte bewegen würde, könnte man meinen, sie würde nicht mehr atmen. Die Sommersprossen, die sich über ihre Nase und ihre Wangen zogen, stachen hervor wie Pestmale. Dunkle Ringe lagen unter den ausdruckslosen blauen Augen. Es zerriss ihm das Herz. Was würde er dafür geben, ihr Lachen zu sehen, den schelmischen Ausdruck, wenn sie ihn neckte. Wie sich ihre Nase kräuselte, wenn sie verärgert war. Wie sie die unsäglichen, pinken Schleifen in ihr Haar steckte, nur um jeden auszulachen, der es kritisierte. Stattdessen wehten ihre Haare so tot im Wind, wie das Laub, das gelb und rot über die Wiese raschelte. Er griff nach ihrer Hand.

»Ich habe einen Hinweis zu Dagdas Kessel gefunden. Erinnerst du dich? Manche sagen, Dagdas Kessel wurde von Dian Cecht genutzt, um Verwundete zu heilen. Aber es war auch immer von einer verschollenen Quelle die Rede. Ich glaube, der Kessel ist die Quelle«, hörte er sich selbst sagen.

Sanft strich er über ihre kalten Hände. »Das Medaillon des Mönches ist älter, als er selbst. Sehr viel älter. Es gibt Zeichnungen von Brigid, wie sie es hält. An Samhain verschwimmen die Grenzen zwischen dieser und der Anderswelt. Erinnerst du dich an Cruachain? Wie wir dort in den Felsspalten gespielt haben?« Er stockte und rieb sich die

Stirn. Die Kindheitserinnerungen brachten ihn beinahe um. Sie schnürten ihm den Hals zu und sein Magen verklumpte regelrecht unter dem drückenden Gefühl der Schuld. Er war verantwortlich. Wegen ihm konnte sie keinen Finger mehr rühren. Wegen ihm konnte sie nicht mehr lächeln. Wegen ihm konnte sie nicht mehr die Felsspalten von Cruachain erkunden, immer in der Hoffnung, an Samhain den Bewohnern der Anderswelt zu begegnen. Sie hatten sich jahrelang an Halloween von zu Hause weggeschlichen und an den zerklüfteten Felsen herumgetrieben, bis sie sieben Jahre alt waren. Drei und sieben, die bedeutendsten Zahlen der keltischen Mythologie.

Ihre Mutter hatte immer gesagt, bis drei Jahre würden die Kinder von den Elfen an Samhain zum Tanzen und Spielen eingeladen. Bis sieben Jahre würden diese Wesen ihre Neugier und ihren Schabernack tolerieren.

Doch wer älter war, musste mit Strafe rechnen, wenn man den Sidhe, den Bewohnern der Feenhügel, begegnete.

Er hatte seine Schwester beneidet, da sie zwei Jahre jünger war als er und deswegen auch zwei Jahre länger in Cruachain herumstromern durfte. Am letzten Tag ihres sechsten Lebensjahres brachte sie einen zahmen Hasen mit nach Hause, ein Geschenk der Elfen.

Seine Stimme klang spröde. »Wenn … wenn ich die Quelle gefunden habe, wirst du endlich wieder frei sein.«

Seine Hand zitterte, als er über ihre Wange strich.

»Dann wirst du endlich wieder das Leben haben, das du verdienst und das ich zerstört habe.«

Emily hatte das Gebäude umrundet. Scott hineinzufolgen, fühlte sich einfach falsch an. Zu persönlich und das war nichts, was ihr zustand. Hinter dem Haus war ein liebevoll angelegter Garten, der völlig im Kontrast zu dem tristen, grauen Haus stand. Die Aussicht auf die Stadt war einzigartig. Aber was tat sie hier eigentlich? Einem Mann hinterherschnüffeln, der sicherlich ganz andere Probleme hatte. Sie sollte wieder gehen, aber sie stutzte, als sie Scott entdeckte. Verborgen hinter einer alten Eiche, betrachtete sie diese Zusammenkunft.

Er saß auf einer Bank, neben ihm eine junge Frau. Ihr Haar war feuerrot und voller Leben, aber ihr Blick ging ins Leere. Scott hielt ihre Hand und redete mit ihr. Sie war nicht seine Großmutter. Sie war auch nicht seine Tochter. Die Worte, die gesprochen wurden, trug der Wind davon. Nur Bruchstücke fanden den Weg zu ihr.

Emily war völlig paralysiert.

Er hatte also doch eine Frau und es war grausam, dass sie ein solches Schicksal zu erleiden hatte. Warum tat er denn so, als wäre er ungebunden? Warum stand er nicht einfach dazu? Seine Frau schien schwer krank zu sein. Dass er einsam war, war nachvollziehbar, jeder würde es verstehen. Emily musterte dieses Bild. Scott, der sie behütete, über ihre Hand strich, einfach gut zu ihr war.

Aber es änderte nichts daran, dass er sie angelogen hatte, während er ihr offen in die Augen geschaut hatte. Ihr versichert hatte, keine Frau zu haben. Okay, die Umstände waren mehr als nur verrückt.

Emily senkte den Blick und rieb sich übers Gesicht. Das war enttäuschend. Er war niemand, dem man vertrauen konnte. Ihr übrigens auch nicht, denn im Lügen schienen sie beide sich nichts zu schenken. Sie wusste jedoch, dass sie ungebunden war. Er tat nur so und betrog jemanden, der auf ihn angewiesen war und sich nicht wehren konnte.

Sie sollte schleunigst einen Strich unter diese Episode setzen, auch wenn das leichter gesagt als getan war. Er hatte das Potenzial, sie in den Wahnsinn zu treiben. Und leider mochte sie ihn viel zu sehr. Enttäuscht drehte sich Emily um und entfernte sich von Scott und seiner Frau.

Kapitel 13

Sprich oder stirb!

Der kühle Wind und die Sorge, Neila könnte sich erkälten, trieben Scott nur eine halbe Stunde später zurück in das Krankenzimmer. Er legte sie zurück ins Bett.

Noch einmal strich Scott über die Wange seiner Schwester und zog die Decke höher.

»Man kann ihr helfen.«

Scott stob herum und zog seine Waffe hervor. Vor ihm stand ein hochgewachsener, schlanker Mann. Die blonden Haare fielen ihm über die Schultern, seine Gesichtszüge waren fein, beinahe feminin und wenn er nicht so dicke Oberarme hätte, könnte man meinen, er wäre ein Mädchen.

»Und Sie sind?«, fragte Scott.

»Jemand, der Ihre Hilfe braucht und Ihre Schwester dafür heilen kann.«

Scott schnaubte abfällig. Wenn er von etwas die letzten Tage genug hatte, dann waren das Geheimniskrämereien. Ihm reichte eine Frau, die meinte, denjenigen, der sie am ehesten beschützen konnte, nach Strich und Faden belügen zu müssen. Die nicht einsah, dass sie den möglichen Auslöser für die Apokalypse um ihren verwöhnten Hals trug.

Der Bursche wollte seine geheimnisvollen Spiele spielen? Dann aber auf Scotts Art. Egal, dass der Kerl ein Mensch war. Wenn es um seine Schwester ging, bedrohte er jeden.

Der Jäger kramte einen Schalldämpfer aus seiner Jackentasche und schraubte diesen auf die Mündung der Pistole.

Immerhin, sein Gegenüber zuckte zurück.

»Die Quelle kann helfen, wenn die Verletzung neu ist. Aber nicht bei einer, die bereits achtzehn Jahre zurückliegt. Auch ein Dian Cecht ist nicht allmächtig.«

Scott spannte den Hahn seiner Knarre und richtete sie auf das Knie des Unbekannten. Unbeirrt sah er ihm in die Augen. Sollte der reden. Er wusste zu viel, viel zu viel. Aber im Moment war er eher lästig als nützlich. Der Fremde hob die Hände und wich zurück.

»Keinen Schritt weiter«, warnte Scott. »Wenn du keinen Wert auf eine Kugel im Knie legst. Wer bist du?«

»Loki Graham.«

»Und was willst du?«

»Ihre Hilfe.«

»Wobei?«

»Ich bin genauso auf der Suche wie Sie. Sie suchen Heilung, ich genauso. Nur auf andere Art.«

Scott sprang vor, packte Graham am Kragen und drückte ihn auf die kleine Anrichte. Panisch keuchte Graham auf, als Scott ihm die Mündung der Pistole auf die Brust setzte. »Ich stehe nicht auf kryptische Weissagungen.«

»Ich wusste nicht, dass Damnati eine solche Kraft besitzen«, brachte Graham mühsam hervor.

»Wer hat dich aufgeklärt?«, knurrte Scott.

»Ich war mit einer Vampirin zusammen. Als sie zu anhänglich wurde, habe ich sie den Damnati ausgeliefert.«

Scott hielt inne. Eine solche Aktion sprach nicht unbedingt für den Charakter seines Gegenübers. Oder doch?

Er packte Graham fest an der Kehle. »Sie haben fünf Sekunden, mir etwas zu sagen, das mich nicht auf die Palme bringt.«

Grahams Gesicht färbte sich puterrot. Er bewegte die

Lippen, doch außer einem Röcheln brachte dieser Schwächling leider nichts hervor. Widerwillig lockerte Scott seinen Griff und Graham schnappte lautstark nach Luft.

»Das Gehirn Ihrer Schwester ist schwer geschädigt. Nur eine sehr alte Macht kann es jetzt noch heilen. Dian Cechts Macht ist ein guter Anfang, aber es ist nicht die Lösung.

Ein altes Amulett ist wieder aufgetaucht. Eines, das die Macht der Hexen vervielfachen kann. Und erst recht die Magie eines heiligen Ortes. Die Quelle und das Amulett können Ihre Schwester heilen. Lapidem Maleficus, so nennt man das Amulett.«

Verflucht. Wusste denn jeder Trottel in dieser Stadt mehr als er? Er hatte den Schlüssel für die Heilung seiner Schwester genau vor der Nase? In Form dieser unsäglichen Frau und ihrem noch unsäglicheren Amulett?

»Das Amulett kann seiner Trägerin nicht gestohlen werden«, warnte Scott. »Es schnürt einem die Luft ab.«

»Auch ein Amulett kann man zwingen, sich zu unterwerfen. Die Hüterin ist nur ein kleines Hindernis auf diesem Weg. Eine Lappalie, die meint, mit Gewalt verhindern zu können, dass das Amulett in Hände fällt, die seine Macht zu nutzen wissen. Aber auch sie kann man überlisten. Wenn man das geschafft hat, muss man nur wissen, wie man die Wirkung des Amuletts unterbinden kann. So viel zur Theorie.

Sie wissen, wo die Quelle ist. *Ich* weiß, wie man Lapidem Maleficus ausleihen kann. Lassen Sie uns einen Deal machen.«

Wenn dieser Typ es auch nur wagen sollte, seine schmierigen Finger an Emily zu legen, würde er ihn häuten, ausweiden und dann erschießen!

Der verfluchte Kerl hatte ihn belauscht! Wutentbrannt drückte Scott erneut zu. »Was weißt du darüber?«

Graham röchelte. Er packte Scotts Handgelenk und versuchte, sich aus Scotts Griff zu winden, doch Scott drückte nur fester zu. Graham trat gegen sein Knie, woraufhin Scott unwillig knurrte und Graham von der Kommode zerrte. Krachend fiel dabei der zusammengeklappte Rollstuhl um.

»Was ist denn hier los?«, unterbrach die Stimme der Krankenschwester die scheppernde Prügelei.

Scott verbarg seine Pistole unter der Jacke und ließ widerwillig von diesem kryptischen Vollidioten ab.

»Nur eine kleine Meinungsverschiedenheit.«

»Die klären Sie bitte draußen. Ihre Schwester braucht Ruhe und keine prügelnden Männer.«

Warum zum Teufel sah dieser Graham genauso zerknirscht aus, wie Scott sich fühlte? Ihm konnte die Meinung der Schwester doch völlig egal sein.

Graham schob sich an ihm vorbei und taumelte rückwärts Richtung Tür. »Ich bin dafür, dass wir das Gespräch fortsetzen, wenn Sie sich entschieden haben, ob Ihnen Ihre Schwester wichtiger ist, als Ihr Jähzorn und die blinde Zuneigung zu einer Frau, die Sie ohnehin nur an der Nase herumführt.«

Er wandte sich um und stürzte davon. Scott schob Schwester Eva beiseite und nahm die Verfolgung auf. Er sah die blonden Haare am Ende des Ganges verschwinden.

Es schepperte erneut. War er etwa in ein Bettpfannensortiment gerannt?

Fluchend nahm Scott die Verfolgung auf. Sie jagten durch die Gänge. Rufe des verärgerten Personals verfolgten sie bis ins Treppenhaus. Graham sprang die Treppen nach unten, während sich Scott über das Geländer schwang, um eine Etage tiefer zu landen. Doch bevor Scott den Kerl zu fassen bekam, stolperte dieser durch die Lobby nach draußen und sprang in einen Wagen. Scott gelang es lediglich, den Fahrrädern auszuweichen, die der Wagen beim hektischen Anfahren zur Seite stieß.

Verflucht noch eins. Wer auch immer dieser Kerl war, er brauchte ihn.

Kapitel 14

Vampirischer Besuch

Kaum hatte Emily ihr Zuhause erreicht, überschlugen sich ihre Gedanken erneut. Hatte sie sich auf dem Weg zurück noch mit der friedlich wirkenden Umgebung ablenken können, so wurden die Hexen, die plötzlich zu Monstern mutierten und ihr das stehlen wollten, was sie nicht hergeben konnte, sehr viel aufdringlicher. Die sogar so weit gingen, sie in trügerische Fallen zu locken, indem sie Visionen von ihrer Mutter und ihr als Baby erschufen. War das wirklich so passiert, als ihre Mutter sie aussetzen musste? Es hatte furchtbar real gewirkt. Emily seufzte leise.

Dazu Scott, der ihr nicht die Wahrheit sagte, ihr aber auch nicht aus dem Kopf ging. Er hatte eine Frau, die er hinterging, während er sie gleichzeitig genauso umsorgte, wie er das bei ihr getan hatte. Diese arme, kranke Frau tat ihr furchtbar leid. Nicht nur dieses unglaubliche Schicksal, das sie zu erdulden hatte. Auch wenn man fast versucht war, Verständnis für Scott zu haben, so änderte dies nichts daran, dass er ihr Amulett in Sicherheitsverwahrung sehen wollte.

Es gab nur eins, das wichtig war: ihr Amulett zu schützen. Da konnte sie keinen Mann gebrauchen, der sie nur in die Irre führte. Oder Wahnbilder einer Hexe, die vermutlich eine einzige große Lüge waren.

Emily schloss die Tür hinter sich.

»Siehst du, das hast du jetzt davon. Hättest du nicht was machen können, damit ich nicht zu einer Hexe gehe?«, warf sie ihrem Amulett vor.

Ja, sie tat ihm unrecht, denn ihr Gefühl war eine deutliche

Warnung gewesen. Sie hatte nur nicht darauf gehört. Also war sie selber schuld. So ging das auf keinen Fall weiter. Ihr Arm pochte schmerzhaft, als hätte sie sich diesen erst frisch gebrochen. Schmerzmittel kamen nicht infrage, denn sie brauchte unbedingt einen klaren Kopf. Nicht noch mehr Verwirrungen.

Und sie kannte nur einen Mann, der ihr augenblicklich helfen konnte. Emily rieb sich über die Stirn, bevor sie zu ihrem Handy griff. Sie wählte Jasons Nummer, aber er hob nicht ab. Verdammt. Emily tippte eine SMS.

»Jason, es entgleitet mir zunehmend. Ich brauche dich dringend. Du erinnerst dich an das alte Ding, das mir geblieben ist? Da steckt sehr viel mehr dahinter. Melde dich bitte. Emily.«

Sie drückte auf Senden. Er würde sich melden, sobald er konnte. Aber erst mal ein wenig zur Ruhe kommen. Was für ein verrückter Tag, aber hier sollte sie sicher sein, denn sie war unter Rosalyns Namen gemeldet.

Diese Lokalisierungszauber, die Hexen angeblich gerne anwandten, würden hoffentlich nicht funktionieren. Dummerweise hatten sie nun ihre Handtasche, aber zum Glück trug sie nie Papiere mit sich herum.

Emily warf sich etwas Wasser ins Gesicht und setzte sich mit einem frisch gekochten Tee auf die Couch, um ihren Arm so zu betten, dass dieser vielleicht mal Ruhe gab.

Sie atmete tief ein und wieder aus. Sie musste ruhig bleiben. Was heute passiert war, zeigte nur, welche Verantwortung sie hatte. Niemand würde jemanden jagen, wenn das alles einfach nur ›nichts‹ wäre. Und Scott? Der glaubte bereits, die Welt ging unter. Apokalypse also. Warum war das eigentlich erst so, seit sie auf Scott getroffen war? Warum redete es mit ihm?

Sie holte das Amulett hervor, um es zu betrachten, und

verharrte irritiert. Es hatte sich verändert. Die beiden Mäuler der nun aufgerichteten Drachen waren geöffnet und nach oben gerichtet, als würden sie jeden Moment Feuer speien wollen. Es sah wunderschön aus, wie sich die Flügel der Drachen öffneten und um den kleinen Granat legten. Was in aller Welt hatte das zu bedeuten?

»Langsam machst du selbst mir Angst«, kommentierte sie, was eigentlich nicht sein dürfte. Jedoch übertrug sich so etwas wie Beruhigung auf sie, als sie mit den Fingern zärtlich darüber strich. Auch das stete Pochen in ihrem Arm wurde etwas besser.

Ihre Gedanken drehten sich weiterhin. Um das Amulett, was das alles bedeuten könnte, um sich schlussendlich erneut zu Scott zu stehlen. Was hatte er nur an sich? Gedankenverloren schlürfte sie ihren Tee, der langsam eine Temperatur bekam, dass man ihn auch ohne Brandblasen auf der Zunge überlebte.

Ob Scott mit ihrem Amulett recht hatte? Beeinflusste es sie wirklich? Sie schloss es nicht aus, dennoch hatte es ihr heute das Leben gerettet. In mehr als nur einer Hinsicht.

Emily seufzte erneut und schaltete den Fernseher ein, nur diesmal ohne zwei Flaschen Rotwein. Es lief eine Serie. Klasse!

›Charmed‹, drei Hexen, die sich mit Dämonen anlegten. Es gab sogar einen Engel. Passte ja wie die Faust aufs Auge.

Emily verdrehte die Augen, stellte den Ton leiser und lehnte sich erschöpft zurück. Sie schloss die Augen und versuchte sich zu entspannen.

Nach einer Weile klingelte es an der Tür und Emily schreckte auf.

Wie spät war es? Meldeten sich Hexen überhaupt an?

Vorsichtshalber griff sie nach ihrer Knarre und entsicherte sie. Als sie durch den Spion spähte, sah sie einen Anblick, der sie erleichtert die Tür aufreißen ließ. Angenehme Wärme machte sich in ihrer Brust breit, wie immer, wenn sie Jason sah.

»Jason! Gott sei Dank. Komm rein.«

Emily trat zur Seite und legte ihren Revolver gesichert auf der Kommode neben der Tür ab. War er nicht in Frankreich unterwegs?

»Gib es zu, du kannst dich doch in eine Fledermaus mit Raketenantrieb verwandeln. Woher wusstest du, wo ich bin?«

Er schien das jederzeit zu wissen, bestimmt peilte er ihr Handy an. Aber jetzt war sie heilfroh, ihn zu sehen. Emily drückte ihm einen Begrüßungskuss auf die Wange, als er eintrat.

»Ich habe Technik vom amerikanischen Geheimdienst geklaut. Damit kann ich mich beamen«, erwiderte Jason trocken und sie warf die Tür hinter ihm zu.

»Genau so was habe ich befürchtet«, lächelte sie.

»Also, was ist los?«, wollte er wissen und sie sah seinen zugleich amüsierten und besorgten Blick. Sie schob Jason in Richtung der Küchenstühle.

»Setz dich bitte.«

Emily stellte zwei Gläser und den Scotch raus, in dessen Genuss Scott bereits gekommen war. Sie legte ihren schweren Gips samt Gurt auf dem Tisch ab, um sich dann laut seufzend Jason gegenüber zu setzen. Das beharrliche Pochen war zwar deutlich erträglicher, aber immer noch vorhanden.

»Ich will gar nicht lange drumherum reden. Hier geht etwas sehr Seltsames vor. Aber erst mal von vorne. Ich habe einen Damnati kennengelernt. Ich musste ein wenig bei den Vampiren zündeln, aber du kennst mich ja, sie haben es überlebt. Zumindest so lange, bis er eingegriffen hat. Scott hat verhindert, dass ich mir mehr als nur den Arm breche. Du

182

weißt ja um mein Amulett, zu dem niemand all die Jahre etwas wirklich Sinnvolles sagen konnte.

Er sagte, das Amulett wäre magischen Ursprunges. Er kennt sich mit Artefakten aus, er ist so was wie der Indiana Jones der Damnati. Ihm habe ich es gezeigt und so hat es sich ergeben, dass ich heute mit ihm zu einer Hexe gegangen bin. Seitdem läuft alles völlig aus dem Ruder. Ich habe noch nie erlebt, dass die so weit gehen, auf offener Straße zu zaubern. Sie haben auch versucht, es mir wegzunehmen. Ich habe ein paar von ihnen töten müssen, damit wir entkommen konnten. Das Amulett hat einen Namen ... Lapidem Maleficus. Ich bin sein Hüter. Es ist ein seelengebundenes Amulett und wird von Generation zu Generation weitergegeben. Die Hexe sagte, es wäre endlich zurückgekehrt, dazu sei es alt, sehr mächtig und würde nicht in die Hände eines Menschen gehören. Scott glaubt, es würde mich beeinflussen und er will es in seine Obhut bzw. in die der Damnati nehmen, was ich aber nicht zulassen kann. Wenn ich sein Hüter bin, dann bedeutet das, dass ich dafür sorgen muss, dass es nicht in falsche Hände gerät. Zum Glück kennen die Hexen meinen falschen Namen nicht.«

Emily griff nach dem Glas, das ihr Jason eingeschenkt hatte und zuckte innerlich die Schultern darüber, dass sie dem Alkohol eigentlich abgeschworen hatte. Sie trank einen Schluck. Gut, um aufgebrachte Nerven zu beruhigen, was sie neuerdings bitter nötig hatte. Jason hatte ihr schweigend zugehört und sie nicht in ihrem Schwall unterbrochen, aber sein Gesicht sprach Bände.

»Du hast Hexen getötet?«, fragte er irritiert nach. »Sicher, dass sie tot sind? Oder schützt dich dein Amulett auch vor deren letzten Flüchen, wenn sie draufgehen?«

Emily stellte ihr Glas ab.

»Die Zauber wirken nicht bei mir«, erwiderte Emily und schaute ihn nachdenklich an. Ja, dieser elende Todesfluch. Den hatte er ausgiebig erwähnt. Hexen durfte man nicht töten, sonst ereilte einen ein individueller Fluch, abhängig von den Mächten der Hexe, was quasi alles bedeuten konnte. Angefangen damit, dass man den Rest seines Lebens Pech hatte, bis zu endlosen, qualvollen Schmerzen. Dass man ertrank, ohne zu sterben, oder dass einen niemand mehr wahrnahm und man einsam starb. Die Variationen waren endlos und allesamt davon klangen grausam.

Man sollte Magier nur töten, indem man sie verbrannte, denn das unterband diesen letzten Fluch. Das hatten die Menschen schon im Mittelalter gewusst. Der Grund, warum Hexen seit jeher auf Scheiterhaufen landeten.

»Ich denke, dass du Dublin schleunigst verlassen und irgendwo einen langen Urlaub einlegen solltest, bis die Hexen denken, das Amulett wäre wieder verschwunden. Und dann sieh zu, dass du nicht so schnell wieder unter deinem richtigen Namen auftauchst. Den Damnati das Amulett zu überlassen, wäre zwar ein einfacher Weg, aber das werden die Hexen kaum mitbekommen. Sie werden weiter nach *dir* suchen. Wenn es dich beeinflusst, solltest du trotzdem versuchen, es loszuwerden.«

Jasons Meinung war eindeutig, aber konnte sie einfach weggehen? Nein! Das konnte sie nicht. Oder hatte Jason vielleicht recht? Sie hatte keinen Fluch abbekommen, als sie sich ihrer Haut erwehrt hatte. Sie hatte die Anspannung der Zauber in der Luft gespürt, aber ihr Amulett hatte sie aufgesaugt. Sie beschützt.

»Urlaub klingt verdammt gut, aber ich kann hier nicht weg.

Letztendlich ist es egal, wo dieser Kampf stattfindet. Ich kann diese Bürde nicht abgeben. Das ist alles, was mir von meiner Familie geblieben ist. Ich muss es schützen«, erklärte sie ihm völlig überzeugt. Auch wenn diese leise Stimme der Vernunft in ihrem Kopf ihr schmackhaft machen wollte, welch sorgloses Leben sie führen könnte, wenn sie das Amulett in einer Salzwüste vergrub. Dann würde es niemand finden. Salz war ein natürlicher Opponent zu Magie.

»Selbst, wenn du es irgendwo vergräbst, ist es nicht schutzlos. Aber könntest du dich überhaupt davon trennen? Oder lässt es das nicht zu?« Jason schien den gleichen Gedanken zu haben.

»Ich kann es nicht erklären«, stellte sie nun selber kopfschüttelnd fest. Beschützend legte sie die Finger um ihr Amulett.

»Wir wissen doch viel zu wenig darüber. Scott meint, dass ich die mögliche Apokalypse um den Hals trage. Das ist zu wichtig. Und nein, ich kann mich nicht trennen. Wenn ich es ablege, befällt mich eine Unruhe, die ich nicht beschreiben kann.«

»Also beeinflusst es dich und im schlimmsten Fall würde es ohnehin nicht zulassen, dass du es entsorgst«, fasste er zusammen. Emily seufzte erneut zustimmend.

»Und ich habe Scott da reingezogen«, stöhnte Emily, den Kopf in den Nacken legend.

»Der Damnati wird es schon überleben und wenn nicht, ist es auch kein Verlust.«

Emily schaute ihn gequält an. Scott? Kein Verlust? Das sah sie anders. Er war ihr Django. Er machte sie verrückt, war ein völliger Idiot, aber gleichermaßen wurde ihr schummrig ums Herz, wenn sie an ihn dachte. Auch wenn sie ihn ständig würgen wollte. Andererseits hatte er eine Frau.

Würde er es überleben? Er war ja ›nur‹ ein Damnati, der Hexen so gar nichts entgegenzusetzen hatte, wenn die es drauf anlegten. Na ja, ein bisschen vielleicht, denn er erkannte durchaus, wann man besser die Beine in die Hand nahm. Emily schüttelte den Kopf.

»Er verdient es nicht, dass sie ihn meinetwegen abschlachten. Auch wenn er ein absoluter Vollidiot ist, der es mit Treue nicht so genau nimmt. Ich habe ständig den Wunsch, ihn zu schütteln.«

Jasons Lippen kräuselten sich amüsiert.

»Ist dir dein Damnati ans Herz gewachsen?«, spottete er und Emily strafte ihn mit einem finsteren Blick.

»Das kannst du erst nachvollziehen, wenn es dich selber mal wirklich erwischt.« Immerhin war Jason der Garant dafür, dass kein Herz ungebrochen blieb, wenn es um die Frauenwelt ging. Er hatte das Wort ›Gigolo‹ praktisch erfunden.

»Wäre er kein Damnati, dann wäre er dir sicher sympathisch. Er hat mir eine Wahrheitsdroge untergejubelt, um herauszufinden, wer ich bin«, vertraute sie ihm nun eine Sache an, von der sie noch immer nicht recht wusste, wie sie mit ihr umgehen sollte. Gut, sie hatte es herausgefordert und besonders Jason wusste, wie schlüpfrig sie sein konnte. Scott hatte das am eigenen Leib erfahren. Wieso grinste Jason eigentlich so?

»Was wird er davon halten, dass du dir Vampire als Freunde hältst?«, stichelte Jason.

»Ist doch klar. Er wird versuchen, dich umzubringen.«

Bestand da irgendein Zweifel? Für sie nicht.

»Jason, mein Amulett verändert sich. Die beiden Drachen waren eng ineinander verschlungen und nun sieht es aus, als würden sie sich kampfbereit aufbäumen und gleich Feuer speien. Dazu kann Scott auf der Rückseite Runen sehen, die sich auch verändern.«

Emily zeigte es Jason, indem sie es ihm hinhielt.

»Siehst du es?«

Er beugte sich vor, um Emilys Amulett zu betrachten.

»Ja, die Drachen haben sich verändert, aber Runen? Dein Auserkorener hat wohl nicht mehr alle Pfeile in der Dartscheibe«, spottete er erneut. Emily schnaubte leise. Ob Scott auch hier gelogen hatte? Gott, das war wirklich alles nur noch merkwürdig.

»Ehrlich gesagt, glaube ich nicht, dass die Hexen es auf sich beruhen lassen werden. Was, wenn es ohne mich schutzlos ist?«

Klang sie irre? Ja, vielleicht ein wenig.

»Hierzubleiben ist viel zu gefährlich. Sie werden dich früher oder später finden. Ich kann dich mit nach Frankreich nehmen und von dort aus, wo immer du hinwillst.«

»Ich weiß, dass du recht hast, Jason, aber ich kann nicht einfach weg. Ich muss mich übermorgen auf eine Hochzeit einschleichen. Mein Boss will, dass ich dort keltische Schriftrollen mitgehen lasse. Und wie sollen sie mich finden? Sie wissen nicht genug.«

»Scheiß auf die Hochzeit, selbst wenn du die Braut wärst«, erwiderte er mitleidslos. »Die Stimmung wäre ohnehin am Ende, wenn du als Leiche dort auftauchst.«

Emily rieb sich über die Stirn. Sie als Leiche? Also *die* Blöße würde sie sich nicht freiwillig geben.

In dem Moment kamen die 19-Uhr-Nachrichten im Fernsehen. Als der Name Emily C. fiel und eine Sonderberichterstattung angekündigt wurde, schaute Emily irritiert auf, griff nach der Fernbedienung und stellte den Ton ein wenig lauter. Sie beide starrten auf den Fernseher.

»Willkommen bei RTE1 exklusive.

Heute ereigneten sich im Laufe des Nachmittags zwei mysteriöse Übergriffe. Die Polizei bittet um Ihre Mithilfe bei der Auflösung. Heute Vormittag wurde in einem Vorort von Dublin eine Frau Anfang vierzig erdrosselt in ihrer Garage aufgefunden. Emily C. hinterlässt einen Ehemann und vier Kinder, die sich zum Zeitpunkt des Verbrechens bei Verwandten aufgehalten haben. Es gibt keinerlei Hinweise auf ein Motiv oder sonstige Hintergründe.«

Emily stöhnte leise, als sie erst das Bild einer lächelnden Frau zeigten und dann die Brutalität, mit der das Opfer zugerichtet worden war. Ein Seil lag unordentlich neben der Leiche, wobei Emily wusste, dass sie kein echtes Seil brauchten.

»Des Weiteren wurde heute gegen vier Uhr nachmittags eine weitere Frau namens Emily C. Opfer eines Angriffs mit Todesfolge. Sie wurde im Lager des Tesco-Superstores in der Patrick Street aufgefunden. Die Leiche weist Spuren brutaler Gewalteinwirkung auf. Ihr Schädel wurde mit einem stumpfen Gegenstand zertrümmert. Es wurde nichts entwendet und es fehlt ebenso jeglicher Hinweis auf Motiv und Täter.«

Das Bild einer dunkelhaarigen Frau mittleren Alters wurde gezeigt, dann wechselte es zu einer zugedeckten Leiche in einer Blutlache, die zwischen umgeworfenen Kisten und eingeschweißten Paletten auf dem Boden lag. Emily fröstelte es bei dem Anblick und sie rieb sich entsetzt über den Mund.

»Für Hinweise, die zur Aufklärung beider Taten führen könnten, melden Sie sich bitte bei der Dubliner Polizei.«

Als sie nun eine Telefonnummer einblendeten, ahnte Emily, dass die örtliche Polizei mit diesen Vorkommnissen völlig überfordert war.

Kapitel 15

So prügle sich, wer kann!

Scott hatte den Fernseher eingeschaltet und hörte nur mit halbem Ohr auf die Nachrichten, während er seine Unterlagen durchging.

Graham war ihm entkommen, doch seine Saat hatte der Kerl clever gelegt.

Selbst wenn Scott es gelänge, die Quelle zu finden, könnte er seine Schwester trotzdem nicht heilen, weil die Kräfte der Quelle zu schwach waren.

Allein der Gedanke brachte Scott an den Rand seiner Beherrschung. Sollte er Graham dankbar sein? Er bewahrte ihn vor der Enttäuschung seines Lebens und gab ihm einen Hinweis darauf, wie er Neila doch noch retten konnte.

Aber warum? Was versprach sich Graham davon?

Seit Stunden durchforstete Scott jedes Buch, das er besaß, auf der Suche nach dem Amulett. Ähnliche Bilder gab es viele.

Er fand sogar den Namen – Lapidem Maleficus. Doch die Informationen dazu waren nur spärlich. Auch wenn das Amulett einen lateinischen Namen trug, stammte es nicht aus dem alten Rom, es war sehr viel älter. Er hatte mit seiner Vermutung, die Art der Drachen den Wikingern zuzuordnen, recht behalten.

Die Wikinger waren bis nach Irland gesegelt. Sie waren es gewesen, die Amerika zuerst fanden, nicht Kolumbus.

Sie prägten die Entwicklung Irlands und es verwunderte sicher kaum jemanden, dass sich die Götter der keltischen und nordischen Mythologie ähnelten. Wie man eine Religion auch nennen mochte, so war ihnen doch allen gemein, dass sie mehrere Götter besaßen, diese bestimmten Themengebieten zuordneten und Sagen und Legenden darum woben.

Das Volk brauchte solche Geschichten. In Zeiten von Krieg, Hunger und Kälte wollten sie glauben. Sie wollten daran glauben, dass es ein besseres Leben gab. Für die Wikinger war das Walhalla. Die Kelten hingegen sprachen von der Anderswelt, wobei diese nicht mit dem Jenseits zu vergleichen war. Es war nicht das Paradies, es war eine andere Welt. Eine Parallelwelt. Und hier begannen sich die Religionen wieder zu unterscheiden.

Die Wikinger starben und die mutigsten wurden von den Walküren zu ihrem Platz an der Tafel Odins begleitet. Die Seelen der Kelten hingegen wanderten und wurden wiedergeboren.

Zwei Religionen, so ähnlich und doch so unterschiedlich. Und ausgerechnet Lapidem Maleficus sollte ein Bindeglied darstellen.

Das Amulett verband die Magie der Wikinger und der Kelten, geboren aus einem Zauber eines gemischten Zirkels, bestehend aus Druiden, Seiðmenn und Seherinnen.

Scott hatte noch nie von einem solchen Zauber gehört. Die heutigen Hexen hatten ihre Begabungen, sie hielten sich meist an lateinische Beschwörungen. Einige spezialisierten sich auf Natur-Magie, andere sogar auf Voodoo. Sie ahmten die alten Rituale nach, aber noch nie hatte Scott davon gehört, dass sich Magier verschiedener Glaubensrichtung zusammenschlossen, um ein mächtiges Artefakt zu erschaffen.

Erst als der Name Emily vom Nachrichtensprecher im Fernsehen genannt wurde, kehrten Scotts Gedanken in die Gegenwart zurück.

Fassungslos betrachtete Scott den Bildschirm, der das Foto

einer Frau zeigte. Emily C., wohnhaft in Dublin und brutal ermordet. Wenn man beide Augen zukniff, könnte man sogar eine gewisse Ähnlichkeit mit seiner Emily erkennen. Die braunen Haare durchzogen graue Strähnen, ihr Lächeln wirkte müde und es wunderte Scott wenig, dass der Sprecher bekannt gab, diese Emily sei Mutter von vier Kindern. Doch dem nicht genug. Ein weiteres Bild wurde eingeblendet. Wieder handelte es sich um eine brünette Frau um die dreißig und wieder war diese überfallen und getötet worden. Die lange Mähne umschmeichelte das runde Gesicht und blaue Augen blitzten dem Betrachter vorwitzig entgegen. Ihr Name? Ebenfalls Emily C.

C – Charleton, darauf würde Scott alles verwetten.

Der Damnati riss die Hose von seinem Bett und fiel beinahe auf die Nase, als er das Hosenbein nicht gleich traf. Verflucht, er musste zu Emily. Die einzige Hoffnung, die bestand, war, dass sie unter ihrem falschen Namen in Dublin registriert war. Dann würden die Hexen sie nicht finden.

Scott schlüpfte in seine Schuhe und krallte sich die Armbrust, bevor er Emilys Nummer wählte. Doch sie hob nicht ab. Hoffentlich schlief sie nur.

Emily stand fassungslos der Mund offen. Das waren die Hexen. Sie suchten nach ihr und zogen eine Spur von Leichen Unschuldiger hinter sich her. Konnte man noch weißer als die Wand werden?

»So, so, sie wissen nicht, wonach sie suchen sollen«, unterbrach Jason ihre Starre und der Ausdruck in seinem Gesicht brauchte keine Bedienungsanleitung.

»Du solltest weg von hier.«

»Ich muss unbedingt den Gips loswerden«, murmelte sie entsetzt.

»Dabei kann ich dir helfen. Mit allem anderen musst du allein zurechtkommen, wenn du dich nicht von deinem Damnati trennen kannst. Obwohl der bestimmt auch Urlaub nötig hat.«

Emily starrte noch immer auf die flimmernde Mattscheibe. Dort wurde jetzt das übliche irische Wetter vorhergesagt. Regen! Und die nächsten Tage um die 15° Celsius. Nach dem ungewöhnlichen Wetterphänomen, das sich heute im Herzen von Dublin ereignet hatte. Wissenschaftler hatten die sich selbst entzündenden Bäume untersucht und waren zu dem Schluss gekommen, dass diese durch ein trockenes Gewitter und infolgedessen von Blitzen entflammt wurden.

Emily blinzelte.

Ja, sie sollte weg von hier. Mindestens ans andere Ende der Welt. Am besten irgendwohin, wo ohnehin Krieg war. Sudan, Afghanistan, Syrien, dort herrschte Chaos ohne Ende. Niemand würde sie an einem solchen Ort vermuten, geschweige denn, es würde ihr jemand dorthin folgen. Verrückt, oder? Sie schaute Jason an.

»Wenn du mich mit deinem Blut heilen könntest, wäre das mehr als hilfreich. Und wenn demnächst die Welt untergeht, dann war das wohl meine Schuld.«

Wer hatte sie als Heldin der Menschheit ausgerufen? Wer so irre war, das Glück der Welt in ihre Hände zu legen, der musste auch mit den Konsequenzen leben.

»Die Welt ist bei dir in besseren Händen als bei manch anderem«, erwiderte Jason und schob den Ärmel zurück, um dann mit einem seiner spitzen Eckzähne sein Handgelenk aufzureißen, bis Blut hervorquoll.

»Das sagst du *jetzt*.« Sie griff nach seinem Arm. Blut lief über seine Haut und tropfte auf den Boden.

»Danke, Jason«, sagte sie, bevor sie ihre Lippen auf die Wunde legte und sich nur kurz überwinden musste, um sein Blut zu trinken. Er hatte sie schon einmal geheilt.

Scott schwang sich auf seine Maschine und drehte den Gashebel auf. Eine tote Emily Charleton war bereits zu viel, aber die Götter mögen ihm beistehen, dass es nicht die erwischte, die eigentlich gemeint war.

Nicht nur, dass er das Amulett brauchte, es durfte auch nicht in falsche Hände geraten. Und wer wusste schon, ob sich dieses verfluchte Amulett gegen die Umgarnungen und gewaltsamen Übergriffe mehrerer Hexer wehren konnte. Es besaß einen eigenen Willen. Einen, der nicht freundlich war. Einen, der auch seinen Träger verkaufen würde, wenn nur die Vorteile überzeugend genug waren. Es würde seine Hüterin im Stich lassen oder schlimmer noch, die Trägerin würde in die Hände eines begabten Hexers fallen und was dann geschah, wollte er sich nicht vorstellen.

Was hatte dieser Graham gesagt? Es gab einen Weg, das Amulett zu entwenden. Verflucht, natürlich, es gab immer einen Weg. Kein Ding war allmächtig. Kein Mensch, keine Hexer, kein Vampir und kein Damnati. Sie waren alle den Regeln der Natur unterworfen und dem Prinzip des Gleichgewichts. Wo eine Macht entstand, bildete sich gleichzeitig auch das Gegenmittel. Man musste es nur finden und zu nutzen wissen.

Selten kam er sich so dumm und unwissend vor wie in diesem Moment. Er bräuchte nur einen einzigen Nachmittag Zeit. Ein paar Stunden, die er mit Büchern, Übersetzungen und alten Schriften verbrachte. Er würde garantiert etwas finden, womit er die Magie des Amuletts unterbinden konnte, aber er hatte keine Zeit. Nicht, wenn Emily in Gefahr war.

Mit quietschenden Bremsen hielt er vor Emilys Haus und schloss nicht einmal seine Maschine ab. Er warf lediglich einen prüfenden Blick auf die Umgebung. Die Eingangstür des Hauses stand offen, aber das musste nichts bedeuten. Scott legte die Hand auf seine Waffe und stieg die Stufen nach oben. Emilys Wohnungstür war geschlossen, aber er hörte Stimmen. Nun ja, immerhin keine Schreie, kein Getöse und keine Möbel, die sich auf ihn stürzten, um ihn auszuschalten.

Aber er hörte eine männliche Stimme. Wer zum Teufel war bei ihr? Wenn es ihr Boss war, würde er diesem persönlich den Kopf abreißen. Scott trat zurück, hob das Bein und mit einem kräftigen Tritt trat er die Tür ein. Doch was er sah, war nicht etwa ein fetter Boss, der keine Ahnung von Mitarbeiterführung hatte, nein, sein Blick fiel auf einen Vampir, an dessen Handgelenk Emily saugte.

Sich von einem Vampir heilen zu lassen, war nicht die dümmste Idee. Es zu tun, während man ihm keine Wumme vor die Nase hielt, war blanker Wahnsinn. Wie naiv musste ein Mensch sein? Vampire hatten höchstens unter ihresgleichen Freunde. Menschen waren ihre Nahrung. Nur weil man ein Kalb mochte, hieß das nicht, dass es glücklich bis ins hohe Alter über die Wiese tollen durfte. Wenn der Hunger überwog, war man nur sich selbst der Nächste.

Konnte man die Mordlust in seinen Augen erkennen? Hoffentlich! Scott zog die Pistole hervor, legte an und drückte ab. Der Vampir wich der Kugel aus.

»Mist, verfluchter.«

»Nein!«, kreischte Emily.

Als Scott erneut zielte, warf sich Emily in die Schusslinie. Himmel noch eins, wo war sie gewesen, als die Vernunft verteilt wurde?

»Scott, hör auf damit!«, fauchte sie, bevor Emily von dem ungeliebten Besuch grob aus der Schusslinie und direkt in die Gardinen geschubst wurde. Der Vampir wich auch der zweiten Kugel aus.

»Und um *den* Kerl machst du dir Sorgen?«, spottete der Wicht.

Wer sollte sich um ihn Sorgen machen? Das war absolut überflüssig. Er konnte hervorragend darauf achten, dass nicht er es war, der bei einer Auseinandersetzung starb!

Scott taumelte zurück, als dieser Unmensch auf ihn zuschoss und ihm so grob die Waffe entriss, dass sein Handgelenk knirschte. Doch das hinderte den Jäger nicht, dem Vampir mit einem gezielten Schlag den Kieferknochen auszurenken. Der Hieb traf perfekt, aber das Monstrum knurrte nur und ehe sich Scott versah, packte ihn sein Gegner am Shirt und warf ihn gegen einen Schrank.

Das Holz knirschte, genauso wie seine Knochen, doch Scott sprang im nächsten Moment wieder auf die Füße. Sein Blick war leicht verschwommen. Als der Vampir erneut auf ihn zuschoss, ließ sich Scott zu Boden fallen und trat ihm die Beine weg.

Es krachte fürchterlich, als das Geschöpf nähere Bekanntschaft mit Emilys Bodenfliesen machte. Scott griff nach dem Pflock an seinem Gürtel und stürzte sich auf den liegenden Vampir, doch der rammte sein Knie in Scotts Magen, bis der Jäger die Englein singen hörte, und schleuderte ihn dann herum.

Er krachte gegen den Kühlschrank. Scotts Kopf fühlte sich an, als würde er explodieren. Dunkle Punkte tanzten vor seinen Augen.

Er war eindeutig schlecht vorbereitet. Der Damnati griff nach Emilys Kochlöffel und als Scott die Hand des Vampirs auf seiner Schulter spürte, drehte er sich und rammte das Holz mit aller Macht in den Bauch des unerwünschten Wesens.

»Nicht noch einer, der Küchengeräte missbraucht«, stöhnte der.

Scott hörte Emily schimpfen, aber das Gekreische interessierte ihn nicht, allerdings half es ihm, sie zu lokalisieren, ohne zu ihr sehen zu müssen. Er hatte hier, verflucht noch eins, einen Vampir zu töten!

Scott spähte nach seiner Waffe, als Emily seine Aufmerksamkeit auf sie lenkte. Mit einem Feuerlöscher, dessen Düse sie vor sein Gesicht hielt.

»Ich schwöre, ich sprüh dich ab, wenn du nicht augenblicklich mit diesem Unsinn aufhörst!«

»Mit dir unterhalte ich mich später.«

Als er sich wieder zu seinem Widersacher umwandte, sah er dessen Faust heranfliegen. Er spürte den Luftzug an seinem Gesicht, als er auswich, den Arm packte und den Vampir kurzerhand hochhob und auf den Tisch krachen ließ, der leider knirschend unter ihm nachgab. Dabei zog ihm der Vampir seine Beine erneut weg. Gott, warum setzte er auf Masse und nicht auf Wendigkeit? Wäre er nur nicht so groß geworden, dann könnte er jetzt nicht so tief fallen.

Aber der Himmel war Scott hold. Er sah seine Kanone, riss sich los, rutschte nach vorn und ergriff das Ding. Noch im

Liegen nahm er den Vampir ins Visier. Tja, nur hatte der auch ein Schießeisen. Die Mündung des Laufs zielte genau auf seine Stirn.

»Komm schon, gegen einen Feuerlöscher kann man nur verlieren«, sagte der Vampir und lehnte sich gegen den Herd.

»Was fällt dir ein, meine Wohnung zu stürmen und meinen Gast anzugreifen?«, fauchte Emily dazwischen und warf den Feuerlöscher in Scotts Richtung.

Er konnte sich nicht rechtzeitig ducken. Scott stöhnte, als der Metallzylinder seinen Kopf streifte. Verflucht noch eins, es war unhöflich, seinen Retter mit einem verdammten Feuerlöscher zu erschlagen!

Scott stieß diesen mit dem Fuß zu den Überresten des demolierten Tischs und damit aus Emilys Reichweite. Dem Weib war zuzutrauen, dass sie noch mal werfen wollte.

»Mach das noch einmal und wir werden sehen, was dein Kopf davon hält, wenn ich ihn in einen Staubsauger stecke.«

»Dein Damnati ist allerliebst. Man möchte ihn direkt vor einen fahrenden Zug werfen«, höhnte der Vampir.

»Nimm die Waffe runter und wir werden sehen, wer zuerst unter dem Zug landet.«

Emily stampfte mit dem Fuß auf dem Boden auf. »Wenn ihr nicht augenblicklich aufhört, knalle ich euch beide ab!«

»Du hast keine Pistole«, wandte der Vampir ein.

»Wenn ich eine hätte, dann würdet ihr zwei mindestens eine Kniescheibe verlieren«, versuchte sie, dieses Manko wettzumachen, und schaute beide Kontrahenten verschnupft an.

Scotts Bauchmuskeln begannen wegen seiner unbequemen Position zu nörgeln.

»Wo warst du, als ich verfluchte achtundvierzig Stunden auf

sie aufpassen musste?«, blaffte Scott den Vampir an.

»Hab einen Vibrator gekauft, den du dir in den Hintern stecken kannst, damit du dich entspannst.«

»Lass mich raten, du hast das Ding lieber selbst benutzt.«

»Nein, ich habe meinen eigenen«, klärte ihn der Vampir auf.

»Wollt ihr nicht die Waffen runternehmen und dann können wir uns zivilisiert unterhalten«, schlug Emily nun etwas völlig Unmögliches vor.

»Nein«, antworteten die Streithähne einträchtig.

Also wirklich, was hatte sie? War doch extrem gemütlich, auf dem Boden zu liegen und fast Krämpfe in den Armen zu bekommen, weil auch die leichteste Handfeuerwaffe irgendwann schwer wurde. Warum das sinnfreie Gespräch nicht weiterführen? Es blieb ihm sowieso nichts anderes übrig. Was sollte er mit einem Vampir besprechen? Die aktuelle politische Lage? Wie er zum Thema Flüchtlinge stand? Oder ob er lieber Tulpen als Lilien mochte? Scott hatte nicht das geringste Interesse an Konversation, die über Provokation hinausging.

Warum grinste der Vampir so breit? Bevor sich Scott versah, griff der Kerl in die Sakkotasche und warf ihm zwei silberne Kugeln entgegen. Die eine prallte gegen Scotts Schulter, die andere gegen seine Brust. Scott rutschte ein Stück weg, doch nicht weit genug. Er kannte die Dinger.

»Fuck«, fluchte er inbrünstig, bevor es leise puffte und ihn ein übelriechender Nebel umgab. Seine Sicht verzerrte sich und wurde schließlich gänzlich schwarz, bevor er bewusstlos zusammensackte.

Kapitel 16

Männer!

Männer! Man konnte nicht mit ihnen, aber auch nicht ohne sie. Ein Damnati und ein Vampir zusammen auf engstem Raum. Dazu ein höchst unentspannter Scott, dem sie tatsächlich und trotz Wahrheitsserum einige wesentliche Dinge unterschlagen hatte. Zum Beispiel, dass ihr bester Freund ein Vampir war. Das konnte ja nicht gutgehen.

Klar, die prügelten sich lieber, anstatt sich wie normale Wesen einer Konversation zu bedienen. Immerhin waren sie sich zumindest in dieser einen Sache einig.

»Ihr seid mir ja nicht böse, wenn ich euren Aufstand nun nicht mit einem Tätscheln eurer Häupter belohne?«, stellte sie eine rein rhetorische Frage in den Raum und nein, sie erwartete keine Antwort. Scott hielt auf ihrem Küchenboden ein Nickerchen. Toll!

Gut, dass der Nachbar unter ihr nur am Wochenende zu Hause war und über ihr eine fast taube Mitsiebzigerin lebte. Sonst würden die sich nun wegen des Tumultes sicher im Hausflur versammeln und einen Zwergenaufstand proben.

»Für seine Manieren kann ich nichts, aber ich würde ihn gerne behalten«, schärfte sie Jason ein, denn das übliche Entsorgen fiel aus.

Nicht Scott! Auch wenn sie ihn (schon wieder) ohrfeigen und wild hin und her schütteln wollte. Was stimmte nur nicht mit ihm? Das konnte doch unmöglich anerzogen sein. Emily öffnete ein Fenster, um frische Luft reinzulassen, und versuchte probeweise am Gips zu ziehen. Genervt knurrte sie, denn den bekam sie nicht runter. Immerhin waren die Schmerzen verschwunden. Es ging doch nichts über die Heilkraft von Vampirblut.

»Als ob ich deinen Liebling entsorgen würde«, spottete Jason.

Liebling? Emily schnaubte leise.

»Sehr löblich von dir. Auch wenn ich mit einem verbohrten Mann, der erst zuschlägt, bevor er fragt, wer du bist und was du hier machst, nichts anfangen kann. Aber er hat es ebenso wenig verdient, dass ihm etwas passiert.«

Ja, man könnte, anstatt gleich mit der Tür ins Haus zu fallen, auch erst mal anklopfen. Scott konnte ihr wohl kaum erzählen, dass er immer so eine Wohnung betrat. Er war nicht gut für sie. Er griff Jason an. Warum zur Hölle musste sie ausgerechnet jetzt daran denken, wie es war, ihn zu küssen?

»Pack deine Sachen. Du kommst mit in mein Hotel. Dort findet dich keine Hexe. Deine Küche und die Tür sind ohnehin Schrott.«

Jason hatte recht. Hierzubleiben wäre wenig zielführend. Emily nickte seufzend und gab sich geschlagen.

»Gib mir fünf Minuten.«

Sie kannte Jason, wenn er diesen Ton draufhatte. Widerspruch war völlig zwecklos. Wenn sie eine Diskussion mit ihm anfing, landete sie am Ende nur wieder in einem seiner Keller, an eine Heizung gekettet. Und dass er dafür sorgen würde, dass sie die Fesseln nicht wieder knackte, wusste sie ebenso. Seine Begründung wäre die gleiche wie damals: Nur zu ihrem Besten.

Emily stiefelte ins Schlafzimmer und zog den Koffer unterm Bett hervor. Sie packte nicht ordentlich, aber gründlich. Was würde sich ihr Chef beglückt fühlen, wenn er den Bericht bekam. Er freute sich immer, wenn seine Agenten etwas kaputt machten. Sie quetschte den Deckel zu und ließ das Schloss einrasten, bevor sie nach ihrer Jacke griff. Ihr Blick fiel auf Jason. Er hatte sich Scott über die Schulter geworfen. Ein seltsames Bild.

Emily zog sich eine hässliche, grüne Bommelmütze über den Kopf. Alles, was auch nur ansatzweise half, ihre Tarnung zu wahren, war hilfreich. Sie öffnete ihm die Tür und ihr Lieblingsvampir ging voraus. Emily zog hinter ihm polternd ihr Gepäck die Treppe hinunter und schüttelte dabei leicht den Kopf. Jason ging nicht wirklich zimperlich mit Scott um. Er ließ den Damnati mit dem Kopf an der Wand entlangschleifen. Jason störte sich auch herzlich wenig daran, dass Scott die eine oder andere Kante und Ecke mitnahm. Blut trat bereits aus einer kleinen Schürfwunde hervor.

Ja, sie hatte durchaus mitbekommen, dass Vampire und Damnati nicht unbedingt gut aufeinander zu sprechen waren. Langsam bekam sie eine Idee, warum das so war. Scott war daran beileibe nicht unschuldig.

Jason checkte mit einem prüfenden Blick die Straße, bevor er mit seiner Last hinaustrat und den Jäger in den Kofferraum seines Wagens warf. Er band ihm Hände und Knöchel mit Kabelbindern zusammen.

»Du bist ein Miststück, weißt du das?«, brachte Emily beiläufig an, als sie ihren Koffer eher sachte, im Vergleich zu Scotts Handhabung, auf den Rücksitz stellte und sich ein paar von Jasons Kabelbindern einsteckte.

Jason grinste. »Bin ich immer, wenn jemand die Frechheit besitzt, mich vor dem Abendessen mit einem Kochlöffel anzugreifen.«

»Ich weiß, dass er fürchterlich unentspannt ist, aber musst du ihn wirklich zum völligen Deppen machen?«

»Würde ich das wollen, würde ich ihn auf meine Motorhaube binden.«

Jetzt war es an Emily aufzulachen. »Oh, bitte nicht. Wie willst du das der Polizei erklären?«

Emily rückte nachdenklich ihre Mütze zurecht. Scott sprang quasi aus dem Nichts ihren Freund an, verwüstete ihre Wohnung und versuchte Jason abzuknallen, ohne Rücksicht auf Verluste.

»Okay, ich nehme es wieder zurück. Er ist ein Idiot. Zu dumm, dass ich mich auch noch in den verguckt habe. Irgendwas hast du falsch gemacht, Jason«, seufzte Emily.

Da hatte Jason Wochen darauf verschwendet, sie von den Drogen wegzubringen und jetzt warf sie sich einem durchgeknallten Damnati an den Hals, der sie anlog und seine Frau betrog. Es war zum Heulen.

Jason setzte sich grinsend auf den Fahrersitz und startete den Wagen.

Scott kurzerhand als Kühlerfigur zu missbrauchen, würde sie ihm tatsächlich zutrauen.

In Jasons Kofferraum war er besser aufgehoben. Sie konnte sich ja in einer Stunde diesen groben Kerl aus den Gedanken herausmassieren lassen. In Jasons Hotels gab es immer heiße Masseure.

»Soll ich ihm sagen, wie er dich kontaktieren kann, wenn ich ihn aussetze?«, unterbrach Jason ihre Gedanken.

»Nein! Er braucht eine Lektion und außerdem bin ich mir nicht mal sicher, ob ich ihn wiedersehen will.«

Emily schaute stur nach vorne. Nein, er tat ihr nicht gut.

»Setz ihn ab und dann werde ich sehen, wie es weitergeht.«

Sie wusste, dass Jason ihm nichts tun würde. Nicht solange sie dies nicht guthieß. Er besaß ihr uneingeschränktes

Vertrauen. Sie kannte ihn lange und intensiv genug.

Jason fädelte sich in den Verkehr ein und fuhr zu seinem Hotel. In der Tiefgarage stoppte er.

»Frag am Empfang nach Geschäftsführer Murphy. Sag, du wärst die neue Marketingleiterin, die ich ihm schicke. Er weiß dann, was er dir für ein Zimmer geben muss. Ich fahr deinen Freund erst mal zu einem lauschigen Plätzchen.«

Ihr Freund! Sicher! Wie konnte Scott so agieren? Ballerte wie ein wildgewordener Revolverheld in ihrer Wohnung herum. Auch wenn er als Damnati mit Wesen auf Kriegsfuß stand, entschuldigte es das nicht. Selbst ein völliger Depp würde doch raffen, dass es mehr unter diesem Himmel gab als Wesen, die nur auf Stress aus waren. Auch wenn Scotts Art dazu gemacht war, dass selbst die friedlichsten Wesen sich das noch mal überlegten.

»Na, der wird sich freuen. Kannst du mir einen fahrbaren Untersatz leihen? Meine Maschine haben die Damnati einkassiert«, erwiderte sie und schaute Jason dankbar an, dass er für sie da war. »Ich habe das echt vermisst mit dir«, lächelte sie.

»Ich kümmere mich darum«, erwiderte er mit seinem typischen Grinsen auf den Lippen. Emily seufzte.

»Scott ist ein Hornochse und ich weiß noch nicht recht, wohin ich mit ihm soll, aber er ist mir wichtig. Also mach ihn bitte nicht kaputt.« Sie küsste Jason auf die Wange und stieg mitsamt ihrer Habe aus.

»Er wird danach noch laufen können«, versprach Jason verschmitzt.

Wieso hatte sie eigentlich ständig das Gefühl, dass er mehr wusste als sie? Klar, das musste an seinem grenzdebilen Dauergrinsen liegen, das ihm eine Überlegenheit verlieh, die selbst dem Teufel das Fürchten lehrte. Jason Harris eben.

Emily sah ihn im Wagen warten, bis sie zum Fahrstuhl gegangen war, und ihn losfahren, als sich die Türen mit ihr darin schlossen. In der Eingangshalle traf sie auf den Concierge, ließ sich zum Geschäftsführer bringen und dieser drückte ihr nach Jasons Botschaft ohne viel Federlesen eine Schlüsselkarte in die Hand.

Emily wurde in eine Suite geleitet, welche glatt einen Staatschef neidisch gemacht hätte. War Jason irre? Ein Jüngling in Uniform trug ihre spärlichen sieben Sachen ins Zimmer, um diese auf einer eigens dafür vorgesehenen Halterung abzulegen. Abwartend bezog er Stellung neben der Tür.

Herrje, der wollte ein Trinkgeld. Emily kramte aus den Tiefen ihrer Handtasche ihr letztes Bargeld hervor. Mit einem Lächeln überreichte sie ihm fünf Euro. Mehr hatte sie leider nicht.

Kaum war er weg, startete Emily andächtig eine Safari durch die Suite. Das Bad war ein echter Hammer. Ein Whirlpool, in dem man zehn Leute unterbringen könnte. Auf dem Balkon, der eher eine Terrasse war, könnte man Grillpartys für locker 30 Personen abhalten. Emily lag es fern, sich darüber zu beschweren, aber wen sollte sie dazu einladen? Auch das Bett hatte deutliche Übergröße. Sie könnte sich dreimal in die gleiche Richtung umdrehen und würde immer noch nicht rausfallen. Was für ein Luxus!

Zuallererst versuchte sie, diesen Gips loszuwerden. Sie werkelte eine Weile daran herum. Leider nur mit der Geflügelschere, die sie in der Küche der Suite gefunden hatte. Wo war der elende Seitenschneider, wenn man einen brauchte? Verdammter Gips! Aber sie schaffte es und schälte dieses Ungetüm von ihrem Arm. Oh ja, sehr viel besser.

Als Nächstes packte Emily ihren Koffer aus und legte ihre Sachen ordentlich in den begehbaren Kleiderschrank. Huh, sie musste unbedingt Shoppen gehen. Den Laptop stellte sie auf den Schreibtisch. In der Schublade war wie üblich eine Auswahl an Informationen des Hotels zusammengestellt. Sie suchte sich das Wifi-Passwort heraus, um Zugang zum Internet zu haben. Sie verdrängte jeden aufkeimenden Gedanken an Scott und stürzte sich in die Arbeit. Ihr Boss hatte ihr jede Menge Informationen zukommen lassen.

Die Schriften des Diviciacus vom keltischen Stamm der Aduer enthielten Rituale, die sich um Seelenwanderungen drehten. Sie waren deswegen so kostbar, weil es kaum Aufzeichnungen der Druiden gab. Es niederzuschreiben galt seinerzeit als verpönt, denn Brauchtümer und Rituale wurden bei den Kelten nur mündlich überliefert. Diviciacus gelangte auf seinen Reisen nach Rom und hielt dieses seltene Wissen schriftlich fest. Interessant!

Jetzt nahm sich Emily die Sicherheitssysteme des Anwesens von Flogarand vor, auf welchem die Hochzeit seiner Tochter stattfinden sollte. Lage, Schnitt und Aufteilung des Hauses und allerlei über die Bewohner, Familienverhältnisse und das Personal. Auch wenn man auf einer solchen Großveranstaltung dieses gewöhnlich aufstockte. Flogarand war der Vater der Braut, seine Frau war vor etwa fünf Jahren verstorben. Lukas Ravadis war Grieche, Kunsthändler und sein zukünftiger Schwiegersohn, der sich unsterblich in die Tochter des Magnaten verliebt hatte. Ging klar.

Außerdem waren da noch ein paar menschliche Jäger, die eindeutig ebenso ihr Auftrag waren und die sicher schon Sehnsucht nach ihr hatten. Es war längst überfällig, Jordan anzurufen. Völlig egal, dass ihr gefühlt alle Hexen dieser Welt auf den Fersen waren. Ihre Tarnung war noch intakt. Es suchte eben niemand nach einer Rosalyn McKenzie. Gott gepriesen sei die Verschwiegenheit eines gewissen Damnati. Die Nummer hatte sie sich aus den Berichten des MI6 gesucht.

Emily zückte ihr Handy und es wurde schon nach zweimal klingeln abgehoben.

»Ja?«

»Jordan, Rosalyn hier.«

»Hey, alles in Ordnung? Ist der Verrückte noch bei dir?«

Jordan schien ein wenig verwirrt zu sein oder kam ihr das nur so vor?

»Welcher Verrückte?«

»Na, dieser Damnati, der gedroht hat, mir mein Gehirn durch die Nase zu ziehen.«

Kurz entstand Stille. Scott hatte bitte *was*?

»Dir wird niemand was durch die Nase ziehen, Jordan. Ich bin wieder einsatzbereit.«

»Aber was ist mit deinem gebrochenen Arm?«

»Der war nur verstaucht. Ein Hoch auf die medizinischen Möglichkeiten. Also sag an, woran arbeitet ihr gerade?«

Nein, sie ließ sich sicher nicht abwimmeln und von Jordan schon gar nicht.

»Wir planen, eine Hochzeit zu infiltrieren. Ein Finanzmogul namens Simon Flogarand bzw. dessen Tochter, die einen griechischen Kunsthändler heiratet. Man munkelt, dass die Flogarands Vampire sind. Eigentlich sollte Milan das übernehmen.«

War die Welt tatsächlich so klein? Dort hatte sie ohnehin zu tun.

»Milan? Was will der tun? Sich als Türsteher ausgeben? Und dann den Brautvater rausschleifen?«

Die Statur hatte er dafür, auch wenn der gegen einen Vampir nicht ankommen würde.

»Erst mal rausfinden, ob er wirklich einer ist und wenn ja, ihn töten. Das wird ein Zeichen setzen.«

Emily verdrehte die Augen. Ja, klar. Alle Vampire würden sich gleich ins Höschen machen.

»Ich mache es. Als Frau kann man sehr viel subtiler vorgehen.« Widerspruch war zwecklos. »Und ich arbeite alleine«, fügte Emily noch an. Für so was brauchte sie keinen stümperhaften Möchtegernjäger, der alles vermasselte.

»Bist du sicher? Was, wenn sie dich schnappen, wie beim letzten Mal?«

Emilys Augenbrauen verirrten sich nach oben.

»Mich hat niemand geschnappt, Jordan. Sonst würde ich wohl kaum mit dir telefonieren.«

»Auch wieder wahr. Es wird Milan nicht gefallen, dass du seinen Job übernehmen willst«, erwiderte Jordan.

»Dann sag ihm, wenn er nicht spurt, schicke ich ihm meinen Freund vorbei. Der zieht ja bekanntlich gerne anderen Leuten Dinge durch Körperöffnungen.«

Jetzt war es am anderen Ende der Leitung still.

»Jordan, das war ein Scherz. Ich komme morgen vorbei und spreche mit ihm.«

Gott, die Kerle legten sich mit Vampiren an und hatten Angst vor Scott?

»In Ordnung, Rosalyn. Schön, dass du wieder an Bord bist.«

Emily grinste vergnügt. Das lief.

»Ja, finde ich auch.«

Sie legte auf und konnte ihr Glück kaum fassen. Zwei Fliegen mit einer Klappe zu erwischen, klang genial. Wenn sie schon vor Ort war, um die Schriftrollen zu klauen, konnte sie gleich noch Monsieur Flogarand abchecken. Gut möglich, dass er ein Vampir war. Auch wenn er einen Eindruck auf den öffentlichen Bildern machte, als würde er regelmäßig Besuche beim Botoxdoktor einlegen. Dennoch war es möglich. Konnte ja nicht jeder ein Gott gegebenes Djangogesicht sein Eigen nennen, das naturgemäß weniger zu Falten neigte. Naja, außer diese schicke Zornesfalte, die immer dann über Scotts Nase erschien, wenn sie mal wieder etwas tat, das ihm nicht in den Kram passte. Und er war echt sexy, wenn er so aus der Wäsche schaute. Okay, aus, Emily!

Er war ohnehin der Meinung, dass sie völlig den Verstand verloren hatte und das nicht erst, seitdem er sie mit Jason erwischt hatte. Außerdem war er der größte Mistkerl, den dieses Universum ihr auf den Hals hätte schicken können. Besser, wenn er blieb, wo der Pfeffer wächst.

Morgen würde sie Milan aufsuchen und mit den Jägern regeln, dass gefälligst *sie* den Job, Flogarand zu überprüfen, übernahm. Erneut musste sie an Scott denken, den Jason sicher schon irgendwo in der Pampa ausgesetzt hatte. Ging es ihm wirklich gut? Nein, der Scotch aus der Minibar konnte ihr das nicht beantworten, aber er war da und wirkte beruhigend, als sie einen Schluck nahm. Da hatte sie es geschafft, jahrelang ihre Finger von den harten Drogen zu lassen und nun entwickelte sie tatsächlich noch eine ausgeprägte Alkoholsucht. Nein, Männer taten nicht gut.

Kapitel 17

Retter sind auch nicht mehr das, was sie mal waren

Was sich zuerst in sein Bewusstsein schob, war das Dröhnen in seinem Kopf und eine dezente Übelkeit. Als würde jemand seinen Magen nach oben drücken. Die Luft, die er atmete, war stickig und es war dunkel. Nach und nach erkannte er die Geräusche, es klang nach Straßenlärm. Hupen und quietschende Reifen, wenn jemand abrupt bremste. Scott hob den Kopf und stieß prompt irgendwo an. Elender Mist. Er riss an der Fessel an seinen Handgelenken, doch der dünne Streifen Plastik schnitt nur tiefer in seine Haut. Auch die Füße bekam er nicht los. Verfluchte Hölle. Es war bereits erstaunlich, dass er überhaupt Gelegenheit hatte, wieder aufzuwachen.

Ein Damnati, der in der Nähe eines Vampirs bewusstlos wurde, war vor allem eines: ein toter Damnati. Aber dafür war ihm zu schlecht. Er war nicht tot. Es war nur die Frage, wie lange noch. Dass Emily auf der Seite des verdammten Blutsaugers stand, war schließlich nicht zu übersehen gewesen. Verfluchtes Weibsbild. Warum hatte er nur eine Minute seines Lebens auf sie verschwendet?

Es schaukelte, als der Wagen über offenbar unebenere Wege fuhr. Scott versuchte immer noch, sich aus den Fesseln zu winden, als der Wagen hielt. Jemand riss die Kofferraumklappe auf und die plötzliche Helligkeit stach in seinen Augen.

Scott wurde am Kragen gepackt und mit Leichtigkeit aus dem Kofferraum gezerrt. Der Vampir. Er war am Arsch. Aber so richtig.

Er stellte Scott auf die Füße, aber allein die Hand an Scotts Kehle verhinderte, dass der Jäger umfiel. Ihm wurde kurz schwarz vor Augen, bevor er den grinsenden Blutsauger erkannte.

»Emily so richtig sauer zu machen, ist auch eine Kunst für sich.«

»Zur Hölle mit ihr.«

»Du hast etwas an dir, das man zu gerne umbringen würde.«

»Drück ein wenig fester zu und genieß das Gefühl«, schnaubte Scott.

»Das muss ich mir leider verkneifen.«

»Das ist ein Fehler«, erwiderte Scott.

»Nicht doch, dann wäre Emily traurig. Leider wollte sie dich nicht nackt auf ein Bett gefesselt mit einer Schleife um den Hals.«

»Habe ich ein Glück«, knurrte Scott.

Seine Beine versuchten vergeblich, Schritt zu halten, als der Vampir ihn hinter sich herschleifte. Der Kabelbinder drückte ihm in die Knöchel und ließ ihn den Halt verlieren. Der Vampir packte fester zu.

Er wirbelte ihn herum und Scott krachte rücklings gegen einen Baumstamm. Die Luft wurde ihm aus der Lunge gedrückt und er stöhnte unterdrückt. Himmel. Der wollte nicht schnell töten, der wollte ihn auf die lange Tour fertig machen.

Der Vampir baute sich neben ihm auf. Hatte der ernsthaft die Hände in den Taschen?

»Wie ist das so bei den Damnati? Habt ihr immer das gleiche Testament oder ändert ihr es regelmäßig?«

»Emily wird von mir nichts erben, wenn du darauf spekulierst!«

»Die klaut sich Geld, wenn sie welches braucht.«

Scott schnaubte spöttisch.

»Dann überfällt sie eine Bank der Vampire und wundert

sich, warum alle Welt darauf aus ist, sie zu töten.«

»Dafür, dass du sie liebst, kannst du sie erstaunlich wenig leiden.«

Bitte was? Der Teufel sollte ihn holen, wenn er so dumm war, sich in Emily zu verlieben. Ja, sie war faszinierend. Faszinierend vertrottelt und ungeschickt. Wusste der Himmel, welche Line sich der Beamte beim MI6 gezogen hatte, um sie einzustellen. Gut, kämpfen konnte sie. Nur im Flüchten besaß sie absolut kein Talent!

Liebe jedoch war etwas, das er sich nicht leisten konnte. Er schuldete Neila seine volle Aufmerksamkeit. Sofern er diesen Tag überlebte.

»Mach dir darum keine Sorgen. Sie gehört allein dir«, schnaubte Scott. »Aber vielleicht solltest du sie zu deinesgleichen machen.«

»Damit du dann eine Ausrede hast, sie umzubringen?«, lachte der Vampir, bevor das Lächeln auf seinen Zügen erstarb. Die Kälte in seinem Blick würde den Damnati normalerweise zurückweichen lassen, doch mit gefesselten Füßen war sogar ein Rentner mit Stock schneller.

»Letztendlich würdest du das doch tun. Sie töten, wenn sie ein Vampir ist.« Der Vampir riss Scott am Kragen nach oben und zog ihn zu sich heran, bis sich ihre Nasenspitzen berührten. »Ist es nicht so?«

Würde Scott Emily töten? Die Götter mögen ihn vor einer solchen Entscheidung bewahren, aber auch ein Damnati wie er konnte sich die Finger in die Ohren stecken, die Augen schließen und die Melodie von Star Wars summen, bis sich die vampirische Chaosqueen in ein anderes Land gerettet hatte. Nur, was fiele ihm ein, Emilys Freund solche Feinheiten zu erläutern, der alles war, nur nicht sympathisch!

»Dafür sind wir doch da, nicht wahr?«, knurrte Scott. Für einen Moment bleckte der Vampir seine Zähne. Sollte er ihn nur beißen, es wäre Scott ein Vergnügen zu sehen, wie sich der Blutsauger an dem Eisenkraut in seiner Blutbahn selbst vergiftete.

Doch dieser Vampir verfügte bedauerlicherweise über genügend Verstand, um gerade das nicht zu tun. Scott fühlte sich am Hosenbund und am Hintern gepackt. Oh bitte, sag jetzt nicht, der Kerl war schwul und wollte Scott eine Lektion der besonderen Art erteilen?

»Wag es ja nicht, du Bastard«, fluchte der Jäger, als der Kerl auch noch Scotts Oberkörper nach unten drückte.

Glücklicherweise verlor Scott nicht seine Hose, dafür aber den Boden unter den Füßen. Die Dankbarkeit hielt genau drei Sekunden an. So lange brauchte Scott, um zu realisieren, dass ihn der Sohn einer vampirischen Hure mit den Füßen voran an einem Ast aufhängte!

»Weißt du, was dir helfen würde, wieder runterzukommen?«, hörte er die Stimme des Vampirs. Wenn jetzt die Antwort ›Emily‹ lautete, würde er dem Kerl die Zunge herausschneiden!

Apropos herausschneiden: Emilys hinterhältiger Freund hielt ihm ein Messer unter die Nase. Scott zuckte zurück, so gut es seine Lage und seine Fesseln zuließen. Kopfüber war das Grinsen dieses Kerls noch abstoßender, als in der normalen Ansicht.

»Ich lasse es dir hier. Dann kannst du dich selbst befreien«, höhnte der Vampir.

Stechender Schmerz schoss durch Scotts Nervenbahnen, als sich die Klinge in seinen Oberschenkel bohrte. Himmel, Götter und Ringelblumen, was lief in dieser Woche nur verkehrt? Erst Drachenzähne, dann Messer und beides tat, verdammter Mist, verflucht noch mal, weh!

Scott wartete auf neuerlichen Schmerz, einen weiteren Schnitt oder einen Schlag. Der Vampir war sicher kreativ, doch nichts geschah. Als Scott seinen Blick dem Vampir zuwandte, war der bereits auf dem Weg zum Wagen. Er setzte sich hinter das Steuer und fuhr los. Äh, okay.

Scott spürte, wie das Adrenalin zu schnell absank, der Schmerz intensiver über ihn hinwegschwappte und die letzten Reste des Betäubungsmittels seine Sinne vernebelte. Schwärze tanzte vor seinen Augen, bis jemand an ihm rüttelte.

Mühsam hob Scott die Lider und unterdrückte den Drang, sich zu übergeben. Kopfüber wäre das eine unnachahmliche Sauerei. Sein Blick fiel auf lange, blonde Haare und nein, es war nicht der feuchte Traum eines Mannes, der ihn mitten im Wald auflas. Es war Graham! Wenn man Pech hatte, dann hatte man Pech.

»Vampiren ist nicht zu trauen«, erklärte dieser nun. Ach was! »Und Frauen auch nicht. Sie sind ein Damnati. Sie können viel herausfinden. Warum haben Sie nie in Ihre Datenbanken gesehen?«

Das war eine verdammt gute Frage. Scott hatte sich ablenken lassen. Nach dem Verhör unter Wahrheitsserum hatte er angenommen, dass sie ihm alles Wichtige gestanden hatte. Sie war Mitarbeiterin des MI6. Die menschlichen Jäger auszuspionieren war ihre Mission und sie war die Trägerin eines Amuletts, das die Welt auf den Kopf stellen konnte.

Was hätte er noch über sie herausfinden sollen? Ach ja, ob diese Mitarbeiterin des MI6 den Damnati durch eine tiefe Freundschaft zu Vampiren aufgefallen war.

Solche Fakten erfassten sie tatsächlich in Berichten. Denn Menschen, die glaubten, sich zwischen einen Damnati und seinen Feind werfen zu müssen, waren eine nicht zu unterschätzende Gefahr.

Die Sorge um Emily und Neila, das Rätsel um das Amulett, das alles hatte ihn blind werden lassen.

Scott gab keine Antwort, aber sein Schweigen schien Graham bereits genug zu sagen. »Diese Frau belügt Sie von vorn bis hinten.«

»Macht Ihnen das Spaß?«, knurrte Scott.

»Nein. Aber manchmal muss man nachtreten, damit der andere seinen Verstand einschaltet.«

Der Kerl konnte froh sein, dass Scott gefesselt an einem Baum hing! Sonst würde er ihm jedes verdammte, blonde Haar einzeln herausreißen!

Scott kniff die Augen zusammen. Einerseits weil Schmerz hinter seiner Stirn und in seinem Bein zuckte, andererseits weil der Kerl eindeutig zu viel wusste.

Die Hände in den Hosentaschen vergraben, wippte Graham auf den Zehenspitzen. »Ich würde Sie gern losmachen, aber ich verzeihe Ihnen noch nicht die grobe Behandlung unserer letzten Begegnung.«

»Sie haben Angst.«

»Nennen wir es Respekt. Es war nicht unbedingt eine meiner besten Entscheidungen, Sie ohne Vorbereitungen anzusprechen. Ich dachte, Damnati sind Menschen gegenüber nicht feindlich eingestellt.«

»Ich hatte schlechte Laune.«

Grahams Mundwinkel verzogen sich zu einem schiefen Lächeln.

»Ich weiß, wie man Ihre Laune heben könnte. Während Sie sich von der Liebe an der Nase herumführen ließen, habe ich das letzte Puzzleteil gefunden. Die Quelle muss beschworen werden. Die Worte wurden von auserwählten Druiden vom Meister zum Lehrling weitergegeben. Und einer schrieb sie auf.«

»Woher wissen Sie das alles?« Misstrauisch kniff Scott die Augen zusammen.

»Das Geheimnis eines belesenen Mannes mit viel Erfahrung.«

»Wo ist der Haken?«

Graham schüttelte den Kopf. »Für Sie gibt es keinen. Sie müssen sich lediglich entscheiden. Ob Sie Ihre Schwester retten wollen oder ob Sie sich lieber weiter von der Hüterin des Amuletts aufs Kreuz legen lassen. Sie wird nicht aufhören, Sie zu belügen. Sie hat Sie bis ins Krankenhaus verfolgt, wussten Sie das?«

»Nein.«

»Sie spielt ihr eigenes Spiel und darin kommt Ihre Schwester nicht vor.«

»Und welches Spiel spielen Sie?«

»Ich will nur etwas zurück, das mir gehört.«

»Und das wäre?«

»Meinen Status als Gott.«

Sprachlos starrte Scott ihn an. »Bitte was?«

Graham runzelte verärgert die Stirn und ballte die Fäuste. »Sie Narr von einem Damnati. Muss man Ihnen alles erklären? Hat Ihnen diese Frau die Fähigkeiten zu Denken aus dem Leib gevögelt?«

»Zur Erinnerung: Ich hänge kopfüber an einem Baum, während mein Stalker etwas von Göttern faselt. Und in meinem Bein steckt ein verfluchtes Messer!«

»Sind alle Damnati so wehleidig?«

Scott konnte nicht anders, er knurrte mit einer Hingabe, die sonst hungrigen Vampiren vorbehalten war. »Wenn Sie meine Hilfe wollen, sollten Sie etwas dafür tun. Ich schwöre bei allen Göttern, wenn ich bei meiner Befreiung schneller bin als Sie, wird die Polizei morgen Ihre verstümmelte Leiche untersuchen!«

»Die Menschen sind sensationslüstern. Ich nehme mich da nicht aus. Ich möchte sehen, wie Sie es anstellen wollen, sich selbst zu befreien.«

Scott warf dem Kerl einen mordlustigen Blick zu. Oh, er würde ihn töten. Nicht jetzt, aber später. Scott krümmte sich, bis er mit den Zähnen den Griff des Messers erreichen konnte. Wenigstens wurde sein eigenes Stöhnen dadurch nicht unwürdig laut, als er sich die Klinge Stück für Stück aus dem eigenen Fleisch zog.

Fuck!

Scott ließ sich entspannt nach unten hängen und verflucht, die schönsten Momente im Leben waren die, wenn der Schmerz nachließ.

Scott krümmte die Knie, schwang hin und her und sollte jetzt jemand ein Video davon drehen, war es ihm egal, wie lächerlich seine Rumpfbeugen aussahen. Er schaffte es, die Klinge in die Fesseln seiner Füße einzuhaken.

Seine Zähne und sein Kiefer schmerzten bereits, doch nur ein Narr würde jetzt den Biss lockern. Stattdessen zog er die Klinge vorsichtig hin und her. Stück für Stück arbeitete er sich durch das Plastik, bis ein letzter Ruck die Fesseln durchtrennte und Scott auf den Boden krachte.

»Das wird der Kerl mir büßen«, nuschelte Scott und ließ das Messer fallen. Doch bevor er das Messer mit den gefesselten Händen erreichte, griff Graham danach.

»Ich bin beeindruckt.«

»Freut mich, dass Ihnen die Vorführung gefallen hat!«

Ein süffisantes Grinsen umspielte Grahams Lippen und er kniete neben Scott nieder. »Als Yogalehrer haben Sie Talent, aber das ist nicht Ihr einziges. Nach meinen Informationen sind Sie der einzige Historiker unter den Dublinern Jägern. Enttäuschen Sie mich nicht. Sagt Ihnen mein Vorname gar nichts?«

Zum Teufel, wollte Scott wirklich wissen, woher dieser Kerl seine Informationen bezog? Natürlich war er der einzige Geschichtsnerd unter den mordlüsternen Damnati dieser Stadt. Aber das wussten nur die Damnati! Der Name Loki war ihm ein Begriff. Scott schüttelte den Kopf. Der Kerl war noch verrückter als Emily! Wenigstens durchschnitt er endlich Scotts Fesseln. Scott lockerte seine verkrampften Schultern und rieb sich die wunden Stellen an den Handgelenken.

»Sie wollen mir also weismachen, Sie wären der gestürzte Feuergott Loki, Sohn des Riesen Fárbauti, Schöpfer der Totengöttin Hel?«

»Loki, der Listenreiche, hätte als Identifikation völlig genügt«, grinste der durchgeknallte Vollidiot.

»Loki, der Zankapfel. Leider nicht schön genug, dass man um ihn streitet, aber voller Gift. Hält er doch anderen die Schwächen vor, um seine eigenen zu kaschieren«, stichelte Scott.

Lokis Gesicht färbte sich ein wenig rot und er ballte die Hände. »Ich weiß, wie sich die Geschichten das Maul über mich zerreißen, aber in einem haben sie recht: Ich habe einmal nicht richtig aufgepasst, weil ich in meiner schönen Sigyn steckte. Ich verlor die Fähigkeiten der Götter und wurde ein Mensch. Der Schwachsinn, ich hätte mich mit meinem Erzfeind Heimdall duelliert, ist frei erfunden. Der Kerl war zu dumm zum Denken, der konnte nicht mal ein Schwert ordentlich halten.«

Eines musste Scott zugeben, der Verrückte war erstaunlich gut informiert.

»Sie sind der Erste, der freiwillig zugibt, dass er zum Zeitpunkt seines größten Fehlers in der eigenen Frau steckte.«

»Nur ein Schwachkopf bleibt mit einer Frau verheiratet, die er nicht liebt«, schnaubte Graham. »Wären meine Gefühle erkaltet, hätte ein kleiner Unfall diese Verbindung beendet.« Er kniff die Augen ein wenig zusammen und verzog die Lippen zu einem genüsslichen Lächeln. »Wissen Sie, wer Sigyn ausgesprochen ähnlich sieht? Ihre Schwester ...«

Scott knurrte. »Wenn Sie meine Schwester anrühren ...«

Doch Graham hob die Hände. »Man sagt der Nekrophilie zwar einen gewissen Reiz nach, doch möchte ich damit lieber warten, bis Ihre Schwester wieder gesund unter uns weilt.«

»Was sagt Ihre Frau dazu?«, spottete Scott.

»Nichts. Sigyn ist wie die meisten der Götter verschollen. Ich brauche das Amulett, um meine Göttlichkeit zurückzuerlangen. Danach kann die Hüterin das Amulett meinetwegen zurückhaben. Letztendlich haben Sie sogar zwei Vorteile, wenn Sie mit mir zusammenarbeiten. Sie bekommen Ihre Schwester zurück und ich werde nicht versuchen, der Hüterin mit Gewalt beizukommen.«

»Wie überaus verführerisch«, spottete Scott.

»Sie haben keine Alternativen. Entweder der Pakt mit dem Teufel oder Ihre Schwester wird niemals wieder einen klaren Gedanken fassen können. Dann wäre es tatsächlich gnädiger, wenn Sie sie töten.«

Kapitel 18

Sie dürfen das Geschenk jetzt klauen

Am nächsten Morgen machte sich Emily auf den Weg zu der Hinterhofgarage, wo der Treffpunkt der menschlichen Jäger lag. Zum Glück blieben die Heerscharen an Hexen aus, die ihr nach dem Leben trachteten. Okay, nicht mal Jason würde sie jetzt erkennen. Sie hatte sich eine übergroße Sonnenbrille auf die Nase gesetzt und trug eine pinke Pudelmütze, kombiniert mit einem taillierten Mantel in der gleichen Farbe. Unter ihrer mintgrünen Hose lugten babyblaue Socken aus den kakifarbenen Sneakern hervor. Niemand würde damit rechnen, dass sich jemand so auffällig kleidete, wenn er doch unentdeckt bleiben wollte. Ihr Motorradhelm hing an der Maschine.

»Wie kommst du darauf, das alleine hinzubekommen«, donnerte Milan, nachdem er sich von dem Schock ihres Anblicks erholt hatte. Er baute sich in voller Größe vor Emily auf und überragte sie um zwei Köpfe. Seine Ähnlichkeit mit einem Holzfäller konnte er nicht verleugnen.

Groß, muskulös, ein wild gewachsener Bart und testosterongeschwängert. Es fehlte lediglich ein kariertes Hemd und eine Axt.

Emily lächelte ihn an und schob die Brille ein Stück nach unten, um über den Rand zu schauen.

»Sag mir einen Grund, warum du besser sein solltest?« Okay, er schien tatsächlich darüber nachzudenken, denn er runzelte angestrengt seine Stirn.

»Ich bin eine Frau, die ihren Charme einzusetzen weiß. Auf Männer steht Flogarand meines Wissens nach nicht. Ich weiß, wie Vampire ticken, sollte er überhaupt einer sein. Ich weiß mich zu wehren, sollte er mich angreifen und ich weiß mich in der gehobenen Gesellschaft zu bewegen. Du auch?«

Milan schnaubte verächtlich.

»Ist er ein Vampir, wird er dich durchvögeln und tot liegenlassen.«

Emily verdrehte die Augen. Wieso kapierten die Herren der Schöpfung eigentlich nicht, dass es irrelevant war, ob ein Hüne von zwei Metern oder eine 55 Kilo leichte Frau vor einem Vampir stand? Der knickte beide gleichermaßen in der Mitte durch, wenn ihm danach war.

»Besser, als wenn er *dich* durchvögelt und tot liegen lässt«, giftete Emily zurück.

»Außerdem habe ich eine Einladung und du nicht.«

Jetzt stand ihm der Mund offen. Aber nur kurz.

»Na gut, du kriegst den Auftrag. Aber wenn du eine Einladung hast, wirst du einen von uns mit reinnehmen. Jordan zum Beispiel.«

Emilys Blick fiel zu Jordan, dem fast die geklebte Brille von der Nase rutschte und der wirkte, als wäre er ein zu groß geratener Schuljunge.

»Ich denke gar nicht dran«, gab Emily empört zurück.

Er war weder angemessen noch in der Lage, eine solche Mission zu bewältigen. Mit dem würde sie nicht mal mit Einladung reinkommen. Emily fuchtelte mit dem Zeigefinger vor Milans Gesicht herum.

»Jordan sieht aus wie der Lehrling vom Koch. Den werden sie schnell in die Küche verfrachten und da nützt er mir nichts. Er bleibt hier, basta!«

Wurde sie zu laut und zu schrill? Das war gewollt. Wie jeder Mann schrumpfte Milan unter ihrer Tirade zusammen. Emily nutzte die Sekunde der Sprachlosigkeit, die der Depp brauchte, um seine schockierten Gehirnzellen wieder zusammenzukramen und drehte sich um. Schnell weg hier. An der Tür blickte sie noch einmal zurück.

»Wenn ihr brav hierbleibt, versuche ich, euch ein Stück Hochzeitstorte mitzubringen.«

Am nächsten Tag fuhr Emily den Weg zu dem pompösen Anwesen entlang. Im Garten standen Festzelte, so groß wie Elefantentoiletten. Die schienen mit halb Dublin zu rechnen. Das konnte ihr nur recht sein. Je mehr Menschen, umso besser. Emily stieg aus dem Mietwagen, als ihr der Chauffeur die Tür geöffnet hatte und mischte sich unter die anderen Gäste, die gegenwärtig eingelassen wurden.

Sie hatte sich aus Jasons Boutique genau den richtigen Fummel ausgesucht, auch wenn sie damit ein wenig wie eine Praline wirkte, die man in glänzendes Pink verpackt hatte. Eine Farbe, die sich auf reizende Weise mit ihrem frisch getönten, roten Haar biss. Ja, sie folgte ihrer Taktik und Emily war keinesfalls overdressed, denn sie fügte sich nahtlos in die anderen Ensembles ein. Die Sicherheitsleute kontrollierten wie erwartet die Einladungen. Emily setzte ein unbeteiligtes Gesicht auf und lächelte dem Kellner zu, als dieser ihr ein Glas Champagner anreichte. »Danke.«

Sie nippte daran und reichte der Maßanzug tragenden Schrankwand im Eingangsbereich ihre Einladung, die diese prüfend musterte und ihr dann zurückgab.

»Viel Spaß bei den Feierlichkeiten, Madame de Cudrier.«

Emily schlüpfte ins Haus, um sich umzusehen. Himmel, das Haus brach unter dem Dekor fast zusammen. Der Hochzeitsplaner schien nicht nur farbenblind zu sein, sondern auch kurz vor dem Burnout zu stehen.

Übertrieben große, goldene Schleifen erdrückten die Fenster, neben den Girlanden, Lampions, Kerzen und Luftballons. Da waren sogar Schwäne im Garten, die gerade unbekümmert die pompösen Blumenarrangements auseinanderpflückten.

Emily checkte beiläufig die Sicherheitsanlagen, Kameras und die mit einem Code gesicherte Tür, die zur Kellertreppe führte. Sicherheitsleute waren zahlreich unterwegs. Als sich Schritte näherten, schlüpfte sie durch eine der Türen. Der aufsteigende Qualm aus einem der Ohrensessel, ihr rückwärtig zu gewandt, zeigte ihr, dass sie in dieser Bibliothek nicht alleine war.

Prompt erschien ein Gesicht, das um den Sessel herumlugte und sie fragend musterte.

»Kann ich Ihnen helfen?«

Emily betrachtete den Mann, von dem sie nur das Halbprofil sah.

»Oh, Sie sind Monsieur Flogarand, der Vater der Braut«, stellte Emily fest. Konnte man echt so ein unverschämtes Glück haben? Sie traf den vermeintlichen Vampir alleine an.

»Die Feierlichkeiten finden im Haupttrakt statt«, wies er sie auf das Offensichtliche hin.

»Ja, ich stelle auch gerade fest, dass dies nicht die Damentoilette ist«, lächelte Emily verlegen und trat näher.

»Und wer sind Sie?«, wollte er nun wissen.

»Madame de Cudrier. Ich bin eine Bekannte Ihres Schwiegersohnes«, pokerte Emily.

Aus der Nähe betrachtet wirkte er jünger, als auf den Fotos. Besonders, als er nun ein freundliches Lächeln zeigte. Die sympathischen Lachfältchen deuteten darauf hin, dass er keinesfalls in der Botoxfalle hockte. Er sollte einfach nur häufiger lächeln.

»Setzen Sie sich doch einen Moment«, lud er sie ein. »Ich habe nichts gegen ein wenig Gesellschaft, auch wenn ich diesen Großveranstaltungen nichts abgewinnen kann.«

Emily setzte sich in den Sessel neben seinem, die beide auf den Kamin ausgerichtet waren, in dem ein prasselndes Feuer loderte. Er reichte ihr ein Glas Scotch und stieß mit ihr an, bevor beide einen Schluck versuchten. Emily nickte dankend.

»Woher kennen Sie Loukas?«, begann er nun eine Konversation und Emily konnte nicht umhin, ihn auf den ersten Blick nett zu finden. Ihr Bauch irrte sich selten und wenn er ein Vampir war (und die Vermutung lag nahe), dann verdiente er nicht nur alleine deswegen den Tod. Ihm etwas ins Glas zu mogeln, war nicht nur unmöglich, sondern auch unfair. Dazu völlig unangebracht.

»Wir haben zusammen an der Nationalen Universität Kapodistrias in Athen studiert«, lächelte Emily versonnen.

»Dann sind Sie auch Griechin?«

»Nein, ich bin Engländerin und mit einem Franzosen verheiratet, aber meine Eltern leben dort. Sie sind vor fünfzehn Jahren ausgewandert und haben in Attika eine Bungalowsiedlung aufgebaut. Ein echter Geheimtipp«, log sich Emily mal wieder durch die Botanik.

»Handeln Sie auch mit Kunst wie Loukas?«, lenkte Emily nun das Thema in eine andere Richtung. Unwissend zu tun, konnte niemals schaden.

»Ich handle auch, nur eher mit Geld. Spekulationen an der Börse sind eine echte Herausforderung. Man braucht Nerven aus Granit.« Aja, woher kannte sie das noch mal? Emily lächelte.

»Sie sind also ein Investor«, stellte sie fest. »Und warum schwänzen Sie die Hochzeitsfeier Ihrer Tochter?«

Jetzt war es an ihm, zu lächeln.

»Zu viel Tamtam, zu viel bucklige Verwandtschaft, zu viel Kommerz. Ich lege eher Wert auf eine ausgewählte Gesellschaft in einem kleinen Rahmen, beuge mich aber gerne den Wünschen meiner Tochter. Wie schmeckt Ihnen der Scotch?« Emily schaute ihn versonnen an.

»Er schmeckt ungewöhnlich samtig und die rauchige Beinote rundet diese Milde einzigartig ab«, erwiderte sie.

»Was schätzen Sie, wie alt er ist?«

Emily leckte sich nachdenklich über die Lippen.

»Sicher deutlich über zwanzig Jahre«, gab sie eine ungefähre Schätzung ab. Gute Tropfen waren meist schon ein wenig älter. Er lächelte erneut und schwenkte sein Glas, dieses gegen das Licht haltend.

»Dieser Scotch ist satte 54 Jahre im Fass gelagert worden. Er stammt aus Schottland, aus einer Zeit, als die Welt noch sehr viel jungfräulicher war als heute. Man schmeckt die Reinheit, denn damals war die Umweltverschmutzung noch nicht in den Quellen der Highlands angekommen.«

»Beeindruckend«, erwiderte sie. Sie hielt augenblicklich tatsächlich ein kleines Vermögen in der Hand. Diese Vorliebe und das jung gebliebene Aussehen deuteten tatsächlich auf einen Vampir hin. Einen, der dieser Welt erhalten bleiben konnte, denn er war friedlich. Zu dumm, dass sich nur Wesen untereinander gegenseitig erkannten, aber das war auch kein Beinbruch.

»Dann möchte ich nun die Gelegenheit nutzen, um mit diesem besonderen Tröpfchen auf das Glück Ihrer Tochter anzustoßen.« Flogarand schmunzelte.

»Auf das Glück meiner geliebten Tochter.«

Emily ließ ihr Glas gegen seines klingen.

»Möge das Schicksal ihr und Loukas wohlgesonnen sein und ihnen einen Stall voller Kinder bescheren.« Sie leerte den Rest ihres Glases und lächelte ihn an.

»Ich glaube, ich habe Sie nun lange genug in Beschlag genommen. Und der Grund meines Besuches drängt auch langsam.« Flogarand schmunzelte.

»Die Toiletten sind am Ende des Ganges, auf der linken Seite. Nicht zu verfehlen«, zwinkerte er ihr nun zu.

»Freut mich wirklich, Sie kennengelernt zu haben. Bis später«, lächelte Emily und ging zurück.

Scott trug seinen einzigen Smoking. Die Fliege war noch vom letzten Einsatz an einer Spitze angebrannt, aber er wollte ja auch keine der Brautjungfern aufreißen. Obwohl ihm diese Art von Einsatz mal wieder guttun würde. Warum zur Hölle verirrten sich seine Gedanken ausgerechnet hier zu Emily? Einen Vampir als Freund. Etwas dermaßen Lächerliches hatte er schon lange nicht mehr gehört.

Vampire waren lediglich auf ihren eigenen Vorteil bedacht. Was sollte ein Blutsauger von der Freundschaft zu einer sterblichen Frau haben? Es sei denn, er wusste etwas von dem Amulett und war wie dieser Graham dabei herauszufinden, wie man es ihr abnehmen konnte. Freundschaft war das probateste Mittel, das Vertrauen eines anderen zu gewinnen. Mehr noch als Liebe, denn Liebe machte schneller misstrauisch.

Wenn Scott das nur von sich behaupten könnte. Emily hatte ihn um den Finger gewickelt. Oder war es ihr Amulett gewesen, das durch sie mit ihm geflirtet hatte?

Er hatte es von Anfang an geahnt: Diese Frau bedeutete

Ärger und doch hatte er nicht einfach gehen können.

Grahams Wissen war für ihn die Lösung zweier Probleme: Wenn es stimmte, was der Kerl von sich gab, dann war es möglich, Emily das Amulett zu entwenden, ohne es mit dem Leben zu bezahlen. Dann konnte er die Macht der Quelle verstärken und das Amulett in die schützenden Hände der Damnati legen.

Es war nicht das erste Artefakt, das eine ungeheure Macht innehatte. Auf dieser Welt gab es viel Magie und zu viele Gegenstände besaßen zerstörerische Kraft.

Wenn sie in den Katakomben der Damnati-Verstecke verschwanden, kam auch keine Hexe mehr daran.

Aber bevor er begann, Emily aufzuspüren, musste er sich um die seltenen Schriftrollen kümmern, die Loukas Ravadis vor zwei Wochen auf einer Auktion ersteigert hatte.

Graham hatte ihm von der Hochzeit erzählt und nun war er hier. Es gab Schlimmeres, als wenn auf der Hochzeit der Vater der Braut ermordet wurde. So wurde man schließlich gleich die lästige Familie der Zukünftigen los und im besten Fall winkte eine fette Erbschaft. Sollte mal jemand behaupten, Scott würde nur einen Dienst an der Allgemeinheit tun und dabei die individuellen Schicksale ignorieren. Des einen Leid war des anderen Freud, das war schon immer so gewesen.

Scott manipulierte die Kameras an der südlichen Außenmauer des Geländes, indem er mit einem kleinen Gerät das Infrarotsignal störte.

Unbemerkt schwang sich Scott über die Mauer, landete in den Rosenbeeten und klopfte sich den Staub von der schwarzen Hose. Er hasste Smokings, sie beulten immer so aus, wenn man sein Waffenarsenal darunter versteckte, aber ohne ging es heute nicht. Scott wich dem Gärtner aus und trat in einen Pavillon. Der weibliche Part des knutschenden Paares kreischte aufgeschreckt, aber Scott ignorierte diesen Anflug von falscher Scham und verließ das kleine Bauwerk über den gegenüberliegenden Ausgang. Hier konnte er sich ungeniert unter die Gäste mischen. Er ging zur Bar und ließ sich einen Drink geben, bevor er sich auf den Weg machte, das Gebäude zu erkunden.

Hinter einem tuschelnden Pärchen schob sich Scott durch die Eingangstür des pompösen Anwesens, das unter der Last der Dekoration fast zusammenbrach.

Einen Vampir inmitten einer Horde Menschen unauffällig zu töten, war eine Herausforderung, die sehr einfach sein konnte, wenn man es richtig anstellte. Ein mit Eisenkraut versetzter Drink machte jeden Vampir kuschelig. Das Stimmengewirr der Anwesenden übertönte die klassische Musik. Jemand schien eine ausgesprochene Vorliebe für Gold zu hegen. Die tuschelnden Brautjungfern steckten in schimmernden Kleidern dieser Farbe und erinnerten an eingedrückte Weihnachtsbaumkugeln. Goldene Blüten verdeckten die angetrockneten Spitzen des grünen Hochzeitsbogens.

Ein aufgeregtes Kind übergab sich auf den blütenweißen Teppich. Seine Mutter kreischte und eine Kolonne Putzfrauen stürzte sich auf das Malheur und zerfetzte dabei fast den Perser.

Dieser Tumult war ein Grund mehr, niemals zu heiraten. Wer tat sich so etwas freiwillig an? Dann lieber ein sturzbetrunkener Ausflug nach Las Vegas.

Er konnte mit Fug und Recht behaupten, die beschissenste Woche aller Zeiten hinter sich zu haben. Gut, es hätte übler ausgehen können.

Wusste der Geier, was den Vampir ritt, Feinde nicht zu

beseitigen, wenn sie schon selig pennten, aber Scott war nicht undankbar. Das würde dem Vampir aber wenig nützen, wenn sie sich das nächste Mal begegneten. Auch wenn selbst Scott beide Augen zudrücken konnte, wenn er jemandem etwas schuldete. Weitere Zeit auf dieser verfluchten Welt, die er damit verbringen konnte, seiner Schwester zu helfen, war ein Geschenk, das er nicht ignorierte. Genauso wie er die Zeichen missverstand, dass ihn eine gewisse Verrückte nicht mehr sehen wollte. Ihre Wohnung war leer gewesen und ihr Handy nicht erreichbar. Auch gut. Wenn sie ihr Leben einem Vampir anvertraute, würde sie ja sehen, wie weit sie damit kam.

Scott wanderte durch das Anwesen und drängelte sich an den Gästen vorbei. Er kannte die Gesichter dieser Familie und es reichte ein Blick, um festzustellen, dass sich unter den Gästen Vampire befanden.

Aber heute war er zur Abwechslung nicht da, um jemanden zu töten. Zumindest nicht vorrangig.

Scott folgte gerade einer Frau, die unter Geschmacksverirrung litt. Selbst er wusste, dass man pinke Klamotten und rote Haare nicht kombinierte, und dann kam sie ihm bekannt vor. Allerdings konnte er bis auf ihre Rückenansicht nichts von ihr erkennen und bevor er genauer darüber nachdachte, kreuzte der alte Flogarand seinen Weg. Dieser zuckte erschrocken zurück, als er plötzlich einem Damnati gegenüberstand. Recht so. Respekt vor einem Jäger war eine gesunde Einstellung.

Scott packte den Vampir am Arm, bevor der seinem Fluchtinstinkt folgte. »Ganz ruhig. Ich habe nicht vor, die Party zu versauen, also sollten Sie von einem Aufstand ebenfalls Abstand nehmen«, knurrte der Damnati und griff in die Sakkotasche, um die Mündung seiner Waffe in Flogarands Seite zu drücken. »Ich gebe Ihnen eine Minute, um die Lokalität für ein ungestörtes Gespräch auszusuchen.«

Emily mischte sich wieder unter die Leute, die in dieser Minute die Tanzfläche einweihten. Auf dem Rückweg manipulierte sie die Kamera, die den Flur zum Keller überwachte. Sie schaute sich kurz um und klebte ihren Kaugummi auf die Linse. Technik versagte schließlich täglich. Sie brauchte nur ein wenig den steigenden Alkoholpegel abwarten, um sich dann in den Keller schleichen zu können.

Die Gäste waren vermutlich vollzählig, denn das Haus platzte förmlich aus allen Nähten. Dann traute sie ihren Augen nicht, als sie auf die Bar zuging und sich ein gewisser Damnati umschaute. Scott? Was zur Hölle machte er hier?

Emily drehte sich abrupt herum und schlug eine andere Richtung ein. Hoffentlich hatte er sie nicht gesehen. Das fehlte ihr noch. Sie steuerte die Pavillons im Garten an, um sich dort in die Deckung einer aufwändig bearbeiteten Eisskulptur in der Form eines griechischen Gottes zu begeben. Sie schaute sich verstohlen um und duckte sich hinter die Figur, die mit dem stattlichen Gemächt eines Elefanten ausgestattet zu sein schien, lugte um sie herum und beobachtete Scott. Die Künstler hatten offensichtlich das obligatorische Feigenblatt (Wobei es hier eher ein paar mehr Feigenblätter gebraucht hätte.) vergessen und man bekam einen wenig subtilen Eindruck davon, dass auch Götter mal durchhingen.

Sie sah Scott, wie er Flogarand unterhakte und diesen bestimmend zur Seite schob.

Sie bogen in den Trakt ab, der zur Bibliothek (und by the

229

way zum Keller) führte, wo sie vorhin mit dem Vampir gesprochen hatte. Was zur Hölle hatte Scott vor?

Sie gab ihr Versteck auf, schnappte sich ein Glas Champagner und nutzte die Deckung der Gäste.

Sie sah, wie die beiden durch die Tür der Bibliothek verschwanden. Die Sicherheitsleute waren wie vom Erdboden verschluckt, also pirschte sie sich an die Tür und legte ihr Ohr an das alte Holz. Sie rechnete mit allem. Dass Scott ihn nun eiskalt abknallte oder einen Pflock aus seinem Gürtel zog, wie er es bei Jason getan hatte. Seine Armbrust hatte er ja offensichtlich nicht dabei.

Sie irrte sich. Es waren keine Kampfgeräusche zu hören.

Scott wollte etwas, weswegen auch sie hier war. Die Schriftrollen, die Loukas Ravadis in seinem Besitz hatte. Die Wortfetzen konnte sie sehr deutlich verstehen. Kein Scherz, die Welt war wirklich ein Dorf.

Wieso musste ihr so was ständig passieren? Eines war ihr jedoch eindeutig klar, er würde ihn nicht abmurksen, solange er nicht das hatte, was er wollte. Es gab nur einen Weg, dies abzuwenden. Jetzt oder nie.

Emily machte, dass sie zu der gesicherten Tür kam, die in den Sicherheitsbereich im Keller führte.

Fünfzehn Sekunden, um den Code zu knacken.

Sie steckte die Decodierkarte in den Schlitz und ließ der Technik ihren Lauf. Auf dem Display rasten Zahlen in beeindruckender Geschwindigkeit entlang und nach und nach blieb eine stehen. Als alle fünf decodiert waren, tippte sie diese ein. Die Tür entriegelte sich.

Emily schaute erneut über ihre Schulter, bevor sie die Karte rauszog und in den Keller schlüpfte.

Dort versuchte sie sich im toten Winkel der Kameras zu

halten, die zwar an festen Punkten an der Decke installiert waren, aber drehend den Raum beobachteten. Die Kamera, welche auf die Schriftrollen zielte, blockierte sie kurzerhand, indem sie mit einem Stück Holz in der Mechanik verhinderte, dass sie sich wieder auf ihr Ziel zudrehen konnte. Sie erreichte die Schriftrollen. Gesichert unter einer Glaskuppel, in einer edlen, geschnitzten Holzbox aufbewahrt. Es zeigte sich jetzt, wie hilfreich es war, die Firma zu kennen, welche für die Sicherheitsstandards verantwortlich war.

Die Box war mit einem Drucksensor gesichert, der Alarm gab, wenn das Gewicht entfernt wurde. Es gab nur eine leichte Verzögerung von kaum zwei Sekunden, um Erdbeben und damit einem möglichen Fehlalarm entgegenzuwirken. Sie griff nach der Box, um diese mit einem ausgewogenen Sandsack auszutauschen, den sie aus ihrer Handtasche nahm.

Zugegeben, sie hatte das Gewicht nur schätzen können, sodass es einen Moment lang durchaus spannend wurde. Immer noch kein Alarm. Emily pfiff leise zwischen ihren Zähnen durch. Das war gut.

Sie steckte die kleine Box in ihre Handtasche und machte, dass sie fortkam. Kaum war sie durch den Ausgang geschlüpft, der zurück auf den Flur führte, öffnete sich die Tür zur Bibliothek. Emily drückte sich ausweichend in eine der vertäfelten Nischen, als Scott mit Flogarand aus der Tür trat und in den Keller ging. Sie wurde nicht gesehen und schlug den Weg Richtung Garten ein. Die Sicherheitsleute, die ihr entgegenkamen, ließen sie abrupt umdrehen. Warum tauchten die plötzlich in Rudeln auf? Hatte sie vielleicht doch einen stillen Alarm ausgelöst? Verflucht, das war ungewöhnlich. Sie sah zu, wieder ins Innere des Hauptgebäudes zu kommen, ohne übertrieben hektisch zu wirken. Sie lächelte hier und dort die anderen Gäste an, angelte sich ein Häppchen, welche die Kellner geduldig auf silbernen Tabletts herumtrugen. Gott, die waren echt gut. Vor dem Eingangsbereich standen drei diskutierende Sicherheitsschränke herum. Irgendwas wegen einem Sicherheitsproblem an der Außenmauer. Teufel auch. Konnten die nicht irgendwo einen Einbrecher stellen? Scott zum Beispiel? Bevor der nicht doch noch ihren Boss abmurkste?

Sie bog in den anderen Flügel des Hauses ab. Dorthin, wo die Küche und die Kühlräume waren. Den Bediensteten ausweichend, versuchte Emily, den Dienstboteneingang zu erreichen, wo im Moment das Buffet angeliefert wurde. Herrgott noch mal. Lief denn durchgehend alles gegen sie? Warum bündelte sich eine Horde Security auf ihrem Fluchtweg? Sie drehte erneut um.

Flogarand führte Scott in die Bibliothek. Ein Raum, der nahe bei den Gästen war. Der Lärm einer Auseinandersetzung würde die anderen Besucher auf den Plan rufen, aber Flogarand nahm sich selbst die Möglichkeit, mit seinen auffälligen Fähigkeiten abzuhauen, als er diesen Ort wählte.

Scott spürte die angespannten Muskeln des Mannes unter seinem Griff.

»Sind noch mehr von Ihnen hier?«, fragte Flogarand.

»Nein, nur ich. Mehr braucht es auch nicht.«

Sobald Scott die Tür hinter ihnen schloss, riss sich Flogarand los und brachte einige Schritte Abstand zwischen sie. Was glaubte der? Dass ihn das aufhalten würde?

»Was wollen Sie?«

»Ein Stück aus der Sammlung Ihres Schwiegersohnes, das Sie nicht vermissen werden und das doch ein guter Tausch für Ihr Leben ist.«

»Und welches Stück soll es sein?»

»Die Schriften des Druiden Diviciacus vom keltischen Stamm der Äduer.«

»Wissen Sie, was die wert sind?«, fragte sein Gegenüber erschüttert.

»Mehr als Ihr Leben?«, fragte Scott süffisant. »Und das Ihrer Tochter? Wäre doch schade, wenn der Bräutigam Witwer ist, bevor das Jahr um ist, um Witwenrente zu beziehen.«

»Meine Tochter ist eine gütige junge Frau. Sie hat mehrere Stiftungen …«

»Sie ist ein Vampir. Genau wie Sie«, unterbrach Scott den Sermon. »Wir können uns jetzt prügeln und sehen, wer überlebt oder Sie geben mir die Schriftrollen.«

Flogarand hatte keine andere Möglichkeit. Entweder er legte sich mit einem Jäger an oder er bestahl seinen Schwiegersohn. Das war Humor, der Graham sicher gefallen würde.

»Also gut«, gab Flogarand nach.

Er führte Scott in den Keller und gab an der Tür umständlich einen Code ein. Die Rollen sahen aus wie ein Sandsack. Aha. Flogarand wurde erst blass und schließlich für einen Vampir erstaunlich grün, bevor er wieder ins grau wechselte. »Gestohlen!«

»Was für ein Zufall«, erwiderte Scott sarkastisch. Ausgerechnet heute fanden sie heraus, dass sie geklaut worden waren? Da wollte ihn doch jemand verladen!

Doch Flogarands Beteuerungen klangen für den Moment sogar glaubwürdig. Er führte Scott zu den Überwachungsanlagen des Sicherheitspersonals. Dort klickte sich Scott ungeniert durch das Videomaterial. Es war nur ein kurzer Moment, aber eine Kamera hatte ein Stück von einem hässlichen, knallig pinken Kleid aufgenommen. Ein Kleid, das Scott wiedererkannte und mehr noch, es gab Aufnahmen vom Eingangsbereich und dieses verfluchte Kleid trug niemand anderes als Emily. Flogarand sprang zur Seite, als Scott an ihm vorbeirauschte.

Der Vampir konnte heute seinen zweiten Geburtstag feiern. Emilys Diebstahl führte dazu, dass Scott ihm nicht genüsslich mit Pflock und Schriftrollen zu Leibe rückte, um ihn auszulöschen.

Die Kameras hatten Emily zuletzt beim Dienstboteneingang aufgenommen. Genau jenen steuerte Scott nun an. Pech demjenigen, der ihm nicht rechtzeitig auswich. Da landete schon mal eine Brautjungfer auf den Kanapees. Er sah Emily um eine Ecke biegen, die direkt auf die Tanzfläche führte und hechtete ihr nach. Er griff sie am Arm, um sie mit einem Ruck an seine Brust zu heften. Emily quietschte kurz erschrocken auf und schaute ihn überrascht an.

Nein, es gab kein Entkommen. Der feurige Tango, der zeitgleich einsetzte, passte hervorragend zu seiner Stimmung, denn er konnte dem Drang, sie zu erwürgen, nur schwer widerstehen.

Besser also, er griff nach ihrer Hand, anstatt nach ihrem Hals. Bestimmend schob er sie übers Parkett. Erst jetzt kam er dazu, sie näher zu betrachten. Sie sah grauenhaft aus. Das Kleid passte genauso wenig zu ihr, wie die Haarfarbe. Hoffentlich war es nur eine Perücke.

Kampfeslustig blitzte sie ihn an. Erstaunlich schnell fand sie ihre Sprache wieder.

»Scott Stone. Vampirjäger und ein Mann, der seine Frau

betrügt. Was willst du von mir? Die Schriftrollen wirst du nicht bekommen!«

»Zu deiner Geschmacklosigkeit gratulieren will ich schon mal nicht«, erwiderte Scott. Diese Farbkombination ließ einem ja übel werden. »Was willst du mit den Schriftrollen?«

Ihren Versuch, sich aus seinem Griff zu winden, wehrte er erbarmungslos ab, indem er sie nur noch fester an sich drückte. Er führte ... basta!

»Geschmacklos oder nicht, es erfüllt seinen Zweck. Deine Frau kann sich ja leider nicht wehren, wenn du anderen an die Wäsche gehst. Und was ich mit den Schriftrollen will, geht dich nichts an!«, fauchte sie, stoppte jedoch damit, sich zu widersetzen, als er sie, passend zur Musik, nach hinten beugte. Ihr Glück, sonst würde er sie tatsächlich noch fallen lassen.

Er runzelte die Stirn.

»Hat dir dein Vampir zu sehr auf den Kopf gehauen oder was für ein Problem hast du schon wieder mit meiner angeblichen Ehefrau?«

Emily schaute ihn finster an. »Deine sogenannte Ehefrau, die in einem Sanatorium dahinvegetiert. Willst du mich weiterhin anlügen?«

»Warum bist du mir gefolgt?«, fragte Scott, drehte sie herum und Emily trat ihm ungehemmt mit ihrem Absatz auf den Fuß. Au! Das war doch Absicht!

»Du gibst es also endlich zu. Dir muss man ja nachstellen, um zu sehen, was die Wahrheit ist«, zischte sie wütend.

Graham hatte recht. Sie hatte ihn verfolgt und er hatte es nicht gemerkt. Einen Damnati stalkte man nicht ohne Weiteres. Schon klar, dass sie ihren Job beim MI6 nicht im Lotto gewonnen hatte, aber bei allem, was sie tat, war fraglich, inwieweit das Amulett daran beteiligt war. Vielleicht hatte es sie ja erst in den Job gelenkt? Damit sie lernte, sich zu verteidigen? Und womöglich war sie nur so gut im Kämpfen, weil ihre Instinkte von einer höheren Macht gelenkt wurden. Wer war sie überhaupt und was konnte sie ohne das Amulett? Welche Entscheidungen traf sie selbst? Welche Gefühle waren ihre eigenen? Und wie viel davon redete ihr das Amulett ein? Scott wurde allein bei dem Gedanken bereits übel, wer wollte schon von jemand anderem manipuliert werden? Aber Emily war ohnehin zu sehr beeinflusst, um normalen Argumenten zugänglich zu sein.

Zornig starrte sie ihn in Grund und Boden. Diese Wut war jedoch ihre eigene, nicht die des Amuletts. Das war mit Sicherheit auch nicht verletzt. Nur sie war es. Enttäuscht, weil sie ihn beobachtet hatte und nun glaubte, Neila wäre seine Ehefrau. Ihre grünen Augen, die so viel Ernüchterung widerspiegelten. Unnötige Enttäuschung, denn er log und betrog zwar viel, aber in der Hinsicht war er ehrlich gewesen. Keine Frau war im Moment hirnverbrannt genug, mit ihm zusammen zu sein.

Scott hielt mit dem Tanzen inne und legte eine Hand auf ihre Wange, während er ihr in die Augen sah. Sie war eifersüchtig. Sein Daumen strich über ihre Unterlippe, bevor er sich zu ihr beugte, aber nicht, um sie zu küssen, auch wenn seine Lippen über ihre Wange strichen.

»Neila ist meine Schwester.«

Kapitel 19

Eine Seele, nicht mehr als ein Gedanke

Ja, es war verletzend. Sie musste wirklich völlig den Verstand verloren haben, wenn sie auf den unbeständigsten Mann stand, den diese Welt zu bieten hatte. Der log und betrog, dass selbst die Balken ihm lieber einen Stinkefinger zeigten, anstatt sich zu verbiegen. Emily schaute ihn an. Nein, er machte ihr keine Angst, auch wenn er etwas Bedrohliches an sich hatte. Sie war sauer auf ihn!

Wenn sie in seine unglaublich blauen Augen sah, war sie sich jedoch nicht mehr so sicher. Was hatte er nur an sich, dass ihr Herz blutete? Kurz war sie versucht zurückzuweichen, als er seine Hand auf ihre Wange legte, aber war der Mensch nicht ohnehin vergnügungssüchtig, was Schmerz anging? Sie wich seinem Blick nicht aus, denn ihm gehörte ihr Herz. Sie wand sich in dem Schmerz, der in ihr tobte. Ja, der Mensch war leidensfähig und sehnte sich danach, enttäuscht zu werden. Emily schloss die Augen, als er ihr zärtlich über die Lippen strich. Er war eindeutig ihr wunder Punkt, ihre Achillesferse. Er berührte sie, wie das niemand anderes tat.

Als sie seine Worte hörte, die er ihr mit dieser unendlich sanften Berührung ins Ohr flüsterte, stutzte sie. Seine Schwester? Er war frei?

Herrschaftszeiten! Was war sie nur für ein absoluter Trottel? Sicher genauso ein großer, wie er das in Bezug auf Vampire war. Er hatte nicht gelogen, als er sagte, er hätte keine Frau. Das zu erkennen, änderte alles …

»Scott …«, flüsterte sie resignierend und gleichermaßen verstehend, denn wie sollte man auch seiner Anziehungskraft widerstehen? Seine Nähe, seine Wärme, die Art, wie er sie an sich gedrückt hielt.

Sie hatte sich in ihn verliebt und sie sah immer noch Jasons spöttisches Lachen vor sich, als der sich ihrer Gefühle bewusst wurde. Ja, man konnte Vampire tatsächlich für einen Moment (aber nur den einen) hassen.

Scotts Nähe rief ein einzigartiges Gefühl der Vertrautheit hervor, das sie sich erfahrungsgemäß besser verkneifen sollte, aber das war unmöglich.

Besonders, als sich so unendlich zart seine Lippen auf die ihren legten, sie gefühlvoll umgarnten, sodass sich ihre Härchen wie elektrisiert aufstellten. Seine Liebkosung hatte etwas so sinnlich Verheißungsvolles, dass es einem schwindelte. Damit war es völlig um sie geschehen. Sie erwiderte die liebevollen Berührungen, strich sachte über seinen Nacken, um sich in seinen Armen, seiner Stärke und diesem einzigartigen Kuss zu verlieren. Sie drückte sich an ihn und er hielt sie wie eine höchst seltene Kostbarkeit. Wie lange hatte sie sich schon sehnsüchtig gewünscht, genau hier zu sein?

»Wir sollten uns ein anderes Plätzchen suchen«, sagte sie leise an seinen Lippen. Gut, sie hatte tatsächlich nichts dagegen, knutschend mitten auf der Tanzfläche zu stehen, aber es war besser zu gehen, bevor noch die Sittenpolizei gerufen wurde.

»Mein Wagen steht draußen«, hielt er inne und sah sie auf eine Weise an, die wirklich jedem Mädchen völlig den Boden unter den Füßen rauben konnte.

»Lass uns zu mir gehen«, schlug Emily leise vor.

Ihnen beiden fiel es nicht schwer, sich vom Ort ihrer Verbrechen zu entfernen. Mit quietschenden Reifen hielt er vor Jasons Hotel, warf seinen Wagenschlüssel dem Portier gegen die Brust, der diesen schmunzelnd einem der Burschen weiterreichte und sie beide stiegen in den Aufzug. Dass dieses Hotel Jason gehörte, würde sie ihm besser nicht auf die Nase binden, denn das würde nur wieder Irritationen hervorrufen. Kaum hatten sich die Türen geschlossen, trafen sich ihre Blicke.

Mit einem Ruck zog Scott sie heran, um sie in einen inbrünstigen Kuss zu ziehen, den sie stürmisch erwiderte.

Er fixierte sie kurzerhand an der Wand des Fahrstuhls, als würde er befürchten, dass sie ihm schon wieder entwischte. Emily lächelte darüber und brachte seine ohnehin ständig zerwuschelte Frisur nur noch mehr durcheinander. Dies hier war dazu gemacht, völlig weiche Knie zu bekommen. Oh, ihr Götter, was konnte er küssen.

Sie stolperten mehr, als dass sie in ihr Hotelzimmer gingen, und Emily hatte Mühe, mit dem Schlüssel das Schloss zu treffen, denn Scott hatte es drauf, sie abzulenken. Seine Hände schienen überall gleichzeitig zu sein. Emily kicherte leise darüber.

Mit dem Fuß stieß Scott die Tür hinter ihnen zu und zog an dem Reißverschluss dieses abgrundtiefhässlichen Kleides, bis es an ihr hinabglitt. Emily seufzte sehnsüchtig, als Scotts Hände liebkosend über ihre nackte Haut strichen. Er öffnete ihren BH und schob diesen mit ihrem Höschen beiseite und das, ohne diesen Kuss zu unterbrechen. Nur ihr Amulett bekleidete sie noch. Emily hatte es in der Zeit gerade mal geschafft, ihn aus seinem Sakko zu schälen, das sie Richtung Bett warf.

»Du verlierst echt keine Zeit«, lachte sie vergnügt und verwickelte ihn erneut in eine wilde Knutscherei, schob ihn auf das breite Bett, um über ihn zu klettern.

Sie grinsten sich verwegen an, als sie ihm die Fliege im

Nacken löste und hinter sich warf. Sein Hemd ereilte das gleiche Schicksal, während Emily ihn mit ihren Lippen verwöhnte, die sich über seine nackte Schulter, seine Brust und seinen Bauch hinabküssten, über jeden Zentimeter seiner Haut. Scott hielt die Augen geschlossen und sein genüssliches Stöhnen hörte sich mitreißend an. Jetzt war eindeutig er dran. Sie war ihm noch etwas schuldig, auch wenn sie darauf verzichtete, ihn dabei unter Drogen zu setzen. Begehrlich öffnete sie seinen Gürtel und küsste sich in Gefilde vor, wo in Filmen normalerweise zum Kamin ausgeblendet wurde. Ihn zu schmecken war himmlisch und er huldigte ihr deutlich. Der Größe und Härte seiner Erektion begegnete sie mit aufreizend langsamen Liebkosungen, die ihn zum Vibrieren brachten, auch wenn er sie stoppte.

»Emily ...« Scott bekam ihre Hand zu fassen und zog eine lächelnde Emily nach oben. Seine Lippen glitten über ihren Hals und verursachten ein Prickeln. Emily stöhnte verzückt, bevor Scott nach seinem Sakko angelte. Emily sah, was er da aus der Tasche zog. Ein Kondom. Das und ihre Pille - da konnte nichts mehr schiefgehen. »Du denkst mit. Doppelt hält besser. Komm her, du rattenscharfes Ding«, schmunzelte Emily und zog ihn in einen leidenschaftlichen Kuss. Sie ließ sich willig von einem breit grinsenden Scott auf den Rücken drehen.

Er verwob seine Hände mit ihren, drückte sie auf die Laken und drängte ihre Schenkel auseinander. Ihr Stöhnen war hitzig, als er quälend langsam in sie eindrang. Sich vorsichtig in ihr bewegte, tiefer und tiefer. Oh gütiger Himmel, das war episch. Er wusste absolut, was er da tat. Sie ließ sich in die elektrisierenden Wellen fallen, die Scott durch ihren Körper schickte und stöhnte leise in den Kuss, der dazu gemacht war, dieses Liebesspiel nur noch zu perfektionieren. Das fühlte sich einfach nur einzigartig und richtig an, denn sie liebte diesen unmöglichen Mann aus voller Seele. Sie schienen buchstäblich zu verschmelzen. Scotts Küsse waren die reinste Sünde. Emily wand sich keuchend unter seinen heftiger werdenden Stößen, driftete in diese leidenschaftliche Ekstase ab, die er ihr bescherte. Bewegte sich seinen ungestümen Bewegungen lustvoll entgegen und krallte sich an ihn. Auch er stöhnte, als sie sich noch enger um ihn wand und er sie über die schönste Klippe ever in einen Höhenflug vom Feinsten schickte.

»Oh Scott«, seufzte sie nach Atem ringend und küsste ihn liebevoll, diesem schwindelnden Moment nachhängend, während kleine Nachbeben sie verzückten. Gut, dass sie lag, denn ihre Beine würden ihr augenblicklich beharrlich den Dienst verweigern. Scott legte sich mit ihr auf die Seite und erwiderte ihren Kuss, bevor er sie fest in die Arme nahm und sie beide einfach nur diesem Gefühl nachspürten.

Die zarten Bande, die sich enger schlossen, fühlten sich einfach nur wundervoll an. Emily kuschelte sich mit geschlossenen Augen wohlig an ihn.

»Möge die Zeit stillstehen«, flüsterte sie atemlos.

Scott vergrub seine Nase in Emilys Haaren und sog ihren Duft ein. »Gerade tut sie es.«

Dieser besondere Moment gehörte ihnen beiden allein. Sachte streichelte sie seinen Nacken und seufzte behaglich. Auch wenn sie wusste, dass dieser Moment vergehen würde. Die Welt tat ihnen schließlich nicht den Gefallen, still zu stehen, denn sie war schlecht und voller durchtriebener Menschen und Wesen. Aber sie bot auch schöne Aspekte, wie Liebe, Selbstlosigkeit, die Schönheit des Moments, die ohnehin viel zu selten waren und für die es sich zu kämpfen lohnte. Das machte solche Augenblicke besonders. Selbst wenn man eine

Bürde zu tragen hatte, welche fähig war, die Welt in einen Abgrund zu reißen.

»Was ist deiner Schwester passiert?«, wollte Emily leise von ihm wissen.

Er verkrampfte sich und sein Griff wurde für einen Moment etwas fester.

»Wir wurden von Vampiren angegriffen. Neila erlitt dabei eine schwere Kopfverletzung und fiel ins Koma. Zwar wachte sie wieder auf, aber ihr Gehirn ist seitdem geschädigt. Sie kann sich nicht bewegen und registriert nicht, was um sie herum geschieht.«

Emily spürte deutlich, dass sie mit ihrer Frage einen wunden Punkt bei Scott erwischt hatte.

»Das erklärt deinen Hass auf die Wesen«, erwiderte sie mitfühlend.

»Man sollte sich eben nie mit Damnatis anlegen.« Scott hatte eine gewisse Kälte in der Stimme.

»Wie lange ist sie schon in diesem Zustand?«

»Achtzehn Jahre.«

Das war eine ewig lange Zeit und was machte es mit ihm? Er hatte seine Schwester verloren, die ihm am Herzen lag. Das prägte ihn, und zwar nicht unbedingt zu seinem Vorteil. Vampirblut war leider nur begrenzt fähig, jemanden wiederherzustellen. Es ließ weder verlorene Körperteile nachwachsen, noch konnte es schlimme Traumata beseitigen. Es konnte zwar heilen, aber keine Wunder vollbringen. Emily strich zärtlich über Scotts Stirn. Neila war sehr jung gewesen, genauso wie er, als es passiert war. Um das Leben betrogen, das sie beide zusammen hätten haben sollen.

»Ein solches Schicksal wünscht man niemandem.«

Dass er darunter litt, war nicht zu übersehen. Es berührte

ihn, und zwar zutiefst.

»Und du glaubst, nicht genug getan zu haben, um sie davor zu bewahren«, äußerte Emily das Naheliegendste.

»Nicht einmal ich komme gegen drei Vampire gleichzeitig an«, erwiderte er barsch auf ihre Frage.

»Nein, das wäre auch zu viel verlangt. Wie könntest du das auch?«, versuchte sie, ihn sachte streichelnd zu beruhigen.

Scott stieg jedoch schweigend aus dem Bett und ging zu Emilys Tasche. Sie sah ihm dabei zu, wie er die Schriftrollen hervorholte. Er schaltete die Lampe am Schreibtisch ein, setzte sich hin und öffnete vorsichtig die Box.

Das Papier war vergilbt und die Ränder brüchig, aber das hielt Scott nicht davon ab, sie auf den Tisch zu legen und ein Stück aufzurollen.

Emily schlüpfte ebenso aus dem Bett und warf sich ein Shirt über. Scott vergriff sich nicht zum ersten Mal an etwas, das ihm nicht gehörte. Zumindest in ihrem Fall.

»Hast du eigentlich vor irgendetwas Respekt, was mir gehört?«, wollte sie nur mal grundsätzlich wissen. Immerhin lernte man schon in jungen Jahren, nicht an fremde Handtaschen zu gehen.

»Die Schriftrollen gehören dir nicht«, wurde sie von Scott beiläufig aufgeklärt.

Emilys Brauen hoben sich.

»Du brauchst mir sicher nicht den Unterschied zwischen Besitz und Eigentum zu erklären«, beschwerte sie sich.

Schick! War *sie* nun das Problem, wenn er nicht vor dem Inhalt anderer Leute Taschen Halt machte?

»Und natürlich tut es mir leid, dass ich mich an deinen Töpfen und am Inhalt deines Kühlschranks vergriffen habe, um dir etwas zu kochen«, fügte er noch ironisch hinzu.

»Nein, das tut es nicht und übrigens vergisst du zu erwähnen, dass du auch an fremde Handys gehst«, ergänzte sie seine Frechheiten. Denn da war sie wieder, die Arroganz der Damnati, die sich über die Menschen stellten und das auch noch toll fanden. Aber sie hatte nicht wirklich Lust, schon wieder mit ihm zu streiten.

»Was willst du eigentlich mit den Schriftrollen?«

Sie wusste, dass sie magisch waren und es um ein Ritual ging, welches Seelen versetzen konnte. Der MI6 sammelte schon eine Weile solche Artefakte ein. Ihres Wissens nach gab es dafür sogar eine übergeordnete Spezialabteilung, die das normalerweise übernahm.

»Lesen«, bekam sie eine typische Django-Antwort. Wie gewohnt überging er ihre erste Frage völlig.

»Wäre ich ja jetzt echt nicht drauf gekommen«, spottete sie. Erste Runen zeigten sich auf dem alten Pergament. Leider hatte sie im Geschichtsunterricht gefehlt, als Runen durchgenommen wurden, sodass sie keine Ahnung hatte, was da stand.

»Sag mir lieber, was da steht.«

Vorsichtig entrollte Scott Zeile um Zeile, während sein Blick konzentriert über die Zeichen huschte.

»Der Tod ist die Mitte eines langen Lebens. Es herrscht weiterhin der Gedanke, doch er wandert. In einen anderen Körper, in eine andere Welt«, las Scott. »Es handelt vom Gedanken der Wiedergeburt. Nach dem Tod beginnt ein neues Leben. Bei den Kelten ist es ein völlig natürlicher Prozess. Aber es gibt immer jemanden, der die Natur austricksen will. Eine Möglichkeit ist es, eine Seele in einen jüngeren Körper zu transferieren, um dem Alter und dem natürlichen Tod zu entgehen. Dabei wird die andere Seele verdrängt. Das Ritual dazu wird beschrieben.«

Das, was er übersetzte, deckte sich mit den Informationen, die sie hatte. Seelenwanderung, was erklärte, warum ihr Boss dies unter Verschluss haben wollte. Es war verlockend, damit anderen ihren Körper zu stehlen. Missbrauch war tatsächlich eine Gefahr.

»Kein Wunder, dass man es aus dem Verkehr ziehen will«, erwiderte Emily.

»Es gibt viel, was man aus dem Verkehr ziehen sollte. Solche alten Schriftrollen sind immer ein Risiko. Man weiß nie, welcher Vollpfosten sie geschrieben hat. Es kann funktionieren, es kann aber auch schiefgehen und dann zahlt man den Preis des eigenen Lebens«, erwiderte Scott.

»Zweifelst du denn die Echtheit dieser Rolle an?«

»Nein. Die Rolle ist verdammt alt und sie ist auch keine Fälschung. Aber nur, weil etwas sehr alt ist, heißt das nicht, dass das, was darin geschrieben steht, auch exzellente Ratschläge sind.«

Emily setzte sich auf sein Bein und beugte sich über die Rolle, um mit dem Finger sachte über die Runen zu streichen. Irgendetwas in ihr drängte sie dazu, das unbedingt zu wissen.

»Was genau bedeuten diese Zeichen?«

Scott schob sie ein wenig zur Seite und legte seinen Arm um ihre Taille. »Warum willst du das wissen?«

Emily schaute ihn eindringlich an.

»Ich bitte dich. Tu es einfach«, forderte sie ihn auf und folgte damit diesem unbestimmbaren Gefühl, das sie bestimmte. Nein, sie konnte gewisse Dinge nicht erklären und er tat ihr den Gefallen.

»Hyd yn oed os bydd y corff yn cwympo, mae blodyn yn syrthio'n uniongyrchol i'r ddaear, rhyddha'r anadl o'r corff.

Mae'r un anadl yn rheoleiddio'r aelodau mewn byd arall«, las er vor. »Das bedeutet: Auch wenn der Körper verwelkt, einer Blüte gleich zur Erde fällt, der Atem sich vom Körper löst. Derselbe Atem regiert die Glieder in einer anderen Welt.«

Emily musterte ihn fasziniert und gleichermaßen verunsichert. Leise wiederholte sie diese fremdartig klingenden Laute. Komischerweise fiel es ihr leicht, diese Worte zu sprechen. Als wären sie ihr in die Wiege gelegt worden. Aber das war Unsinn.

»Gan fod y cwmpawd yn dangos i'r gogledd i'r wagwr, felly mae eich cydwybod yn eich helpu chi i gerdded y llwybr y mae Dagda da wedi ei roi i ddiolchgarwch. Os ydych yn galw enaid, yna ei aberthu i gorff fel y bydd ei aelodau'n symud, yn y byd y byddwch chi'n eu galw«, fuhr Scott fort. »Wie der Kompass dem Wanderer den Norden zeigt, so hilft dir dein Gewissen, den Weg zu gehen, dem guten Dagda zum Wohlwollen gereicht. Beschwörst du eine Seele, so opfere ihr einen Leib, dass ihre Glieder sich regen, in der Welt, in welche du sie rufst.«

Emily versuchte, die hochkriechende Kälte in sich zu ignorieren. Unbewusst drückte sie sich näher an ihn und seine Wärme. War es das Amulett, das sie so empfinden ließ? Sie würden doch jetzt hoffentlich nichts anstellen?

»Dagda ist der höchste Gott der Kelten, richtig?«

Scott nickte.

»Mae'r pris yn uchel. Y corff byw lle mae un anadl yn disodli'r llall. Dim ond un enaid all aros, y chwistrelliadau eraill. Wedi ei dorri'n anhygoel, nes i un arall ddatgelu ei chorff iddi hi a bod y rhannau yn dod o hyd iddyn nhw eu hunain«, konzentrierte er sich wieder auf die Zeichen. »Der Preis ist hoch. Der lebende Leib, in dem ein Atem den anderen verdrängt. Nur eine Seele kann bleiben, die andere zerspringt. Zerrissen, ziellos irrend, bis eine andere ihren Körper für sie freigibt und die Teile sich wiederfinden.«

Emily bekam nun endgültig eine Gänsehaut. Hoffentlich starb in diesem Hotelzimmer gegenwärtig keine Fliege an der Wand, sodass sie damit vielleicht eine Seelenwanderung der besonderen Art heraufbeschworen. Ja verdammt, sie hatte den Film ›Die Fliege‹ mit Jeff Goldblum durchaus gesehen. Der war furchtbar eklig.

Aber es passierte zum Glück nichts, auch wenn diese Schwingungen sie eindeutig erreichten. Lag es an ihrem Amulett? Als sie ihre Hand darauflegte, strömte leise Zuversicht in sie.

»Derbyniwch y cynnig sy'n marw, sy'n cael ei gynnig, ac yn agor y rhwystr fel bod yr enaid yn rhad ac am ddim«, las er nun die letzten Worte vor und Emily hielt unbewusst einen Moment die Luft an. Immer noch nichts. Was wohl gut war.

»Nimm dieses sterbende Opfer an, welches dargeboten wird und öffne die Barriere, auf dass die Seelen frei sind«, kam Scott zum Ende. Warum grinste er jetzt so?

»Du siehst aus, als hättest du Angst, dass hier gleich ein Gespenst durchmarschiert.«

Emily lächelte unsicher. So abwegig klang das nicht mal. Besonders, wenn man gerne Horrorfilme schaute.

»Ich habe nur einen natürlichen Respekt vor so etwas«, erklärte sich Emily und schaute ihm dabei zu, wie er die Schriftrolle wieder sorgfältig in der Holzkiste verpackte.

Nachdenklich schaute sie ihn an. Seine Suche nach dem Kessel, der heilende Wirkung hatte und Tote zum Leben erwecken vermochte. Die Quelle des Dian Cecht. Sein Interesse an Seelenwanderungen. Er versuchte, seiner

Schwester zu helfen und das sicher schon seit achtzehn Jahren.

»Du kannst die Schriftrollen übrigens behalten«, teilte er ihr mit.

Jetzt zuckten ihre Brauen fragend nach oben. Ach, wirklich? Hatte das überhaupt infrage gestanden? Bevor sie jedoch etwas dazu sagen konnte, küsste er sie mundtot. Und das fühlte sich verdammt noch mal viel zu gut an. Sie war wohl von etwas ganz anderem als ihrem Amulett beeinflussbar und das nannte sich Scott Stone.

Emily erwiderte seine leidenschaftlichen Lippenbekenntnisse und ließ sich willig von ihm zurück zum Bett tragen, wo er sie erneut liebte und sie dazu brachte, sich unter seinen Berührungen zu winden. Oh Gott, dieser Mann war waffenscheinpflichtig. Emily krallte sich in die Laken, als er sie so intensiv reizte, dass sie Not hatte, mit dem Luftschnappen nachzukommen. Sie stöhnte im Einklang mit ihm, als er sie eroberte und sie sich um ihn zusammenzog. Mit festen, harten Stößen brachte er sie um das letzte bisschen Verstand, das ihr noch geblieben war. So stark wie sie auf ihn reagierte, war ihr das noch nie passiert. Auch er stöhnte, als er sie immer leidenschaftlicher nahm und sie beide in einen sensationellen Glückstaumel trieb. Gott, konnte man dabei in Ohnmacht fallen? Das blieb ihr zum Glück erspart.

Schweratmend fand sie den Weg zurück auf diese Erde, während ihr Puls freudig pochend mit ihrer Atmung konkurrierte. Das war einfach nur wow.

Scott glitt von ihr runter und zog sie eng an sich. Himmlisch, wie er ihr über die Wange strich und schließlich über die Stirn, während er die Augen geschlossen hielt. Emily fühlte sich in seinen Armen wie in Abrahams Schoß. Sie küsste ihn auf die Nasenspitze und genoss diese Nähe, die entstand. Sachte streichelte sie ihn und kuschelte sich wohlig an ihn. Seine Atemzüge wurden schon bald regelmäßiger. Das war süß, wie er in ihren Armen einschlief. Sie würde auch ihn behüten. Immerhin war sie die Hüterin. Sie seufzte leise, bevor sie das Licht löschte.

»Ich liebe dich«, flüsterte sie schläfrig an seinem Hals und driftete in einen süßen Schlummer.

Kapitel 20

Versagt

Scott wusste nicht, wie spät es war, als er aus dem leichten Schlaf erwachte. Er fühlte nur Emilys warme Berührung. Eine Nähe, die ihm so vertraut vorkam, dass er am liebsten erneut die Augen geschlossen und sie fester an sich gezogen hätte. Aber es ging nicht.

Man konnte nicht alles haben und in einem Leben wie diesem musste man Prioritäten setzen. Seine Schwester war ihm wichtiger als jede Frau. Sei sie noch so hübsch, noch so faszinierend.

Für seine Schwester würde er alles opfern, was er besaß und wenn es der Verrat an dieser Liebe war, dann sollte es so sein. Emilys Brustkorb hob und senkte sich unter ihren tiefen Atemzügen. Ein beständiger Rhythmus, der sich auch nicht änderte, als Scott ein Stück von ihr wegrutschte. An der silbernen Kette baumelte das Amulett. Es schimmerte im Schein des Mondes, der durch das Fenster drang. Scott spürte einen schmerzhaften Stich, als er probeweise kurz danach griff.

Er schlüpfte leise aus dem Bett und holte eine kleine Holzkiste voller Salz aus seinem Rucksack. Hoffentlich irrte sich Graham nicht, was das Amulett anging. Denn wenn er recht behielt, war Salz die simple Antwort auf die Gegenwehr des Amuletts.

Scott schlich zurück zu Emily und legte das Amulett in die Box, schloss diese und öffnete dann den Verschluss der Kette.

Die Atemlosigkeit, die er nun erlitt, hatte keinerlei magische Ursache. Allein der Gedanke, Emily könnte von seinem Tun erwachen, ließ ihn die Luft anhalten. Keine Magie, die ihm den

Hals abschnürte und ihn würgte. Kein Erdbeben, welches das Hotel dem Erdboden gleichmachte.

Unruhig drehte sich Emily von einer Seite auf die andere und Scott hörte den eigenen Herzschlag in seinen Ohren dröhnen. Doch zu seiner Erleichterung schlief sie einfach weiter. Leise rutschte Scott vom Bett und schlich auf nackten Sohlen aus dem Zimmer. Im Badezimmer schrieb Scott in dem fahlen Licht eine kurze Notiz und legte sie auf den Nachttisch.

»Verlass das Hotelzimmer nicht und öffnete niemandem außer mir. Ich bringe dir das Amulett noch heute zurück.«

Er konnte nur hoffen, dass Emily einmal seinem Ratschlag folgte. Hier war sie in Sicherheit. Wenn bisher keine Hexe aufgetaucht war, dann würde das auch heute nicht passieren. Das Einfachste wäre, sie mitzunehmen, doch er traute diesem Kerl nicht. Wenn Emily erst einmal tot war, gab es keinen Hüter mehr und das wiederum wollte er nicht erleben. Weder im Sinne der Menschheit noch in seinem eigenen. Aber wenn alles gutging, wäre er bereits am Mittag zurück.

Dann konnte sie ihn für das, was er getan hatte, ausgiebig hassen.

Scott bildete sich ein, das wütende Murren des Amuletts zu spüren, aber auch das hielt ihn nicht davon ab, sich anzuziehen und die Tür von Emilys Suite hinter sich zu schließen. Er lief aus dem Gebäude und zu seinem Wagen.

Die Straßen waren verlassen und er erreichte rasch das Krankenhaus. Nur vereinzelte Fenster waren beleuchtet. Scott wartete, bis der Portier seine übliche Runde über das Gelände startete, bevor er die Tür aufdrückte und sich auf die Etage seiner Schwester stahl. Sie lag dort, als wäre er niemals fortgewesen. Lediglich ihre Augen waren geschlossen. Sie trug ein Nachthemd und Scott griff nach dem Bademantel. Als er ihn ihr überzog, öffnete sie die Augen.

Scott hielt sich nicht mit einem Rollstuhl auf, sondern hob Neila auf seine Arme und trug sie hinaus. Genauso verstohlen wie er gekommen war, verließ er das Krankenhaus und setzte Neila auf den Beifahrersitz. Er schnallte sie an und setzte sich hinter das Steuer.

Wie mit Graham ausgemacht, folgte Scott der Straße, die ihn aus Dublin hinausführte.

Emily schlief so gut wie schon lange nicht mehr. Gebettet in den Armen des Mannes, den sie liebte. Trotz des ganzen Wirrwarrs schien sich doch zumindest ein kleiner Teil ihrer Welt zum Guten zu wenden, zumindest bis ein Geräusch sie verwirrt die Augen aufschlagen ließ. Ein Laut wie von einer Tür, die leise ins Schloss klickte. Dazu fühlte sie eine Leere, die sie bereits kannte. Ein beharrlich beunruhigendes Gefühl der Kälte, das einem den Hals zuzuschnüren vermochte. Unwillkürlich fasste sie an die Stelle, wo sonst ihr Amulett lag und sie griff ins Leere. Mit einem Ruck setzte sich Emily auf und schaute an sich runter, tastete die Laken ab, bevor ihr Blick auf die verlassene Stelle im Bett neben ihr fiel. Scott war ebenso verschwunden.

Was hatte er getan? Nein, sie brauchte die Suite nicht nach ihm absuchen. Sie hatte die verdammte Tür gehört. Mit einem Satz war Emily aus dem Bett und griff nach ihrer Hose samt Shirt, als sie seinen Zettel auf dem Nachttisch sah. Er verlangte bitte was? Sie soll zurückbleiben, während er sich in Teufels

Küche brachte? Er war völlig wahnsinnig. Fassungslos und enttäuscht zerknüllte sie das Papier. Er hatte sie erneut hintergangen. Schon wieder war er nicht ehrlich gewesen! Er hatte ihr das Amulett unterm Hintern weggevögelt. Genauso wie den Anhänger, den er dieser Liebesgöttin Freya gestohlen hatte. Oder vielmehr ihrer Nachkommenschaft.

»Dieser miese, verdammte Bastard, Betrüger, Lump, Schurke, Armleuchter!«, fluchte Emily enttäuscht in die Stille ihrer Suite. Wie hatte sie nur so dumm sein können? So dumm zu glauben, dass sie ihm mehr bedeutete.

Er hatte sich nur ihr Vertrauen erschlichen, um seinen eigenen Zielen zu folgen. Sie glaubte nicht einen Augenblick, dass er ihr das Amulett wiederbringen würde. Warum sollte er das tun? Wo er diese Apokalypse doch in der Verwahrung der Damnati sehr viel sicherer sah. Sie hatte keine Ahnung, was er damit anstellen wollte, vielleicht gegen etwas anderes eintauschen? Es benutzen? Was sie ahnte, war, dass es mit seiner Schwester zu tun haben würde. Er versuchte, seine Schuld zu bezahlen.

Emily stieg in ihre Lederkombi, ihre Stiefel und bestückte sich mit ihrer Waffe, bevor sie entschlossen nach ihrem Helm griff und das Hotel über den Hinterausgang verließ. Sie drehte den Schlüssel im Schloss, um den Motor der Maschine mit einem lauten Knattern zu starten. Emily hatte den Blick verbissen nach vorne gerichtet. Sie konnte es immer noch nicht glauben, was Scott ihr antat. Die Kupplung durchdrückend, hämmerte sie mit dem Fuß knirschend den ersten Gang rein und drehte das Gas unnachgiebig auf, während sie die Kupplung hart kommen ließ. Mit durchdrehendem Reifen zischte sie in die Nacht, während eine Katze erschrocken aufkreischend zur Seite sprang. Emily wusste genau, wo sie hinmusste und wenn der Dubliner Verkehr jemals einen Rowdy erlebt hatte, dann jetzt. Sie gab Vollgas und schnitt knapp an den zum Glück eher spärlichen Wagen vorbei, die sich müde durch die späte Nacht schleppten. Das entrüstete Hupen ignorierte sie. Sie kam aus dem dichter besiedelten Teil der Stadt heraus und ging auf volle Geschwindigkeit. In Richtung des Sanatoriums, in dem Scotts Schwester lag. Ihr Kopf sagte ihr, dass Scott seine Schwester holen würde und ihr Bauchgefühl zog sie ebenso dorthin.

Ihr Amulett, sie konnte es spüren. Sie waren verbunden und Emily spürte, dass sie diesem näher kam. Egal, was er vorhatte, sie rechnete nicht damit, dass es etwas Gutes bedeuten würde. Niemand hinterging einen Anderen, wenn das alles nur zum Besten aller war. Dazu schlich sich Sorge um diesen Schurken ein, denn sie hatte keine Idee, was ihr Amulett von dem Ganzen hielt. Warum es sich nicht erneut gegen Scott wehrte. Sie ärgerte sich über sich selbst, so vertrauensselig gewesen zu sein. War sie so ein mieser Hüter? Die Antwort lautete wohl … Ja!

Emily bog zum Sanatorium ab und ließ den Motor ersterben, während sie die Maschine weiterrollen ließ. Da war er, wie vermutet. Sie sah Scotts Wagen und auch ihn, wie er jemanden auf den Beifahrersitz setzte. Die rote Mähne war unverkennbar. Bevor sie jedoch näher rankommen konnte, startete er bereits den Wagen und fuhr auf die Straße. Emily klappte das Visier wieder runter, ließ die Maschine an und hing sich in einer angemessenen Entfernung an ihn dran.

Warum sie nicht sofort versuchte, aufzuholen und ihn zu stoppen, war einfach erklärt. Sie wollte wissen, was er mit ihrem Amulett vorhatte. Was er tun würde. Wie weit er tatsächlich bereit war, zu gehen. Außerdem rechnete sie damit, dass er versuchen würde, sie abzuhängen, würde er sie bemerken. Sie traute ihm momentan so ziemlich jede Schandtat zu. Alles, was zählte war, dass sie das Amulett beschützen musste. Egal, um welchen Preis. Sie spürte es. Es suchte Verbindung zu ihr. Es war seelengebunden, auch wenn Emily wusste, dass sie augenblicklich nicht unter seinem Schutz stand. Sie war auf sich gestellt.

Sie sah Scott vor sich, ließ ihm aber sehr viel Vorsprung. Er würde sie sonst bemerken. An einer Abzweigung bog sie vermeintlich ab, schaltete das Licht aus und folgte ihm weiter. Sie waren in Rathcroghan, wie ihr das Ortsschild verriet. Eine archäologische Stätte in der Grafschaft Roscommon. Sein Wagen hielt auf einer Anhöhe zwischen den dunklen Bäumen. Dieser Ort war von zerklüfteten Felsen, Erdspalten und satter Vegetation bestimmt. Emily hatte von den Hügelgräbern gelesen und dass hier zu Samhain seltsame Dinge passieren sollten. Nur Aberglaube? Sie schloss langsam gar nichts mehr aus. Emily fuhr die Maschine ins Gebüsch, um den Rest zu Fuß zurückzulegen. Ein zweiter Wagen fuhr an dem Baum vorbei, hinter dem sie sich versteckte. Die massiven Felsen gaben eine gute Deckung ab. Emily hörte auch eine Quelle in der Nähe, die ein sanftes Plätschern von sich gab. Es gab diesen Ort, den Scott so akribisch gesucht hatte, wirklich?

Die Ruhe im Wagen erdrückte ihn fast. Seine Schwester war wach, aber nur der Teufel wusste, ob sie etwas denken konnte und wenn ja, was sie davon hielt, von ihrem Bruder in tiefster Nacht über eine Landstraße gefahren zu werden. Feiner Nieselregen setzte ein. Als wäre die Stimmung nicht bereits deprimierend genug. Wenn das nicht funktionierte, war er mit seinem Latein am Ende. Dian Cecht war der mächtigste Heiler unter den irischen Göttern. Wenn seine Magie und das Amulett nicht richten konnten, was Scott vor langer Zeit vermasselt hatte, dann konnte es nicht einmal der Heilige Gral. Die Wischer quietschten über die Scheibe und kein anderer Wagen begegnete Scott, als dieser der schmalen Straße hinauf in die Hügel folgte.

Die holprige Piste verengte sich zu einem schmalen Waldweg. Wachsam schweifte Scotts Blick über die Umgebung und suchte einen geeigneten Stellplatz. Er erntete schon mal keine Kugel im Rücken, als er ausstieg. Hätte er dem Kerl auch nicht geraten. Angeschossene Damnati wurden von Haus aus unbequem. Scott steckte die Armbrust in das Halfter an seinem Rücken.

Das leise Knirschen sich nähernder Räder wurde vom Wind herangetragen. Zwei Lichtkegel huschten über die Sträucher und durchdrangen die Dunkelheit. Für einen Professor fuhr Graham einen großen Wagen. Und da jammerten die Diener der Universitäten über schlechte Gehälter. Mit leise quietschenden Bremsen kam er zum Stehen.

Graham stieg aus, gefolgt von einer blonden, schlanken Hexe.

»Aignéis«, stellte Graham die Hexe vor. »Sie wird uns helfen.«

»Hoffentlich ist ihr Kopf nicht so hohl, wie ihr Aussehen vermuten lässt«, knurrte Scott. Ja, es war unfair, aber ihm wäre eine kompetente Quasimodo wesentlich lieber, als eine Frau, die sich beim Gehen mehr damit beschäftigte, wie sich ihre Hüften wiegten, als darauf zu achten, dass sie nicht in die größte Pfütze platschte, die dieser Platz zu bieten hatte. Danke schön, jetzt waren nicht nur ihre, sondern auch seine Hosenbeine nass.

»Lassen Sie das mal meine Sorge sein«, hauchte das Weib und er konnte sich nicht helfen. Sie kam ihm bekannt vor.

»Wenn der Zauber gelingt, werden die Hüter der Quelle deine Schwester heilen«, summte ihre sanfte Stimme. Ein sachtes Vibrieren hallte in ihm nach und er kniff die Augen zusammen. Er hatte noch nie etwas von Manipulation gehalten. Ihre magischen Beeinflussungen konnte sie steckenlassen.

»Wenn nicht, dann werden sie dich auch nicht mehr heilen können«, drohte Scott unverblümt, doch Aignéis zuckte lediglich mit den Schultern.

»Haben Sie das Amulett?«, fragte Graham.

»Ja.«

Ein zufriedenes Lächeln teilte Grahams Lippen. »Ich hoffe, Sie wollen unsere Vereinbarung einhalten. Gelingt der Zauber, werde ich es nutzen, um meine Göttlichkeit wiederzuerlangen.«

»Gelingt der Zauber, können Sie von mir aus die ganze Welt vernichten. Hauptsache, Sie machen um Dublin einen Bogen«, log Scott ungeniert. Er zog die Box aus seinem Rucksack und reichte sie Aignéis.

Vorsichtig öffnete sie das Behältnis und das Amulett glänzte im Schein des Mondes. Blanke Gier blitzte in den Augen der Hexe auf und auch Graham rückte begehrlich näher. Ein Klicken durchbrach die Nacht, als Scott seine Waffe entsicherte und sie auf die Hexe richtete.

»Ich rate dir, es nicht zu verlieren. Dann kümmert mich auch dein Todesfluch nichts.«

Die Hexe schluckte und ihr Blick glitt unsicher zu Graham. Doch der winkte ab. »Mach schon.« Oh ja, da hatte es jemand noch eiliger als Scott selbst.

»Holen Sie meine Schwester«, befahl Scott.

Graham öffnete die Tür und beugte sich in den Wagen, um Neila auf seine Arme zu laden. Sein Blick strich über Neilas blasses Gesicht. Die roten Locken seiner Schwester ergossen sich über die Schulter des Mannes.

»Ein zauberhaftes Geschöpf«, seufzte Graham. »Ich hoffe, der Zauber gelingt.«

»Das hoffe ich für euch auch«, knurrte Scott. Spontane Liebe war ganz gewiss nicht der Grund für Grahams Wunsch. Wenn Neila geheilt wurde, dann bestand auch die Möglichkeit, dass das Amulett Graham die Göttlichkeit zurückgeben könnte. Theoretisch. Denn Scott hatte nicht vor, irgendjemand etwas zu schenken.

Sie folgten dem schmalen Weg. Die Bäume lichteten sich und zwischen aufgetürmten Felsen plätscherte Wasser in einen kleinen, klaren Teich.

Graham legte Neila vorsichtig auf einem Felsen vor dem Wasser ab. Aignéis warf einen nervösen Blick auf Scott, der noch immer seine Waffe auf sie gerichtet hielt, dann legte sie sich das Amulett um den Hals. Ihre Hand zitterte, als sie diese hob.

»Protector est fons. Fortitudinem tuam, et ostendam tibi revelare. Accipe hoc violationes. Ego quaeritur propter gratiam habent curationum. Monstra tuum divina virtute Dei in vobis Dagda Dei, qui paratus est enim orbis terrarum. Pro ualde cecht, qui creavit hoc«, las sie mit einer Stimme vor, die um Festigkeit rang.

Scott spannte den Hahn seiner Pistole. »Du musst es auf Walisisch vorlesen, du dumme Nuss.«

»Ich kann kein Walisisch«, wandte die Hexe ein.

Glück für das untalentierte Ding, dass er es konnte. Er hatte

258

Emily nicht alles von der Schriftrolle vorgelesen. Lediglich den Teil, der die Versetzung einer Seele betraf. Den Rest hatte er ihr verschwiegen. Denn neben dem Zauber der Seelenwanderung, war auch die Beschwörung der Quelle des Dian Cechts beschrieben worden.

Er hatte nicht riskieren wollen, dass Emily eins und eins zusammenzählte.

»Dann sprich mir nach«, forderte er sie auf und sagte ihr leise die walisischen Worte vor.

Aignéis zögerte, bevor sie wiederholte: »Gwarcheidwad y ffynhonnell. Datgelwch eich hun a dangoswch eich pwer. Cymerwch yr anafiadau gan y corff hwn. Gofynnaf am eich ffafr o iacháu. Dangoswch eich pŵer dwyfol yn enw'r duw Dagda, y bydd y byd wedi'i waredu'n dda ar eich cyfer. Yn enw Diancécht, a greodd hyn unwaith.«

Es geschah absolut nichts.

Die Quelle besaß noch nicht einmal den Anstand, beleidigt mit Felsen zu werfen. Die Erde bebte nicht im Geringsten und sonst strahlte nichts, absolut nichts auch nur einen Funken Magie aus.

Stattdessen breitete sich in Scotts Brust ein dunkles Gefühl aus, voller Schmerz und Enttäuschung. Hier funktionierte nichts. Weder das Amulett noch sonst etwas. Es baumelte am Hals der Hexe, wie ein wertloses Stück Metall. Es versuchte nicht mal, dieses Weib umzubringen.

»Sicher, dass es das richtige ist?«, fragte Aignéis.

»Ja«, knurrte Scott.

Graham ging auf Aignéis zu, griff nach dem Amulett und plötzlich spürte Scott es. Ein unnatürliches Rauschen in den Blättern. Das Gesicht der Hexe verzog sich zu einer Grimasse, Graham keuchte. Scott sprang vor und zerrte das Amulett vom

Hals der Hexe. Die Kette riss und nun fühlte es sich an, als würden sich tausend messerscharfe Krallen in seinen Arm graben.

»Reiß dich zusammen! Wer soll dich sonst zurückbringen?«, donnerte Scott.

Ohne ihn würde es niemals zurück zu Emily gelangen und dieses Ding besaß, dem Himmel sei Dank, genügend Vernunft. Die Magie ließ nach. Sein Arm fühlte sich nicht mehr, als würden tausend Piranhas daran nagen. Stattdessen schlug Scott eine Stimmung entgegen, dass er schwören könnte, es schmollte.

Graham trat vor und streckte die Hand aus.

»Niemand wird es zurückbringen. Es wäre ein Zeichen schlechter Erziehung, wenn ich nun Ihre wehrlose Schwester bedrohen müsste, um Ihnen das Amulett herauszupressen. Also seien Sie vernünftig und geben Sie es mir.«

»Neila ist tot ohnehin besser dran«, erwiderte Scott kühl.

Graham seufzte. »Ich dachte mir schon, dass das ein Argument sein könnte. Mal sehen, ob Sie Ihr Leben auch so schnell wegwerfen wollen.«

Natürlich wollte er das. Die letzte Chance war dahin, eine Alternative hatte er nie gehabt. Er könnte weitersuchen. Jahrelang. Oder sie starb vorher. Wenn sie starb, würde er auch sterben, aber er würde vorher Emily das zurückgeben, was zu ihr gehörte.

Das Knacken von Zweigen ließ sie herumfahren. Aus dem Schatten der Bäume löste sich eine Gestalt. Emily!

Verdammt noch mal. Warum hörte sie nie auf ihn?

»Was zum Teufel machst du hier?«, fluchte Scott.

Emily hob die Waffe und zielte auf das Knie der Hexe, um ohne zu zögern abzudrücken. Der laute Schuss hallte durch den Wald und schreckte ein paar Vögel auf, die flatternd in den Nachthimmel stoben. Aignéis fiel wimmernd auf die Seite und hielt sich ihr Bein.

Emily richtete ihre Waffe auf Graham. »Sie werden gar nichts tun. Scott, hol deine Schwester.«

»Verschwinde gefälligst«, donnerte Scott. War sie des Wahnsinns? Sich ohne Amulett draußen herumzudrücken?

»Ich soll verschwinden? Du Narr, hast du echt geglaubt, die würden dich und deine Schwester mit dem Amulett einfach wieder nach Hause spazieren lassen?«

»Es wäre jedenfalls sinnvoller gewesen, als in die Höhle der durchgeknallten Löwen zu laufen!«

»So wie du, Dummkopf. Mehr wie mich zu hintergehen, ist dir wohl nicht eingefallen«, fauchte Emily.

»Nein!«

Es war die Wahrheit, ihm war nichts Besseres eingefallen.

Unbeirrt hielt Emily ihre Waffe auf den regungslosen Graham gerichtet.

»Auch wenn du mir nur schöne Augen gemacht hast, weil du das Amulett wolltest, so werde ich kaum zulassen, dass du dich und deine Schwester bei diesem Wahnsinn umbringst.«

»Wärst du nicht hier, könnte ich schon längst um mein Leben rennen«, erwiderte Scott bissig. Aber im Leben kam immer alles anders als gedacht. Warum hatte er das nicht vorher einberechnet?

Graham war mit Sicherheit nicht nur mit einer Hexe hier aufgetaucht. Dem Kerl musste klar gewesen sein, dass Scott nicht nach seinen Regeln spielte. Müsste sich Scott nur um Neila kümmern, stünden seine Chancen für eine erfolgreiche Flucht recht gut.

Seine Ahnung bestätigte sich. Die einzigen Feinde waren

hier nicht eine gehbehinderte Hexe und ein Mann, der zu viel Zeit mit der Pflege seines Haares verbrachte, aus dem Dunkel trat nach und nach ein gesamter Zirkel Hexen hervor.

Stöhnend fasste sich Emily an die Schläfen und ging in die Knie. Ihre Waffe landete im Dreck.

»Lasst sie nicht aus den Augen. Das ist die Hüterin«, sagte einer der Männer und blickte zu Graham.

»Lasst sie mich töten«, bat nun eine der jüngeren Hexen. »Sie hat meinen Vater auf dem Gewissen.«

»Nein, noch nicht«, erwiderte der hochgewachsene Mann. Zwei der Hexen behielten Emily unter dem Zauber, während der Rest sich zu Graham umdrehte.

Nicht nur die eigene Sorge machte Scott jetzt zu schaffen, er verstand endlich, was in Emily vor sich ging. Das war nicht seine Sorge, die seinen Brustkorb abschnürte. Er könnte schwören, dass dieses Amulett an ihm zerrte und ihm zukreischte, er solle Emily gefälligst helfen. Dabei funkelte das Stück Metall lediglich.

Irritiert trat Scott zwei Schritte zurück. Das war nicht sein Gefühlsleben, das war das Gefühlsleben einer hysterischen Frau. Wenn, dann wurde es richtig verrückt.

Verfluchter Mist. Nicht nur, dass er Neila hier herausbringen musste, jetzt war auch noch Emily hier.

Emily, er hatte gute Gründe gehabt, sie nicht mitzunehmen. Er konnte keine drei Leute vor einer Horde verrückter Hexen retten. Scott schwenkte seine Waffe und zwei Schüsse hallten durch die Dunkelheit. Ein Loch in der Stirn machte nicht nur unfotogen, es lenkte auch von Zaubern ab. Die Hexer, die Emily mit Kopfschmerzen quälten, sackten tot zu Boden.

Doch das war eigentlich nur der Startschuss für das totale Chaos.

Zischend warf sich die magische Gemeinschaft nach vorn. Plötzlich wurde alles zum Feind. Scott duckte sich rechtzeitig, als ein Ast haarscharf an seinem Kopf vorbeisauste. Ein Hexer stürzte sich auf ihn, seine Waffe segelte durch die Luft und landete platschend in der Quelle. Ein Fausthieb setzte diesen Kerl zwar außer Gefecht, doch im nächsten Moment sah sich Scott Graham gegenüber. Und der hielt ihm die Spitzen zweier Schwerter vor die Nase.

»Danke, aber ich habe jetzt keinen Appetit auf Grillspieße.«

Er bildete sich ein, das Amulett würde hysterisch kichern, bevor es sich zusammenriss und ihm bitte *was* befahl? Rennen? Niemals! Was für ein feiges Ding!

Scott wich um Haaresbreite aus, als Graham die Schwerter schwang und nach ihm stach.

Im Augenwinkel sah Scott Emily herannahen, die mit Wucht gegen den großen Mann lief, der prompt stolperte.

Im nächsten Moment erwischte jedoch ein peitschender Ast Emily und fegte sie von Graham herunter.

Scott löste die Armbrust aus dem Halfter an seinem Rücken, doch Aignéis streckte die Hand aus und riss sie ihm mit einem Windstoß aus der Hand. Also blieb nur noch eine Chance.

Er verpasste dem sich aufrappelnden Graham einen Schlag ins Gesicht und entriss ihm eines seiner Schwerter. Der zögerte nicht, den ersten Hieb auszuteilen, dem Scott auch nur mit Mühe auswich.

Himmel, er war zwar Experte für Altertümer, aber er hatte nicht Schwertkampf studiert. Seine Vorliebe war die Armbrust, die nun einige Meter entfernt lag. Graham wagte einen Ausfallschritt und stieß die Klinge nach ihm. Aus Reflex schlug Scott das Schwert mit seinem eigenen beiseite und versuchte mit einem Faustschlag, Grahams Nase zu zertrümmern, doch dieser wich aus und rammte Scott den Knauf seiner Waffe in den Magen. Heilige Scheiße, da kämpfte man mit Vampiren und scheiterte an einem einfachen Menschen.

Das Amulett pulsierte nervös in Scotts Hand und Grahams Blick fiel begierig darauf. »Glaub ja nicht, dass ein kleiner Damnati mich von der Macht einer Göttin abhalten kann.«

Moment mal, wie? Das Amulett barg die Macht einer Göttin?

Graham verzog höhnisch die Lippen. »Du weißt wirklich nicht, was du da in den Händen hältst, kleiner unwissender Damnati? Die Seele einer Göttin. Sehr mächtig, aber gefangen in einem kleinen Stück Metall.«

Toll, warum hatte ihm diese Information niemand früher gegeben? Vielleicht hätte er dann höflich besagte Göttin gefragt, ob sie bitte seine Schwester heilen könnte. Die Möglichkeiten schrumpften rapide zusammen. Sie waren eindeutig in der Unterzahl und nicht einmal das Amulett schien hier helfen zu können.

Scott ging einen Schritt zurück, doch Graham sprang vor und erneut entging Scott der Klinge nur knapp. Er riskierte einen schnellen Blick zu Emily, die in sichtlicher Bedrängnis war. Ein Moment der Ablenkung, den Graham nutzte, um ihm die Waffe aus der Hand zu schlagen.

Erneut sah Scott zu Emily, während er vor Graham zurückwich. Die stabilen Äste einer Weide wickelten sich um Emilys Bein und brachten sie zu Fall. Dann griffen sie nach ihrem Armen und drohten sie einzuwickeln, bis sie den Hexen wehrlos ausgeliefert war.

Sie würden sie töten. Das konnte er nicht zulassen. Aber die Übermacht war zu stark und allein die Götter konnten ihnen noch beistehen. Genau genommen eine einzige Göttin. Eine, der er seit der Begegnung mit Emily alles unterstellte, nur keine gute Gesinnung. Und doch war sie jetzt die letzte Hoffnung. Ihre Seele war hier, aber sie hatte keinen Körper.

Die Seelenwanderung hatte einen Preis und der Preis war eindeutig ein sterbender Körper. Einer, der auf ihrer Seite stand. Aber weder war Scott bereit, Neila das ausbügeln zu lassen, was er versaut hatte, noch Emily.

»Hyd yn oed os bydd y corff yn cwympo, mae blodyn yn syrthio'n uniongyrchol i'r ddaear, rhyddha'r anadl o'r corff. Mae'r un anadl yn rheoleiddio'r aelodau mewn byd arall«, murmelte Scott leise. »Gan fod y cwmpawd yn dangos i'r gogledd i'r wagwr, felly mae eich cydwybod yn eich helpu chi i gerdded y llwybr y mae Dagda da wedi ei roi i ddiolchgarwch.«

Graham zog die Augenbrauen zusammen. Scott spürte die Verwirrung des Amuletts, aber er spürte auch den aufsteigenden Zauber. Erneut sprang Graham vor und diesmal wich Scott nicht aus. Die Spitze der Klinge bohrte sich in seinen Oberkörper. Scharfer Schmerz durchflutete ihn. Scott ging auf die Knie und stöhnte leise.

Die Kälte des Bodens kroch in seine Glieder und der stechende Schmerz wurde dumpfer. Bleierne Taubheit bemächtigte sich seines Körpers. Kraftlos sackte er zur Seite und auf den Boden.

Noch immer hielt er das Amulett in den verkrampften Fingern.

Die Geräusche drangen wie im Nebel zu ihm heran. Er sah den klaren Sternenhimmel, die schwarzen Punkte vor seinen Augen fielen dabei kaum auf. Jeder Atemzug war eine Qual. Mühsam krampfte sich seine Lunge zusammen.

»Os ydych yn galw enaid, yna ei aberthu i gorff fel y bydd ei aelodau'n symud, yn y byd y byddwch chi'n eu galw«, flüsterte

Scott. Er musste das Ritual zu Ende sprechen. Nur noch wenige Worte. »Mae'r pris yn uchel. Y corff byw lle mae un anadl yn disodli'r llall. Dim ond un enaid all aros, y chwistrelliadau ...« Seine Stimme brach mitten im Wort ab. Er hustete und spürte sein eigenes Blut über das Kinn laufen. Röchelnd holte er Luft, doch der Schmerz zerriss ihm schier das Gehirn. Er hörte Graham wie aus der Ferne brüllen und schon im nächsten Moment schob sich ein Gesicht in sein verschwommenes Blickfeld. Er sah diese einzigartigen, grünen Augen, die ihn verzweifelt musterten.

»Emily«, würgte er heraus. »Sprich weiter ... eraill.« Der Hustenkrampf verlangte ihm sein Letztes ab. Die Wärme, die von Emilys Berührung ausging, brannte auf seiner Haut. Gott, was liebte er sie.

Emily schaute ihn verwirrt und gleichermaßen bestürzt an, bevor sie zögerlich weitersprach.

»Wedi ei dorri'n anhygoel ... nes i un arall ...«

Ihre Stimme war nicht mehr als ein Hauch, kaum zu hören und noch schwerer für ihn zu verstehen. Aber es waren die Worte, die er hören wollte. Es war nicht nur der Schmerz, der ihn zerriss, es war eine ganz andere Erkenntnis. Er hatte versagt. Schon wieder. Bei Neila, bei Emily. Er hatte abermals die falsche Entscheidung getroffen.

»Versagt.« Das Wort fand den Weg über seine Lippen, bevor er erneut zu husten begann. Ein letzter Krampf, der den geschundenen Körper beutelte.

»Pst«, ihre sanfte Stimme gab ihm Trost, trotz des Schmerzes über die eigene Unfähigkeit und das Leid, das er verursacht hatte, was sich mit einem fremden Gefühl der Verzweiflung mischte. Der verzweifelten Wehrlosigkeit einer Göttin, die dem letzten Wort aus Emilys Mund entgegenfieberte, welches das Ritual vervollständigte.

Kapitel 21

Verlorene Seelen

Was tat dieser verrückte Kerl nur? Wollte er das wirklich? Emily konnte es nicht fassen, was hier passierte. Aber sie verstand ... sie verstand viel zu gut. Sie wurden von der Übermacht der Hexen bezwungen und die Welt war dazu verdammt, Mächten ausgesetzt zu sein, über die sie lieber nicht nachdenken wollte. Scott wählte den letzten Weg, um dies vielleicht abzuwenden, der aber wohin führte? Ihn zu verlieren! Aber es war sein Wunsch und den musste Emily respektieren. Er wollte die Seelenwanderung, nur, dass *er* das Opfer war, welches für dieses Ritual gefordert wurde. Es traf seine Seele im Tausch gegen die Macht der Göttin.

Die Hexen sahen zu Graham, der von Emily hart gegen einen Baum geschubst worden war und sich gerade davon zu erholen suchte, bevor sie auf das Bild der Besiegten schauten. Auf Emily und Scott. Sie schienen nicht zu ahnen, was sich wirklich abspielte. Sie sahen nur eine Frau, die sich von ihrem sterbenden Liebsten verabschiedete. Sie hatten bereits gewonnen!

Emily musterte Scott gequält, strich zärtlich über seine Hand, bevor sie sich straffte. Sie musste es tun. Das zu Ende führen, was Scott begonnen hatte. Sein Opfer sollte nicht umsonst gewesen sein. Sie versuchte, sich an den genauen Wortlaut zu erinnern, als Scott ihr die Runen übersetzt hatte. War es ihre Ausbildung, die es ihr leicht machte? Sie wusste es nicht. Sie konnte nur hoffen, dass ihre Erinnerung sie nicht trügte.

»ddatgelu ei chorff iddi hi a bod y rhannau yn dod o hyd

iddyn nhw eu hunain … Derbyniwch y cynnig sy'n marw, sy'n cael ei gynnig, ac yn agor y rhwystr fel bod yr enaid yn rhad ac am ddim.«

Emily vollendete das Ritual, mit dem Scott seine Schuld abtragen wollte. Sie sah den entspringenden Funken, die göttliche Seele, die sich aus dem Amulett löste und die Lichtung in ein einzigartiges Licht hüllte und die Nacht vertrieb. Kurz war es fast taghell. Ein Schimmern, das seinesgleichen suchte und an Stärke gewann. Es war vollbracht!

Sie aber hatte nur Augen für den Mann, in dessen Blick sich dieses unvergleichliche Licht spiegelte. Er lag im Sterben. Seine Verletzung war endgültig. Eine Träne rann ihr über die Wange. Das hatte sie nicht gewollt. Niemals gewollt. Sie war schuld daran, denn ohne sie wäre er nicht in dies alles verwickelt und überhaupt in Versuchung geführt worden. Emilys Hand schloss sich fest um seine. Sie würde ihn in seinem letzten Moment nicht alleine lassen. Warum nur opferte er sich? Er hatte Besseres verdient und sie eine andere Lösung finden können. Wenn er sich ihr nur anvertraut hätte, aber nun war es zu spät. Viel zu spät …

»Es tut mir so leid, was ich dir mit all dem angetan habe«, gestand sie ihm leise und streichelte über seine Stirn. Das Leben in seinen Augen fing bereits an zu brechen. Man sah die näherkommende Schwäche, die der Tod mit sich brachte und von seinem Körper Besitz ergriff. Sein Kopf sank zur Seite. Der Ausdruck seiner Augen verlor jeglichen Glanz. Fassungslos starrte sie ihn an. Er war tot. Sie hatte ihn verloren. Emily schloss resignierend für einen Moment die Augen. Tränen brannten heiß hinter ihren Lidern und lösten sich. Das durfte nicht sein.

Sie schaute jedoch hin, als sich das göttliche Leuchten

zusammenzog. Wäre sie nicht so traurig, würde sie diesen wundervollen Anblick bewundern. Sie hielt Scotts Hand gegen ihre Brust gedrückt. Einige Momente schwebte es scheinbar orientierungslos in der Luft, bevor es auf Neila zustürzte, um mit dem Körper der apathischen Frau zu verschmelzen. Ein überirdisches Funkeln ergriff ihren Körper. Das Leben kehrte in Neilas Blick zurück und ihre roten Haare wogten, als sie sich aufsetzte. Die blauen Augen strahlten wie zwei eisige Sterne und sie rappelte sich auf.

»Ich denke, wir könnten jetzt die Hilfe von Elfen gebrauchen«, murmelte ihre zarte Stimme.

Plötzlich stoben aus dem dunklen Gebüsch unzählige Schmetterlinge hervor. Die hellleuchtenden Flattergeschöpfe fielen über die Hexen her, die panisch mit Blitzen und Ästen um sich schlugen. Aber nein, das waren keine Schmetterlinge. Das waren kleine, geflügelte, menschenähnliche Wesen. Elfen!

Sprachlos starrte Emily auf das Chaos. Ein halbes Dutzend packte jeweils einen Zipfel von Grahams Kleidung und hob den sich sträubenden Mann in die Lüfte.

Wasser platschte, als sie ihn in die Quelle fallen ließen.

»Los, Liebes, hinterher.« Scotts Schwester legte die Hand auf Emilys Arm. Nur schwer konnte sie sich aus der überraschten Starre lösen und schaute in die göttlichen Augen.

»Du nimmst ihn an den Füßen, ich am Kopf. Das ist nicht die richtige Quelle. Nur die wahre Quelle kann ihm helfen.«

Ihm helfen? Scott war tot! Ihn konnte niemand mehr retten. Er hatte sich geopfert. Wehmütig glitt ihr Blick über seinen leblosen, geschundenen Körper. Über den Mann, den sie liebte und der nun fort war. Tiefe Traurigkeit machte sich in ihr breit. Sie begriff nicht.

Neila wankte ein wenig, aber dann packte sie Scott beherzt

unter den Achseln und schleifte ihn hinter sich her.

Sie schob ihn über die Steine an der Begrenzung des Teiches und ließ ihn ins Wasser fallen.

»Was machst du?«, rief Emily und folgte ihr mit einem entsetzten Blick. Sie konnte doch nicht Scotts Leiche versenken! Emily schaute ihm bestürzt hinterher, bevor sie selber einen Schubs erhielt.

Die Göttin stieß sie ebenfalls in das Wasser. Das Nass schlug über ihr zusammen und sie sah noch den weißen Bademantel Neilas, als ein kräftiger Sog sie erfasste. Ein Strudel, der sich schneller und schneller drehte. Dunkelheit und Wasser wirbelten um sie herum. Instinktiv hielt sie die Luft an und doch hatte sie das Gefühl, dass sie überhaupt nicht ertrinken könnte.

Nur einen Moment später fühlte sie sich nach oben gedrückt, als würde sie aus einem Rohr herausploppen. Sie schlug neben Scotts leblosem Körper auf.

Scott! Zitternd streckte sie die Hand aus, um seine Wange zu berühren, bevor sie sich verwundert umsah. Neben ihr stand Neila. Aber das, was sie nun sah, raubte ihr den Atem. Sie schienen in einer völlig anderen Welt zu sein. Es sah immer noch aus wie die Lichtung, jedoch war alles sehr viel schöner, es war perfekt. Die Wälder wirkten heimeliger, so viel mehr voller Grün und Leben. Emily wurde geradezu erdrückt von dieser Schönheit. Pilze, die sich dicht und zahlreich an den moosbewachsenen Bäumen tummelten. Hatten sie Augen? Sie schienen zu lächeln. Farn, der sich in der Brise der Nacht andächtig bewegte. Märchenhaft! Alles wirkte friedlich. In dem Geweih eines majestätischen Hirsches, der aus der Dunkelheit trat, tummelten sich Vögel und Feen. Das aufgeregte Schnattern von Gänsen durchdrang die Stille. Direkt neben dem Federvieh stand ein Kobold, der genauso mürrisch wie neugierig die Besucher betrachtete.

Das Zwitschern der Vögel klang einem schönen Lied gleich. Schwingen, die sanft die Luft zerschnitten, und hell leuchtende Engel offenbarten ihre vollkommene Schönheit und näherten sich zaghaft an. Emily konnte das alles gar nicht so schnell erfassen.

Ein Licht stob vor ihrem Gesicht herum, lenkte sie ab und setzte sich auf ihre Nase, bevor ein glockengleiches Stimmchen einen feenhaften Singsang anstimmte. Es küsste sie und flog wieder davon. Emilys Blick folgte dem Licht verwundert und sie musste lächeln. Eine Elfe hatte sie geküsst? Keine Legende und keine Worte könnten diese Schönheit auch nur annähernd beschreiben.

Die Hexen und alles Bösartige waren verschwunden, dafür sah sie in gütige, liebe und neugierige Gesichter. Fremdartig, einzigartig und rein. Sie war in der Anderswelt, dem Ort, um den sich so viele Mythen rankten. Eine Welt, die sich nur selten zeigte und dessen Existenz eher angezweifelt wurde. Hatte man je davon gehört, dass Menschen dorthin eingeladen wurden? Nein! Menschen brachten nur Tod und Zerstörung. Das gehörte nicht an einen solch wundervollen Platz. Es war die Stimme von Neila, die ihre Aufmerksamkeit beanspruchte.

»Was hätte ich früher für eine solche Mähne gegeben ...«, murmelte sie versonnen und strich sich durch die unbändigen Haare. Sie taumelte, bevor sie den Gürtel ihres Bademantels fester zog und ihr Blick auf Emily und Scott fiel.

»Geheiligt sei Dian Cecht, der alte Penner ist doch zu etwas gut. Sein heiliger Ort bewahrt uns vor einem Fiasko.«

Sie setzte einen Fuß vor den anderen, nicht sehr sicher, aber es reichte, um näher zu kommen. Emily schaute sie verdutzt an, ohne jedoch von Scotts Seite zu weichen.

Das war die Göttin aus ihrem Amulett. Ihr Amulett, das sie Zeit ihres Lebens um den Hals getragen hatte. Ein heller Funke sprang auf sie über. Emily blinzelte und einen Moment lang blieb ihr die Luft weg. Bilder und Wissen fügten sich in rasender Geschwindigkeit nahtlos aneinander, sie ergaben Sinn und auch wieder nicht. Alte Rituale offenbarten sich und die Erkenntnis, wer sie war, wo sie her kam und was sie ausmachte.

Sie sah Bilder ihrer Familie, wie sie in alter Zeit zusammenhielten und Seite an Seite kämpften. Sie sah auch ihre Mutter. Sie sah genauso aus, wie Aignéis sie ihr gezeigt hatte. War es wahr? Gemeinsam mit ihren Männern und Kindern saßen die Walküren an Feuern und gaben altes Wissen weiter. Sie waren von guter Gesinnung und standen für ihre Überzeugungen ein. Sie sah sie trainieren und egal wie unbesiegbar ein Gegner erschien, sie gaben niemals auf. Sie lachten miteinander und waren eine große, glückliche Familie. Eine Gemeinschaft, die Emily nicht hatte kennenlernen dürfen. Sie verteidigten das Gleichgewicht der Magie um jeden Preis. Runen umwebten diese Erinnerungen, die nicht ihre eigenen waren, aber zu ihr zu gehören schienen.

Sie sah auch die Verfolgungen durch die Hexen. Jene, die nach Macht strebten, um in der Göttin ihre Passion zu finden, ihr diese Macht zu stehlen. Ihre Familie hatte die Göttin der Magie seit jeher beschützt, aber sie waren seinerzeit ausgetrickst worden. Ein boshafter und hinterhältiger Angriff von Freya hatte die damals junge Göttin in das Amulett verbannt. Ihr ein Stück ihrer Existenz geraubt, sodass sie nur noch aus diesem heraus über das Gleichgewicht der Magie wachen konnte. Seitdem war ihre Seele nur noch mehr auf ihren Schutz angewiesen. Die Walküren waren ihr seit

Anbeginn der Zeit ergeben. Die Göttin wusste um dieses einzigartige, starke Geschlecht, das ihr die Treue geschworen hatte. Sie schützten eine Göttin, die vor sehr langer Zeit die Urheberin für die Magie in dieser Welt gewesen war, die es ohne sie nicht geben würde. Eine Magie, welche den Ursprung darstellte, für die Hexen, die Wesen, den Teil dieser Welt, der sich nicht erklären ließ. Welche selbst nur für die Erschaffung der Vampire verantwortlich waren. Die Wölfe hatten eine andere Geschichte. Alles war eins und so sollte es bleiben. Solange es im Gleichgewicht bliebe.

Emily schnappte nach Luft, denn dieses ganze Wissen war binnen eines Wimpernschlags in ihr. Rituale, Bedeutungen, Bilder, Weisheiten und altes Wissen um eine Blutlinie, die nur noch aus ihr bestand. Sie war die letzte ihrer Art. Sie bekam die Antworten, nach denen sie immer gesucht hatte. Antworten, die ihr aufzeigten, wer sie war und was sie ausmachte.

»Eine Walküre? Ich?«, murmelte Emily überrascht. Die Göttin nickte.

»Leibhaftig und in Farbe.«

»Aber, warum …?«

Die Göttin schüttelte lächelnd den Kopf.

»Es war bisher dein bester Schutz, nicht zu wissen, wer du bist. Aber jetzt musst du es wissen.«

Emily verstand und sie schaute Neila an, in der die Göttin ihres Amuletts steckte. Das war tatsächlich verrückt.

»Sind wir wirklich hier?«, fragte Emily bestürzt.

»Ja, in der Anderswelt«, erwiderte die Göttin vergnügt. »Genau dort, wo dein verräterischer Liebster hinwollte. Dian Cechts Quelle existiert nicht mehr in eurer Welt. Aber in dieser.«

Emilys Blick glitt über Scott, aus dem jeglicher Lebensfunke gewichen war. Sein Antlitz war furchtbar blass, aber er sah friedlich aus. So etwas schaffte nur der Tod. Scott hatte nach der Anderswelt gesucht und nun bekam er nicht einmal mit, dass er selbst dort war.

Es war Loki, der sich erhob und lachte. Er lachte so dröhnend, dass ihn die Bewohner dieser Welt mit einem skeptischen Blick bedachten.

»Ihr Tölpel. Glaubt ihr wirklich, dass ich das nicht genauso bis ins kleinste Detail geplant hätte? Ihr seid nichts weiter als Dilettanten, die glauben, es würde ein Happy End geben. Ich habe alles vorausgesehen. Scott, dieser Dummkopf. Natürlich opfert er sich für dieses Weib, wenn er sie nur genügend bedroht sieht. Und du, Göttin, hast genau das getan, was ich von dir erwartet habe. Du hast die Tore in diese Welt geöffnet und steckst nun in einem schwachen, menschlichen Körper. Euch kann man zu eurer Vorhersehbarkeit nur gratulieren. Aignéis, darf ich bitten? Es ist Showtime«, rief er laut.

Emily schaute entsetzt zu der Hexe, die sich mit wiegenden Hüften aus der Quelle löste. Ihr Knie schien eine Art Wunderheilung ereilt zu haben, denn von Humpeln war keine Spur mehr zu sehen. Sie hatte sich ebenso durch den Eingang in diese Welt bewegt, mit Scotts Armbrust in der Hand. Diese richtete sie unverhohlen auf Neila, aber so ungeschickt, dass sie durch den Rückschlag eher einen Kinnhaken bekäme, als dass sie ihr Ziel treffen würde.

»Durchbohrt von der Waffe, die dich schützen sollte. Wenn das kein Hohn ist«, lachte die Hexe und hob die Hand. Ihr Murmeln klang hässlich. Die Lichtung wurde mit einem wuchtigen Knall in ein grünes Licht getaucht. Die Bewohner der Anderswelt kreischten auf und flüchteten. Loki bewegte sich selbstsicher auf Emily und Neila zu.

»Sie können euch nicht helfen. Ich habe mich selbst darum gekümmert, diesen einen Zauber zu finden, der die Kraft dieser Welt aufsaugt, und gebündelt mit deiner Macht, Göttin, werde ich meine eigene Göttlichkeit zurückerlangen. Es macht doch nichts, dass du deine dadurch verlierst?«, wandte er sich nun zuckersüß an Neila, auch wenn von seiner Hexe leiser Protest folgte, da er drohte, die Seele des Amuletts und damit dessen Macht zu zerstören. Emily kam auf die Beine.

»Wage es nicht, ihr etwas anzutun«, fauchte Emily.

»Süß! Die Hüterin, die meint, noch etwas abwenden zu können. Dein Liebster ist tot und du wirst es auch bald sein. Du kannst nicht das Geringste daran ändern. Außerdem hat Aignéis noch eine Rechnung mit dir offen oder besser mit deiner Familie.«

Emilys Blick verfinsterte sich. Sie erinnerte sich nur zu deutlich an das, was diese Hexe ihr offenbart hatte. Sie war es gewesen, die ihre Mutter gejagt hatte! Die ihre Familie ausgelöscht hatte, sodass ihre Mutter gezwungen war, sie den Stürmen der See auszusetzen. Emily war paralysiert, als Loki ungehemmt den Körper von Neila in seine Arme zog, um sie von hinten an sich zu drücken. Auch wenn die Göttin versuchte, sich seinem Griff zu entwinden, es gelang ihr nicht und er legte ihr grob seine Hand auf den Mund.

»Dieses Geschöpf ist wunderschön und zum ersten Mal vermisse ich meine Frau nicht.« Seufzend versenkte er seine Nase in den feuerroten Haaren, sog ihren Duft ein und schaute dabei über Neilas Schulter hinweg Emily in die Augen. Er lächelte und strich Neila mit dem Daumen über die Haut.

»Inspirierend, aber sie ist nur eine Damnati. So einfach zu beherrschen. Sie würde mich lieben, sollte ich mich dazu herablassen.«

»Lass sie los!«, verlangte Emily und biss wütend die Zähne aufeinander. Der Typ hatte doch nicht mehr alle Latten im Zaun. War ihr jemals jemand begegnet, der es darauf anlegte, selbstherrlich zu sein, so schlug ihn dieser Typ um Welten.

»Ich kann bestimmen, ob sie lebt oder stirbt.« Lokis Hand wanderte über das Gesicht von Scotts Schwester, drückte ihr Mund und Nase zu und damit die Luftzufuhr ab. Er lachte erneut, als sie zappelte. Emily ergriff Panik. Hatte er recht? Hatten sie bereits verloren? Er wirkte so unglaublich selbstsicher.

Das durfte nicht sein. Sie konnte nicht zulassen, dass eine solche Ungerechtigkeit über die Welten hereinbrach. Wut ergriff sie. Wut, dass Scott tot war. Wut, dass dieser verwöhnte, aufgeblasene Drecksack Graham über sie bestimmte und nur an sich selbst dachte. Der bereit war, alles Schöne dieser Welt dem Untergang zu weihen, um seinen armseligen Charakter über diese zu erheben, völlig egal, was das für Konsequenzen nach sich ziehen würde.

Er schaute recht verdutzt drein, als Emily ausholte und ihre Faust, einem schweren Schwinger gleich, auf seine Visage krachen ließ. Er hätte ihr in seiner Selbstsicherheit besser nicht zu nahe kommen sollen.

Er taumelte zurück und entließ Scotts Schwester aus seiner fragwürdigen Umarmung.

»Was zur Hölle …«, knurrte er.

Neila sackte bewusstlos zusammen.

Atmete sie noch? Hoffentlich!

Emily hörte Aignéis überrascht aufkreischen, aber sie wäre dumm, jetzt die Armbrust abzufeuern, denn die Gefahr, Loki zu treffen, war hoch. Er stand genau zwischen ihr und der Hexe. Emilys Blick bohrte sich in den dieses blonden

Scheusals, der die Schuld für all dies trug.

»Der Tag der Abrechnung, den wolltest du doch, oder?«, schnaubte Emily. Mit Wucht und aus einer Drehung heraus trat sie nach ihm. Jedoch bewies Loki genügend Reflexe, ihr Bein abzufangen und festzuhalten. Emily keuchte, sprang aber schon einen kurzen Moment später mit ihrem Standbein ab, um ihm hart ins Gesicht zu treten. Volltreffer! Sie beide krachten auf den Boden. Wut und Zorn ließen Emily sich auf ihn stürzen. Erbarmungslos prügelte sie auf ihn ein. Seine Wange begann zu bluten, genauso wie seine Augenbraue.

Er versuchte, ihre Schläge abzuwehren, was er aber kaum schaffte. Emily hörte, wie die Hexe etwas fallen ließ. Die Armbrust! Das Murmeln, das folgte, machte ihr fast mehr Sorgen. Ein Ast erwischte Emily und fegte sie von ihm runter. Verfluchte Hexe! Emily keuchte, als ihr die mit dichten Blättern bewachsenen Äste durch das Gesicht kratzten. Sie brauchte einen Moment, um sich zu orientieren.

Den nutzte Loki und setzte sich mit Schwung auf sie drauf. Ah, da war der Mistkerl! Erneut traf ihn ihre Faust und ließ seine Lippe blutig aufplatzen. Loki stöhnte, drückte aber mit Gewalt ihre Arme zusammen, als er sie endlich zu fassen bekam. Er beugte sich vor, um sie, nun rittlings auf den Knien, in den Dreck zu drücken.

»Jetzt reicht es, du Wildkatze. Es hat sich ausgeprügelt!«

Emily keuchte angestrengt und versuchte, sich aus diesem Klammergriff zu befreien. Unmöglich!

»Das sehe ich anders«, zischte sie und kickte ihm kurzerhand ihr Knie in die Kronjuwelen. Loki jaulte das hohe C besser, als es eine Operndiva hinbekommen hätte. Emily schubste ihn von sich runter und rammte ihm mit Schwung ihren Ellenbogen auf die Nase. Das Knirschen klang befriedigend. Graham ging technisch k.o.

Emily wirbelte herum, kam auf die Beine und ihr Blick richtete sich auf die Hexe, die sich dieses Spiel angeschaut hatte. Ließ die immer andere die Drecksarbeit machen?

»Was versprichst du dir davon, Hexe?«, richtete Emily verächtlich das Wort an sie.

»Du überschätzt dich, Hüterin.«

Was spielte diese Frau für eine Rolle? Was hatte sie mit ihr oder ihrer Familie offen?

»Hast du es nicht gehört? Loki will die Göttlichkeit des Amuletts für sich. Hast du geglaubt, er würde dir die Macht überlassen? Er wird dich betrügen, so wie er jeden betrügt«, versprach Emily der Hexe.

Diese schnaubte hasserfüllt auf und murmelte leise.

Der Zauber traf Emily und sie hatte kein Amulett, das sie schützte. Alle ihre Nervenenden schrien gequält auf und sie krachte ächzend auf die Knie. Nichts konnte sie vor diesem Schmerz in ihrem Kopf bewahren. Fest presste sie die Fäuste gegen ihre Schläfen und stöhnte. Das hier war sehr viel schlimmer als alle bisherigen Kopfschmerzen, dabei sollte man fast annehmen, dass sie langsam Übung mit Migräne bekäme. Dem war leider nicht so. Schachmatt!

Aignéis trat selbstsicher näher.

»Vielleicht verfolge ich ja mein eigenes Ziel. Loki ist nur ein affektierter, selbstverliebter Psychopath, aber er war äußerst hilfreich, um an mein Ziel zu kommen. Schade, dass ich deinen Liebsten nicht selber töten konnte. Er hat mir meinen Anhänger gestohlen. Der Anhänger, der einst Freya gehörte. Aber nun ist er tot und nichts wird ihn retten. Das versöhnt mich.«

Emily knurrte, als sie den Schmerz noch verschärfte. Sie

hörte ihr irres Lachen.

»So werde ich es sein, die deine unselige Blutlinie endgültig auslöscht. Meine Familie hat euch lange gejagt und jedes Mal aufgespürt. Ihr habt euch immer gegen den Willen Freyas gestellt und wolltet diese Macht für euch allein. Aber das ist nun vorbei. Du hättest das Gejammer deiner Mutter hören sollen, als ich das Leben aus ihr herausgeprügelt habe. Trotzdem hat sie es geschafft, dich und Lapidem Maleficus verschwinden zu lassen. Aber nun ist der Tag gekommen, an dem ich die Göttin beherrschen und damit die stärkste aller Hexen sein werde, so wie es meinem Stammbaum zusteht, während diese lästigen Walküren nur noch in den Geschichtsbüchern Erwähnung finden werden.«

Schmerz! Nichts anderes beherrschte Emily im Augenblick. Nicht nur die Pein in ihrem Kopf, sondern auch in ihrem Herzen. Dieses Weib hatte ihre Familie getötet. Ihre Mutter! Emily wollte weinen, sich der Qual hingeben, sich hinlegen und nie wieder aufstehen. Scott war tot. Ihre Mutter war tot. Neila würde es auch bald sein und die Göttin würde gefangen sein. Es klang so einfach, es ihnen gleich zu tun. Aufzugeben, endlich Frieden zu haben …

Emily schluchzte leise, aber dann sah sie Neila. Sie sah ihre feuerroten Haare, die im aufbrausenden Wind wehten, als sie sich aufsetzte und einen kleinen, entsetzten Schrei von sich gab.

»Gib nicht auf, Emily«, wurden ihre Worte vom Wind herangetragen. Emily schloss die Augen. Sie hatte recht! Der Schmerz raubte ihr fast den Versand, aber es gab mehr als ihr persönliches Schicksal. Sie musste diese Welt beschützen. Sie musste die Göttin beschützen. Sie durfte nicht aufgeben. Das war ihre Bürde! Sie musste kämpfen. Noch war nicht alles verloren!

Emily fixierte Aignéis mit den Augen und biss die Zähne zusammen, bevor sie dem brüllenden Schmerz nachgab, diesen akzeptierte, um mit aller Willenskraft, die sie innehatte, auf die Füße zu kommen. Aignéis murmelte verstärkt den Zauber, wich aber irritiert vor ihr zurück.

»Wieso kannst du aufstehen?«

Emily keuchte vor Anstrengung und trat entschlossen auf sie zu, immer schneller. Sie wich dem nach ihr schlagenden Ast aus, ließ sich fallen, rutschte über den feuchten Boden, zwischen Aignéis' Beinen durch und zog ihr die Füße weg, sodass sie mit dem Gesicht voran auf den matschigen Boden fiel.

Der Zauber, genauso wie der Schmerz brach ab. Emily warf sich auf die Hexe und würgte sie. Sie würde ihr den dürren, verfluchten Hals umdrehen. Aignéis röchelte leise, während Emily nur noch fester zudrückte.

»Du irrst dich gewaltig. Niemand wollte diese Macht für sich. Wir behüten sie vor so machtgierigen, niederträchtigen Individuen wie dir. Die nichts anderes im Sinn haben, als ihren eigenen Vorteil«, fauchte Emily.

Ein Geräusch ließ sie aufschauen. Sie sah Loki, der wieder zu Bewusstsein gekommen war und die Armbrust auf sie anlegte. Es war Neila, die diesen Angriff vereitelte. Sie schlug ihm die Armbrust aus den Händen und warf sich über ihn. Sie packte eine ihrer langen Haarsträhnen und wickelte sie um Grahams Hals. Emilys Sorge führte dazu, nicht auf Aignéis zu achten und den Griff zu lockern. Neila war geschwächt, aber Loki sackte letztendlich zusammen.

In dem Moment schlug ihr Aignéis einen Stein gegen die Stirn. Emily keuchte schmerzerfüllt auf und taumelte zur Seite. Blut lief ihr über die Stirn und für einen Moment schwindelte ihr. Zum Teufel noch mal! Aignéis krabbelte hustend von ihr weg und versuchte erneut einen Zauber. Ihr Mund formte lautlose Worte. Diesmal war es Emilys Hals, dem die Luft abgeschnürt wurde. Sie rang um Atem und ihr eigener Puls dröhnte ihr in den Ohren, aber sie gab nicht auf.

Niemals würde sie aufgeben!

Emily krabbelte ihr nach und bekam ihr Bein zu fassen. Sie zog die Hexe kreischend heran. Erneut brach der Zauber ab. Emily schnappte nach Luft und nahm Aignéis' Kinn zwischen die Hände. Mit einem Ruck brach sie ihr das Genick, dann rutschte sie von ihr weg. Vor ihr lag die Frau, die ihre Familie ausgelöscht hatte. Aus Gründen, die sich nur um Macht drehten. Sie wollte die stärkste der Hexen sein, weil sie glaubte, es würde ihr zustehen?

Genugtuung war nichts, was Emily spürte, denn was wollte sie damit? Sie wusste, dass ihr nichts die Familie oder Scott zurückbringen würde, aber sie konnte die Göttin vor Schlimmeren bewahren und diese Welt ebenso.

Der Zauber, der diese Lichtung in ein grünes Licht hüllte, verflüchtigte sich mit dem Tod von Aignéis. Stattdessen setzte die Morgendämmerung ein, die rötlich am Horizont den Himmel emporkroch.

Emily sah den aufsteigenden Todesfluch, der begann, sich aus ihrem Mund zu lösen und sie verdammen würde. Was auch immer dieser für sie bereithielt. Emily schloss die Augen und wartete. Ein Rascheln ließ sie aufschauen und sie sah rote Haare, die sich zwischen sie und Aignéis warfen.

»Nein!«, entfuhr es Emily.

Das düstere Leuchten traf Neila und Emily fing sie auf. Bestürzt sah sie die Göttin in ihren Armen an, die nun leise stöhnte.

»Um Himmels willen.«

Oh bitte, was tat sie denn da? Emily versuchte, die Göttin zu schützen und dann warf sie sich dazwischen?

»Ich habe dich gerettet«, flüsterte sie schwach und lächelte.

»Das hättest du nicht tun sollen«, schüttelte Emily den Kopf. »Ich bin die Hüterin, nicht du.« Klang das vorwurfsvoll? Hoffentlich!

»Dieser Fluch ist nichts für dich, Emily«, seufzte die Göttin leise und flatternd schlossen sich ihre Augen.

Emily starrte sie ungläubig an.

Das durfte doch nicht sein. Das konnte doch unmöglich so ausgehen? Emily schüttelte die Göttin. Sie durfte nicht auch noch draufgehen!

»Schon gut, schon gut. Ich hör ja schon auf, dich auf den Arm zu nehmen.« Emily fiel ungläubig die Kinnlade runter.

»Was? Du lebst?«

»Natürlich. Ich absorbiere Magie, schon vergessen?« Die Göttin grinste sie verschmitzt an und Emily ließ sie kurzerhand fallen.

»Au!« Sie rieb sich grinsend den Hinterkopf.

»Das hast du dir eindeutig verdient«, klärte Emily sie auf und raffte sich auf die Beine.

»Hey, ich habe dich gerettet!«

»Ja, und dann jagst du mir den Schreck meines Lebens ein.« Die Göttin gluckste vergnügt.

»Du hättest mal dein Gesicht sehen sollen.«

Emily fand das überhaupt nicht komisch.

»Was hast du denn mit dem angestellt?«, wollte Emily wissen, als sie an Loki vorbeigingen.

»Der hat sich in dieser Wallemähne verheddert. Ich glaube, ich habe ihn glücklich gewürgt.«

Emily schüttelte, die Augen verdrehend, den Kopf.

»Er stand ja irgendwie drauf.«

Entschlossen zog die Göttin nun Emily zu Scott.

»Wenn du ihn wiederhaben willst, solltest du die Geister der heiligen Quelle beschwören, Emily. Die kriegen alles wieder hin, wo noch der Kopf dran ist.«

Emily schaute sie verwundert an. Hieß es nicht, sie heile nur Verwundete? Die Quelle konnte auch Tote zurückholen? Das war nicht nur ein Mythos?

»Wenn du mich jetzt anschmierst, dann schwöre ich dir, dass ich dich eigenhändig umbringe.«

»Das würde ich doch nie tun, außerdem will ich dein Lächeln wiedersehen.«

Emily sog scharf die Luft ein. Moment mal. Scott hatte davon erzählt, dass Dian Cecht mit dieser Quelle auch Gefallene zurückholen konnte. Also war es wirklich wahr? Sie würde sich nichts sehnlicher wünschen.

Ihr Blick glitt über die Felsen, aus denen das Wasser entsprang, welches sich über die moosigen Steine nach unten verwirbelte. Das Wasser war so klar, dass man glaubte, bis auf den tiefen Grund sehen zu können. Alleine dieser Anblick war schon so ungewöhnlich schön, dass man glatt zu heulen anfangen könnte.

Oh verflucht, Scott könnte sein Leben zurückhaben? Sie konzentrierte sich und sah die Worte zu den Runen, die sich vor ihrem inneren Auge abbildeten.

Heilige Scheiße! Sie konnte Runen lesen, ohne dass Scott ihr diese beibringen musste. Emily schloss die Augen und sprach konzentriert die längst vergessenen, keltischen Wörter, um die Quelle zu beschwören.

»Gwarcheidwaid y Ffynhonnell, Bywyd a Marwolaeth.

Dangoswch bwerau hynafol nad oedd eich bodolaeth yn ofer. Arbedwch y bywyd hwn, sydd eisoes yn dod i ben ac yn farw, fel bod y pŵer newydd yn gyrru i'r corff hwn. Cymerwch ddarn o'ch euogrwydd a wnaethpwyd unwaith. Gwaredwch yr addewid a roddwyd unwaith.«

Aufsteigende Magie brachte die Luft zum Flirren und Klingen. Machtvoll erhoben sich Winde. Nichts schien am rechten Platz zu sein und dennoch war es wunderschön. Diese Kräfte frischten auf und verwirbelten das türkisfarbene Wasser, das sich in großen Tropfen aus der Quelle löste und durch die Luft zu Scott drängte, um ein heilendes Werk zu vollbringen. Ihn zurückzuholen, zu heilen und vor dem Tode zu bewahren. Mächte, die stärker waren als der Tod. Seine klaffende Wunde schloss sich und sein Brustkorb hob und senkte sich, als er begann zu atmen.

Er blinzelte.

Emily konnte es kaum fassen. Er lebte! Dieser verdammte Mistkerl. Auch ihre Verletzungen schwanden, als das Wasser sanft ihr Gesicht berührte.

»Scott?«, sprach Emily ihn an. Sein Gesicht bekam wieder Farbe und auch die Göttin schaute zufrieden drein. Dann rührte sich diese missratene Kanalratte von Möchtegern-Gott und setzte sich stöhnend auf.

Emilys Blick legte sich warnend auf den Mann, der dies alles inszeniert hatte, bevor sie fragend auf die Göttin schaute. Dass sie in Scotts Schwester steckte, war fast beängstigend. Was war eigentlich mit Neila?

Die Göttin wedelte die Haare weg, die ihr der Wind vor die Augen trieb. »Herrgott, wie hält sie das nur aus?«, seufzte sie.

»Du siehst scheiße aus«, teilte die Göttin Loki liebenswürdig mit. »Wenigstens verdecken das Blut und die Beulen die größten Hässlichkeiten.«

Kapitel 22

Göttin mit schlechten Manieren

Scott fand den Himmel ziemlich irritierend. Oder die Hölle. Die sah genauso aus wie die Lichtung mit der Quelle.

Er tastete über seine Brust, dort, wo eigentlich eine Wunde sein sollte. Er war nicht durchlöchert und er war auch nicht tot. Stattdessen stand nur wenige Meter von ihm Neila! Aufrecht und bei vollem Bewusstsein!

»Neila«, krächzte Scott und rappelte sich auf.

Seine Schwester wirbelte herum. »Du!«

Sie zeigte mit dem Finger auf ihn. »Du ... Du ... Ach, was weiß ich! Hornochse! Blödian!«

Die roten Locken bauschten sich um ihren Kopf wie ein Feuersturm. Ihre Unterlippe zitterte, bevor sie die zu Fäusten geballten Hände in den Taschen ihres Bademantels vergrub.

»Dein Glück, dass ich deine Opferbereitschaft zu schätzen weiß. Und dein Glück, dass ich mit einem solchen Prachtkörper wie deinem noch weniger klarkommen würde, als mit dem deiner Schwester.«

»Ich versteh's auch nicht«, zuckte Emily die Schultern und sprach Scott damit aus der Seele.

Neila zupfte ihren Bademantel zurecht.

»Du kannst es Schicksal nennen. Oder die Dussligkeit deines Liebsten hier ... Oder die manipulative Boshaftigkeit eines Ex-Gottes, der seine eigene Großmutter in einer Tonne Veilchen ersticken würde, wenn es ihm wieder göttliche Macht verleihen würde.«

Neila zeigte auf ein paar Kobolde, die ihre neugierigen Nasen vorsichtig zwischen den Bäumen rausstreckten. Prompt

287

wichen diese zurück.

»Ihr da. Haut ab, sucht euch ein anderes Kino … Ach ja, Emily. Ich will unbedingt mal wieder ins Kino.«

»Du willst ins Kino«, wiederholte Emily ächzend.

»Kino wäre fantastisch. Ich stehe total auf diese genialen Marvel-Filme. Die Welt braucht nun mal ihre Superhelden«, seufzte die Göttin inbrünstig.

»Eine Göttin, die auf die Avengers abfährt? Na, wenn das Thor hört«, grinste Emily schief.

Jetzt lächelte die Göttin noch etwas versonnener.

»Hm, ja, Thor hat schicke Muskeln.«

»Und wieso ist das da eigentlich ein Ex-Gott?«, fragte Emily und zeigte auf Graham.

»Das ist der einstige Feuergott Loki. Er war echt gut, jedenfalls solange er sich nicht erwischen ließ. Seit Jahrhunderten ist er dazu verdammt, das Leben eines Sterblichen zu führen. Geboren zu werden, durchs Leben zu gehen und zu sterben. Immer und immer wieder. Immer in dem Wissen, welche Macht er einst besaß«, erwiderte die Göttin versonnen.

»Das erklärt einiges. Er gilt als Zwietrachtsäher«, seufzte Emily. Die Göttin nickte.

»Der Grund, warum die Götter es für besser hielten, ihm seine Macht zu nehmen. Er hat damit zu viele Dummheiten und Unheil angerichtet«, erzählte die Göttin gelassen.

»Eines verstehe ich jedoch nicht. Heißt es nicht, dass nur eine Seele Platz in einem Körper findet? Du hättest in Scotts Körper fahren sollen. Was ist mit Neila?«, wollte Emily wissen.

Scott sah von Emily zu seiner Schwester. Wie, im Körper seiner Schwester?

»Du bist in meiner Schwester?«, ächzte nun Scott, bevor die

Göttin antworten konnte.

Die Göttin runzelte die Stirn.

»Der kurzzeitige Sauerstoffmangel im Gehirn hat doch hoffentlich nicht nachhaltig deine Denkfähigkeit abgetötet, oder?«

Scott packte seine Schwester, die Göttin (Ja, wen denn nun?) an den Armen und zog sie heran. Sein Blick senkte sich auf die blauen Augen, die er sein ganzes Leben lang kannte. Der Ausdruck in ihnen war alles andere als leblos, aber er besaß auch etwas Fremdes. Etwas, das er bei seiner Schwester nie gesehen hatte. Sie leuchteten so hell wie Sterne.

»Himmel, Hölle, kein Wunder, dass Emily bei dir wuschig wird. Halt mich einmal auch so wie sie«, hauchte die Göttin und rieb sich in einer Manier an ihm, dass es schon fast an Inzest grenzte.

»Emily«, sagte Scott überfahren. In drei Teufels Namen, da bekam man ja Angst.

»Nein, nein, das hast du dir selber eingebrockt«, schüttelte Emily den Kopf.

Die Göttin vergrub das Gesicht an seiner Halsbeuge.

»Wo ist meine Schwester?«, donnerte Scott.

»Keine Sorge, sie ist noch da und lässt dich grüßen.«

Scotts Griff um die Arme seiner Schwester wurde fester.

»Okay, schon gut, hör auf, mich zu kneifen. Emily!«

Die Göttin riss sich los und stolperte über den herunterhängenden Gürtel ihres Bademantels, bevor sie sich hinter den Rücken ihrer Hüterin rettete. Emily verschränkte die Arme vor der Brust und schaute Scott skeptisch an.

»Sei froh, dass ich ihren Körper gewählt habe, als sie mich dazu einlud. Sie ist genauso starrsinnig wie du«, warf ihm die Göttin über Emilys Schulter hinweg entgegen. »Hätte ich deinen genommen, wärst du jetzt tot und deine Seele würde in einem armen Jungen wiedergeboren, der seiner Mutter mit seinem Starrsinn das Leben zur Hölle macht.«

»Hast du ein Problem mit meiner Mutter?«, knurrte Scott. »Wie kann sie dich eingeladen haben?«

»Astralebene!«, rief die Göttin triumphierend aus. »Würdest du mehr meditieren, wüsstest du das und wärst entspannter.«

Sie strich Emily über den Arm. »Ich würde gern einen Weiberabend mit dir machen, Emily, aber ich kann nicht ewig bleiben. Du hast recht. Es ist leider nicht genügend Platz in diesem Körper für zwei Seelen und die Haare würden mich auf Dauer meschugge machen.«

»Einen Weiberabend?« Emily schaute sie belustigt an.

»So richtig mit Zöpfchen flechten, den Kleiderschrank auseinandernehmen und jede Menge Alkohol? Klingt witzig.«

Die Göttin lachte vergnügt. »Ganz genau.«

»Zu schade, dass es wohl nicht klappt«, bedauerte Emily.

Die Göttin lächelte sanft und strich ihr über den Arm. »Okay, hier sind meine Anweisungen: Zuerst bringen wir Loki um, damit der seine Reise ein weiteres Mal machen darf.« Dabei grinste sie hämisch.

»Dann versöhnt und vermehrt ihr euch wie die Kaninchen.« Diebisch rieb sie sich die Hände. »Ich werde von Generation zu Generation weitergegeben, also macht schnell eine neue Generation. Ich will schließlich nicht in fünfzig Jahren unter der Brücke bei einem Penner landen, nur weil ihr es nicht auf die Reihe bekommen habt.«

Emilys Augenbrauen hoben sich fragend bei diesen Neuigkeiten.

»Schon mal überlegt, dass Emily vielleicht nicht will?«, fragte Scott.

Die Göttin winkte ab. »Ach was ...«

Nachdenklich richtete sich Emilys Blick auf ihn.

»Ja, vielleicht will ich dich nicht, wenn du weiterhin so verbohrt bist und dich und andere in Teufels Küche bringst«, schimpfte Emily.

»Dann wirst du dir einen anderen für den Nachwuchs suchen müssen, denn mich gibt es nicht in einer weichgespülten Variante«, erwiderte Scott nicht minder knallhart.

»Glaubst du, mir ist es leichtgefallen, dich zu bestehlen? Wie sollte ich dir denn vertrauen? Du hast dich wie eine Irre aufgeführt. Du warst keinem Argument zugänglich, dass dein Amulett dich mehr beeinflussen kann, als es gut für dich ist. In meiner Welt sind Dinge, die selbstständig denken können, gefährlich. Woher sollte ich wissen, dass darin eine Göttin mit Dachschaden steckt?«

»Hey!«, protestierte die Göttin, doch Scott ignorierte sie.

»Das Amulett war die einzige Chance, die ich noch hatte. Die Quelle allein hätte nicht funktioniert. Dich einzuweihen, brachte das Risiko mit sich, dass es das Amulett nicht will und es dich so beeinflusst, dass ich nicht mehr herankomme.«

Emily musterte ihn enttäuscht.

»Nein, Scott, das hast du völlig alleine in die Scheiße geritten. Ist es denn so schwer für dich, jemandem zu vertrauen? Es annehmen zu können, dass es vielleicht eine bessere Lösung als deine gibt? Und wenn du Sturkopf wieder mal anderer Meinung bist, darf man dann erneut erwarten, dass du alle hintergehst?«, blaffte Emily.

»Dann sollten wir es lassen«, erwiderte Scott kalt. Wenn sie jemanden wollte, der wie er aussah, aber der netteste Mann des Planeten war, dann musste sie sich einen Kerl mit den entsprechenden Charaktereigenschaften zulegen und ihn umoperieren lassen. Oder jemanden suchen, der ihm ähnlich sah. Dagegen war die Göttin schon fast ein Kinderspiel. Die knuffte ihn in den Arm (danke für den blauen Fleck) und schien das ohnehin alles für beschlossene Sache zu halten.

»Ihr bekommt zuerst einen Jungen«, sagte sie versonnen.

Scott schnaubte. »Woher willst du das wissen?«

»Du behältst die Socken beim Sex an.«

Hätte er nur nicht gefragt. Warum fragte er auch? Wie hielt es Emily mit diesem boshaften Stück die ganze Zeit nur aus?

»Wie ist eigentlich dein Name?«, wollte nun Emily von der Göttin wissen.

»Gullveig«, sagten Scott und die Göttin wie aus einem Mund.

»Eine Göttin des Nordens. Weise Frau, Göttin des Goldes und Seherin. Zeitgleich auch Hüterin der Seidr. Der Magie. Sie ist die erste der Hexen. Nicht so wichtig wie zum Beispiel Freya«, erklärte Scott.

Die Göttin zog einen Schmollmund.

»Aber für Hexen außerordentlich wichtig«, fügte Scott hinzu.

Die Göttin grinste erfreut. »Doch nicht so hirngeschädigt wie deine Schwester.«

Scotts Augen verengten sich. »Was ist, wenn du meine Schwester verlässt?«

»Sie wird sein wie vorher.«

Täuschte er sich oder blitzte es in den blauen Augen hinterhältig auf? Aber vielleicht war es auch nur der Schlag der Enttäuschung, der ihn halluzinieren ließ.

Die Göttin zupfte am Knoten ihres Bademantels.

»Natürlich bestünde auch die Möglichkeit, sie von ihrem Leiden zu heilen. Allerdings müsstest du dafür etwas opfern …«

»Mein Leben hattest du schon«, erwiderte Scott ruhig, doch die Göttin winkte ab.

»Wer soll dann für Nachwuchs sorgen? Nein, ich will, dass du deinen Hass auf die Wesen opferst!«

»Wie willst du ihm austreiben, dass er Vampire hasst? Das geht nicht«, warf Emily ein.

»Wird er auch nicht«, tönte Loki von den billigen Plätzen.

Richtig, den hatten sie völlig vergessen. Lokis Gesicht nahm inzwischen die Form eines Autounfalls an. Sein linkes Auge war zugeschwollen und schillerte in einer violetten Farbpalette. Seine Lippe war ebenso deformiert und zeigte eine Platzwunde, aus der noch immer Blut über sein Kinn lief.

War das Emily gewesen, die da deutliche Arbeit geleistet hatte?

»Er wird vielleicht vorgeben, das zu tun, um einen Vorteil herauszuschlagen. Er wird sich über eure Dummheit insgeheim nicht mehr einkriegen vor Lachen«, prophezeite Loki mit einem spöttischen Lächeln, wodurch sich sein Gesicht noch mehr verzerrte.

»Ich pflege nicht zu lachen. Ich verbitte mir jegliche Unterstellung von Freude und positiven Gefühlen«, knurrte Scott.

Die Göttin lachte schallend.

Scott schnaubte. »Außerdem kann man eine sehende Göttin schlecht betrügen.« Die Todesangst vernebelte doch das Gehirn dieses Idioten.

Gullveig lächelte milde und tätschelte Emilys Arm. »Ich mag Scott. Ein bisschen dusslig, aber clever, wenn es darauf ankommt.«

»Wie soll ich dir irgendetwas beweisen?«, fragte Scott nun

selbst. Er hatte schon alles in seinem Leben verraten. Seine Überzeugung zu verraten, wäre da nur konsequent.

»Du könntest dich bei einem Vampir entschuldigen«, schlug die Göttin nun vor.

»Träum weiter!«

Die Göttin zog einen Schmollmund. »Du hast keinen Respekt vor göttlicher Macht. Ich könnte dein Leben mit einem Fingerschnippen beenden.«

»Ich bitte darum!«

»Es macht keinen Spaß, einen Lebensmüden zu bedrohen«, murrte die Göttin.

»Du erpresst mich mit der Gesundheit meiner Schwester. Sei froh, dass du in ihrem Körper steckst, sonst hätte ich dir schon den Hals umgedreht«, donnerte Scott.

Die Göttin stemmte die Arme in die Hüften. »Du willst doch nur davon ablenken, dass du auch Emily eine Entschuldigung schuldig bist.«

»Wechsel nicht das Thema!«

Die Göttin atmete tief durch. Einmal, zweimal. Aber er ließ sie nicht zu Wort kommen.

»Ja, ich kann dir das Blaue vom Himmel runterlügen. Ich kann mich auch zukünftig nur noch auf Werwölfe konzentrieren. Ich kann auch meinen Job kündigen. Aber das ändert nichts daran, dass ich ein Damnati bin. Und Damnati haben nun mal ihre Bestimmung«, blaffte Scott aufgebracht.

»Du sollst ja auch keine Hausfrau hinter dem Herd werden. Es wäre nur schön, wenn du nur die Vampire angreifst, die es verdienen.«

»Das wären dann alle.«

Die Göttin biss sich vor aufkeimender Wut in die Hand.

»Nicht alle, du Idiot. Die, die Grenzen ihrer Natur

übertreten. Die quälen, foltern, sich schlechter zeigen, als es ihre Natur verlangt. Würdest du das tun?«

»Ja«, versprach Scott.

Die Göttin kniff die Augen zusammen. »Wirst du ein braver Damnati sein?«

»Ja.«

»Sagst du das jetzt nur, weil du denkst, dass ich das hören will?«

»Ja!«

»Wenigstens bist du ehrlich.«

»Dein Erzfeind versucht zu türmen«, erwiderte Scott, der im Augenwinkel sah, wie Loki versuchte davonzurobben.

»Gib dich keiner vergeblichen Mühe hin, Gullveig. Er ist unverbesserlich«, sagte Emily, wandte sich ab und ging auf den kriechenden Ex-Gott zu.

»Bringt dir das irgendwas?« Emily stellte sich Loki in den Weg.

»Du wirst ständig wiedergeboren und hast nichts anderes zu tun, als einen verzweifelten Damnati so zu beeinflussen, dass er bereit ist, deine Spielchen mitzumachen? Ich finde, der Tod ist ein viel zu leichtes Spiel für dich. So als würde man in einem Computergame abkratzen und man kann einfach von vorne beginnen. Wie würde es dir gefallen, den Rest dieses Lebens in einem zwei Quadratmeter großen Raum zu verbringen? Bis du alt und grau bist und nicht mal mehr weißt, warum du lebst?«

Die Göttin trat neben Scott, der das Szenario mit verschränkten Armen betrachtete. »Sie ist eigentlich nicht so.«

»Ich weiß«, erwiderte Scott.

Aber Emily war noch nicht fertig. Kritisch sah sie auf Loki herab. »Und wenn ich so drüber nachdenke, wäre es nicht eine viel größere Strafe für dich, wenn man deine Wiedergeburt ein wenig torpediert? Ich kenne da ein Ritual, das dafür sorgt, dass du das nicht mehr tun kannst.«

Das Gefängnis schien Loki noch recht entspannt zu sehen, aber bei der Nummer der Wiedergeburt wurde er doch recht blass.

»Das wäre gegen den Willen der Götter«, warnte er.

»Andere zu quälen ist nicht ihre Art, Scott«, seufzte die Göttin erneut.

»Ich weiß.«

»Ich kümmere mich um deine Schwester. Sie wird wieder gesund. Also vergiss dein Versprechen nicht.«

»Werde ich nicht.«

Scott trat vor, bevor Loki noch an seine Armbrust kam, die er so begierig anvisierte. Scott nahm sie an sich und trat auf Emily zu. Er legte seine Hand an ihre Wange, um sie zu sich zu ziehen.

»Ich liebe dich«, sagte er. »Ich habe dir nie etwas vorgespielt. Ich habe dich nicht geküsst, um das Amulett zu bekommen, sondern weil ich dich liebe. Ich würde alles für meine Schwester tun, ich würde sogar den Preis unserer Liebe zahlen, aber das heißt nicht, dass es mir nicht das Herz brechen würde.«

Und dann küsste er sie. Weil sich das so gehörte und weil er es wollte. Er wollte sie noch einmal küssen, bevor sie ihm eine Ohrfeige verabreichte und ihn aus ihrem Leben ausschloss.

Kapitel 23

Come in and never go out

Nein, Emily machte ihm keinen Vorwurf, dass er seiner Schwester helfen wollte. So wie er es jetzt auch tat. Aber allen Beteiligten sollte klar sein, dass dies hier auch ganz anders hätte ausgehen können. Dass er sich und seine Schwester (und den Rest der Welt) gänzlich hätte ins Unglück stürzen können. Und er war tatsächlich bereit gewesen, alles, was zwischen ihnen war, aufzugeben. Dazu zeigte er sich uneinsichtig und er hatte sie ausgenutzt. Aus Emilys Sicht funktionierte das so ganz und gar nicht. Er hatte sie verraten und ihr etwas vorgespielt. Ihr zerriss es das Herz, aber was blieb ihr übrig? Sie musste zusehen, wie es weiterging. Auch wenn Gullveig furchtbar überzeugt war, Emily war es nicht.

Ja, sie mochte Scott, sogar viel zu sehr, denn sie liebte ihn, auch wenn er sich nicht als zukünftiger Vater oder jemand qualifizierte, dem man vertrauen konnte.

Und warum sollte eigentlich nur sie sich mies fühlen? Wenn es da jemanden gab, der das viel mehr verdiente. Der das alles inszeniert hatte und bereit war, alles und jeden zu opfern, nur um seinem Ego zu folgen. Nein, sie war keine Heilige und wenn es ihr schlecht ging, durfte das auch denjenigen treffen, der das zu verantworten hatte. Diesen blonden Vollidioten, der versucht hatte, alles zu seinen eigenen Gunsten zu drehen.

Sie kannte kein Ritual, das eine Wiedergeburt verhind(e)rte. Aber es verschaffte ihm einen Moment der Strafe, diese Option in Aussicht gestellt zu bekommen.

Sie wollte sich abwenden, als Scott zu ihr trat. In ihrem Blick lag noch immer die Enttäuschung. Er belog sie nicht zum ersten Mal. Aber zum allerersten Mal hatte er keinen Grund mehr dazu.

Scott beteuerte, dass er ihr nichts vorgespielt hätte, aber er dennoch bereit gewesen wäre, das, was zwischen ihnen war, aufzugeben. Ihm hätte es das Herz zerrissen? Er liebte sie?

Gott, wie gerne würde sie ihm glauben. Ihr Herz wollte es, aber ihr Verstand wehrte sich dagegen. Nein, sie hatte seinen Tod nicht gewollt. Sie hatte sich an diese zarte Hoffnung der Liebe geklammert, die sich mit ihm auf so ungewöhnliche Weise in ihr Leben geschlichen hatte. Dieser Funke, der es vermochte, ihr kurzerhand das Herz aus der Brust zu reißen.

Die Ohrfeige fiel aus. Viel mehr erwischte es sie, was er in ihr auslöste. Die Hoffnung, dass seine Liebe wahr sein könnte. Der aufkeimende Wunsch, sich für den Rest ihres Lebens in seinen Armen zu verlieren und nie wieder aus diesen hervorschlüpfen zu müssen. Seine Liebe wirklich zu besitzen, aber wie könnte sie ihm je wieder vertrauen?

Und dann küsste er sie. Zugleich zärtlich, bestimmend und gefühlvoll. Eine unendlich liebevolle Berührung, während sie seine Hand so vertraut an ihrer Wange spürte. Das lösend, was an Gefühlen für ihn in ihr war.

Emily schluchzte leise, denn das war nicht mehr kontrollierbar für sie. Das Brennen in ihrem Herzen gewann die Oberhand. Er überrannte sie damit völlig.

Emily weinte bitterlich in den Kuss. Ihr Körper bebte unkontrolliert in seinen Armen.

Wieso sagte dieser Mistkerl genau die richtigen Worte, die ihr Herz nur noch mehr zum Bluten brachten? Wieso hatte er sich opfern wollen und sie damit zurücklassen? Wie hatte er das alles einfach riskieren können? Ihr Schluchzen kam aus tiefstem Herzen. Vielleicht war das alles einfach zu viel und jetzt, wo der Druck nachließ, wurde ihr bewusst, wie sehr sie bereits nicht mehr zurückkonnte.

Scott legte eine ungeahnte Mimik an den Tag. So gar nicht mehr der Django, der er doch war. Sein Gesicht drückte gerade ein breites Spektrum an Gefühlen und im Besonderen Überforderung, ja, fast Hilflosigkeit aus. Bevor er einknickte.

»Hör bitte auf zu weinen, Emily, ich verspreche dir alles, was du willst«, flehte er nun und schaute sie an, als würde ihn dieser Zustand förmlich umbringen. Er dachte nicht daran, sie loszulassen. Er hielt sie so liebevoll im Arm, dass sich ihre Tränen für den Moment nur noch verschlimmerten.

»Ha!«, machte die Göttin im Hintergrund triumphierend, zog aber den Kopf unter seinem finsteren Blick ein.

»Versprich mir, dass du das nie wieder tust!«, verlangte Emily gequält von ihm, schaute ihn dabei durch einen Schleier von Tränen an. Die Ungenauigkeit ihrer Aussage war typisch Emily.

»Ich werde dich und dein Amulett nie wieder hintergehen«, versprach Scott völlig glaubhaft. »… und dein Vampir ist auch vor mir sicher …«

Emily musterte Scott blinzelnd. Er wirkte wie ein kleiner Junge auf sie, der es doch bitte wieder wert war, dass man ihn liebhaben sollte. Er gab ihr das Versprechen, das er Gullveig kurzerhand verweigert hatte. Wie könnte sie ihn nicht erhören? Sie liebte diesen Verrückten doch schon aus voller Seele. Sie wäre ein Vollidiot, wenn sie nicht auf ihr Herz hören würde.

»Das ist löblich, aber ich habe eigentlich noch was anderes gemeint. Dass du nicht wieder dein Leben wegwirfst, einfach stirbst und mich alleine lässt, ohne vorher mit mir Rücksprache zu halten.«

Ja, jetzt lächelte sie tatsächlich zart und schaute ihm forschend in die Augen, denn so was wollte sie nie wieder erleben müssen. Er hatte nicht zu sterben, sich zu opfern oder sonst irgendeinen Unsinn anzustellen.

Und er schien dankbar zu sein, dass jetzt nicht eine gewisse Göttin in seinem Rücken erneut ›Yes‹ rief und kurzerhand einen göttlichen Flashmob anzettelte. Gut, dafür war hier zum Glück zu wenig Betrieb. Die Welt konnte sich ohnehin warm anziehen, wenn sie beide sich reproduzieren würden. Wobei Emily nicht glaubte, dass die Zukunft schon so festgeschrieben stand. Was, wenn sie zuerst ein Mädchen bekämen? War es dann benachteiligt, weil die Göttin es als Jungen gesehen hatte? Zwei Sturköpfe in einem Menschen vereint. Das konnte nur Chaos bedeuten. Auch wenn der Gedanke irgendwo herzig war. Hey, wer könnte damit besser umgehen, als sie beide?

Scott, der sein Kind so lange mit unbewegter Miene musterte, bis dieses klein beigab. Oder aber, sie starrten sich beide in Grund und Boden, während Emily sich nicht mehr einkriegte und beide mit dem Löffel fütterte, damit niemand vom Fleisch fiel. Obwohl, die Göttin war auch Seherin. Konnte sie wirklich in die Zukunft sehen?

Sein schiefes Lächeln, welches folgte, war ein himmlischer Anblick.

»Gullveig würde mich ohnehin so lange wiederbeleben, bis die erwünschte nächste Generation die Welt unsicher macht«, erwiderte Scott und strich ihr zärtlich über die Wange.

»Ich verspreche es dir«, sagte er nun jedoch und küsste sie erneut. Emily seufzte glücklich und erwiderte diesen Kuss lächelnd. Sie wollte ihm glauben und ihn an ihrer Seite, in ihrem Leben haben, also ließ sie das Glück zu, das sich in ihrem Inneren austoben wollte. Denn auch ihr Django lächelte. Und er hatte ein wirklich hübsches Lächeln.

»Du weißt schon, dass es damit kein Entkommen mehr

gibt?«, neckte sie ihn nun, denn das konnte man mit einer Verlobung gleichsetzen, während ihr Blick ihn liebkoste. Immerhin heiratete man ja zuerst, bevor man eine Horde Kinder in die Welt setzte.

»Als ob es das jemals gegeben hätte.«

Emily lachte leise über seine Worte und strich liebevoll über sein Gesicht. »Doch, hätte es«, verbesserte sie ihn nur zu gerne und schaute ihm tief in die Augen. Er hatte recht. Es gab kein Entkommen. Nicht mal für sie. Sie liebte ihn eben. Was sich in dem erneuten Kuss zeigte, der wegen ihr ewig hätte andauern können.

Gullveig räusperte sich hinter ihnen.

»Ich könnte euch ja den ganzen Tag zusehen, aber meine Zeit läuft ab. Was sich ganz gut trifft, ich habe verdrängt, wie anstrengend herumstehen sein kann. Emily, wärst du so freundlich, die Hüter der Quelle zu beschwören?«

Emily schaute sie nickend an, nahm Scotts Hand in ihre und trat etwas näher zu ihr. Eines musste sie jedoch wissen.

»Wenn ich das tue, wirst du fort sein, richtig? Für immer …«

Wieder zurück ins Amulett verbannt und der Verdacht lag nahe, dass diese Begegnung hier eine einmalige Sache bleiben würde. Welcher Hüter hatte sie bisher in der Vergangenheit leibhaftig angetroffen? Emily würde ihre rechte Hand darauf verwetten, dass sie bisher die Einzige gewesen ist.

»Ich werde nie wirklich fort sein«, versprach die Göttin mit blitzenden Augen. »Glaubt ja nicht, ihr könntet hinter meinem Rücken Unsinn anstellen.«

»Wie siehst du eigentlich in echt aus?« Emily schaute sie entrückt an. »Wäre es dir möglich, dein wahres Ich zu offenbaren?«

Die Göttin lächelte.

»Eine Seele hat keine Gestalt, Liebes. Sie verändert sich mit jedem Leben. Götter können ihre Gestalt wählen, wie sie möchten. Aber ich kann dir etwas verraten, das dem, was du wissen willst, am nahesten kommt. Als ich meine Gestalt noch wählen konnte, war ich dir nicht einmal unähnlich. Nur verstehe ich nicht, warum die Frauen heutzutage so oft zur Schere greifen, um ihre Haare zu schneiden. Du hast so hübsche Haare«, seufzte die Göttin.

Emily lachte leise. Gullveig war nun schon so lange ihre Begleiterin, dass sie es sich kaum anders vorstellen konnte. Sie hielt sie nur bedingt für verdreht, denn sie hatte sich immer auf sie verlassen können, auch wenn sie nicht immer auf sie gehört hatte. Emily biss sich auf die Lippe, bevor in ihre Augen Tränen traten. Tränen des Abschiedes. Sie wusste, dass dies hier genau das werden würde. Natürlich würde sie noch da sein, aber nicht mehr so. Nicht mehr zum Anfassen.

Sie spürte, wie Scott ihr sanft über den Rücken strich. Niemand anderer würde es jemals so verstehen wie er, was sie mit diesem Amulett und Gullveig verband.

Sie zog Scotts Schwester, in der Gullveig steckte, in ihre Arme, um sie einmal fest an sich zu drücken. Nur einmal, denn diesen Moment würde es nie wieder geben. Die Göttin lächelte milde und erwiderte Emilys Umarmung.

»Ich werde gut auf dich aufpassen«, versprach Emily und war jetzt bereit, die Worte zu formulieren, welche Scott seine Schwester zurückbringen und Gullveig wieder in das Amulett verbannen würden.

Die Göttin winkte ihnen noch einmal zu, bevor sie auf die Quelle zutrat. Das Wasser kräuselte sich und aus dem Schatten der Felsen löste sich eine schemenhafte Gestalt, die die Hand nach der zu Heilenden ausstreckte. Ohne zu zögern, trat

Gullveig im Körper von Scotts Schwester in das Wasser und warf sich in die Arme des Schemen. Das Wasser schien an ihr hinaufzukriechen, bis es sie vollständig umschloss. Emily spürte die Anspannung, die Scott befiel. Sie hatte keinen Zweifel, dass es funktionierte. Die Macht der Quelle hatte Scott von den Toten zurückgeholt. Sie war dazu gemacht, die ganze Welt zu heilen, würde man über das Wissen verfügen, das ihr Gullveig zurückgegeben hatte. Das Wissen um die Walküren. Auch wenn die Hexen es fast geschafft hatten, ihre Blutlinie auszulöschen. Sie verstand jetzt, was die Göttin verlangte, wenn sie darauf beharrte, dass sie eine neue Generation schaffen sollten.

Emily schaute ebenso andächtig wie Scott zu, wie die Quelle seine Schwester heilte. Ein einzigartiges Licht umschloss sie, dessen Farbe man nicht eindeutig bestimmen konnte. Aufleuchtende Magie, die im Wasser wie Sterne funkelte und ihren Körper schemenhaft zeigte. Alles schien in Bewegung zu geraten, aber das konnte auch täuschen.

Ein leises Kichern ertönte im Hintergrund und die Elfen wagten sich wieder heraus. Emily schaute sich lächelnd um und stupste Scott an. Die Lichtung erstrahlte in einem hellen, freudigen Licht.

»Sieh nur, die Elfen sind zurück.« Scott schaute irritiert hin und schien erst jetzt zu begreifen, wo sie wirklich waren. Ein Licht flatterte auf ihn zu und stieß ihm neckisch gegen seine Nase.

»Wir haben dich lange beobachtet. Du warst ein ungestümer Bengel, aber dein Herz trägst du auf dem rechten Fleck«, erklang eine goldene Stimme.

»Ihr wart damals wirklich da?«, stotterte Scott ergriffen und zum ersten Mal sah Emily Ehrfurcht in seinen Augen. Ihr ging es nicht anders. Die kleine Elfe summte um ihn herum und lächelte.

»Natürlich, du hast es nur nicht gemerkt.«

Mit einem Summen flog das Licht davon und als Emily ihr nachschaute, sah sie erneut die Pracht dieser Welt. Sie winkten ihnen zu.

»Wunderschön«, sagte Emily lächelnd und hob die Hand zum Gruß, bevor Neila aus der Quelle herausgestoßen wurde, und zwar direkt in Scotts Arme. Er brach unter dem Schwung seiner Schwester fast zusammen, als er sie auffing, aber er hielt sie sicher in den Armen. Gleichzeitig verschwamm die Umgebung. Bäume schienen sich zusammenzudrängen, während sich die Quelle ausdehnte. Emily fühlte sich an der Hüfte gepackt, aber da war niemand, der sie mit sich zog. Farben rauschten an ihr vorbei, undefinierbare Schemen, bis die wilde Fahrt ein abruptes Ende fand. Plötzlich rastete die Welt wieder ein.

Emily stand vor der Quelle. Aber nicht vor der Dian Cechts, sondern vor dem Eingang zur Anderswelt.

Abgerissene Äste lagen herum, der Platz glich einem Trümmerfeld. Blut färbte das verdorrte Gras an manchen Stellen dunkel. Sie waren zurück und die Hexen verschwunden.

Graham krümmte sich auf dem Boden und Scott hielt noch immer seine Schwester im Arm.

»Ist mir schlecht«, nuschelte die Rothaarige und sie klammerte sich an ihrem Bruder fest.

»Neila?«, fragte Scott zögerlich. Hatte es funktioniert oder steckte immer noch die Göttin in ihr? Emily schaute sie forschend an und Scotts Schwester hob die Lider. Das übersinnliche Leuchten war aus ihrem Blick verschwunden, stattdessen betrachtete sie ihren Bruder aus wunderhübschen, blauen Augen und lächelte.

»Scott!«, rief sie erfreut. »Ich ... ich kann dich sehen ... und hören und reden. Himmel, ich kann reden!«

»Oh Gott, Neila«, seufzte Scott und drückte seine Schwester innig an sich.

»Es tut mir so leid, was du all die Jahre durchgemacht hast.«

»Nicht doch«, erwiderte Neila. »Ich habe davon nicht sonderlich viel mitbekommen, zumindest kann ich mich nicht an viel erinnern. An den Kampf mit den Vampiren und dann an fürchterliche Kopfschmerzen.« Sie kräuselte nachdenklich die Nase. »An Licht und an deine Stimme.«

»Du hast im Koma gelegen.«

»Oh«, staunte Neila. »Wie lange?«

»Achtzehn Jahre.«

»Oh«, machte Neila und drückte sich ungläubig näher an ihn. »Das ist lange.«

»Es tut mir leid. Es war ... meine Schuld.«

»Hach, Scott, manchmal bist du ein Narr«, schüttelte Neila vehement den Kopf. »Nichts ist deine Schuld. Du hast die Vampire ja wohl kaum dafür bezahlt!«

Emily lächelte und es war pure Freude, das mit anzusehen. Ein verdammt schönes Bild, die beiden Geschwister endlich vereint zu sehen.

Auch wenn ihr Blick wehmütig auf die Quelle zurückfiel. Dort sah sie dieses einzigartige, bläuliche Leuchten, das dort verharrte. Emily würde einen Eid darauf schwören, ein entzücktes Lachen zu hören, bevor das Leuchten sich verdichtete und mit einem Ruck in die Luft schoss, dort einen Moment innehaltend. Dann fuhr es zurück in ihr Amulett, das noch immer an der Stelle im Gras lag, wo es Scott aus den Fingern geglitten war. Emily trat näher und senkte ihren Blick.

Freude mischte sich mit Trauer. Ein unbeschreibliches Gefühl. Sie hob es andächtig auf und strich mit ihren Fingern den Matsch beiseite. Die Kette hing zerrissen daran und die beiden Drachen hatten sich wieder friedlich ineinandergeschlungen und wirkten zufrieden. Ihre Finger schlossen sich fest und beschützend um dieses außergewöhnliche Schmuckstück. Gullveig würde weiterhin ihren Schutz brauchen, denn auch wenn sie kurzzeitig ihre Macht hatte zeigen können, so wusste Emily, dass es nicht vorgesehen war, dass dies jemals erneut geschah. Sie würde es übernehmen müssen und ihre Kinder und Kindeskinder. Auch wenn man nun etwas mehr darüber wusste, änderte das nichts an dem Missbrauch, den man mit diesem Amulett beschwören könnte, wenn man nur wusste wie. Magie zu bündeln, zu verstärken und damit das natürliche Gleichgewicht zu stören, für das Gullveig stand. Das zu verhindern, war ihre Aufgabe. Aber das war noch nicht alles. Gullveig stand für das Gleichgewicht der Welt. Sie war der Ursprung der Magie und sorgte dafür, dass diese Macht sich der Natur ergebend in alles einfügte.

»Es ist mir eine Ehre, deine Hüterin zu sein«, flüsterte Emily ergriffen und schob es in ihren Büstenhalter. Dort war es am richtigen Platz und sicher.

Ihr Blick fiel unheilvoll auf diesen blonden Ex-Gott, als dieser nun unbeeindruckt zu applaudieren begann und die einträchtige Stille mit seiner Penetranz durchbrach. Den hatte Gullveig scheinbar völlig vergessen, aber auch eine Göttin durfte zerstreut sein.

»Fantastisch. Immer wieder unglaublich, was das Leben einem vorgaukelt. Ihr glaubt, das wäre das Ende aller Probleme? Was seid ihr nur für dumme Würmer, die sich im Dreck einer Existenz drehen, die andere kurzerhand von ihrem

Stiefel abklopfen.«

»Wer ist das?«, fragte Neila neugierig.

»Ein unverbesserlicher Optimist«, erwiderte Scott trocken. »Ich glaube, er möchte nach Hause. In eine hübsche Zelle. Die Aussicht durch das vergitterte Fenster wird ihm sicher gefallen.«

»Ich glaube, er war mal hübsch«, sinnierte Neila.

Ja, hübsch war er mal, wenn auch zu aalglatt für Emilys Geschmack. Jetzt sah er eher ziemlich verbeult aus. Graham konnte sich zumindest darin glücklich schätzen, dass ein Damnati-Arzt ihn wieder zusammenflicken würde.

»Kindchen, du hast ja keine Vorstellung, was wirkliche Schönheit ist. Du brauchst nur in einen Spiegel zu schauen«, belächelte Graham sie.

»Schöne Männer sollte man ohnehin meiden, die brauchen im Bad viel zu lange«, stellte Neila ebenso lächelnd fest, bevor sie sich bei Emily einhakte, die nur den Kopf schüttelte.

»Sollte man. Schöne Männer hat man ohnehin nie für sich alleine.« Emily trat neben Graham und schnürte seine Hände mit Kabelbindern auf dem Rücken zusammen.

»So wie es aussieht, musst du auf deine Götterentscheidung noch etwas warten, aber dann kannst du uns von deinem Stiefel abklopfen«, unterbrach sie seinen Manipulationsversuch an Neila. Emily zog die Plastikfesseln noch etwas enger zu und schaute dann Scotts Schwester an.

»Freut mich, dich kennenzulernen, Neila. Ich bin Emily.«

»Hey«, sagte Neila und lächelte.

»Scott hat mir von dir erzählt.«

Emily nickte schmunzelnd, denn das klang schön. Sie hatte doch mehr mitbekommen. Scott packte Graham am Kragen und brachte ihn halbwegs auf die Füße, was der geschlagene

Ex-Gott mit einem Stöhnen quittierte. Er stolperte, als Scott ihn auf die Beine hievte, aber er zeigte ein jungenhaftes, einnehmendes Lächeln in Richtung Neila. Wie konnte der so selbstsicher sein? Glaubte der etwa, sich rausflirten zu können?

Emily schaute lieber Neila an.

»Ich hoffe nur Gutes«, erwiderte Emily. »Es ist schön, dass du ein wenig von seinen Besuchen mitbekommen hast.«

»Ich kann nicht genau sagen, was ich wirklich mitbekommen oder nur geträumt habe«, erwiderte Neila. »Aber ich denke, dass es kein Traum war, als er von dir gesprochen hat.«

»Was hat er denn gesagt?«, fragte Emily amüsiert nach, denn er hatte ihr sicher von einer völlig durchgeknallten Frau erzählt. Was auch sonst?

»Ich glaube, das fällt unter das Beichtgeheimnis«, erwiderte die Rothaarige neckisch.

»So schlimm also«, lachte Emily leise auf.

»Wo bekommt er sein Zimmer mit Aussicht?«, wollte Emily von Scott wissen. Denn wenn die Damnati schon so viele Artefakte wegsperren und sicher verwahren konnten, machte da ein Ex-Gott mehr oder weniger sicher nicht viel aus.

»Vorübergehend im Hauptquartier der Damnati Dublins«, erwiderte Scott auf Emilys Frage. »Dann werden andere entscheiden, wo er letztendlich landet.«

Emily nickte. »Nimmst du mich bis zur Straße mit? Ich habe mein Motorrad da im Gebüsch vergraben.«

Sie folgten Scott zu dem Wagen, der dann den Deckel des Kofferraums zufallen ließ, um seine blonde Fracht während der Fahrt nicht zu verlieren. Dort konnte er dann hoffentlich nichts mehr anstellen. Emily stieg hinten ein, während Neila und Scott vorne Platz nahmen.

»Ich glaube, ich kann mich nicht erinnern, wie ich aussehe.«

Neila strich sich über das Gesicht. »Habe ich Falten?«

»Keine einzige«, erwiderte Scott lächelnd.

»Du bist sehr hübsch«, sagte Emily ebenso überzeugt, denn Falten suchte man vergebens bei ihr. Nein, sie sah eher wie ein jung gebliebenes Mädchen aus. Damnati wurden ohnehin viel älter als normale Menschen, fast doppelt so alt. Es war einfach nur schön, dass Neila nun ihr Leben zurückbekommen hatte, denn das fing tatsächlich erst an. Scott fuhr den holprigen Weg zurück. Grahams Auto würde sicher später jemand abholen. Das Poltern im Kofferraum, gefolgt von ein paar Flüchen, war nicht zu überhören. Emily konnte sich ein Grinsen nicht verkneifen.

»Vielleicht solltest du die ganze Strecke über nicht asphaltierte Straßen fahren«, schlug sie Scott vor. Der lachte leise.

»Verdient hätte er das.«

An der Biegung zur Straße strich Emily über seine Schulter.

»Es ist hier.«

Sie stieg aus und setzte den Helm auf. Diesmal fuhr sie mit deutlich weniger Abstand zu Scotts Wagen, als auf dem Hinweg. Innerlich dankte sie noch immer dem Himmel, den Göttern und im besonderen Gullveig, dass diese Nacht so glimpflich ausgegangen war. Um ein Haar hätte sie Scott verloren.

Emily fuhr ihm nach und Scott visierte tatsächlich jedes Schlagloch an, das er auftreiben konnte. Bodenwellen nahm er mit Vollgas und jedes Mal rumpelte es im Kofferraum verdächtig. Als Graham zu laut wurde, drehte jemand im Wagen das Radio auf. Laut dröhnte der Song ›Princes of The Universe‹ von Queen aus den geöffneten Fenstern. Emily lachte schallend und kriegte sich kaum noch ein. Was für eine

Fahrt, gänzlich nach ihrem Geschmack. So war sicher noch niemand verschleppt worden, mit Pauken und Trompeten. Leider kamen sie viel zu schnell an.

Als Scott zu einer Kathedrale abbog, staunte sie nicht schlecht. Das war also das Quartier der Damnati? Wirklich eine gute Tarnung. Da würde so schnell keiner drauf kommen. Die Gefahr war höchstens, dass sich Gläubige oder Liebhaber alter Gemäuer hierher verirrten, aber die suchten sicher nicht nach Loki Graham. Emily stellte die Maschine auf einen der freien Parkplätze und trat zu Scott, der seine stöhnende Fracht gerade aus dem Kofferraum hievte. Welch ein Anblick. Emily und Scott grinsten sich vergnügt an. Was Graham anging, könnten sie sich nicht einiger sein. Sie warf ihren Helm in seinen Kofferraum, um dann Neila unterzuhaken. Sie war noch immer ein wenig wackelig, aber das konnte man wohl als normal ansehen, immerhin war sie achtzehn Jahre lang nicht mehr alleine gelaufen. Aber sie sah äußerst vergnügt aus und das war mehr, als man erwarten dürfte. Vielleicht hatte Gullveig doch ein wenig mehr getan. Neilas Wangen waren deutlich von Röte überzogen.

»Was ein Höllenritt«, lachte Emily.

»Oh ja, können wir das noch mal machen?«, fragte sie mit leuchtenden Augen.

Emily kräuselte vergnügt die Nase. Da hatte jemand Nachholbedarf.

»Aber unbedingt! Den Weiberabend wirst du sicher nicht so schnell vergessen«, drohte ihr Emily kurzerhand einen Abend ihres Lebens an. Neila nickte eifrig darauf. Gullveig hatte echt tolle Ideen.

Scott begleitete derweil Graham hinein. Genau genommen schleifte er ihn gefesselt, an seinen Beinen hinter sich her. Ja, er und Jason waren sich doch ähnlich. Emily lachte leise darüber, während Graham mit seinem Haupthaar den Boden putzte. Sie schaute sich neugierig um, als sie durch das Gebäude wanderten. Es hatte immer noch viel von einem Gotteshaus und die Heizkosten waren sicher wahnsinnig bei den hohen Decken. Hoheitsvolle Gänge mit beeindruckenden, geschwungenen Säulen und Torbögen säumten ihren Weg. Sie waren übersät mit religiösen Zeichen.

Auf den Gängen kamen ihnen Männer entgegen, die Scott grüßten und die Frauen eher neugierig betrachteten. Zumindest Emily, denn sie fiel als Mensch deutlich auf. Graham wurde belächelt, als er sich wiederholt ächzend den Kopf an den Treppen anstieß.

Jedoch stellte sich ihnen niemand in den Weg und so landeten sie schlussendlich im Büro, in dem Scotts Boss zu vermuten war.

Scott klopfte und auf das Herein seines Anführers stieß er die Tür auf, um Emily und Neila eintreten zu lassen und dann selbst zu folgen. Ein blonder Mann trat ihnen entgegen, bei dem man fast glauben könnte, dass die Sorgenfalten in schwerer Konkurrenz zu seinen Lachfältchen standen. Das war also der liebe Chef, dem man Berichte bringen musste und der eigentlich schuld war, dass Scott sie lieber ins Krankenhaus gebracht hatte. Auf seinem Schreibtisch prangte ein Schild: Finn McEllen.

Er betrachtete Neila, als hätte er eine Erscheinung.

»Neila?«, fragte er verblüfft und diese nickte sachte.

»Aber wie …?«, fragte Finn.

»Das liest du dann in meinem Bericht«, erwiderte Scott. »Und der hier muss eingesperrt werden.«

Scott versetzte Graham einen Stoß, der ihn vor den

Schreibtisch katapultierte. Finn schaffte es, seinen Blick endlich von Scotts Schwester loszureißen, um dann den Mann zu betrachten, den er einsperren sollte.

»Ich nehme an, den Grund dafür lese ich dann auch im Bericht«, stellte Finn mit einer gewissen Portion Resignation fest.

»Warum bringst du einen Menschen mit her?« Sein Blick wanderte zu Emily, die ihn entspannt anschaute.

»Sie ist meine Freundin«, sagte Scott.

»Oh, die Freundin«, erwiderte Finn. »Sie haben sich schnell erholt.«

Emily musterte ihn offen. Er machte einen netten Eindruck. »Ich bin entzückt, Sie kennenzulernen. Ich bin Emily«, stellte sie sich vor und reichte ihm ihre Hand.

»Und ja, ich habe sensationell gutes Heilfleisch.« Jason und sein heilendes Blut zu erwähnen, käme augenblicklich sicher nicht so gut. Emily schüttelte ihn lächelnd durch, bevor sie ihm seine Hand wiedergab.

»Wenn Sie das damit gleichsetzen, dass ich ihn ständig kritisiere, haben Sie wohl recht.«

»Nein, setze ich nicht«, erwiderte sie selbstsicher und gleichermaßen liebenswürdig, ohne jedoch näher darauf einzugehen. Schlüpfrig zu sein, war immerhin ihre Passion und sein Boss brauchte auch nicht alles wissen.

»Ich brauche einen Auftrag ohne Vampire«, kam Scott ohne Umschweife zu seinem nächsten Anliegen.

»Oder nur mit welchen, die den Tod verdienen.«

Warum sah Finn jetzt aus wie ein Reh, das im Regen stand und sich fragte, wie es hergekommen war? Sollte der nicht so was wie einen Freudenhüpfer hinlegen?

»Als ob du jemals etwas anderes bekommen würdest«,

erwiderte Finn stoisch. »Die nächsten Tage würde ich auf Urlaub plädieren. Ich denke, deine Schwester und du, ihr habt viel nachzuholen. Ich rufe dich an, wenn ich etwas habe.«

Emily lächelte Scott innig an. Scott nahm sein Versprechen, sich zu bessern, wirklich ernst, auch wenn sein Chef Scotts frühere Ansichten zu Vampiren wohl bisher auf seine Art zu nutzen gewusst hatte.

»Urlaub klingt tatsächlich nicht schlecht«, stimmte Emily mit ein.

Graham beschaute sich dieses Geplänkel mit einem spöttischen Blick und arbeitete sich wieder in die Senkrechte. Naja, er hatte auch deutlich zu viel mitbekommen. Er schaute Neila an und man wusste nicht recht, was in seinem Kopf vor sich ging, aber er lächelte. Neila erwiderte es. Sie verguckte sich doch hoffentlich nicht in dieses Scheusal? Na, ob das gut ging? Scott grätschte ungerührt dazwischen. Er trat Graham in die Kniekehle, sodass dieser den Flug ohne Umschweife zu Finns Füßen, auf seine ohnehin schon lädierte Nase, hinlegte.

»Denk nicht mal dran.«

Finn betrachtete schließlich das Ergebnis, welches sich ächzend vor seinen Füßen räkelte.

»Lass ihn liegen, ich räume ihn weg«, sagte er gelassen, während Neila die Augen verdrehte.

Emily nahm Scotts Arm und schaute ihn an. »Er kann jetzt nichts mehr anstellen, zumindest wenn ihn dein Boss gut wegpackt. Ausgang sollte man ihm tatsächlich verweigern, denn dann ist er schneller weg, als ein Damnati rennen könnte.«

»Er wird nie wieder einen Fuß nach draußen setzen«, erwiderte Scott und Finn nickte zustimmend. Jedoch sah Neila immer noch auf ihre ›Blondine‹. Schwer zu sagen, was sie dachte.

»Wollen wir ein wenig die Zeit nachholen, die du verpasst hast? Ich kenne da ein fantastisches Hotel mit einer tollen Bar, Wellness, Masseure, die dich so durchkneten und verwöhnen, dass du nur noch nach mehr schreist, und mit einer wirklich einzigartigen Aussicht über Dublin«, schlug Emily Neila vor und Graham ächzte, als er sich an Finns Bein hocharbeitete, um seinen Blick verschmitzt auf Neila zu legen.

»Klingt nach einem Versöhnungsversuch. Kann ich auch mitkommen?«

Neila lächelte Emily an.

»Das klingt gut. Gibt es da hübsche Masseure?«, ignorierte sie ihn für den Moment. Dann richtete sich Neilas Blick jedoch auf Graham.

»Ich habe nicht übersehen, was du mit meinem Bruder angestellt hast«, beantwortete Neila ruhig die Frage des Blonden. Zu Flirten hieß bei ihr scheinbar nicht, dass sie ihn mochte oder ihm verzieh.

Damit hatte dieses Scheusal wohl seine Antwort. Emily schaute Neila an, um ihre Frage bezüglich der Masseure zu beantworten.

»Das will ich doch schwer hoffen, sonst müssen wir uns beim Hotelbesitzer beschweren«, erwiderte sie und grinste, denn Jason wusste durchaus, wie man es seinen Gästen angenehm machte. Auch wenn sie die Masseure selber noch nicht ausprobiert hatte, so klang das fantastisch, was in dem Prospekt gestanden hatte. Nein, sie war tatsächlich noch nicht dazu gekommen.

Sie wandte sich an Finn.

»Ich fürchte, ich werde demnächst einen neuen Job hier in Irland suchen. Sie haben nicht zufällig noch eine Stelle neben

Scott frei? Dann kann ich aufpassen, dass er nicht versehentlich was abmurkst, was besser am Leben bleiben sollte. Ich könnte ihm auch assistieren, was die Suche nach Artefakten angeht.« Emily grinste verschmitzt und schaute Scott an.

»Natürlich nur, wenn dir das recht ist«, lächelte sie.

Finn zog die Augenbraue hoch.

»Es gibt durchaus Menschen, die mit den Damnati zusammenarbeiten«, erwiderte Scott und erklärte damit sein Einverständnis.

»Ich werde darüber nachdenken«, lautete Finns schlichte Antwort. Kein Wunder, er kannte weder ihre Qualifikation noch ihre Motivation. Ein wenig Einblick würde er in Scotts Bericht erhalten, zumindest würde sich dort erklären, dass sie wohl doch keine durchgeknallte Irre war, die nur zu gerne Vampire in die Luft sprengte.

»Gut«, erwiderte sie. »Dann werde ich wohl auf eine Einladung zu einem persönlichen Gespräch hoffen dürfen.«

»Gehen wir«, beschloss Scott nun und Emily nickte. »Bis dann.«

»Willst du auch eine Massage?«, schmunzelte sie Scott vergnügt an, als er ihr und Neila die Tür aufhielt und sie wieder hinaustraten. Schon wieder würde sie ihre Maschine stehen lassen. Der Fuhrpark der Damnati wuchs. Aber darum würde sie sich später kümmern. Sie hakte sich bei den Geschwistern unter und ging mit ihnen zum Wagen.

»Ich weiß etwas Besseres als eine Massage«, erwiderte Scott auf ihre Frage und brachte damit Emily dazu, ihm tief in die Augen zu schauen. Huuu, das klang genau nach dem Gedanken, den sie gehabt hatte, als sie ihn das erste Mal getroffen hatte. Staubiger, schmutziger, himmlischer Sex. Er setzte sich hinter das Steuer, während Neila und Emily ebenfalls einstiegen. Es war süß, Neilas verschmitzten Blick auf ihrem Bruder zu sehen.

Kapitel 24

Wenn es denn sein muss ...

Scott parkte vor dem Hotel, in welchem er vor einigen Stunden Emily zurückgelassen hatte.

Neila hakte sich bei ihm unter und gemeinsam betraten sie die Eingangshalle. An der Rezeption fragte Scott nach einem weiteren Zimmer. Anstandslos unterschrieb er die Buchungsbestätigung, als eine bekannte Stimme hinter ihm erklang.

»Wieder aus dem Wald herausgefunden?«

»Du hättest besser das Kennzeichen abgeschraubt. Wie geht es der Verlobten?«, spottete Scott. Über das Kennzeichen die Adresse des Vampirs zu ermitteln, wäre keine mühevolle Arbeit gewesen.

Der Blutsauger kratzte sich über die Bartstoppeln. »Sie probiert gerade die Massagen aus.«

»Hoffentlich lässt sie noch einen für meine Schwester übrig.«

»Du Mistkerl bist verlobt und hast mir das nicht gesagt?«, rief Emily erfreut dazwischen.

»Seine Informationen sind veraltet, ich bin bereits verheiratet«, lachte Jason.

Emily musterte ihn erstaunt. »Verheiratet? Ausgerechnet du? Ich halt's nicht aus.« Ihr Blick legte sich erfreut auf Scott. Sie sah aus, als würde sie diesen Moment feiern, weil er sich nicht schon wieder kopflos auf Jason stürzte.

»Ich würde dich gern vernaschen«, flüsterte Emily an Scotts Ohr und platzierte ein Küsschen auf sein Ohrläppchen.

»Dann solltest du das bald tun, denn mir platzt gleich der Kragen«, knurrte Scott. Ja, bitte! Wenn kein Vampir in (an)greifbarer Nähe war, konnte er auch keinem wehtun.

»Komm, ich zeig dir den Wellnessbereich«, sagte der Vampir nun zu Neila. Im besten Falle hörte der, wie Scotts Selbstbeherrschung mit seinem Puls an seine Grenzen kam. Neila hingegen lächelte den Vampir an, als wäre es nicht ihre Pflicht als Damnati, ihn unverzüglich zu pfählen. Aber seine Schwester hatte, im Gegensatz zu ihm, schon immer zuerst gefragt und dann angegriffen.

»Ich kann es echt nicht fassen. Er ist verheiratet«, stammelte Emily, gleichzeitig grinsend.

»Soll vorkommen. Hochzeiten finden heutzutage schließlich nicht ausschließlich in Kirchen statt.«

»Ach was. Wo willst *du* denn heiraten?«, grinste sie nun.

Heiraten … Hatte Gullveig sich das gut überlegt? Er würde niemals Schwäne auf seine Hochzeit einladen.

»Dort, wo es keine Blumen und Schwäne gibt. Oder Enten. Es sei denn, sie sind Teil des Menüs.«

Emily strich lächelnd über seine Wange. »Und was hältst du von Möwen?«

Scott legte den Kopf schief.

»Ich hoffe für dich, du willst an einem Strand und nicht an einer Steilküste heiraten.« Er zog Emily an sich und strich ihr über den Rücken.

»Witwenrente gibt es bei den Damnati nicht, wenn man kurz nach der Trauung von einer Klippe fällt.«

»Walküren können fliegen. Du glaubst doch nicht, dass du dich vor deiner Verantwortung drücken kannst.«

Sie schnurrte leise, als er ihren Hals küsste.

»Ein Junge würde mir gefallen, aber auch ein Mädchen. Sie wird sicher so wie du …«

»So schön?«, kicherte Emily.

»So verrückt …«

Emily knuffte ihn vergnügt in die Seite.

»Dann kommt unser Junge nach dir. Er wird erst mit sechs Jahren sein erstes Wort sprechen. Aber nicht, weil er Spätentwickler ist, sondern schlichtweg maulfaul.«

Scott lachte und zog Emily erneut an sich. Er streichelte über ihre Wange und sah ihr in die Augen.

»Ich freue mich schon drauf.«

Emilys Lächeln zog ihm den Boden unter den Füßen weg und dieses Mal brauchte es dafür keinen Vampir. Es brauchte nur den Ausdruck des Glücks auf ihrem Gesicht.

Scott und Emily fanden den Weg nach oben und Scott schloss die Tür ab, bevor er sich Emily zuwandte, um sie zu küssen. Er streichelte ihre Wange, ihren Hals und schließlich ihre Schultern. Das Amulett kribbelte diesmal nicht unangenehm, sondern fast schon belustigt, als er es berührte. Als Scott es aus ihrem BH ziehen wollte, legte sich ihre Hand auf seine und stoppte ihn. Sie schüttelte mit einem warnenden Blick den Kopf.

»Was hast du vor?«

»Vertrau mir«, bat er sie nun und zögerlich ließ sie seine Hand gewähren. Scott zog das Amulett hervor und legte es auf das Sofa. Er nahm die Fernbedienung, um einen Kanal zu finden, auf dem ein Actionfilm lief. Popcorn brauchte ein Amulett ja nicht, also war es versorgt und konnte nicht mehr spannen. Erneut wandte er sich Emily zu, die ihn eindeutig anschmunzelte und zog sie mit sich ins Schlafzimmer, um sie dort aus ihrer staubigen Kleidung zu schälen.

»Willst du wissen, wie es in der Anderswelt ist?«, lächelte sie ihn an.

Scott lachte.

»Rede nur. Ich höre dir zu.«

Er drückte sie auf die Laken und küsste sich grinsend ihren Bauch hinunter.

»Ich ... Ich ... ooouh, das ist aber gemein, was du da tust. Wie soll ich mich so konzentrieren?«

»Versuch es«, forderte er sie auf und tauchte zwischen ihren Schenkel ab.

»Es war einmal ... Ach, du bist unmöglich, Scott«, keuchte Emily sich entzückt windend auf.

»Und morgen setzt du die Pille ab«, befahl Scott zwischen zwei Küssen.

Emily lachte stöhnend. »Zu Befehl, mein Django.«

ENDE

Glossar

Anderswelt – keltischer Wohnort, Parallelwelt neben der vertrauen Welt

Brisingamen – Halsschmuck der germanischen Göttin Freya

Cruachain (Ráth Cruachain, Ringwall) – Königsitz von Connacht

Dagda – Anführer der Túatha Dé Danann, Allvater, Besitzer des magischen Kessels, der magischen Harfe und der magischen Keule

Damnati – lat.: für schuldig befunden, magische Hüter des natürlichen Gleichgewichts zum Schutz der Menschen vor Vampiren und Werwölfen

Dian Cecht (Diancécht) – keltische Sagengestalt Irlands, oberster Heiler der Túatha Dé Danann

Eisenkraut – Pflanzenart der Gattung der Verbenen (Verbena), traditionelle Heilpflanze

Freya – nordischen Göttin aus dem Geschlecht der Wanen, Göttin der Liebe und der Ehe

Futhark – Rune des Lichts, der Leidenschaft und der Liebe

Gullveig – nordische Göttin aus dem Geschlecht der Wanen, Seherin, Hüterin der Seidr (Magie)

Heimdall – nordischer Gott aus dem Geschlecht der Asen, Wächter der Götter

Lapidem Maleficus – lat.: Hexenstein

Loki – nordischer Gott aus dem Geschlecht der Asen, Gestaltwandler

Menschliche Jäger (Vampir- bzw. Werwolfsjäger) – wissende Menschen, die Vampire und Werwölfe jagen, keine Verbindung zu den Damnati

Nauthiz – Rune der stärkenden Kraft, wendet Krankheiten ab

Samhain – irisch-keltisches Fest in der Nacht zum 1. November (Halloween)

Schriften des Diviciacus vom keltischen Stamm der Aduer – seltenes Schriftstück der Druiden

Seiðmenn – Schamanen des Nordens

Sigyn – nordische Göttin, Frau von Loki, Sinnbild der ehelichen Treue

Tipra sláine – Quelle des Lebens

Triskele – Symbol in Form von drei radialsymmetrisch angeordneten Kreisbögen

Túatha Dé Danann – das Volk der Göttin Danu

Walhalla – Ruheort der nordischen Mythologie für in der Schlacht gefallene Kämpfer

Walküren – Naturgeister, Seelenführerinnen der in der Schlacht gefallenen Helden nach Walhalla

Quelle: www.wikipedia.de

Nachwort

Noch ein paar letzte Sätze zum Schluss:

Lieber Leser,
wir hoffen sehr, dass ihr euch ein wenig in Emily und Scott verliebt habt, wie wir es getan haben. Und dass ihr mindestens genauso laut über ihre Eskapaden geflucht habt.

Scott, Emily und ihre Abenteuer wären wohl niemals in dieser Form entstanden, gäbe es da nicht ein paar liebe Freundinnen. Gefunden über ein Harry-Potter-RPG haben wir irgendwann unser eigenes Ding in Sachen RPG, Vampire, Wölfe, Jäger und Hexen gedreht. So entstand der Rahmen für die Eigenschaften der Vampire, Damnati und Hexen, die ihr auch in diesem Buch findet. Wundert euch also nicht, wenn euch gewisse Rahmenbedingungen bekannt vorkommen, denn sie finden auch in den Büchern von Allyson Snow Verwendung.

Nicht nur, dass Holly und Allyson ein und die gleiche Person sind (zumindest physisch), Allyson hat Jason netterweise für diese Geschichte freigestellt. Seine Abenteuer findet ihr in den Büchern Vampire, Pech und P(f)annen und Bis dass der Pflock euch scheidet.

So und nun zu den Danksagungen:

Besonderer Dank gilt drei Menschen: Elvira ist die beste Testleserin auf diesem Planeten und wir sind wahnsinnig froh, dass sie unseres Textes angenommen hat. Ohne unsere Lektorin wäre Emilys und Scotts Geschichte auch nur halb so schön geworden und den restlichen Kümmel aus dem Käse hat in liebevoller Kleinarbeit Mathew Snow gesucht. Wir danken euch!

Ferner möchte ich, Harper, meiner Tochter Virginia danken. Dafür, dass sie mir so oft den Rücken freigehalten hat, damit ich mich diesem Projekt widmen konnte.

Und zum Schluss gilt unser Dank vor allem euch, ihr lieben Leser.

Schreibt uns doch, ob euch das Buch gefallen hat oder was wir besser machen können. Wir freuen und auf eure Meinungen und Rezensionen.

Liebe Grüße
Harper Johnson, Holly McLane (Allyson Snow)

Liebe Ally bzw. Holly,

ich möchte dir danken, für diene ermunternden und manchmal genauso harten Worte, um mich aus meiner Komfortzone zu bekommen.

Welcher Schreiber liebäugelt nicht damit, ein Buch zu schreiben? Ohne es jedoch wirklich in Angriff zu nehmen? Immerhin sind RPG's doch so bequem und machen Spaß. Ein Buch zu schreiben, ist jedoch richtig harte Arbeit, wie ich feststellen durfte und dafür gehört jedem Autor eine Menge Respekt gezollt. Uns Leser mit Geschichten zu verwöhnen, die aus dem Alltag entführen, ist eine Kunst für sich.

Danke dir, liebe Ally, für die tolle Unterstützung, die vielen regen Brainstormings (die wir immer schon hatten) und den Schubs in die richtige Richtung, um dieses Projekt wahr werden zu lassen. Wir Schreiberleins müssen schließlich zusammenhalten.

Und nicht jeder hatte einen solch tollen Mentor wie ich, die über die Jahre zu einer guten und engen Freundin für mich geworden ist.

Bleib wie du bist.

Harper Johnson